렌트 콜렉터

THE RENT COLLECTOR

렌트 콜렉터

캠론 라이트 장편소설 | 이정민 옮김

꿈과 희망과

또 다른 가능성을 제공해준 분들께 바침

"세상 만물이 얼마나 완벽한지

깨닫는 순간 고개를 뒤로 젖히고 웃게 될 것이다."

― 고타마 붓다

1장

영웅이란 노인들이 꾸며낸 이야기에나 존재한다고 믿었다. 늘 악이 선을 물리쳐왔고, 남을 위하는 진실하고 영원한 사랑은 어린 소녀의 상상 속에서나 가능하다고 생각했다. 신들은 귀가 먹고 붓다는 기억에서 멀어진 게 분명하며, 내 고향 시골의 아름다운 자연을 다시는 볼 수 없을 거라고 낙담했다.

그 시절 나는 필요에 따라 변신하는 자들과 사회의 어두운 세력은 물론 속죄와 구원에 대해서도 알게 되었고, 마침내 오랫동안 머릿속을 맴돌던 중국 속담의 의미를 이해할 수 있었다.

'인생에서 가장 어려운 전투는 내면에서 이루어지는 싸

움이다.'

집세 수금원(Rent Collector)에 대해 온전히 알게 된 것도 바로 그 해였다.

≋ ≋ ≋

삑! 삑! 삑!

우르릉거리는 트럭들의 경적이 안식처 같은 꿈속을 줄기차게 파고들었다. 꿈속에서 나는 어린아이였고 기찻길 위를 깡충거리며 뛰어다녔다. 철로는 우리 가족의 일터인 캄보디아 남부 프레이벵주의 너른 들판을 향해 뻗어 있다. 상쾌한 기운이 감도는 아침이었다. 나는 할아버지의 앙상한 손을 잡아끌었고, 할아버지는 나를 따라오기 바빴다.

"빨리요, 늙은 달팽이." 나는 톡톡 튀는 목소리로 의기양양하게 말했다.

그러자 할아버지도 지지 않고 받아쳤다. "내가 달팽이라면 넌 소금이야. 조만간 다 죽어가는 내 몸뚱어리를 끌고 가야 할지도 몰라. 그러면 마을 사람들에게 네가 무슨 짓을 했는지 설명해야 할 거야!"

하지만 난 할아버지의 말을 간단히 무시해버리고 개구리처럼 이 돌멩이에서 저 돌멩이로 폴짝폴짝 넘어 다녔다.

"빨리요." 나는 빨리 가고 싶은 마음을 굽히지 않은 채 대답했다. "마을 사람들이 달팽이를 얼마나 좋아한다고요. 오늘 저녁엔 배부르게 먹을 수 있을걸요."

할아버지는 희미하게 미소를 지은 뒤 한숨을 내쉬었다. 그러고는 발을 질질 끌며 걷다가 갑자기 우뚝 멈춰 섰다. 할아버지의 눈빛이 날카로워지면서 고개가 모로 기울더니 멀리 보이는 시골 마을로 황급히 시선이 옮겨갔다. 바로 그때 우리는 땅이 흔들리는 것을 느꼈다.

할아버지는 상체를 구부려 눈을 가늘게 뜨고 내 눈을 바라봤다. 마을의 점쟁이처럼 내 생각을 엿보려는 것 같았다. 불안해진 나는 머리를 떨군 채 꾀죄죄한 발가락만 내려다보고 있었다. 할아버지는 굳은살이 박인 손가락으로 내 턱을 어루만지듯 들어 올렸다. 그러더니 어린 손녀가 귀를 기울이지 않을 수 없게 밝고 자상한 말투로 모든 음절에 힘을 주어 또박또박 말했다.

"인생이 늘 그렇게 힘들고 잔혹한 것만은 아니란다. 우리의 고난은 순간에 지나지 않아."

나는 할아버지를 물끄러미 쳐다보며 그 말을 이해하려

애썼다. 그때의 내 삶은 힘들지도, 잔혹하지도 않았기 때문이다. 나는 아직 너무 어려서 우리 집이 가난하다는 사실을 깨닫지 못했다. 프레이뱅주의 드넓은 평야에서 가족들이 매일 일을 해도 우리가 일하는 땅을 소유할 수 없다는 점을 이해할 리 없었다. 하루 벌어 하루 사는 현실을 나는 제대로 알지 못했다.

어디선가 우르릉거리는 소리가 점점 더 크게 들려왔고, 할아버지는 발꿈치를 들고 앞으로 걸어가기 시작했다.

"명심해라, 상 리. 언젠가는 인생의 목표가 생길 텐데, 그 목표를 발견하게 되면 절대로 놓쳐선 안 돼. 평화는 인내와 끈기를 통해 얻을 수 있는 거야."

어린아이가 그런 수수께끼 같은 말을 어떻게 알아듣겠는가?

"상 리." 할아버지는 내 이름을 부를 때마다 무한한 기쁨을 느끼는 사람 같았다. "오늘부터 시작이야. 오늘은 아주 운이 좋은 날이 될 거야."

나는 반딧불이가 어지럽게 날아다니는 것처럼 혼란스러운 할아버지 말에 짜증이 났다. 그래서 두 손을 뻗어 할아버지의 볼을 쥐고 아프게 꼬집으며 심술을 부렸다. "도대체 뭐라고 하는 거예요, 할아버지? 무슨 말인지 하나도 모르겠어요."

"상 리, 트럭들이 오고 있어. 가야 할 시간이야." 할아버지의 입술이 계속 움직였는데 이상하게 목소리는 젊고 힘차게 들렸다. "상 리, 일어나. 트럭들이 거의 다 도착했어. 이제 정말 가야 할 시간이라고."

기 림이 나를 흔들어 깨웠다. 나른했던 어린 시절의 꿈에서 빠져나오니 할아버지는 온데간데없고 나 혼자만 남았다.

나를 흔드는 남편의 손길은 내 유년의 풍경을 통째로 휘저어놓았고, 구불구불 몰려오는 차들과 귀청을 찢을 듯이 빽빽거리는 경적 소리가 현실을 환기시켰다. 나는 더 이상 머나먼 시골집에 살던 일곱 살짜리 여자아이가 아니라 스틍 민체이에 사는 스물아홉 살 성인 여자였다.

"미안해." 나는 위에서 내려다보는 어슴푸레한 형상을 향해 작은 소리로 중얼거렸다. "늦잠을 잤네. 꿈을 꿨어. 내가…"

나는 눈을 비볐다. 지금 내 꿈 따위는 중요하지 않다. 남편이 먹을 점심으로 어제저녁에 먹고 남은 밥을 싸줘야 했는데. 남편은 아침 일찍 출발해야 한다. 암소한테 집세를 내려면 오늘도 1만 2000릴을 더 벌어야 하기 때문이다.

"미안해." 나는 잠이 덜 깬 멍한 얼굴로 최대한 상냥하게 진심 어린 사과를 했다. "어서 가봐. 점심은 이따 가져다줄게."

꿈속의 할아버지처럼 남편도 길게 한숨을 내쉬었다.

"그럼 올 때 조심해. 트럭 가까이엔 얼씬도 하지 말고 멀찌감치 떨어져 다녀. 프락 심이 무슨 일을 당했는지 알고 있지?"

나는 여전히 멍한 눈으로 고개를 끄덕였다. 잠이 덜 깨긴 했어도 할아버지가 나오는 꿈속으로 되돌아갈 수 없다는 것 정도는 알았다. 그때 아이 울음소리가 들렸다.

기 림은 자다 깬 아들 니사이를 조심스럽게 안아 내게 안겼다. 아이는 태어난 지 16개월이나 됐지만 내가 한쪽 팔로 거뜬히 들 수 있을 정도로 여전히 작고 여렸다. 우리가 말하는 입 모양을 보고 소리를 들으면서 천진난만하게 까르륵거리며 말을 배울 때였지만 아이는 부산을 떨지도 않았고 시선은 늘 먼 허공을 향해 있었다. 머리카락은 가늘고 듬성듬성했으며 앙상한 갈비뼈 아래 드러난 작은 배는 공을 하나 삼킨 것처럼 볼록 튀어나와 있다. 아이를 제대로 돌보지 않는 엄마로 보일 것 같아 밖에 데리고 나갈 때마다 신경이 쓰였다.

잘 먹이기 위해 애쓰지 않은 게 아니다. 조금이라도 더 먹이려고 닦달하고 애걸하기도 했지만 그럴 때마다 입으로 들어간 음식은 아이의 몸을 관통해 그대로 흘러나오는 것만 같았다. 아이는 밤새 설사를 해댔고 아침마다 나는 아이를 씻기고 바닥을 닦느라 정신이 없었다.

"이렇게 일찍 약을 먹여도 될까?" 남편이 물었다.

"나중에, 뭐 좀 먹인 다음에. 다시 토해버리더라도 말이야."

"제발 좀 나아져야 할 텐데." 기 림이 낮게 웅얼거리고는 차 소리가 들리는 쪽으로 몸을 돌렸다.

"틀림없이 괜찮아질 거야." 나는 꿈 얘기를 들려주고 싶었지만 꾹 참았다. 그저 벗은 아이의 몸을 수건으로 감싸 안고 부드럽게 흔들며 울음이 잦아들기만 기다렸다.

"꼭 조심해야 해." 기 림은 다시 한번 다짐을 받은 뒤 현관문 구실을 하는 방수포 옆에 놔둔 고무장화를 신었다.

나는 빗자루 손잡이 같은 아이의 팔을 들어 올려 아빠에게 잘 다녀오라며 손을 흔들어 보이려 했다. 하지만 기 림은 이미 밖으로 나가 이른 아침의 희끄무레한 기운 속을 뚜벅뚜벅 걸어가고 있다. 차들이 용트림하듯 쉴 새 없이 경적을 울려댔다.

"할아버지 꿈을 또 꿨어." 결국 나는 유일하게 내 말을 들어주는 아이에게 속삭였다. 아이는 어둠 속에서 조용히 젖을 빨았다. "하지만 오늘은 달랐어."

아이는 가쁜 숨을 토해내고 있다. 나는 니사이가 고개를 뒤로 기울인 채 내게 되묻는 모습을 상상했다. '어떻게요? 할아버지 꿈이 오늘은 어떻게 달랐는데요, 엄마?'

나는 아이의 관심을 끌기라도 하듯 잠시 뜸을 들인 뒤 대답했다. "오늘은 달랐어, 니사이. 할아버지가 떠나기 전에 오늘은 아주 운이 좋은 날이 될 거라고 했거든."

≠ ≠ ≠

사람들이 어디 사느냐고 물을 때마다 나는 '스퉁 민체이'라는 아름다운 강변에 산다고 대답한다. 스퉁 민체이는 '승리의 강'이라는 뜻이지만 막상 그 이름이 어디를 가리키는지 알게 되면 사람들은 얼굴을 일그러뜨리며 의아한 표정을 지었다. 그런 모습을 볼 때마다 우리는 웃음을 터뜨렸다. 말이 좋아 '강'이지, 실제로 스퉁 민체이는 프놈펜에서, 아니 캄보디아 전체에서 가장 큰 쓰레기 매립장이다.

이곳은 넓이가 40만 제곱미터에 달하고 높이가 수십 미터나 되는, 악취가 코를 찌르는 쓰레기산이다. 복잡하게 엉킨 거미줄처럼 곳곳에 펼쳐진 쓰레기 골짜기들이 매번 변화무쌍하게 모습을 바꾸기 때문에 여기 주민들조차 길을 찾는 게 쉽지 않다.

나는 머리를 뒤로 질끈 묶고 집 밖으로 나갔다. 가건물인 이 집은 한때 콘크리트 가마니들을 비에 젖지 않도록 보관해두던 벽면 세 개짜리 보잘것없는 창고였다. 쓰레기 매립장 북동쪽의 자그마한 언덕 위에 자리 잡은 덕분에 다른 판잣집들을 어느 정도 내려다볼 수 있다.

게다가 매립장 중앙에는 구조물 설치가 금지되었으므로 집에서 바라보면 주변 풍경이 훤히 보였을 뿐만 아니라 가끔은 꽤 괜찮은 전망이 펼쳐질 때도 있었다. 폭우가 희뿌연 연기를 거둬간 후에는 특히 그랬다. 실제로 몇몇 사람들이 매립장 가운데 적당한 곳에 영구 쉼터를 지으려고 시도했지만 용역 깡패 같은 공무원들이 번번이 해체해버리곤 했다. 이처럼 스통 민체이는 판잣집들로 전면포위된 거대한 요새이자, 주석과 판지 성벽으로 둘러싸인 특이한 왕국이었다.

나는 이 세계를 비참하다거나 기쁨이라곤 전혀 없는 삭막한 곳으로 묘사하고 싶지 않다. 오히려 쓰레기 더미라는 지독한 배경과 역경 속에서도 지극히 정상적이고 감동적인 하루하루가 이어진다고 여기는 편이다. 돼지들은 더러운 길을 누비며 먹이를 찾아다니고 아이들은 팀을 꾸려 축구 시합을 즐긴다. 어른들은 신통찮은 일상 속에서도 정감 어린 농담을 나눌 줄 알고 새로운 생명들은 끊임없이 태어난다.

나는 이곳의 삶을 아름다운 시절로 소중히 간직하게 될 것이다.

오늘 아침에도 나는 어떤 물건들이 쌓여 있는지 알아보기 위해 바깥에 나가 주변을 둘러보았다. 간밤에 뿌린 뇌우 덕분에 흙먼지나 연기는 심하지 않았다. 벌써 일어나 부지런히 일과를 시작한 이웃들에게 고개를 끄덕여 인사를 했다. 물통 주위에 득시글거리는 파리 떼를 손으로 휘휘 저어 쫓아낸 뒤 니사이가 자고 난 자리를 닦기 위해 물을 한 바가지 떠서 서둘러 집 안으로 들어갔다. 아이는 요 몇 주 내내 상태가 좋지 않았기 때문에 아침마다 제일 먼저 하는 일은 아이가 설사한 자리를 치우는 것이었다. 남들이 듣기엔 구역질이 날 수도 있겠지만 이곳은 워낙에 악취가 진동하는 곳이라 그 정도는 별로 불쾌하지도 않았다. 솔직히 아이의 똥을 치우는 일쯤이야 우리에겐 문제도 아니다.

우리가 강가에 산다고 장난하듯 말하지만 그런 농담에는 나름의 사정이 있다. 비가 내리면 썩어가는 쓰레기 더미 속으로 스며들어 간 빗물이 유독한 물질과 섞여 여기저기서 흘러나와 합쳐지면서 개울을 이뤘다. 물줄기들은 마르면서 보기 흉한 검은 자국으로 남아 며칠 동안이나 사라지지 않았다. 그런 개울은 대부분 고약한 냄새를 풍겼고 피부에도 발진을 일으켰다.

그렇게 오염된 물과 접촉하는 것은 현명한 행동이 아니지만 달리 피하기도 어려웠다. 쓰레기를 주우며 살아가는 우리가 땅을 만지지 않고도 이 지역을 돌아다닐 방법은 없기 때문이다.

유독한 물이 가장 큰 위험도 아니었다. 최대의 적은 화재였다.

앞서 말했듯이 오늘은 연기가 심하지 않다. 평소에는 이곳저곳에 매캐한 연기가 피어올라 바로 앞의 쓰레기 더미조차 제대로 보이지 않을 정도다. 쓰레기산들이 부패하면서 메탄가스를 만들어 가두므로 우리는 늘 화재와 연기를 동반하고 산다. 무거운 쓰레기 더미 속 온도가 가파르게 오르면서 메탄가스가 점화돼 불이 나기 때문이다. 스통민체이는 말 그대로 화재가 끊이지 않고 불꽃을 진화하는 것 자체가 불가능하다. 그런 위험을 줄이겠다며 정부는 괴물 같은 불도저를 마구잡이로 들이밀었는데 그 과정에서 사람을 치거나 생매장해버리는 일 따위는 전혀 신경 쓰지 않는 것 같았다.

그나마 우기가 시작되면 연기 걱정에서 해방될 수 있지만 여기저기에 갈색 개울들이 흘러넘친다. 스퉁 민체이에서 살아가려면 여러 가지 난처한 문제와 직면하지 않을 수 없었다.

비를 기다려야 할지 말아야 할지도 알 수 없었다.

≠ ≠ ≠

암소가 아침 일찍부터 우리 집 문을 두드렸다.

면전에서는 암소라고 부르지 않았지만 그녀가 그런 별명을 알아차리거나 신경 쓸 것 같지도 않다. 안다 해도 명예로운 훈장 정도로 여기고 말 것이다. 그녀의 진짜 이름은 소피프 신. '친절하고 매력적인 사람'이라는 뜻이다. 아무래도 그녀의 부모는 망상이 심하거나 안목이 없는 게 분명하다.

소피프는 퉁명스럽고 냉혹하며 화를 잘 내는 여자다. 언제부터 있었는지 아무도 모를 정도로 스퉁 민체이에서 누구보다 오래 살았다. 몇몇 사람들의 주장에 따르면(터무니없는 소리 같긴 했지만) 그녀는 사람의 몸에 말의 머리를 가진 하늘의 신 바다바무카의 사생아라고 했다. 신화에 따르면 하늘의 신은 분방한 행동의 증거인 딸을 아내이자 피의 여신인 리크 크사크사르 데비에게 감추기 위해 쓰레기통에 숨겨두었다고 한다. 하지만 어느 날 아내가 의심의 눈길을 보내자 쓰레기통을 하늘에서 내던져버렸다고 한다. 그 쓰레기통이 스퉁 민체이에 떨어졌고 그때부터 소피프가 죽 이곳에 살아왔다는 것이다.

물론 나는 그 신화를 믿지 않는다. 하늘의 신이 말의 머리를 하고 있든 아니든 소피프가 들어 있는 쓰레기통을 하늘에서 던졌다는 얘기 자체가 말도 안 되는 소리 같다.

소피프는 아주 가끔 우리처럼 쓰레기를 주울 때도 있겠지만, 대부분의 시간은 잠을 자거나 욕설을 지껄이거나 싸구려 술을 마시며 빈둥빈둥 보냈다. 단, 매월 첫째 날은 유일하게 술에 취해 있지 않았다. 그날이 되면 어김없이 몇몇 땅 주인들을 대신해 스퉁 민체이에 사는 가난한 이들의 집세를 걷으러 다녔다. 그래서 우리는 그녀를 '암소' 또는 '집세 수금원'이라고 불렀다.

소피프는 절대 우물쭈물하는 법이 없었다.

"내 돈은 준비해뒀겠지?" 그녀는 성난 교사 같은 말투로 주저 없이 요구했다.

나는 호주머니에 손을 넣어 갖고 있던 돈을 전부 꺼내 건넸다(물론 오늘 저녁거리를 장만할 돈만큼은 남겨뒀다).

그녀는 어리석게 돈을 세느라 시간을 낭비하지 않는다.

"그걸로는 부족해. 나머지도 마저 줘야지!"

나는 주저하며 서 있을 뿐 궁색한 변명조차 하지 않았다. 그녀는 내 거짓말을 기다리는 대신 나를 질책하기 시작했다.

"게을러터져서는! 상 리, 이곳에 들어오겠다고 매달리는 사람들이 얼마나 많은 줄 알아?"

우습기 짝이 없다. 그건 사실이 아니다. 기 림과 나는 결코 게으르지 않고, 스퉁 민체이에 들어오려고 사람들이 기다리고 있다는 얘기 또한 말도 안 되는 얘기다. 나는 피식 웃었다.

"왜 웃는 거지?" 그녀는 호통을 치듯 물었다. "집세를 낼 수 없다면 이곳에 다른 사람을 들일 수밖에 없어. 멍청이 같으니라고!"

나는 암소의 젖통을 걷어차고 싶었지만 어쩔 수 없이 두 손을 맞잡고 자비를 구하는 시늉을 했다. 용서를 구하는 가장 간단한 방법이다.

"돈이 조금 있지만 니사이 상태가 아직 좋지 않아요. 이번 주에 아이 약을 사야 하거든요. 미국 약이요, 그게 도움이 될까 해서요."

"멍청이 같으니라고!" 소피프는 화가 잔뜩 나서 중얼거렸다.

어떤 날은 그녀가 멍청이라는 단어를 몇 번이나 사용하는지 세어보곤 했다. 하지만 오늘 아침 그녀는 특히 더 짜증을 부렸으므로 나도 신중한 표정을 지으려 애썼다.

"오늘은 집세를 다 마련할 수 있을 거예요. 정말이에요. 기 림이 아침 일찍 트럭으로 일을 나갔거든요. 오늘 저녁에 돈을 가지고 들어올 거예요." 나는 확신을 보여주려고 자신만만하게 어깨를 쭉 펴고 말했다.

"단 하루 만에? 불가능할걸!" 그녀가 선언하듯 말했다. 나는 고개를 위 아래로 끄덕이는 듯하다가 빙그르르 돌리며 긍정도 부정도 아닌 티를 은근히 내비쳤다. 그녀는 내 고갯짓을 보더니 물병을 꺼내 물을 꿀꺽꿀꺽 마셨다.

"상 리." 소피프는 짜증 섞인 목소리로 말했다. "지주들의 돈을 받아주는 게 내 임무라는 걸 잊지 마." 그러고는 넌더리가 난다는 듯 발길을 돌리더니 다시 뒤를 돌아보며 덧붙였다. "오늘 밤에 다시 올 거니까 그렇게 알아."

쓰레기 매립장 주변에 살면서 패션에 신경 쓸 여유도 이유도 없겠지만 뒤뚱뒤뚱 걸어가는 소피프의 뒷모습을 보면 어쩐지 웃음이 나왔다. 저 여자는 1년 내내, 무더위가 기승을 부릴 때에도 가뜩이나 굵은 발목에 보기 흉하게 늘어져 있는 갈색 양말을 절대로 벗지 않는다.

아무래도 내가 뒤에서 비웃고 있다는 사실을 알아챈 듯했다. 소피프는 돌아서지도 않은 채 다시 한번 위협하듯 강조했다.

"오늘 밤이야!"

2장

스퉁 민체이 하늘에 떠 있는 태양은 사람을 가리지 않는다. 나이가 많든 적든, 뚱뚱하든 말랐든, 겸손하든 오만하든 누구에게나 똑같이 빛을 내리쬔다. 한번은 기림이 이런 말을 한 적이 있다. 태양은 유독 이런 특정 지역에 사는 가난한 사람들에게만 혹독한 빛을 쏘는 것 같다고. 언뜻 들으면 맞는 말 같기도 하지만 엄밀히 따지면 부자들은 애초에 이런 쓰레기 더미에 살지 않는다. 이글거리는 태양은 열심히 쓰레기를 살피고 뒤지는 일꾼들에게 강렬한 햇살을 쏟아부었다. 사람들은 파리 떼와 오물, 잠재적 화재로부터 몸을 보호하기 위해 긴 소매 셔츠와 긴 바지를 입고 무거운 고무장화를 신었다.

쓰레기를 줍는 일은 이루 말할 수 없을 정도로 고달프다. 프놈펜에서도 가장 가난한 이곳 사람들은 남들이 내다 버린 것들에서 삶을 일구고자 오늘도 안간힘을 쓰고 있다. 오늘의 배고픔을 덜기 위해 내일의 희망과 거래하지 않으면 안 되는 삶이다.

오랜 시간 이어지는 노동을 이겨내려면 이른 저녁부터 잠자리에 들어야 하고, 장대 위에 지붕만 덮어놓은 쉼터에서 부실한 점심을 먹어야 한다. 쉼터라고 해봤자 임시로 대충 만든 것이다. 쓰레기 더미에서 쉽게 찾을 수 있는 판지들을 가져다 바닥에 깔았고, 대나무 장대와 나뭇가지들을 이리저리 연결해 엉성한 뼈대를 만들어서 커다란 천을 그 위에 씌워 그늘을 만들었다.

대부분은 원시적이고 조잡하기 짝이 없지만 많은 노력과 정성을 들여 만든 쉼터도 간혹 있었다. 그곳은 단순히 휴식을 위한 쉼터 이상의 의미가 있었는데, 쓰레기 더미 속에서 찾아낸 오아시스처럼 사람들의 모임 장소로도 활용됐다.

이런 현상은 여성 일꾼들 사이에서 특히 더 두드러졌다. 둥지를 틀고 싶은 마음이 은연중에 드러난 것인지도 몰랐다. 조라니 칸은 더러운 천 대신에 꽃무늬가 그려진 시트를 사용했고, 다라 닉은 바닥에 판지를 여러 장 겹쳐 깔아서 앉았을 때 좀 더 푹신한 느낌이 들게 했다. 시다 손은 자신이 초대한 사람들을 위해 커다란 물 항아리를 들여다 놓기도 했다. 스퉁 민체이에서도, 아니 스퉁 민체이이기 때문에 더더욱 공감대가 필요했고 서로를 받아들이고 싶어 했다.

하지만 영구적인 쉼터에 대한 이런 노력이나 갈망은 덧없이 끝나버릴 때가 많았다.

쓰레기 더미를 쌓는 괴물 같은 불도저들이 야밤에 쉼터 주변을 돌며, 조잡하게 세운 쉼터들은 그대로 두면서 공들여 가꾼 멋진 쉼터만 골라 희망을 짓밟듯 납작하게 부숴버렸다. 그래도 우리는 낙심하거나 좌절하지 않고 끈기를 발휘했다. 그것은 스퉁 민체이에서 일찌감치 배운 교훈이었다. 개미집이 무너질 때마다 개미들이 또다시 집을 짓는 것처럼 우리는 현장에 달려가서 피해 정도를 파악한 뒤 바로 복구 작업에 들어갔다.

그럴싸하게 꾸며놓은 쉼터들이 점점 늘었지만 생각이 있는 사람이라면 그곳에서 감히 밤을 보내려 하지는 않았다. 악취를 풍기며 썩어가고 언제 불꽃을 피울지 모르는 쓰레기산 아래서 잠들었다가는 영원히 깨어나지 못할 수 있기 때문이다. 기 림은 친구의 사촌이 그런 식으로 죽었다고 이야기했지만 그저 나를 놀리는 것일 뿐, 겁을 줘서 매립장 샛길을 다닐 때마다 조심하게 하려는 거라고 생각했다. 내가 그 친구나 사촌이 누구냐고 물으면 얼버무리기만 할 뿐 정확히 누구라고 말하지도 못했다.

≠≠≠

니사이를 데리고 쉼터들이 모여 있는 곳에 도착한 나는 기 림을 찾으려고 몇몇 덤프트럭 위에 쌓인 쓰레기 더미들을 살폈다. 이제 막 정오가 지났고, 일꾼들이 휴식을 취하기에는 조금 이른 시간이어서 트럭들이 즐비하게 늘어서 있었다. 대부분 아는 사람이지만 처음 보는 얼굴도 꽤 있었다. 이곳에 나타나는 사람들은 끊임없이 바뀌었다.

나는 니사이를 먹이려고 으깨놓은 밥을 조금 덜어놓고 나머지를 남편 도시락으로 싸 왔다. 남편을 발견하고는 도시락통을 높이 흔들어보였더니 남편은 금방 가겠다는 손짓을 했다. 팔에 안긴 니사이의 다리가 왼쪽 엉덩이를 누르는 바람에 오른쪽도 덩달아 아래로 쏠렸다. 나는 앉을 만한 데를 찾았다. 그때 누군가 외치는 소리가 들렸다.

"상 리 아줌마! 여기로 와요!"

행운의 뚱보였다. 소년이 우리를 보고 자기가 있는 곳으로 오라며 고함을 질러댔다. 언뜻 봐도 조잡한 쉼터였지만 나는 감사한 마음으로 소년이 있는 곳에 가서 덮개가 드리운 그늘에 니사이를 눕혔다. 아이는 떨어지지 않으려고 울며 매달렸고, 나는 그저 아이가 한낮의 열기에 지쳐 잠들기만을 기원했다.

"아저씨 점심을 가져온 거예요?" 행운의 뚱보가 이곳 쓰레기 매립장 주변에서는 쉽게 듣기 어려운 생기발랄한 목소리로 물었다.

"응. 넌 점심을 준비해왔니?"

소년은 물어봐줘서 고맙다는 표정을 지으며 고개를 끄덕였다.

나는 소년의 진짜 이름은 모르지만 소년의 엄마는 틀림없이 포동포동하고 낙천적인 여자일 거라고 생각한다. 소년은 안타깝게도 어릴 때 버려졌기 때문에 부모가 어떤 사람들인지 전혀 알지 못했다. 소년은 '행운아'라고 불렸는데, 쓰레기 더미에서 돈을 자주 발견하는 묘한 재주를 가졌기 때문이다. 또 그냥 봐도 통통했기 때문에 '뚱보'라고도 불렸다. 어떤 이웃들은 소년이 (깡마른 캄보디아 붓다가 아니라) 웃고 있는 중국 붓다를 닮았다고 했다. 실제로 작년 한 해 동안 행운의 뚱보는 쓰레기 더미에서 붓다 조각상을 여러 개 발견하기도 했다. 열두 달이 지난 지금, 그의 오두막은 부러지고 깨진 붓다 조각상들로 넘쳐난다. 새로 온 사람 중에는 이 소년이 종교적이고 강박적인 데가 있거나 수도승이 되고 싶어 안달이 난 줄 아는 사람도 있었다.

행운아라는 별명과 달리 그 아이의 삶은 순탄치 않았다. 소년은 일곱 살 때, 우리가 이곳에 온 직후 쓰레기 매립장에 버려졌다. 내 아이를 버린다는 것은 상상할 수조차 없는 데다 당시의 나는 너무도 절망적인 상태여서 아이를 버릴 수밖에 없는 부모의 심정을 헤아릴 겨를도 없었다. 게다가 정말 이해할 수 없는 부분은 아이를 버린 장소였다. 고아원이나 수도원도 있고 외국인 진료소도 있는데, 쓸모없는 물건들을 버리듯이 쓰레기 처리장에 자기 아이를 버리는 엄마의 머릿속은 도대체 어떻게 생겨먹은 것일까.

다행인 것은 행운의 뚱보가 감탄스러울 정도로 훌륭하게 살아가고 있다는 점이다.

소년은 네 살 위인 고아 프락 심에게서 쓰레기 분류하는 법을 배웠다. 나이가 네 살이나 차이 났음에도 둘은 빠르게 친해져서 함께 일하고 친구처럼 의지하며 살아갔다. 하지만 8개월 전, 프락 심은 쓰레기를 실은 트럭에 치여 숨을 거두고 말았다. 만약 내가 그런 상황이었다면, 그토록 비참하고 암울한 장소에서 그토록 비극적인 방법으로 가족을 잃었다면, 트럭을 쫓아가 육중하고 비정한 바퀴 아래 몸을 던지고 싶었을 것 같다. 하지만 소년은 그러지 않았다. 오히려 지금까지 명랑함을 잃지 않고 살아가고 있다.

기 림이 무거운 가방을 질질 끌다시피 하며 다가오자 소년이 평소보다 더욱 환한 미소를 지어보였다.

"저 가방에 돌을 잔뜩 담았거나 아주 운이 좋은 날이거나 둘 중 하나일 거야." 나는 소년에게 말을 건넨 뒤 남편이 얼른 와서 설명해주길 기다렸다. 기 림이 오자마자 입을 열었다.

"오늘 아침에 벌써 두 번째 트럭이야. 못 쓰게 된 파이프 연결 장치들을 가득 싣고 왔어. 파이프들이 트럭 옆면에 부딪히면서 계속 철커덕 소리를 내더라고. 쓰레기 더미가 엄청 많았는데 다행히 바로 앞에 있어서 얼른 주워 담아왔지."

행운의 풍보가 자기도 잘 알고 있다는 듯 격렬하게 고개를 끄덕였다. 그제야 나는 소년 역시 금속이 가득 든 가방에 기대어 앉아 있다는 걸 알아챘다.

"이게 뭘 뜻하는지 알아?" 기 림이 물었다.

"오늘 밤 뭔가를 먹을 수 있다는 거?" 나는 씁쓸하게 말했다.

"암소의 돈을 갚을 수 있을 만큼 충분한 돈을 벌었다는 뜻이야. 암소가 젖가슴을 퉁퉁 치겠지."

행운의 뚱보가 승냥이처럼 웃었다. 그 웃음소리가 무슨 사정인지 알겠다는 것처럼 들려서 우리도 그냥 따라 웃었다. 니사이도 손을 휘휘 내저었다.

"참, 깜박할 뻔했네." 기 림이 가방 안을 뒤적거려 책 한 권을 꺼냈다. "낡긴 했지만 니사이가 좋아할 거야."

나는 남편에게 책을 건네받아서 더러워진 종이를 넘기며 훑어봤다. 가장자리가 너덜너덜하고 뒤표지가 물에 젖어 얼룩이 졌지만 본문의 그림들은 온전하게 보존돼 있어서 색상도 선명하고 깔끔했다. 글을 읽을 수는 없지만 아이들을 위한 책이라는 것을 금방 알 수 있었다. 니사이에게는 완벽한 선물이었다.

"이 책을 산 거야?" 내가 물었다.

"아니, 파이프 트럭이 도착하기 전에 우연히 발견했어. 사실 멩이랑 거의 동시에 손을 뻗었다가 멩이 먼저 집어 들었거든. 근데 니사이가 아프다는 걸 강조했더니 내게 넘기

더라고."

"잘했어."

"이거, 내가 가진 돈 전부인데 저녁거리로 돼지고기랑 파파야랑 쌀을 좀 사서 먼저 들어가. 난 이따 들어갈게. 다른 걸 더 찾아낼지도 모르니까."

나는 사람들의 발자취를 따라 쓰레기 더미를 내려오며 꿈속에서 들은 할아버지의 말을 떠올렸다.

'오늘은 아주 운이 좋은 날이 될 거야.'

≠≠≠

쏟아지는 햇살에 눈이 부셨지만 나는 턱을 바짝 들어 올리고는 쓰레기들이 납작하게 들러붙은 샛길을 의기양양하게 걸었다.

"소피프가 어떤 표정을 지을지 정말 궁금하네." 나는 팔에 안겨 있는 아이를 쳐다보며 말했다. 니사이는 두서없이 지껄이는 나를 보며 옹알거리는 소리를 냈다. "오늘 밤 암소가 돈을 요구하면 처음엔 아무 말도 하지 않을 거야. 머리가 땅에 닿도록 조아린 채 그 여자의 화가 부글부글 끓어오를 때까지 미적거리며 시간을 끌어야겠어. 먹구름이

짙어지며 요동을 치는 것 같겠지. 그러다가 마침내 천둥이 한바탕 우르르 울리고 말걸."

나는 잠시 멈춰 서서 니사이를 뚫어져라 쳐다봤다. 엄마가 아주 영리한 계획을 세우고 있다는 것을 알아주었으면 하는 마음으로. 아이는 말이 없었지만 반응이 없다고 들뜬 마음이 가라앉을 리 없었다. "절대 웃어선 안 돼." 나는 계속해서 떠들었다. "그 여자가 적어도 열두 번은 나를 바보라고 부를 때까지 그렇게 서 있을 거야. 그런 다음 얼굴을 꼿꼿이 들고 할 말을 다 했는지 묻는 거야. 아마 나의 거침없는 태도와 자신감에 완전히 놀라서 아무 말도 못 할걸. 그러다가 소피프가 퀴퀴한 냄새가 나는 숨을 토하면서 비난을 퍼부으려고 할 때, 바로 그 순간에 이번 달과 다음 달 집세를 움켜쥔 손을 펴 보일 거야. 만약 바로 낚아채 가지 않으면 돈을 암소의 손에 쥐여준 다음 문 쪽으로 밀어내는 거지. 그러고는 '우리 볼일은 이걸로 끝났어요!'라고 외칠 거야."

나는 오늘 밤 계획을 세세하게 묘사했다. 신나서 손뼉을 치고 싶었지만 그럴 수 없었다. 한 손으로는 아이를 안고 다른 손으로는 책을 들고 있었기 때문이다.

대신에 나는 이렇게 말했다. "네 엄마는 말이야, 니사이.

스퉁 민체이의 집세 수금원 앞에 당당하게 서서 말할 거야."

그제야 비로소 까르륵거리는 아이의 웃음소리가 들렸다.

≠≠≠

니사이는 내 다리 사이 바닥에 앉아 있다. 아이 상태가 조금 나아진 것 같아서 아빠에게 선물로 받은 생애 첫 그림책을 살펴보기로 했다. 손가락으로 그림을 가리키며 아이가 눈길을 보내기를 기다렸다. 언뜻 보면 매일 밤 잠들기 전에 엄마가 아이에게 책을 읽어주는 모습 같다. 하지만 니사이는 눈길을 주는 대신 너덜너덜해진 종이를 잡으려고 안간힘을 썼다. 아이의 표정은 이렇게 말하고 있는 것 같다. '저걸 움켜잡을 수만 있다면 바로 입으로 가져갈 텐데.'

손이 닿지 않게 책을 멀찌감치 놓았지만 니사이는 단념하지 않았다.

"니사이." 나는 큰 소리로 아이를 부른 뒤 종이를 씹어 먹으려는 마음을 단숨에 돌려놓겠다는 기세로 말했다. "엄마가 재미있는 얘기를 들려줄게."

나무가 우거진 숲을 묘사한 멋진 그림이 책의 첫 페이지
에 등장했다. 커다란 나무 아래에는 젊은 캄보디아 엄마가
아들을 안고 서 있다. 바람이 불어오는지 나뭇잎들이 소
용돌이치는 것처럼 보였고, 엄마와 아이도 경이로운 눈길
로 바라보고 있다. 그림 아래 적힌 글들을 읽을 수 없었으
므로 나는 그림 속 인물들을 가리키며 내 멋대로 이야기를
지어냈다.

"이 엄마는 아들을 아주 많이 좋아한대. 내가 너를 사랑
하는 것처럼 말이야."

틀린 말은 아닐 테지만 이야기를 꾸며내려니 우스운 생
각이 든다. 니사이도 엄마가 가짜로 얘기를 지어내고 있다
는 걸 눈치챈 것 같다. 페이지를 넘기니 엄마와 아들이 커
다란 산을 오르는 장면이 나왔고, 옆 페이지에는 어느새
그들이 깊고 푸른 바다로 옮겨와 있었다. 두 모자가 어찌
그리 빨리 이곳저곳을 다닐 수 있는지 의아했다. 내가 작
가라면 이야기를 이런 식으로 만들지 않을 텐데.

나는 머릿속으로 좀 더 그럴듯한 줄거리를 구상해보려
고 애썼다. 그때 기 림이 돌아오는 소리가 들렸다. 우리가
책을 읽고 있는 모습을 남편이 본다면 눈을 동그랗게 뜨고

놀라워할 것이다. 그런데 남편은 들어오지 않았고 발음이 불분명한 말소리만 어렴풋이 들려왔다. 아무래도 남편이 아니라 소피프인 듯하다. 술에 취해서 집세를 받으러 온 모양이다.

"들어와요." 나는 저 여자가 허락도 없이 내 집에 들어오는 것이 달갑지 않아 큰 소리로 외쳤다. 일단 니사이의 손이 닿지 않게 책을 멀리 놔두고 소피프를 맞으러 나갔다.

붉은 노을이 서편 하늘을 물들이고 있었다. 방수포를 걷어 올리고 시선이 한곳에 온전히 머물 때까지 몇 초가 걸렸다. 가슴이 철렁 내려앉았다. 눈앞의 사람은 소피프가 아니라 기 림이다. 남편은 바닥에 쓰러진 채 집으로 기어오고 있었다. 그의 셔츠는 오른쪽 귀 뒤에서 흘러나온 피로 얼룩덜룩했다. 남편은 뭔가를 말하려고 애썼지만 입에서는 피가 섞인 침만 튀었다.

남편의 말을 알아듣기는 힘들었지만 어떤 일이 벌어졌는지는 정확히 이해할 수 있었다. 평소에도 매립장 부근에는 질 나쁜 패거리들이 자주 돌아다녔다. 기 림은 강도를 만난 것이다.

≠ ≠ ≠

그날 밤 나는 꿈을 꾸지 않았고 할아버지도 만날 수 없었으며 더 이상 행운도 찾아오지 않았다. 아침에 일어나니 기 림의 머리 아래 매트에는 둥글고 검붉은 얼룩이 무슨 후광처럼 번져 있었다. 헝겊으로 상처를 대충 두른 채 밤을 보냈던 것이다. 시간이 흘렀는데도 기림이 자리에서 일어나 앉자 목덜미에서 빨간 피가 거미줄 모양으로 번지며 누렇게 들뜬 피부 위를 스멀스멀 기어다녔다.

"기, 아직도 피가 멎지 않았어." 나는 니사이가 깨지 않도록 소리를 죽여 말하면서 피가 엉겨 붙은 머리카락을 헤집고 헝겊을 꾹 눌렀다. "의사한테 가봐야겠어."

남편은 실의에 빠진 목소리로 중얼거렸다. "돈이 없잖아."

"어제 조금 남겨놓은 게 있어. 엄마한테 좀 더 빌릴 수도 있고."

"상 리, 어머닌 당신 한 몸도 챙기기 버거운 분이야."

남편 말이 맞았다. "그럼 우리가 가진 돈으로라도 치료를 받아야 해. 얼른 같이 가보자." 나는 나갈 준비를 하려고 니사이를 향해 팔을 뻗었다. 하지만 남편이 다급하게 손을 저으며 만류했다.

"니사이랑 그냥 집에 있어!" 단호하고 굳은 목소리였다. 자신감에 차 있던 어제와는 확연히 달랐다.

"이런 상태로는 당신 혼자 갈 수 없어." 나도 굽히지 않고 말했다.

"상 리!" 기 림은 제발 자기 말을 들어달라는 말투로 대답했다. "괜찮을 거라고 했잖아!"

나는 더 이상 우기지 못하고 얼마 안 되는 돈을 남편의 손에 쥐여준 뒤 상처 주변에 깨끗한 헝겊을 대줬다. 기 림은 일어나서 샌들을 끌며 나갔다.

매립장 바깥 포장도로까지만이라도 바래다주고 싶었다. 하지만 그때 니사이가 훌쩍이며 보챘고 나는 아이의 코를 닦아줘야 했다. 어쩔 수 없이 기 림이 비틀비틀 집을 나서며 도시로 이어진 길을 휘적휘적 걸어가는 모습을 말없이 지켜봤다.

나는 할아버지를 사랑했고 지금도 좋은 기억을 갖고 있다. 따지고 보면 나를 키운 건 할아버지였다. 지금도 가끔 하늘을 올려다보며 할아버지와 대화를 나눈다. 다시 한번 할아버지의 볼을 움켜잡고 두 눈을 들여다보는 상상을 해본다. 내 손은 더 이상 어린 소녀가 아닌 다 자란 성인의 손이지만 나의 인사는 이번에도 간단했다.

"행운을 빌어줘요, 할아버지. 우린 행운이 필요하다고요!"

≠≠≠

어느새 오후가 됐다. 나는 매트에 얼룩진 피를 문질러 닦아내고 수선스럽게 집안일을 하며 니사이를 즐겁게 해주려고 애썼다.

남편은 아직 돌아오지 않았다.

그때 누군가 나를 불렀다. "상 리?"

나는 그 말투를 바로 알아차렸다. 남편 대신 소피프가 돌아온 것이다. 온몸이 얼어붙는 것 같다. 그녀가 또다시 더 크게 내 이름을 불렀다.

"상 리!"

나는 숨죽이며 가만히 있어볼까 했지만 방이 하나뿐인 집에는 달리 숨을 데가 없다. 방수포를 들어 올리기만 하면 소피프는 우리를 발견할 것이다. 그 순간 니사이가 칭얼거리는 바람에 우리 존재를 고스란히 들켜버렸다. "배신자." 나는 작은 소리로 투덜거렸다.

방수포 쪽으로 걸어가 한 귀퉁이로 팔을 뻗었는데, 그것을 들어 올리기도 전에 모멸감이 섞인 술 냄새가 훅 끼쳐왔다. 우리는 따로 인사도 나누지 않았다.

"나머지 돈은 준비해뒀겠지?"

나는 계획한 대로 고개를 늘어뜨리고 있었지만 일부러 기죽은 척하는 게 아니었다.

복수하듯이, 거만하게 집세를 건네겠다는 비정한 계획 같은 건 세우지 말았어야 했다. 그런 자만이 오히려 화를 불러오고 말았다. 조상들이 안다면 틀림없이 나를 벌할 만한 일이다. 마음 같아서는 소피프에게 상황을 구구절절 설명하고 싶지만 그래봤자 소용없다는 것도 잘 안다.

"아니요, 죄송해요."

평소에 소피프는 사납게 짖어대는 개와 같았다. 험악하긴 했지만 물지는 않는 개. 그런데 오늘은 이빨을 드러낸다. 심하게 으르렁거렸고 시선은 차갑고 을씨년스럽다. "내일까지 나가!"

나는 엉거주춤 한 발 물러나 있다가 사태의 심각성을 깨닫고 용서를 구했다. "제발 그것만은! 기 림이 어젯밤에 강도를 만났어요. 머리가 찢기고 모든 걸 빼앗겼다고요."

그녀는 못 믿겠다는 듯 툴툴거렸다. "맨날 변명이지. 내일 아침까지 안 나가면 경찰을 부를 거야!"

니사이가 엄마의 절박한 심정을 알아차린 게 분명했다. 칭얼거리던 아이가 큰 소리로 울기 시작한다. 소피프는 아이를 힐끗 보다가 바닥에 펼쳐진 책을 발견했다.

한순간 소피프의 몸이 얼어붙은 것처럼 보였다. 그러더니 어깨가 풀썩 가라앉고 숨을 멈추고는 책에서 시선을 떼지 못했다. 맹렬하게 휘몰아치던 분노가 느닷없이 잠잠해지더니 정적이 감돌았다. 그녀가 한 걸음을 내디뎌 집 안으로 들어왔는데, 눈앞의 광경을 믿지 못하겠다는 표정이었다. 또다시 한 걸음을 내딛는 동안 입술이 파르르 떨리며 벌어졌지만 아무 소리도 나오지 않았다. 몇 분 같은 몇 초가 흐르는 동안 소피프는 아무 말도 하지 못했다.

불편한 침묵이 이어졌다. 나는 그녀의 눈빛을 바라보며 무슨 일이 벌어진 것인지 이해하려 애썼다. 하지만 할아버지가 나오는 꿈속처럼 도무지 상황 파악이 되지 않았다. 소피프는 또 한 걸음을 질질 끌며 니사이에게 가까이 다가갔다. 당황한 나는 본능적으로 앞으로 달려나가 바닥에서 아이를 와락 안아 들었다.

소피프는 전혀 개의치 않는 듯했다.

어디선가 나지막한 소리가 울리기 시작했다. 하지만 니사이의 울음소리와 뒤섞여 어디서 나는 소리인지 분간할 수가 없다. 상처 입은 개의 억눌린 울부짖음 같은데, 그리 멀리서 들리는 소리 같지는 않다. 잠시 후 나는 그것이 소피프의 입에서 나오는 소리라는 걸 알아차렸다.

그 소리는 점점 더 커지더니 고통스럽고 슬픔에 가득 찬 탄식으로 변했다. 마치 지상의 모든 어둠이 그녀의 존재를 없애버리려고 음모를 꾸미는 것처럼. 소피프는 신음을 토해내며 거의 주저앉을 듯 허리를 굽혔지만 우리 집에 의자는 없었다. 처음에는 그 책에 손대기를 주저하는 것처럼 보였다. 그러다가 손가락으로 표면을 쓰다듬더니 표지를 감싸듯 책을 덮고 왕의 보물을 다루듯이 들어 올렸다.

아름다운 책이긴 했지만 사실 너무 낡고 오래된 물건이었다. 그녀는 얼룩덜룩한 손으로 표지를 펼치고 주저주저하며 페이지를 하나하나 넘겼다. 그러면서 페이지마다 등장하는 새로운 그림에 시선을 고정했다. 자신이 보고 만지는 형형색색의 그림들을 모두 머릿속에 집어넣으려는 것처럼. 이것은 꿈이 아니라 현실이라고 되뇌는 것처럼.

앓는 듯한 신음은 끊이지 않고 이어졌다. 감정이라고는 없는 사람이라고 생각했는데 고통과 번민 속에서 허우적거리는 것 같았다. 나는 어찌할 바를 모르다가 그녀의 어깨 위에 슬며시 손을 댔다. 조금은 위로가 될 거라 생각했지만 소피프는 아무 반응이 없다. 여전히 쪼그려 앉은 채 서서히 몸을 앞뒤로 흔들기 시작했다. 나는 손을 떼고 한 걸음 뒤로 물러섰다. 내 집인데도 내가 오히려 구경꾼이 된 기분이었고, 그녀의 슬픔과 고통에 공감할 수가 없었다.

나는 기림이 얼른 돌아와 이 곤혹스러운 상황에서 나를 구해주기를, 어떻게 도와주면 되는지 알려주기를 간절히 바랐다. 하지만 남편은 아직 돌아오지 않았고, 소피프는 아주 오랫동안 바닥에 웅크려 앉아 꼼짝도 하지 않는다. 마침내 긴 한숨이 새어 나오고 앞뒤로 들썩이던 불안정한 자세도 멈췄다. 소피프는 아무 말 없이 일어나 휘청거리며 방 안을 가로질러 방수포를 들어 올리고 밖으로 나갔다.

나도 그녀를 따라 나갔다.

세 걸음쯤 발을 뗐을 때 그제야 내가 지켜보고 있다는 사실을 깨달은 듯했다. 자기 손에 들린 책을 힐끗 보고 나와 니사이를 돌아봤다. 다시 한번 책을 내려다볼 때 그녀가 무슨 생각을 하는지 알 것 같았다. 그래서 고개를 끄덕이며 '그 책을 가져도 돼요'라는 의미로 손짓을 했다.

소피프는 고맙다는 인사를 하진 않았지만 내 뜻을 이해한 것 같다. 몸을 돌리고 달아나듯 성큼성큼 걸어갔기 때문이다. 그러고는 이내 쓰레기 더미에서 피어오르던 희뿌연 연기 속으로 사라졌다.

나는 다시 집 안으로 들어가 니사이를 매트 위에 내려놨다. 조금 전에 목격한 일을 어떻게 받아들여야 할지 모르겠다. 니사이와 장난을 치고 아이가 어질러놓은 것을 치우며 잠자리를 정리하면서도 머릿속에서는 소피프가 책을 보고 반응했던 장면들이 계속해서 떠올랐다. 백 번쯤 봐서 결말이 어떻게 되는지 뻔히 아는 영화를 보는 것 같았다. 다만 어느 날 갑자기 결말이 달라진 느낌이랄까.

감정이라곤 하나도 없는 것처럼 보이던 여자가 말도 못할 정도로 감정의 동요를 일으킨 이유가 뭘까? 그 그림에 뭔가 특별한 사연이 있는 게 분명하다. 그림책의 페이지를 넘기던 그녀의 모습을 다시 한번 돌이켜봤다. 문득 한 가지 생각이 스치고 지나간다.

"바로 그거야!" 나는 크게 소리쳤다.

부산하게 놀리던 손길을 멈추고 머릿속에 떠오른 장면을 곰곰이 되짚었다.

소피프의 눈빛과 모든 그림에 눈길을 던지던 방식, 페이지를 넘길 때의 시차, 그때마다 살짝 들썩이던 입술이 그것을 말해주고 있었다. 맞아, 바로 그거다. 소피프 신, 우리가 암소라고 부르던 그 여자는 글을 읽을 수 있는 것이다!

≠ ≠ ≠

기 림은 밤늦게야 집에 돌아왔다. 나는 남편이 들어와서 잠자리를 볼 수 있게 전등 하나를 밝혀놓았다. 그가 엷은 미소를 지었다. 머리에 감은 하얀 붕대와 반창고가 구릿빛 피부와 확연한 대조를 이뤘다. 다시 건강한 혈색을 되찾은 듯해서 나는 안도했다.

"무사히 돌아와서 다행이야. 얼마나 걱정했는지 몰라."

"난 괜찮아." 그는 아무렇지도 않게, 너무도 무심하게 대답했다.

"의사가 뭐래?"

"팔레-부 프랑세? (프랑스어를 할 줄 아세요?)"

"뭐라고?"

"나도 무슨 뜻인지 몰라. 여의사가 프랑스어로 말했거든. 상처를 꿰매더니 주사를 한 대 놔주더라고. 그리고 지금은 정말 좋아졌어."

이제 남편의 얼굴에는 분노가 서려 있지 않다. 대신에

평소와 달리 동공이 커지고 이상하게 말소리도 느렸다.

"병원비가 모자랐지?" 돈 얘기를 꺼내고 싶지 않았지만 물어보지 않을 수 없었다. 그런데도 기 림은 별로 괴로운 표정이 아니다.

"공짜였어. 케마락대로 러시아 병원 근처에 있는 자선 병원으로 갔거든. 프랑스 사람이 운영하는 병원 있잖아."

나는 눈썹을 찌푸리며 말했다. "거긴 임산부와 아기들만 치료해주는 곳 아냐?" 나는 그 병원을 잘 알고 있다. 불과 몇 주 전에도 니사이를 데리고 갔기 때문이다.

기 림은 두 눈을 반짝 빛내며 말했다. "응, 근데 내가 거기 대기실 바닥에서 쓰러져버렸거든. 그러니 어쩌겠어? 게다가 타일 바닥에 피까지 철철 흘렸으니."

남편이 키득키득 웃는 바람에 나도 덩달아 웃었다. 얘기가 웃겨서라기보다는 심각한 상황을 너무도 가볍게 말해서 웃음이 났다. "그래서 어떻게 해줬는데?"

"나도 잘 몰라. 아무튼 큰 도움이 됐지!"

"그러면 그 돈은 아직도 가지고 있겠네?"

그는 집으로 돌아오고 처음으로 심각한 표정을 지었다. 고개를 저으며 다소 비장한 얼굴을 하더니 주먹에 힘을 주며 말했다.

"상 리, 이제부턴 강도가 달려들어도 걱정하지 않아도 돼."

"어째서?"

기 림은 거칠게 숨을 들이쉬고는 바지춤을 걷어 올렸다. 가물거리는 등잔불 아래에서 그의 발목에 묶인 물건이 똑똑히 보였다. 그것은 작지만 날렵해 보이는 은색 칼이었다.

≠ ≠ ≠

아침이 되자 나는 남편의 머리에 감긴 붕대를 조심스럽게 풀어 상처를 살펴봤다. 그는 잠시 움찔하고 놀라는 듯했으나 꿰맨 자국은 감탄이 나올 정도로 가지런했고 더 이상 피도 흐르지 않았다. 수명이 적어도 하루는 더 늘어날 것 같다. 나는 상처가 잘 아물고 있다고 전하며 이렇게 덧붙였다. "그 의사가 사람 하나 살렸네!"

남편은 그리 즐거운 기분이 아닌 듯하다. 내가 붕대를 다시 감아주자 머리를 돌리고 누웠다. 약효가 떨어진 것처럼 간밤의 상기된 모습은 전혀 찾아볼 수 없다.

나는 조용히 바지를 챙겨 입고 긴 양말과 고무장화를 신은 다음 장갑과 밀짚모자를 집어 들었다. "정원에 다녀

올게." 나는 짐짓 쾌활한 목소리로 말했다.

쌀이 떨어졌으니 선택의 여지가 없다. 기 림이 쓰레기를 주울 상태가 아니므로 오늘은 내가 나가야 한다. 그는 눈을 가늘게 뜬 채 멍하니 나를 보고만 있었다. 내가 다시 말했다. "사냥 나갔다 올게. 먹을 걸 가지고 돌아오겠어."

약이 사람의 감각을 무디게 만들었는지도 모른다. 아니면 내 말이 그리 재미가 없었거나. 어느 쪽이든 지금의 내 선택과는 상관없는 일이다. "니사이를 돌봐줘. 오늘은 내가 쓰레기를 주우러 나갈 테니까."

나는 빈 마대 자루를 들고 손을 흔들었다. 그리고 밖으로 걸어 나가 새로운 아침을 맞이했다. 머릿속에는 한 가지 생각밖에 떠오르지 않았다. '이제 날 내버려 둬요, 할아버지. 내겐 할아버지가 말하는 행운을 기다릴 시간도, 인내심도 없다고요.'

＊＊＊

사람들이 버린 쓰레기를 철저히 조사해서 문명사회를 연구하는 학문 분야가 있다는 얘기를 다라 닉에게 들은 적이 있다. 쓰레기 사회학(쓰레기나 폐기물로 그 사회를 연구,

분석하는 학문_옮긴이)이라고 불리는 학문이 정말로 존재한다면 나야말로 이 분야의 전문가가 돼야 할 것이다. 그뿐만 아니라 이런 흥미로운 질문도 던져볼 수 있다. 누군가 쓰레기를 찬찬히 살펴본다는 사실을 안다면 사람들은 쓰레기를 버릴 때 지금보다 훨씬 신중해지지 않을까?

내가 쓰레기를 주우면서 처음으로 깨달은 사실은, 이곳에서 그럭저럭 괜찮은 삶을 살 수도 있으리라는 희망은 망상에 불과하다는 것이다. 여기서 별 탈 없이 쓰레기를 주우면서 살아가려면 쓰레기 줍는 법 세 가지를 잘 알아둬야 한다.

첫 번째는 가장 위험한 방법인데, 이제 기 림은 거의 시도하지 않는 방법이다. 그것이 얼마나 위험한지는 그의 왼쪽 발목에 남은 상처에 여실히 드러나 있다. 밤에는 쓰레기 산 여기저기에서 집중적으로 불이 붙을 때가 많은데, 불도저조차 화재 진압을 위해 밀고 들어가려 하지 않는다. 아침이 되면 가연성이 높은 독성 물질들은 모두 타서 없어지고 잿더미 아래에 빨갛게 달궈진 금속 조각들만 남아 있게 된다. 이런 금속들을 줍는 것은 굉장히 위험하다. 잿더미 속을 아침 일찍 헤집고 다니다가는 숨어 있던 붉고 뜨거운 금속 조각들이 고무 부츠를 순식간에 태워버리기 때문이다. 그래서 어떤 사람들은 아예 밤중에 잿더미 속으로 걸어 들어가곤 했다. 어둠 속에서 빨갛게 달궈진 금속을 피해 다닐 수 있기 때문이다. 기술이 좋은 (혹은 어리석은) 몇몇 사람들은 이런 식으로 위험을 감수하면서 금속을 주워 돈을 벌기도 하지만 대부분은 심각한 화상을 입었고, 그중에는 결국 불구가 되어 프놈펜 거리에서 음식을 구걸하러 다니는 이들도 있었다. 그것은 스퉁 민체이에서 쓰레기를 줍는 것보다 못한 삶이었다.

이보다 나은 방법은 기 림이 선호하는 가장 일반적인 방법으로, 트럭들이 싣고 온 쓰레기를 부릴 때 그 옆에서 작업하는 것이다. 물론 트럭 주변에서 작업하려면 항상 조심하고 경계를 게을리해서는 안 된다. 심지어 트럭 운전자들은 재미 삼아 사람을 치고 싶은 것처럼 보일 정도로 주변을 신경 쓰지 않는다. 게다가 이 방법은 많은 사람이 선호하므로 경쟁이 치열하다. 떼 지어 모인 사람들은 예리한 금속 갈고리가 달린 막대기를 내밀고 굴러떨어지는 쓰레기 봉투를 찢어발길 태세로 기다린다. 그러다가 쓰레기가 쏟아지면 막대기로 마구 찌르고 캐면서 돈이 되는 금속이나 유리, 플라스틱 조각 등을 찾기 위해 혈안이 된다.

마지막은 내가 선호하는 방법인데 트럭에서 멀리 떨어

진, 가끔 불도저가 휘젓고 다니는 넓은 공터 같은 데서 일하는 것이다. 이런 곳은 덜 붐비고 덜 위험하지만 수확은 당연히 적을 수밖에 없다. 상황에 맞게 머리를 재빨리 굴릴 필요는 없지만 부지런하고 꼼꼼하게 몸을 놀려야 한다. 힘은 없더라도 끈질기고 인내심이 많은 사람에게나 어울리는 방법이다. 대체로 노인이나 아이, 부상에서 이제 막 회복된 사람들이 이곳을 이용한다. 내가 이 방법을 선호하는 이유는 특별히 머리를 쓰지 않고도 눈과 손을 기계적으로 움직이면서 딴생각을 할 수 있기 때문이다. 돈도 없고 쌀도 없고, 있는 거라곤 아픈 아이와 머리를 꿰맨 남편뿐인 나는 생각할 게 너무 많다.

나는 늘 남편에게 쓰레기를 줍도록 나를 보내는 것은 위험한 일이라고 말했다. 트럭에 치이거나, 다리와 발에 화상을 입거나, 쓰레기 더미에서 넘어지기 쉬워서라기보다는 다른 생각에 잠겨 있다가 위험을 망각해버릴 가능성이 컸기 때문이다. 생각은 감정과 어우러지면서 쓰레기 더미처럼 겹겹이 쌓이고, 시간이 흐르면서 점점 더 깊어지다가 어느 순간 으스러지거나 연소해 사라져버리곤 했다.

소피프는 어디서 글 읽는 법을 배웠을까? 그토록 매섭고 비정한 여자가 한순간에 감정의 벽을 허물어뜨린 이유가 무엇일까? 기 림은 정말 자그마한 칼 하나로 폭력배들로부터 자신을 보호할 수 있다고 믿는 걸까? 만약에 아주 불행한 일이 생긴다면 어떻게 할까? 나는 혼자 니사이를 데리고 스퉁 민체이에서 살아갈 수 있을까?

오후 늦게야 일이 끝났다. 마대 자루를 어깨에 짊어질 수 있을 정도로만 이런저런 플라스틱과 금속 캔들로 채웠다. 그리고 재활용 구매상에게 가져가 분류하고 무게를 달았다. 그는 내가 예상한 것보다 적은 금액을 제시했지만 다른 사람들과 물물교환을 하기에는 너무 피곤했다. 나는 돈을 받은 뒤 잘 아는 노점상으로 가서 쌀과 채소를 조금 샀다. 가게 여주인은 내가 평소와 달리 유난히 말수가 적어 보인다고 했다. 나는 그냥 어깨만 살짝 으쓱한 뒤 음식 재료를 받아 집으로 돌아왔다. 모두 별 탈 없이 하루를 보냈기를 바라면서.

오늘은 계속 두려움과 좌절감이 가슴을 짓눌러서 입을 놀릴 기운조차 나지 않는다. 오후가 될 무렵, 나는 좌절감을 떨쳐버리고 한 가지 계획을 짜기 시작했다. 할아버지는 운을 사랑하는 분이지만 나는 더 이상 행운이 찾아오기만을 기다릴 수 없었다. 오늘은 종일 할아버지와 대화를 나누지 않았는데, 할아버지의 운이 빛을 잃어가고 있다고 하면 할아버지가 화를 낼 것 같았기 때문이다. 더 이상 행운이 우리에게 손짓하거나 잠시 들를 것 같지도 않다. 결국 우리가 버림받은 것이라고 인정하지 않을 수 없다. 일자리를 얻어 도시로 간 친구가 돈을 좀 벌면서 더는 찾아오지 않는 것 같은 느낌이다. 더 좋은 시간을 찾아 떠난 행운은 아마 다시 돌아오지 않을 것이다.

조상들이 내 말에 귀를 기울이지 않는 것 같을 때는 어떻게 해야 할까? 그때 놀랍게도 할아버지의 말씀이 귓가에 울려 퍼졌다. '계획을 짜는 일은 쉽지. 하지만 그것을 실행에 옮기는 일은 훨씬 더 어렵단다.'

남은 문제는 내 계획이 과연 효과를 발휘할 것인가였다. 기 림을 포함해 다들 내가 쓰레기 수거 트럭에 머리를 부딪친 것으로 생각하지 않을까? 누구보다 놀랄 사람은 따로 있다. 독성이 강한 폐기물 냄새 때문에 내 정신이 이상해진 거라고 생각할 사람은 바로, 아직도 내가 이해하려 애쓰는 소피프 신일 것이다.

3장

"집에 있나?"

밖에서 쉰 목소리가 들려왔다. 처음에는 누군지 알아채지 못했는데 휘장을 걷으니 소피프가 기다리고 서 있었다. 안색이 좋지 않아 보인다.

"얘기 좀 해도 될까?" 그녀가 물었다.

살짝 긴장이 됐다. 평소에는 얘기해도 되겠냐고 허락을 구하는 법이 절대 없기 때문이다. "그럼요." 나는 대답했다.

"당신 남편… 기 림은… 괜찮을까? 다쳤다고… 들었는데." 그녀는 취한 사람처럼 말을 더듬었다.

내게 무엇을 묻는 건지 알 수가 없다. 소피프는 기 림이

나 다른 누가 피를 흘리든 말든 상관하지 않는 사람이었다. 내가 대답하기도 전에 그녀는 우리 집을 찾아온 진짜 이유를 중얼거렸다.

"이 책을 살 수 있을까?"

소피프는 니사이의 책을 쥐고 있던 손을 들어 올리며 물었다. 간밤에 무슨 일이 있었는지 다 잊어버리기라도 한 것처럼 말했다.

"이제 그 책은 당신 거예요. 제가 말했잖아요. 당신이…" 소피프의 기분을 상하게 하지 않고 어떻게 말을 끝맺어야 할지 모르겠다. 그때 그녀가 끼어들어 내 궁색함을 덜어주었다.

"얼마면 될까?"

"아니에요, 그냥 가져요."

그녀는 외국어라도 들은 것처럼 멍하게 있다가 잠시 후에야 그 의미를 깨달은 듯했다.

"고마워." 소피프 신의 입에서 나온 '고마워'라는 말은 '스통 민체이의 신선한 공기'라는 문구만큼이나 어색하고 기이했다. 그리고 이어진 말은 나를 더욱 당혹스럽게 만들었다.

"이번 달 집세는 전부 낸 것으로 하지."

나는 잠시 말문이 막혔고 내 귀를 의심하지 않을 수 없었다. 소피프 신은 내가 아는 한 가장 탐욕스러운 사람으로, 집세만큼은 지독히도 철저하게 받아갔다. 타인의 불행이나 행복 따위는 안중에도 없고, 집세를 면제해준 적은 지금까지 단 한 번도 없었다.

꿈을 꾸고 있는 게 아닌가 싶어 입술을 깨물어봤다. 아프다. 주변을 둘러봐도 이곳은 쓰레기 매립장 주변의 우리 집이 분명하다. 이게 꿈이라면 최소한 이보다는 좋은 곳에 살고 있지 않을까.

"고마운 일이네요." 마침내 내가 답했다. "그렇게 해주신다면 우리한텐 아주 큰 도움이 될 거예요."

그녀는 할 말이 더 남은 듯 머뭇거렸다. "간밤에… 내가… 내가 좀 취했을 거야. 기억이 잘 나지…"

내가 끼어들 차례다. "소피프, 설명할 필요 없어요." 그건 진심이 아니었다. 사실 무슨 일인지 알고 싶지만 지금 이런 질문을 꺼내도 되는지 자신이 없었다. 내가 너무 오랫동안 생각에 잠겨 있자 그녀는 할 말을 다 했다고 여겼는지 조용히 발길을 돌렸다. 그녀가 세 걸음쯤 옮겼을 때 내가 소리쳤다.

"소피프?"

그녀가 걸음을 멈추고 돌아섰다.

"응?"

"제게 글 읽는 법을 가르쳐줄 수 있나요?"

≠ ≠ ≠

"난 마음에 안 들어, 상 리. 별로 좋은 생각은 아닌 것 같아."

나는 기 림이 기뻐할 줄 알았다. 내가 글을 배우면 니사이를 가르칠 수 있고, 그러면 아이의 앞날이 좀 더 좋아질 거라 생각할 줄 알았다. 우리에게 유일한 희망은 니사이가 좀 더 크면 NGO에서 운영하는 자선 학교에 보내는 것이었지만, 가난한 캄보디아 아이들이 수천 명에 달했으므로 입학할 확률은 매우 낮았다. 엄마로서 나는 그보다 높은 가능성을 모색하지 않을 수 없었다.

"그럼 나 대신 당신이 배워도 되잖아." 내가 말했다.

그 말에 기 림이 더욱 발끈했다. "바보 같은 소리 좀 하지 마. 날마다 냄새나는 쓰레기를 뒤져야 겨우 먹고 살 수 있는 처지잖아!"

"미안해. 그러려고 한 말은 아니었는데. 난 그냥…" 어떻게 설명해야 할까? "기, 우리가 니사이한테 지금보다 나아질 기회를 주지 못한다면…."

기 림이 한숨을 내쉰다. 그의 한숨이 혐오와 좌절을 나타내는 것 같아서 말을 잇기가 힘들다. "내 아이가 소피프 주변에 있는 게 싫을 뿐이야." 남편이 덧붙였다. "그 여잔 마녀 같은 노파야. 믿을 수가 없어."

나는 소피프의 상태에 대해 남편한테 말해주려 했다. 결코 이해하지는 못하겠지만. 사실 나 역시 제대로 이해한다고 확신할 수는 없었다. 기 림이 나가고 나는 다시 소피프와 나눈 대화를 떠올렸다.

"무엇 때문이지? 글을 배우고 싶은 이유가 뭐지?" 그녀는 내 부탁을 듣더니 조금은 당혹스러운 표정으로 물었다.

즉시 답을 할 수 있게 준비했어야 했지만 그러지 못했다. 설상가상으로 자는 줄 알았던 니사이가 깨어나 울기 시작했다. 그때 나는 아이가 그 계기였다는 걸 깨달았다.

"내 아들에게 글을 가르칠 수 있으면 좋겠어요. 당신이 들고 있는 책을 읽을 수 있게 말이에요."

"그래서 내게 책을 주는 건가? 내게서 읽는 법을 배우려고?"

그녀의 말투가 딱딱해지는 것 같아서 괜한 부탁을 했나

싶었다.

"아니, 그건 다른 문제예요. 난 그냥… 한번 물어본 거예요. 그 책이 당신한테 아주 큰 의미가 있어 보였거든요. 그리고 글을 읽는 게 내 아이에게 얼마나 중요한 일인지 알아줬으면 해요. 니사이가 앞으로 이 쓰레기 처리장을 벗어나 더 나은 삶을 살 수 있게 글을 가르쳐주고 싶어요."

"쓰레기 처리장이 어때서?" 소피프는 우리가 마치 천국에라도 사는 것처럼 태연하게 물었다.

진심으로 하는 소린가? 주변을 보지도 못하는 건가? 쓰레기에서 피어오르는 연기로 눈이 멀어버렸나? 심각한 악취로 후각을 잃은 건가? 괜스레 울분이 터져서 내 대답은 전혀 상냥하게 나오질 않았다.

"혹시 아직도 술이 안 깬 건가요?" 나는 불만이 가득한 얼굴로 물었다. 소피프가 톡 쏘듯 받아칠 거라 예상했는데, 나의 당돌한 말투에 어안이 벙벙했는지 두꺼운 입술을 안으로 말아 넣은 채 아무 말도 하지 않았다. 나는 이 침묵이 기회라고 여기며 말했다.

"내 아이가 나으려면 스틍 민체이에서 벗어나는 길밖에 없어요."

"아이한테 무슨 문제라도 있나?" 그녀가 물었다.

"상태가 좋지 않아요. 지금까지 좋았던 적이 없었어요. 당신도 봤잖아요. 좋다는 민간요법은 죄다 써봤고, 프랑스, 캄보디아, 미국 등 여러 나라에서 온 의사 선생님한테도 데리고 갔어요. 약을 받아오긴 해도 금세 떨어지고 계속 먹지 않으면 열과 설사는 다시 시작됐죠. 이제 아이를 도와줄 다른 방법이 필요하다고요."

소피프는 어깨를 들썩이며 미간을 찌푸렸다. "다른 방법이라는 게 아들에게 글을 가르치는 거야? 약이 듣지 않는데, 책을 읽는 게 무슨 도움이 된다는 거지?"

내면에서 소용돌이치는 이 격한 감정을 어떻게 설명해야 할까? 나는 무작정 말을 뱉었다. "나도 글을 읽는 게 약을 대신한다거나 몸을 낫게 해준다고 생각하진 않아요. 하지만 뭔가를 기대하게 하고 무언가와 맞서게 하는 힘을 길러준다고 생각해요. 책을 통해 아이가 용기를 얻을 거라 믿고 싶어요."

나는 바닥에서 아이를 번쩍 안아 올려 울음이 멈추도록 어르고 달랬다. 소피프의 눈길이 아이한테로 옮겨갔고, 잠깐이나마 내 주장이 통하는 것처럼 보였다. 그녀가 아이를 보면서 고개를 움직였다. 어떤 기억이 떠오르는지 잠시 몸의 균형이 흔들리는 것 같았다.

"난 포기하지 않고 계속해서 아이를 의사에게 데려갈 거예요. 하지만 변화가 가능하려면 아이가 스스로 나아지려는 마음을 먹어야 한다고 생각해요. 이젠 더 이상 할아버지가 말하는 행운에 의지하지 않을 거예요. 순진한 소리처럼 들릴지 모르겠지만 책 읽기가 니사이에게 도움이 될 거라고 생각해요. 아이에게 희망을 줄 거라고요."

표현이 서툴기는 했지만 적어도 내 주장은 진심에서 우러난 것이었고 존중받을 만한 가치가 있다고 생각했다. 하지만 결과는 그러지 못한 듯했다. 소피프의 얼굴에 잠깐 피어올랐던 관심은 이내 희미해졌고, 내 말에 동조해주기는커녕 싸늘하고 신랄한 반응만 보였다.

"만약 희망을 찾고 있는 거라면, 스퉁 민체이에서 희망은 죽었다는 사실을 명심해야 할 거야." 그녀는 약간 빈정거리는 어조로 말했다.

소피프는 전혀 동요하지 않았다. 그 말이 진심인지 아닌지 알 수 없었다. 즐거운 기색이나 비웃음도 느낄 수 없다. 소피프가 내 눈을 찌를 듯이 바라볼 때 그동안 내가 이 여자를 얼마나 많이 경멸했는지를 깨달았다. 말없이 앉아 서로를 뚫어져라 쳐다볼수록 나는 점점 더 세게 이를 갈고 있었다.

결국 내가 먼저 눈을 깜박거렸다. "물론 스퉁 민체이에서 희망을 찾는 건 어려운 일이겠죠." 고개를 숙인 채 다음 말을 어떻게 해야 할지 곰곰이 생각했다. 그리고 이제 막 생각난 것처럼 손가락으로 그녀를 가리키며 덧붙였다. "어쩌면… 스퉁 민체이에서 사라진 건 당신 자신일 수도 있어요."

나는 한 걸음 뒤로 물러나 앉았다. 나도 분노에 차 있었지만 그녀도 몹시 화를 낼 거라 생각했다.

하지만 예상과 달리 소피프는 한동안 아무 말이 없더니 갑자기 소리 내 웃기 시작했다. 우스운 얘기를 들어서 킬킬 웃는 것 같지도, 어리석은 행동을 보고 히죽히죽 웃는 것 같지도 않다. 오히려 가슴 깊은 데서 둑이 무너지듯 터져 나온 웃음이었고, 그 소리에 나보다 자신이 더 놀란 것 같다. 자기 꼬리를 쫓아 빙글빙글 도는 개처럼 소피프의 눈동자가 연신 앞뒤로 휙휙 움직였다. 눈앞에 방수포가 나부끼는 작은 오두막에 앉아 기괴한 웃음이 그치기를 기다리고 있자니 조상들의 웃음소리를 듣고 있는 듯한 착각이 들었다.

그러다가 별안간 정적이 찾아왔다.

소피프가 고개를 돌리고 나를 보더니 오해가 있어서는

안 된다는 얼굴로 단호하게 말했다.

"몇 가지 조건이 있어."

"네?"

"조건이 있다고."

"뭐든 말해봐요."

"그리 쉽게 대답하기 전에 먼저 그게 뭔지 물어봐야 하는 거 아냐?"

나는 고개를 끄덕거렸다. "네, 물론이죠."

"첫째, 시간은 매주 금요일, 절대 빠져선 안 되고, 내게 부레이 청주 한 병씩을 가져와야 해."

"좋아요. 할 수 있어요." 기 림이 마음에 들어하지 않을 게 분명하다. "또 뭐가 있죠?"

"말했잖아. 조건이 몇 가지 있다고. 둘째…."

암소라는 단어가 슬금슬금 뇌 속으로 기어들어 오기 전에 나는 청주 가격이 얼마나 될지 따져보기 시작했다. 기 림은 이 제안을 절대 좋아하지 않을 것이다.

"항상 숙제를 해올 것."

"숙 제요?"

"아니, 숙 제가 아니라 숙제. 한 단어야. 다시 말해봐."

수업이 이미 시작된 것 같았다. "숙제." 나는 그 말을 따라 했다.

"좋아. 숙제해본 적 있지?"

내가 자란 시골에 학교가 하나 있긴 했다. 하지만 아주 어릴 때 고작 2년 다녔을 뿐 농사일을 돕기 위해 학교를 그 만뒀다. 그 2년 동안에도 숙제라는 걸 해본 적이 있는지 기억이 나지 않았다.

"숙제를 해본 적이 없는데요." 나는 솔직히 말했다.

"이제 시작하면 돼. 최선을 다해야 할 거야. 자네가 영리하다는 건 알지만 그래도 쉽지는 않을 거야. 내 시간을 허비하게 놔두진 않을 테니까. 알겠지?"

"네, 알겠어요."

"마지막으로 종이와 연필, 글자를 적을 딱딱한 받침대가 필요해. 이런 것들을 구할 수 있나?"

"구해볼게요."

"해보는 것으로는 부족해, 상 리. 희망을 되살리고 싶다면 무엇보다 '행동'이 가장 중요하다고. 구해올 수 있지?"

"네."

"좋아."

소피프가 일어나 가려고 할 때 내가 다시 물었다. "그런데 언제 시작할 건가요?"

"금요일에… 시작할 거야!"

4장

예상대로 기 림은 불만이 가득했다.

"설마, 진심은 아니지? 우리가 그 술 취한 쭈그렁 할망구한테 부레이 청주를 사줘야 한다고? 평범한 술로는 만족할 수 없다는 거야? 자기가 뭐 대단한 인물이라도 되는 줄 아나?"

그는 내가 대답할 사이도 없이 캐묻기 시작했다. "근데 그 여자가 글을 읽을 수 있다는 건 어떻게 알았어?"

"그 여자가 여기 온 날 밤에 눈동자를 봤어. 분명히 니사이의 책을 읽고 있었어."

"눈동자를 봤다고?"

"그렇다니까. 틀림없이…." 나는 잠시 말을 멈췄다. 기 림의 질문은 합리적인 의심이었다. 사실 나도 확신하지는 못했다. 기 림이 의심하는 건 당연했다.

"그럼 일단 그 여자가 조금이라도 글을 읽을 줄 안다고 치자. 그렇다고 누군가를 가르칠 만큼 충분한 실력이 되는지 어떻게 알아?"

"글쎄…."

"시간은 얼마나 걸리는데? 그동안 니사이는 누가 돌보고?"

질문이 이어질수록 내 근심도 늘어났다. 전략을 수립하기 전에 좀 더 신중하게 검토했어야 했다.

≠ ≠ ≠

며칠째 비는 오지 않고 질식할 것 같은 열기가 이어졌다. 잠자리에 들기 전에 나는 방수포를 걷어 바람이 들게 했다. 몇 시간쯤 지났을까, 달빛이 희뿌연 연기를 뚫고 집 안을 비추었다. 두 시 십 분을 가리키는 벽시계 바늘이 희미하게 눈에 들어왔다. 이곳엔 전기가 들어오지 않고 시계에 배터리도 들어 있지 않으니 당연히 시간은 절대 변하지 않는다. 기 림이 몇 달 전에 쓰레기 더미에서 주워온 것이었는데 꽃무늬 장식이 마음에 들어 벽에 걸어놓았다. 적어도 하루에 두 번은 시간이 맞을 것이다. 아마도 지금이 그쯤이지 않을까.

불붙은 쓰레기의 악취가 코를 찌르는데도 남편과 아이는 몇 시간째 뒤척이지도 않고 잠에 빠져 있다. 나는 옆에 놓아둔 몽당연필 세 자루를 더듬더듬 만져봤다. 그 모습이 꼭 어둠 속에서 슬금슬금 도망치려는 사람 같다. 연필들도 나처럼 몸을 엎드린 채 아침이 밝아오기만을 기다리는 것 같다.

행운의 풍보가 연필 찾는 일을 도와줬고, 놀랍게도 기림은 자신의 칼로 연필을 깎아줬다. 연필들은 지금 각양각색의 종이 몇 장과 함께 매트 위쪽에 놓여 있다. 종이들도 새것은 아니다. 뒷면에는 이런저런 글자와 기호들이 적혀 있지만 상관없다. 글자를 적을 공간은 충분하니까. 연필과 종이 옆에는 값비싼 술 한 병도 놓여 있다. 소피프가 요구한 고급 상품이다. 기 림의 저항이 만만치 않았지만 나는 소피프가 이번 달 집세를 감면해주었으니 그 정도 살 돈은 충분히 번 셈이라고 설득했다.

기 림의 숨소리가 고요한 새벽을 규칙적으로 흔든다. 집세 수금원 할망구에 대한 그의 우려가 일리가 있다는 쪽으로 점점 더 마음이 기운다. 과연 소피프가 제대로 글을 읽을 줄 아는지 확인할 길이 없기 때문이다.

시계가 부드럽게 똑딱거린다고 상상하면서 나는 조심스럽게 시간과 분과 초를 세며 날이 밝기를 기다렸다. 꽃무늬가 마음에 들어 시계를 벽에 걸어놓겠다고 말했지만 사실 꼭 그것 때문만은 아니었다. 아무리 고장 난 물건이라도 여전히 한 가지 기능은 수행할 수 있을 거라는 막연한 기대가 있었다. 언젠가는, 우리가 돈을 좀 벌게 되면 시계 제조공에게 가져가 고치고 싶다. 물론 그건 어리석은 일일 것이다. 차라리 새 시계를 사는 게 돈이 덜 들 테니까.

하지만 내게는 고장 난 물건을 고쳐 쓸 필요가 있다는 신념이 있다.

머릿속에서 생각이 무질서하게 가지를 뻗는다. '과연 읽는 법을 배울 수 있을까?' 나는 조상들에게 기회를 달라고 간청했다. 내 예상이 틀릴 수도 있지만, 소피프가 정말로 글을 읽을 수 있고 그래서 나를 가르칠 수 있을 거라고 믿는 수밖에 없다. 비록 하루에 두 번뿐이긴 해도 정확한 시간을 알려주는 내 시계처럼 이번만큼은 내가 옳았다는 게 증명되기를 간절히 바랄 뿐이다.

≠≠≠

이른 아침의 햇살이 집 안으로 비쳐들었다. 나는 밖으로 뛰쳐나가 흐릿한 지평선 부근을 두리번거리며 소피프의 그림자를 살폈다. 매캐한 연기가 자욱해서 검은 윤곽뿐인 사람들을 분간하기가 쉽지 않다. 몇 분 동안 눈이 빠지도록 지켜봤지만 주변을 배회하는 검은 그림자들 가운데 내 스승은 아직 보이지 않는다. 나는 물을 더 가져와 니사이가 잤던 자리를 박박 문질러 닦았다. 나를 가르칠 사람이 앉을 자리가 얼룩덜룩해서는 안 되니까. 이어서 마른걸레로 두드리듯 닦아 최대한 습기를 제거했다. 청소를 마친 후에는 다시 집 앞의 거리로 나가봤다. 여전히 스승은 보이지 않는다.

방수포 한쪽이 느슨한 게 눈에 띄었다. 나는 기림이 집 옆에 놔둔 돌을 가져와 방수포가 늘어지지 않게 끝부분에 못을 몇 개 더 박아 넣었다. 그때 누군가 다가오는 소리가 들리길래 어깨너머를 힐끗 돌아봤다. 지나가던 이웃 사람이다.

집 옆에 놓인 커다란 물통이 살짝 기울어져 있는 것도 보였다. 나는 물통을 이리저리 돌려가며 평형을 맞추고 무릎을 꿇고 앉아 물통 아랫부분으로 흙을 긁어모아 흔들리지 않도록 잘 다져놓았다. 소피프가 이런 뜻밖의 순간에 찾아와서 날 놀라게 하거나 열심히 일하고 있다며 칭찬해 줄지도 모른다. 하지만 그녀는 여전히 나타나지 않는다.

나는 다시 집으로 들어가 종이들을 챙겼다. 이번에는 종이 모양이 아니라 글자를 적을 빈 곳이 많이 남아 있는 순서대로 정리했다. 그러고는 연필 하나를 집어 뭔가 중요한 내용을 적을 것처럼 종이 위에 올려놓았다. 하지만 아무것도 머리에 떠오르지 않는다.

자질구레한 일들로 시간을 보내보지만 자꾸만 목젖이 마르고 한숨이 깊어지고 초점이 흐려졌다. 희망은 희뿌연 새벽달처럼 점점 빛이 바래고 있었다. 정오 무렵, 나의 첫 수업이 잘 진행되고 있는지 구경하러 기 림이 돌아왔을 때 나는 무릎을 가슴께로 끌어안은 채 매트 위에 혼자 앉아 있었다. 울지 않겠다고 다짐하고 있던 참이었다. 남편이 들어왔는데도 말을 할 수도, 자세를 흐트러뜨릴 수도 없었다. 무슨 말이라도 할라치면 굳은 결심이 무너질 것 같았다.

기 림이 '그러게 내가 뭐랬어'라고 말할 줄 알았는데, 그러지 않았다. 대신 무거운 한숨이 가슴속을 깊숙이 파고들었다.

"니사이는 어디 있어?" 남편이 물었다.

"엄마가 오늘은 일을 나간다고 해서 나린이 봐주고 있어. 당신 점심 차려주고 니사이를 데려올게."

시골에서 이곳 매립장으로 같이 온 나린 소크라는 사촌이 있다. 가끔 우리는 특별한 일이 생기면 서로의 아이들을 돌봐준다. 소피프가 정확히 몇 시에 올지 몰라서 기 림이 일을 나가자마자 이른 아침에 니사이를 나린에게 맡겼다.

남편의 점심을 준비해놓고 샌들을 집어 들려고 할 때였다. 걷어 올린 휘장 근처 어디선가 소란스러운 소리가 들려왔다. 우리는 동시에 얼굴을 들었다. 소피프 신이었다. 그녀는 몸을 제대로 가누지도 못했다.

"어디 갔다 오는 겁니까?" 기 림이 물었다. 소피프가 들어서기도 전이었고, 내가 한마디 끼어들 틈도 없었다. 남편은 그녀가 집세 수금원이라는 사실을 잠시 잊어버린 듯했다. 마음만 먹으면 언제든 우리를 집에서 내쫓을 수 있는 사람인데 말이다.

소피프는 남편의 말투 따위는 신경 쓰지도 않고, 남편을 있지도 않은 사람처럼 지나치더니 곧장 나를 향해 돌아서서 물었다. "내가 말한 술은 준비해뒀지?"

기 림은 옆으로 한 걸음 옮겨 그녀를 가로막았다. "약속을 이행할 때까지는 아무것도 가져갈 수 없어요."

"저리 비켜!" 소피프가 겁을 줬다. 술에 취해 비틀거리는 노파였지만 목소리만큼은 건장한 남자도 제압할 정도로 쩌렁쩌렁했다. 그녀는 옆으로 돌아 나가려 했지만 기 림이 허락하지 않았다.

"감히 어디서!"

기 림이 나를 보호하려는 건지 아니면 그냥 못마땅해서 그러는 건지 알 수가 없다. 나를 위해서일 거라고 생각하며 일단 남편 옆으로 다가갔다.

"난 괜찮으니까 그만해." 나는 남편의 어깨를 부드럽게 어루만지며 속삭였다. "그러지 마. 우리 집세를 받아가는 분이잖아."

나는 두 번이나 닦은, 부레이의 고급 청주 한 병을 그녀의 손에 쥐여주며 말했다. "지금은 이게 훨씬 더 필요하겠죠."

소피프가 비틀거리며 밖으로 나가려 할 때 나는 얼른 앞에 서서 말했다.

"소피프, 이거요." 나는 그녀의 손을 잡아 준비해둔 연필들을 만지게 했고 다른 손으로는 그녀의 움켜쥔 손을 꽉

쥐었다. 그리고 촉촉해진 내 눈을 소피프가 볼까 봐, 와줘서 고맙다고 서둘러 인사를 한 뒤 방수포 뒤쪽으로 물러났다.

5장

손바닥에 박하유를 조금 따르자 코를 찌르는 냄새가 온 방 안에 퍼졌다. 니사이는 곧바로 울고불고 난리를 쳤다.

"제발, 아가야. 아직 네 몸에 손도 안 댔어."

하지만 달래는 건 아무 소용이 없었다. 아이는 점점 더 크게 울부짖으며 거부 의사를 격렬하게 표현했다. '아직 건드리지 않았지만 곧 날 문질러댈 거잖아!'

아이의 짐작이 틀리지 않지만 달리 선택의 여지가 없다. 이 방법은 우리 부모가 따르던 민간요법이고, 우리 부모는 또 당신들의 부모와 조상한테서 대대로 배워온 치료법이자 의식이다. 어쩌면 캄보디아의 역사만큼이나 길고 긴 시간을 전해 내려온 것인지도 모른다. 이 요법은 '코아 콜'이라는 이름으로 불렸는데, '공기를 긁어내다'라는 의미다.

코아 콜은 정글에서 자생하는 박하나무인 멘타 아벤시스 잎에서 추출한 기름을 활용한다. 일단 이 박하유를 피부에 골고루 문질러 바른 다음 동전이나 동그란 금속을 모로 세워 환자의 등과 가슴, 팔 등을 사정없이 긁는다.

이렇게 피부를 긁는 이유는 일부러 환자의 피부에 독성이 있는 공기를 접하게 해서 체온을 조절하는 자정 능력을 회복시키려는 것이다. 피부 바로 아래 모세혈관들이 터져서 갈색 얼룩무늬 같은 줄이 나타나는 부작용이 생기기도 한다. 이런 줄무늬들이 없어지려면 적어도 2~3일은 걸린다.

몇 주 전, 니사이에게 코아 콜을 해주고 얼마 되지 않았을 때 한 자선 기구를 대표해 미국인 의사 한 명이 스통민체이에 온 적이 있다. 이 기구는 기독교 봉사 단체로, 하루 동안 매립장의 아이들을 위해 무상 진료를 해줬다. 당연히 나도 무상 진료를 놓치지 않으려고 의사를 찾아갔다. 의사는 니사이의 몸에 생긴 줄무늬들을 보고 통역사를 통해 말했다. 내 치료법은 터무니없는 미신이며 쓸데없이 힘만 쓰는 것이라고. 그러고는 현대 의학을 믿어야 한다고 강조하면서 자신이 처방한 항생제로 치료하도록 했다.

아이에게 도움이 되는 거라면 뭐든 할 마음이 있었으므로 나는 그의 지시를 무조건 따랐다. 하지만 열흘이 지나 약이 떨어지자 니사이의 증상은 다시 나타났다. 그 의사를 찾아가 미신과 직관의 차이를 설명해주고, 당신의 치료법 역시 쓸데없이 힘을 빼는 허튼짓일 뿐이라고 말해주고 싶었다. 하지만 그가 어디로 갔는지 알 수 없었다.

나는 지금도 병을 낫게 해준다는 모든 방법을 다 써보고 있고, 아이의 피부를 문지르면서 울부짖는 아이를 달래고 있다. 어쩌면 이건 나를 위한 위로인지도 모른다. "아가야, 엄마는 네가 나아지기만을 바랄 뿐이야. 조금은 고통스럽겠지만 건강해지기 위한 것이니 이해해주렴. 우리가 아무 노력도 안 한다면 네 병은 더 나빠질 거야. 지금은 내가 원망스럽겠지만 언젠가는 엄마한테 고맙다고 할걸? 힘을 내. 네가 나중에 아빠가 되면 너 역시 손에 기름을 바르고 아픈 아이를 문질러야 할지도 몰라. 물론 그런 일이 있어선 안 되겠지만 말이야."

✄ ✄ ✄

이곳에는 수돗물이 나오지 않는다. 그래서 우리는 서쪽

으로 몇 집 건너에 있는 가게에서 물을 사다 먹는다. 그 가게 주인은 매립장으로 들어오는 수도관 중 하나의 사용권을 정부로부터 매수했다. 일주일에 한 번 정도 나는 물을 사다 집으로 나른다. 커다란 단지 두 개를 막대기의 양쪽에 매달아 어깨에 걸친 채 세 번이나 왕복해야 하는 고된 작업이다. 물을 옮길 때 균형을 잃지 않으려면 바닥을 보며 조심조심 걸어야 한다. 아무리 주의해도 소중한 물은 자꾸만 흘러넘친다.

오늘 아침에도 나는 언덕 아래 두 집 건너에 사는 테바마오에게 니사이를 맡기고 물을 사러 갔다. 물을 다 나르면 순서를 바꿔 내가 그녀의 두 아이를 봐주기로 했다.

두 번째로 물을 담아 오는 길에 길 한가운데 쭈그리고 앉아 기다리는 소피프와 정면으로 부딪칠 뻔했다. 놀라서 갑자기 멈춰 서는 바람에 물이 철벅거리며 용기 바깥으로 흘러넘쳤다. 물이 넘쳐서 내가 살짝 짜증을 냈지만 그녀는 모르는 척했다. 대신에 늘어진 양말 옆으로 가방을 내려놓더니 손짓까지 해가며 말을 건넸다. "다시 생각해보니 금요일은 좀 어려울 것 같아."

나는 '아 네, 그러세요?'라고 퉁명스럽게 내뱉고 싶었지만 꾹 참았다.

대신 이렇게 말했다. "유감이네요. 근데 안색이 안 좋아 보여요." 내 말은 그녀가 술 취한 돼지 같아 보인다는 뜻이 었지만 실제로 그렇게 말하진 않았다.

"준비됐나?" 그녀가 다짜고짜 물었다.

"뭐가요?"

"수업을 시작해도 되겠냐고. 글 읽는 법을 배우고 싶은 게 아니었나?"

"어… 그렇긴 하지만… 니사이도 있고… 테바가 물을 사오는 동안 아이들도 봐줘야 하는데…."

소피프가 끼어들었다. "내가 손을 써주지. 근데 테바가 니사이를 잘 돌봐줄 거라고 믿는 거야?"

"그… 그럼요."

"내가 테바한테 얘기하지. 일단 물을 옮겨놓고 이따 자네 집에서 봐."

나는 뭐라고 말해야 할지 몰랐지만 결국 이렇게 중얼거렸다. "알았어요." 그런 다음 덧붙였다. "기 림이 놀랄 거예요. 당신이 오는지 모르고 있으니까." 나는 말을 하다 말고 잠시 머뭇거렸다. 괜히 흥분해서 바보처럼 보인 것 같아 후회가 된다. 소피프가 눈치채지 못하기를 바랐지만 얼굴이 화끈 달아 있을 때 그녀가 고개를 돌리며 물었다.

"기 림은 내가 정말 글을 읽을 수 있는지 의심하고 있지?"

"글쎄요. 음, 확신하지는 못하는 것 같아요. 어쩌면 당신이⋯ 그러는 척하는 것일 수도 있다고 생각하나 봐요."

그녀가 화를 내지 않을까 했는데 오히려 그런 대화가 오래전의 즐거웠던 기억을 되살려준 듯했다. 그녀가 말했다. "상 리, 난 지금까지 살아오면서 여러 가지 이름으로 불렸어. 어떤 사람들은 나를 소피프 신이라고 불렀고, 여기 스퉁 민체이 사람들은 집세 수금원이라고 부르고 있지. 그중 일부는 날 암소라고도 부르는 거 알아. 하지만 내가 가장 좋아하는 호칭은 아주 오래전, 프놈펜국립대학 문학부에 있을 때 들었던 거야. 내 인생에서 가장 멋진 시기였던 그 9년 동안 학생들은 나를 '선생님'이라고 불렀지."

6장

나는 크메르어(캄보디아어) 알파벳의 기본 음가에 대해서는 이미 알고 있었다. 다시 말해 글자의 의미는 정확히 몰랐지만 어느 정도는 더듬더듬 읽을 줄 알았다. 글을 읽거나 쓸 줄 모르는 사람들은 소리와 글자를 일치시키는 법이 비교적 배우기 쉬울 거라고들 했다. 과연 그럴까!

나는 순진하게도 소피프가 나의 상황을 이해해줄 거라 생각했다.

"상 리, 집중해! 두 번 반복하지 않을 테니까."

나는 손에 쥐고 있는 질 좋은 연필에 감탄하지 않을 수 없었다. 소피프가 들고 온 커다란 가방에서 나온 물건 중 하나였다. 풀을 먹인 듯 빳빳한 새 종이에 연필 끝을 갖다 댔다. 종이는 내 무릎에 올린 반들반들한 널빤지 위에 놓여 있다. 나는 뭐든 필기할 준비가 되어 있다. 물론 아직 쓸 줄은 모른다. 하지만 뭔가 쓰는 척만 해도 기분은 하늘을 나는 듯했다.

나는 소피프가 너무 엄격하지 않기를 간절히 바라며 고개를 들었다.

"제발 연필을 내려놓고 잘 들어, 상 리."

나는 바닥에 쭈그려 앉아 있고, 소피프는 작은 휴대용 칠판 옆에 서 있다. 작은 칠판 덕분에 자그마한 우리 집이 진짜 학교처럼 보인다. 그녀는 칠판에 분필로 글자를 쓱쓱 적었다가 쉽게 지우기도 했다. 정말 신기하고 놀라운 발명품이었다!

소피프가 말을 이었다. "자음과 모음에 대해 배웠으니 이제 자음군이 두 가지 부류로 나뉜다는 사실을 알아보지. 각각의 모음이 만들어내는 소리는 그 옆의 자음이 어느 부류에 해당하는지에 따라 달라져. 어렵게 들리겠지만 어렵지 않아. 자, 이것부터 시작해보자고. 무슨 말인지 알겠지?"

제대로 이해하진 못했지만 일단 고개를 끄덕였다.

"좋아. 이제 연필을 들어봐."

오후 내내 소피프는 글자 하나하나를 칠판에 쓰고 글자가 만들어내는 소리를 발음해줬다. 나는 그것을 소리 내 말하면서 그대로 따라 적었다. 소피프는 그 소리들을 기억하기 좋게 글자 옆에 작은 그림을 그려 넣으라고 했다. 예를 들어 글자가 'b' 소리를 만들어낸다면 그 옆에 '새(bird)' 그림을 그려 넣는 식이다. 그 단어와 글자의 자음이 같은 소리를 내기 때문이다.

"오늘부터 3일 동안 우리가 써본 모든 글자들, 그 이름과 소리를 정확히 외워둬. 할 수 있지?"

"그렇게 빨리요?"

"그래. 할 수 있지?"

"해볼게요."

"해본다는 걸로는 부족하다고 했잖아. 할 거지?"

이제 그 말은 아주 익숙한 질문이 됐다. "네, 알았어요. 할게요."

그녀는 만족한 표정으로 고개를 끄덕이며 말했다. "아주 좋아. 계속해서 오늘 배운 글자들을 적어봐."

내가 네 번째 페이지를 적어 나갈 즈음 기 림이 휘장을 걷고 집 안으로 들어왔다. 우리는 둘 다 깜짝 놀랐다.

"집에는 왜 온 거야?" 나는 남편이 초대하지 않은 손님이라도 되는 것처럼 물었다. "오늘은 점심을 싸줬잖아."

"점심? 난 지금 저녁을 먹으러 집에 온 거야."

"하지만 아직…."

소피프가 가지고 온 물건들을 챙기며 말했다. "거의 6시가 다 됐어, 상 리. 이제 가서 아들을 데려올 시간이야. 난 술이 몹시 땡기는군."

≠ ≠ ≠

"그 여잔 어떻든가요?" 행운의 뚱보가 그의 볼만큼이나 동그란 눈을 굴리며 물었다. 소년을 포함해 어느 누구도 소피프 신이 글을 가르친다는 상상은 못 했을 것이다.

"엄격하긴 하지만 똑똑한 분 같아. 누가 예상이나 했겠어."

"그 여자가 아줌마를 때리든가요?"

웃음이 터져 나왔다. "날 때리냐고? 아니, 물론 아니지. 적어도 아직은 아냐."

다음 질문은 정말 생각지도 못한 것이었다. 소년은 아래를 힐끗 내려다본 뒤 발끝으로 쓰레기들을 이리저리 문지르며 물었다. "그 여자한테 배우고 나서… 혼자서도 글을 읽고 쓸 수 있게 되면… 부탁 하나 들어줄 수 있나요?"

"뭔데? 편하게 말해봐."

"내 이름 쓰는 법을 가르쳐줄 수 있나요?"

나는 자루를 내려놓고 소피프처럼 칠판 앞에 서서 행운의 뚱보한테 글자를 가르치는 내 모습을 상상했다. 오늘도 여전히 매캐한 연기로 가득했지만 나는 개의치 않고 크게 숨을 들이마셨다. 이토록 행복한 질문을 받아본 적이 있었던가. 별로 떠오르는 건 없었다.

대답이 없자 소년이 다시 물었다. "그래줄 수 있어요?"

내 모습이 아주 우스꽝스러워 보일 것 같아서 소년이 내 눈을 보지 못하도록 잠깐 고개를 돌렸다. 목소리가 갈라져 나온다면 더욱 우스워 보일 테니까 기침을 하는 척하며 목을 가다듬은 뒤 대답했다. "그럼, 되고말고. 도움을 줄 수 있다면 나도 기쁠 거야."

※※※

"내 말 듣고 있는 거야?" 저녁 먹은 그릇들을 닦고 있을 때 기 림이 물었다.

"미안, 소피프에 대해 생각하느라고."

"암소 말이야?"

"이제 그렇게 부르지 마."

"그래, 좋아. 그 여잔 황소가 어울리지."

"기, 제발."

"그럼 뭐라고 불러야 하는데? 공주님? 아님 왕비마마라고 부를까?"

"선생님 어때?"

"정말 그런 자격이 있는 사람이라면 왜 이런 쓰레기 더미에서 사는 거지? 학교나 대학에 가지 않고 말이야."

충분히 가져볼 만한 의혹이었다. 내가 아무 말도 하지 못하자 기 림이 대신 말했다. "내가 한마디로 얘기해보지. 주정뱅이. 그 여잔 못 말리는 술주정뱅이일 뿐이라고."

나는 머뭇거리며 말했다. "물론 술을 많이 먹긴 하지만 뭔가 다른 사연이 있을지도 몰라."

"그게 뭔데?"

"나도 몰라. 근데 알고 싶어졌어."

7장

캄보디아에서는 부모가 늙으면 자식들의 집으로 들어가 사랑스러운 손주들 재롱을 보며 노년을 보내는 경우가 많다. 이보다 완벽한 은퇴 계획은 없을 것이다. 자식이 쓰레기 매립장에 살지만 않는다면.

다행히 우리 엄마는 불평하지 않고 자신의 처지를 기꺼이 받아들였다. 엄마는 우리가 시골을 떠난 지 두 달쯤 후에 스퉁 민체이에 나타났다. 그리고 하룻밤만 우리 집에 머물다가 다음 날 오후, 걸어서 10분쯤 걸리는 곳에 사는 먼 친척 다라 닉의 집으로 갔다. 내가 엄마를 도와드려야 했지만 쓰레기를 줍지 않는 날이면 엄마가 니사이를 돌봐줄 때가 더 많았다. 생각할수록 착잡한 일이지만 엄마는 쓰레기 줍는 일을 즐거워했다.

엄마는 자주 이렇게 말했다. "모험을 떠나는 기분이야. 어떤 놀라운 물건을 발견하게 될지 전혀 알 수 없거든."

그러면 나는 그 놀라운 물건이 인체의 일부일 수도 있다는 사실을 넌지시 알려드렸다.

"그럴 수도 있겠지. 하지만 여기서 일하는 사람들이 다 너무 좋아." 엄마는 말을 이었다. "시다 손만 빼면. 사는 집을 보면 측은하기 이를 데 없는데 그 여잔 너무 질투심이 많고 성질이 못돼 먹었어."

아 참, 그리고 엄마는 이곳에서 보기 드문 훌륭한 쉼터를 몇 개 지어놓기도 했다.

≠ ≠ ≠

첫날 수업만 해도 그런대로 견딜 만했다. 하지만 오늘 소피프는 변비에 걸린 물소마냥 정신이 없어 보였다. 술꾼 중에는 보기에도 언짢고 끊임없이 바보 같은 짓을 하는 사람이 있는가 하면, 만나는 사람마다 인사를 하는 등 비교적 거부감이 덜한 사람도 있다. 소피프는 나를 가르치기 힘들 정도로 인사불성은 아니었지만 술에 취해 화가 나 있어서 사소한 일에도 자주 발끈했다.

"바보 같으니라고! 내 말을 잘 들으라니까!"

"그러려고 하는데, 무슨 말인지 제대로 이해할 수가 없어요."

소피프는 말하면서 자꾸 칠판을 세게 두드렸다. "음절이라는 것은 이들 자음군 중 하나로 시작하는 거야."

"너무 헷갈려요."

그녀는 분필을 내려놓으며 말했다. "더 이상 어떻게 설명해야 할지 모르겠군. 오늘은 여기까지만 하지. 내일 다시 하자고."

소피프는 물건들을 챙기기 시작했다. 나는 뿌루퉁한 마음에 불쑥 물었다. "왜 그렇게 술을 마시는 거예요?"

그녀가 나를 획 돌아봤다. "자넨 왜 그렇게 바보 같은 질문을 하는 거지?"

그러더니 갑자기 얼굴을 일그러뜨리며 두 손을 배에 갖다 대고는 금방이라도 땅바닥으로 꺼질 것처럼 상체를 구부렸다. 괜찮은지 물어보기도 전에 허리를 펴고 휘장이 올라가 있는 쪽으로 휘청휘청 걸어가더니 집 밖으로 나가 무릎을 꿇고 아침에 먹은 술을 토해냈다.

말문이 막혔다.

잠시 후, 어느 정도 기운을 차린 소피프는 아무 일도 없었다는 듯이 일어나서 내 쪽을 돌아보고 태연하게 말했다.

"그럼 내일 보자고."

계속 수업을 받아야 하는 사람이므로 나는 입술을 깨물고 참아야 했지만 그러지 못했다. 소피프는 술을 너무 많이 마시고 있다. 말려야겠다고 생각했다. "그때도 술에 취해 있을 건가요?"

그녀는 방금 내 집 앞에 구토를 해놓은 사람치곤 너무도 태연하게 말했다. 폭풍우가 언제 몰아칠지, 언제쯤 지는 해를 볼 수 있을지 대답하는 듯했다. "내일? 아니, 내일은 멀쩡할 거야. 그다음 날엔 또 마시고 곤드레만드레 취하겠지."

그러고는 발을 질질 끌며 걸어갔다.

나는 토한 자리를 덮을 판지를 주우러 밖으로 나갔다. 비가 토사물을 쓸어내기 직전, 나는 충격적인 것을 보고 말았다. 그녀의 토사물에 피가 섞여 있었던 것이다.

≠≠≠

"니사이가 겨우 잠들었네." 기 림이 말했다. "우리도 자자."

"말했잖아. 숙제해야 한다고."

"못하면 어쩔 건데? 그 여자가 당신을 깔고 앉기라도 한대?"

"아니, 하지만 나한테 토해버릴지도 몰라."

내가 계속해서 글자들을 그리자 남편이 다시 재촉했다.

"안 올 거야?"

"조금만 이따가."

나는 작고 희미한 등잔불 아래서 공부했다. 평소에는 니사이가 아프거나 하는 응급 상황이 아니면 그 불을 사용하는 일은 별로 없다. 숙제를 마치지 못한 이 상황이 내게는 충분히 비상사태라는 걸 어떻게 납득시켜야 할까.

남편은 넌더리가 난다는 듯 옆으로 돌아 누워버렸다.

나는 하는 수 없이 몇 글자를 더 적은 다음 말했다. "세 개만 더 쓰고 마칠게."

남편은 답이 없다. 벌써 잠이 든 건지, 내 말을 못 들은 척하는 건지 알 수 없다. 나는 글자 하나하나를 최대한 정확하고 깔끔하게 썼다. 이렇게 정성껏 적은 과제를 제출하고 나면 소피프는 글자들을 다시 쓰고 말하게 시킬 것이다. 읽고 쓰는 일이 이토록 까다로운 작업인 줄 누가 알았겠나.

마침내 나는 불을 끄고 기 림의 옆으로 기어가 바짝 달라붙어 팔을 둘러 껴안았다. 아무 반응이 없다. 너무 어두워서 볼 수는 없었지만 숨소리나 가슴이 단단한 정도로 보아선 아직 잠이 들지 않은 게 분명하다.

"무슨 생각해?" 나는 그의 귀에 대고 속삭였다.

잠시 후 남편이 대답했다. "당신이 읽는 법을 배우고 나면 어떻게 될까?" 불만스럽다기보다는 걱정스러운 듯한 말투가 조금 의외였다.

"무슨 뜻이야?"

"그렇게 되면 상황이 어떻게 달라질까?"

나는 글을 배우는 일에만 집중하느라 남편이 어떤 생각을 하는지 전혀 신경 쓰지 못했다.

"크게 달라질 게 뭐 있겠어?" 나는 부드럽게 말했다. "그저 어떻게든 우리가 이 매립장에서 벗어날 수 있는 계기가 되면 좋겠어. 꼭 우리가 아니더라도 니사이한테만은 그런 기회를 주고 싶어. 그건 당신도 마찬가지지?"

한참이 지나서야 기 림이 조심스럽게 대답했다. "이곳에서 많은 걸 얻을 수 없다는 건 나도 알아. 하지만 적어도 우리가 있을 곳이 어딘지는 알아야 하지 않을까?"

"우리가 있을 곳? 그게 무슨 말이야?"

잠시 침묵이 흘렀다. 걱정과 불안 때문인지 어둠이 더욱 짙게만 느껴졌다.

"기, 무슨 생각을 하는지 말해봐."

"이곳에서 사는 게 쉽진 않겠지." 드디어 남편이 입을 열었다. "하지만 최소한 일이 끊길 위험은 없잖아. 날마다 새로운 쓰레기들이 끊임없이 들어오고 있으니까. 나가서 플라스틱이나 금속, 유리 같은 걸 한가득 주워서 팔면 먹고 살 걱정은 안 해도 되고. 비를 피할 집도 있잖아. 여기 살면 복잡할 게 없어."

쓰레기를 주우며 살아가는 생활에 대해 남편이 이토록 긍정적인 생각을 하는 줄은 미처 몰랐다. 지난 3년 동안 우리 부부는 어떻게 하면 돈을 더 벌어 지금보다 나은 삶을 살 수 있을지 틈만 나면 얘기를 나눴는데도 말이다.

"하지만 폭력배들이 당신을 거의 죽일 뻔했잖아…"

그런 말을 하다가 불현듯 어떤 생각이 머리를 스치고 지나갔다. 좀 더 빨리 알아챘어야 했는데, 안 하던 공부를 하느라 눈치채지 못했다.

"그래, 이곳엔 초라하지만 집도 있고 앞으로도 먹고 살 만큼은 벌겠지." 나는 한결 차분한 목소리로 말했다. "근데 지금 당신 걱정은 그게 아닌 것 같은데."

기 림이 나를 향해 돌아누웠지만 칠흑 같은 어둠 속에서 보이는 건 시커먼 형체뿐이다. 그가 조용히 말했다.

"우린 그동안 이곳에서 열심히 일하며 서로에게 충실히 지내왔잖아. 만약 당신이 글을 읽을 줄 알게 되면…"

나는 남편의 말이 끝나기도 전에 끼어들었다. "기, 내 말 들어봐." 남편의 근심이 숨소리를 통해 고스란히 느껴졌다. "내가 글을 배우게 되더라도 달라질 건 없어. 우리가 어디 살든, 어떤 식으로 생계를 유지하든 내겐 당신이 필요해."

기 림이 가만히 얘기를 듣고 있다가 물었다. "당신은 지금 행복해?"

쓰레기 악취가 진동하는 곳에서 아이를 키우며 사는 여자가 그런 질문에 어떻게 대답해야 할까? 과연 어떤 대답이 적절한 것일까? 선뜻 답하기 어려운 질문이었다. "기, 당신은 내게 소중한 사람이야. 내 인생을 확 바꾸겠다는 게 아니라 난 단지 우리 아이에게 기회를 주고 싶어. 조금이라도 더 나은 삶을 만들어나가자는 것뿐이야."

남편이 생각에 잠긴 듯 머뭇거렸다. 내가 말을 이었다. "난 단지 니사이가 건강해지기를 바랄 뿐이야."

"당신은 우리가 여기 살아서 니사이가 아프다고 생각해?" 그가 물었다.

너무 당연하지 않은가! 나는 거의 비명을 지를 뻔했고, 기 림도 그 소리를 들은 것 같은 착각이 들었다. 내가 입을 열기도 전에 그가 혼자 대답했기 때문이다. "당연하겠지. 다른 데도 아니고 쓰레기 더미에서 살고 있으니."

잠시 정적이 흐르고 기 림과 나는 웃음을 터뜨렸다. 어둠 속에서 우린 꽤 오랫동안 서로를 끌어안고 있었다. 니 사이가 뒤척이는 소리를 들으며 기 림은 내가 천천히 옷을 벗도록 도와주었다.

≠≠≠

요즘 엄마가 아이를 봐주지 못하는 날에도 니사이가 크게 보채지 않는 오후에는 자주 쓰레기를 주우러 나간다. 판지를 여러 장 깔고 임시로 달개 지붕을 만들어놓은 자리에 아이를 앉히고 그 부근에서 열심히 쓰레기를 줍는다. 심지어 요 며칠은 오전에 소피프한테 글자를 배운 후에도 악착같이 쓰레기를 주우러 나가서 기 림을 놀라게 했다. 열심히 쓰레기를 줍는 게 공부할 기회가 될 수 있기 때문이라는 말은 하지 않았다. 나는 쓰레기를 주울 때 종이, 특히 글자가 적혀 있는 종이를 찾으면서 나만의 게임을 고안

했다. 종이에 적힌 단어들 가운데 아무거나 한 글자를 고른 뒤 5초 안에 큰 소리로 발음해보는 게임이다. 그러면서 연달아 열 번을 맞출 때마다 혼자서 진기한 상품을, 예를 들면 가구나 쌀 포대, 옷이나 포장 식품 같은 것을 휩쓸어 가는 척했다.

오늘도 나는 호화 주택 사진이 실린 찢어진 광고 전단지를 찾아내 무작위로 글자 하나를 골라 니사이에게 큰 소리로 들려줬다. 아이는 판지 위에 누워 잠들어 있었지만 마치 글자에 관심을 보이는 아이를 대하듯 최선을 다해 가르쳤다.

"니사이, 이것은 '이'라고 읽는데, 영어의 'I' 소리와 비슷한 글자야. 내 말 알아듣겠니?"

누군가 우연히 그 광경을 지켜봤다면 완전히 정신이 나간 여자라고 생각했을 것이다. 잠시 후 나는 또다시 재활용품을 찾기 위해 쓰레기 더미를 뒤적거렸고, 찌그러진 알루미늄 캔 두 개와 빈 향수병을 집어 자루에 담았다. 곧이어 잡지에서 떨어져 나온 듯한 종이 한 장을 잡아채듯 집어 들었고, 아무렇게나 글자를 뽑았다. 이번 글자는 아주 쉬운 것이다.

"이건 '누'라고 읽고 영어의 'N' 소리가 나는 글자야."

쓰레기 더미에서 캔 몇 개를 더 발견하고 막대기를 휘젓고 있을 때였다. 관광객들에게 인기 있는 패스트푸드 체인점의 노란색 포장지가 눈에 띄었다. 내 눈을 사로잡은 것은 미국 햄버거를 광고하는 배우의 생생한 표정이 아니라 그 아래에 인쇄된 주황색 글자들이었다. 글자들은 푸른 그림자에 둘러싸여 있어서 종이 위에 동동 떠 있는 것처럼 보였다. 나는 멋진 디자인에 감탄하면서도 마지막 단어의 첫 번째 글자를 뽑아 니사이한테 말해줬다.

"이건 '샤'라고 읽고 'S' 소리가 나는 글자란다."

포장지를 던져버리고 다시 일하려던 순간이었다. 글자들이 쪼르르 이어진 한 단어가 눈에 들어왔다. 요즘에는 각각의 글자들이 결합된 단어를 읽는 법에 대해 배우고 있지만, 어디서 이어지고 어떻게 끊어 읽어야 하는지 아직 잘 몰랐다. 그런데 문득 머릿속에서 그 글자들이 부드럽게 연결되며 내 입과 혀가 단번에 그 단어를 발음할 수 있게 됐다. 짧은 단어였지만 한순간에 나는 그 글자들이 어떻게 연결되어 '행운'을 의미하는 '삼낭'으로 발음되는지를 이해하게 됐다.

나는 너무 놀랐다. 그 단어를 큰 소리로 두 번, 각각의 소리를 강조하며 말해보면서 머릿속으로는 내 입술이 어떻게 움직이는지 되새겼다. "삼-나-앙."

소피프의 도움 없이 처음으로 나 혼자 단어를 읽었다!

이 놀라운 순간을 누군가와 함께 나누고 싶어 주변을 두리번거렸다. 기 림은 저쪽에서 작업 중이고, 대부분은 멀리 떨어진 곳에서 쓰레기를 고르고 있다. 니사이는 옆에서 잠들어 있다. 지금 이 기적을 아는 사람은 나뿐이었다.

'내가 첫 단어를 읽었다!'

이게 얼마나 대단한 일인지 무엇보다 내 두뇌가 정확히 알고 있다. 이리저리 폴짝폴짝 뛰고 힘껏 소리를 지르라고 말하고 있기 때문이다. 눈뜬장님이었던 내가, 시골에서 올라와 프놈펜의 거대한 매립장에서 쓰레기를 줍던 무식한 여자가 방금 처음으로 혼자서 단어를 읽었다고 호들갑을 떨고 있다.

나는 고무장화를 신은 발로 껑충껑충 춤을 추고 큰 소리로 환호하고 싶었다. 하지만 갑자기 다리에 힘이 풀렸고, 내게 풍성한 읽을거리를 제공해준 쓰레기 더미 위로 털썩 주저앉았다. 그러고는 무릎을 가슴께로 세우고 고개를 다리 사이에 묻은 채 정말 오랜만에 기쁨의 눈물을 실컷 쏟았다.

'고마워요, 할아버지. 이렇게 단어를 읽을 줄 알게 도와

줘서요.'

눈물을 닦고 조심스럽게 포장지를 접어 호주머니에 넣었다. 그리고 한쪽 어깨에는 재활용 자루를 둘러매고 다른쪽 어깨에는 니사이를 안은 채 무거운 장화를 신은 발로 개구리처럼 폴짝폴짝 뛰면서 집으로 돌아갔다.

≠ ≠ ≠

기 림이 돌아온 후에도 흥분이 가라앉지 않았다. 나는 포장지에 적힌 글들을 모조리 읽고 나서 시계 아래 벽에다 붙여놓았다. 그러다가 새로 발견한 이 놀라운 능력을 자랑하기 위해 포장지를 다시 뗐다.

이미 모든 단어를 기억하고 있었지만 나는 단어 하나하나를 손으로 짚어가며 기 림에게 큰 소리로 읽어줬다. "이 종이는 럭키 버거 포장지야. 이게 그 이름이야." 나는 그림 위에 적힌 단어들을 가리키며 말했다.

남편이 글자를 힐끗 보더니 나를 돌아봤다. 아직 좋아하긴 이르지만 나는 신이 나서 계속 말했다. "그 이름 아래 적힌 문구는 이렇게 읽으면 돼. '로알 뜬가이 민 삼낭'(날마다 행운이 깃드는 곳)."

기 림이 웃으며 말했다. "그럼 우리도 날마다 햄버거를 먹어야 한다는 거야?"

나는 남편에게 달려가 두 팔로 허리를 감싸 안으며 그의 몸을 세게 끌어당겼다. 우리는 한참을 그렇게 안고 있었다. 무엇보다 최고의 순간은 기 림이 나를 다시 힘껏 끌어안아준 때였다. 나는 그 순간을 오래오래 잊지 못할 것이다.

8장

'김 판이 벼를 심는다.'

'그런 다음 김은 물소를 타고 간다.'

'김은 보라 찬에게 큰 소리로 말한다.'

페이지마다 보이는 그림들은 모두 간단한 스케치 정도였지만 상관없었다. 내가 신경 쓰는 것은 글이었고, 글을 통해 내 머릿속에서는 화려하고 생동감 있는 그림들이 펼쳐졌다.

'물소' 같은 생소한 단어를 만나면 실수를 하거나 선생님을 실망시키고 싶지 않아서 몇 번이나 반복해 연습했다. 머리로 그 의미를 아는 것들도 입으로 천천히 말해보고 넘어갔다. 때로는 내 머리가 날카롭게 외치는 소리가 들리는

것 같았다. '지금 나는 여기를 읽고 있으니까 제발 다른 신체 부위들도 집중해서 들어줬으면 해!'

"좀 더 어려운 책들을 가져올걸 그랬네." 내가 한 페이지를 다 끝내고 다음 페이지로 넘어가자 소피프가 말했다. 나는 입술을 지그시 깨물고 지난번에 느꼈던 자신감과 감동을 떠올렸다. "떠나기 전에 내일 좀 더 어려운 책들을 가져다주지."

"떠나요?"

"약속이 있어. 며칠 못 올 거야. 내가 돌아올 때까지 적어도 하루에 네 시간은 읽기 연습을 하도록 해."

"기 림이 그랬어요. 여기서 더 공부하면 내 머리가 터져 버릴 거라고요."

"절대 안 터지니까 걱정하지 마. 열심히 연습해서 수준을 높여놔. 다음 시간엔 문법 얘기를 해볼 테니."

"문법이라뇨?"

"음, 글쓰기의 경찰관이라고 할 수 있지. 하지만 겁먹을 필요는 없어. 우리말엔 문법 사항이 그리 많지 않으니까. 게다가 자넨 이미 말하기를 통해 많은 부분을 알고 있어. 아무튼 문법을 배우고 나면 대충 끝낼 수 있을 거야."

"우리 수업이 그렇게 끝나는 건 싫어요."

"왜? 문장들을 다 읽을 수 있게 되는 건데. 좀 더 능숙해지기만 하면 돼. 더 많이 읽고 연습하면 해결되는 문제야."

"전 좀 더 많은 걸 배우고 싶어요."

"뭘 더 배우고 싶다는 거지?"

"문학에 대해서요."

"문학?" 소피프가 의아한 표정을 지으며 물었다. "문학에 대해 뭘 알아?"

"대학에서 문학을 가르쳤다고 했잖아요."

"자넨 이제 막 읽는 법을 배웠어. 문학으로 바로 넘어가기에는 아직 너무 일러."

"그렇지 않아요." 내가 애원했다. "이야기들을 읽으며 연습하는 것보다 더 좋은 방법은 없을 거예요." 내 부탁에 소피프가 짜증이 난 건지, 우쭐해진 건지 알 수가 없다.

"자네가 생각하는 문학이 뭔지 한번 말해봐." 그녀가 한 발짝 뒤로 발을 떼며 물었다.

"그냥 읽기랑 비슷할 것 같은데요. 많은 책을 좀 더 깊이 읽는 것 아닌가요?"

"읽기라… 그렇긴 하지. 하지만 그게 전부는 아니야. 음… 어떻게 설명해야 할까."

그녀는 입을 벌린 채 약간 난감한 표정으로 말을 이었다. "솔직히 말해서, 난 좀 지쳤어. 몸 상태가 좋지 않아. 자네한테 문학을 가르칠 만한 기운이 없어."

"그렇다면 어떻게 집세를 받으러 다니고 술까지 마시는 거죠? 술이 몸에 좋을 리가 없잖아요."

괜한 말을 했나? 소피프가 날 호되게 질책하겠구나 싶었다. 다행히 그녀는 아무 말이 없다.

소피프는 조금 뜸을 들이다가 혼잣말을 하듯 중얼거렸다. "위로가 필요한 건 내 몸이 아니야. 어린애한테 그걸 어떻게 설명하겠어?"

내가 어깨를 으쓱해 보이자 그녀는 허공을 보며 말했다. "읽는 법을 가르치는 건 비교적 단순한 일이야. 쓰레기를 줍는 일과 비슷하다고 볼 수 있어. 쉽고 간단한 규칙들을 알려주고, 머리가 지시하는 내용을 그대로 따라가기만 하면 되지."

"네, 무슨 말인지 알겠어요."

"하지만 문학은 좀 달라. 문학을 이해하려면 머리로 읽고 가슴으로 해석할 수 있어야 해. 그리고 두 가지가 동시에 작용해야 해. 근데 그게 쉽지만은 않아."

"그러니까 두 가지를 함께 할 수 없어서 가르치기 힘들다는 건가요?"

"내가 말하고 싶은 게 바로 그거야. 내 가슴은 그걸 감당하지 못해. 맛이 좋은 훌륭한 디저트를 만들어야 하는데, 달콤한 설탕 대신 짠 소금을 사용하는 거나 마찬가지야. 자네 혀에 끔찍한 맛만 남기고 말 거야. 문학은 예전에 단념했어. 안 좋은 생각까지 하던 나약한 시절에 술이 날 구해준 거지."

"지금이라도 술을 끊을 수 있어요."

"자네라도 이 불쌍한 할망구를 좀 쉬게 해주는 게 어때? 게다가 자넨 아직 준비가 안 됐어." 그녀가 단호하게 말했다.

"준비요? 그게 뭔데요?"

"자넨 강에 뛰어들고 싶어 안달하기만 할 뿐 물이 얼마나 깊은지 확인해보지도 않았잖아."

나는 굳이 아는 척하지 않았다. "당신은 정말 수수께끼 같은 말만 해요. 도대체 그게 무슨 말이에요?"

"이런 쓰레기 매립장에서 살아가려면 많은 어려움을 극복해야 하지만 그래도 그건 예측 가능한 것들이야. 스통민체이라는 경계 안에 있는 셈이지. 여러 위험이 따르긴 해도 어떻게든 파악해서 처리할 수 있는 문제들이야. 그런데

이 세계에서 벗어나면 우린 미지의 세계로 들어가야 해. 자네가 그럴 준비가 돼 있는지 모르겠어. 이야기의 끝이 어떻게 될지 알 때는 모험을 즐길 수도 있어. 하지만 우리 인생의 결말은 알 수도 없고 그리 완벽하지도 않아."

"난 지금 문학에 관해 얘기하는 중인데요."

"나도 마찬가지야."

우린 둘 다 슬슬 짜증이 나기 시작했다.

"그럼 그 얘기 좀 해봐요." 나는 불만스러운 목소리로 말했다. "당신 같은 사람이 왜 이런 곳에 있는 거죠? 누군가로부터 도망을 친 건가요?"

"도망이라고? 그래, 상 리. 난 스퉁 민체이에 숨어 있는 중이야. 모든 걸 태워버릴 듯한 뜨거운 햇살 아래서, 태양조차 무료한 듯 눈을 감고 내 그림자마저 나를 조롱하는데도 말이야."

"당신은 꼭 우리 할아버지처럼 말하네요."

"그건 또 무슨 소리지?"

"이해하기 쉽지 않다는 뜻이에요…. 알아듣기 쉽게 말해주면 안 될까요?"

"자넨 내가 그토록 잊어버리려고 애써온 것들을 떠오르게 하는구먼."

소피프는 고개를 좌우로 흔들면서 한쪽으로 치우친 어깨를 활짝 폈다. 그 순간 등에 통증을 느꼈는지 잠깐 움찔하고는 나를 빤히 바라봤다. 내가 먼저 시선을 피할 거라 생각했겠지만 그러지 않자 소피프는 두 눈을 감았다.

나는 기다렸다.

소피프는 아무 말 없이 돌처럼 차가운 얼굴로 서 있다. 내게서 벗어나기 위해 자신을 앙코르와트의 석상처럼 만들려고 안간힘을 쓰는 것 같았다. 그런 그녀를 밀어 쓰러뜨리고 싶은 충동을 간신히 참았다. 나는 손을 내밀어 그녀의 어깨를 가볍게 쓰다듬었다. 그제야 그녀가 입을 열고 말하기 시작했다. "다음 읽기 수업이 마지막이 될 거야."

가슴이 철렁 내려앉았다. "하지만 다른 가능성도 고려해보지. 내가 없는 동안 열심히 해봐. 읽기 능력을 얼마나 많이 높일 수 있는지 볼 테니. 그러려면 엄청난 공부와 연습이 필요할 거야. 그리고 우리가 토론할 만한 문학 작품을 가지고 와봐. 그때 가서 우리 둘 다 수업을 더 할 준비가 되었는지 생각해보자고."

"문학 작품이라니, 예를 들면 어떤 거요?"

"그건 자네가 결정해."

소피프는 당혹감에 빠진 나를 전혀 개의치 않고 분필을

칠판 아래 가지런히 놔둔 채 책들을 가방에 챙겨 돌아섰다.

"잠깐만요! 책들이 좀 필요할 것 같은데요. 책을 사러 시내로 나가봐야 할까요?"

소피프는 한참을 머뭇거리다가 쭈글쭈글하고 잡티가 많은 손가락으로 내 두 볼을 꼬집었다. 꿈속에서 내가 할아버지한테 하던 짓과 똑같았다. 지금은 볼을 꼬집히는 쪽이 나였다. 썩 좋은 기분은 아니다.

"바보 같으니라고." 소피프가 눈을 찡긋하며 말했다. "시내로 나갈 필요까진 없어. 캄보디아에서 가장 더러운 곳이긴 하지만 스퉁 민체이에는 문학이 넘쳐나니까."

"도대체 어디에요?" 내가 물었다.

으스스한 눈빛을 감춘 노파가 히죽히죽 웃고만 있다. 대답을 기다렸지만 소피프는 아무런 힌트도 주지 않고 몸을 흔들며 걸어 나갔다.

"그게 다예요?" 나는 큰 소리로 물었다.

그녀는 발을 질질 끌며 걷다가 마지막으로 멈춰 서서 말했다. "찾다 보면 알게 될 거야. 문학은 예상치 못한 순간에 나오게 돼 있어. 난 이제 가봐야 해. 행운을 빌어, 상리."

그때 수업료로 보관해둔 술이 눈에 들어왔다. "잠깐 기다려요!" 내가 소리쳤다. "술을 놓고 갔어요."

그녀는 돌아보지도 않고 대답했다. "잘 보관해둬. 아마 다음번엔 두 병이 필요할 거야."

≠≠≠

기 림에게 빨리 내 과제에 대해 얘기하고 싶었다. 남편은 트럭에 실려 온 쓰레기들을 분류하며 내용물을 고르고 있을 것이다. 하지만 집에 돌아온 그는 딴 생각에 사로잡혀 있는 것 같았다.

"무슨 일 있어?" 밥과 삶은 달걀로 식사를 마친 뒤 내가 물었다. "화났어?"

"내가 왜?"

"나야 모르지. 혹시 나 때문이야? 당신 저녁 식사 내내 단 두 마디밖에 하지 않았어."

"미안해. 생각을 좀 하느라고."

"뭔데?"

남편은 손으로 발목을 만지작거리며 칼이 잘 있는지 확인했다. "오늘 그놈들을 봤어."

"누구?"

"내 물건을 빼앗은 강도들 말이야."

나는 바로 그 옆에 쭈그려 앉으며 물었다. "어디서? 또 무슨 일이 있었어?"

"별일은 없었어. 그놈들이 대낮에 나타나 쓰레기 더미를 헤집으며 겁을 주고 다니더라고. 무슨 짓이든 저지를 것처럼 말이야. 하지만 사람들은 등을 돌린 채 열심히 일만 했지."

"경찰은 불렀어?"

기 림이 크게 웃으며 대답했다. "그놈들이 신경이나 쓸 거 같아? 암튼 우리를 보러 쓰레기 더미에 온 건 아니니까."

"몇 명쯤 됐어?"

"여섯 명이었는데, 함께 몰려다니더라고. 지저분한 동물 무리처럼 말이야."

"그자들이 당신을 봤어?"

"아니. 꽤 멀리 떨어져 있었거든. 하지만 난 봤어. 연기가 가득했지만 그놈들이 누군지 알아볼 수 있었어. 특히 키가 큰 놈은 한눈에 알아챘지."

나는 기 림의 차분한 말투와 강렬한 눈빛이 오히려 걱

정됐다. 남편이 터무니없는 계획을 세우지 않았으면 했다.

"제발 그들을 가까이하지 마. 알았지?"

남편이 고개를 돌리고 내 눈을 바라봤다. "그놈들은 우리 물건을 빼앗았어, 상 리. 날 죽일 수도 있었고 남의 물건을 가져갔어. 그건 옳지 않아."

"나도 알아. 하지만 그런다고 해결될 문제가 아니야. 그자들한테 접근하지 않겠다고 약속해."

기 림은 고개를 들더니 어정쩡한 표정으로 어깨를 으쓱할 뿐이었다. "겁쟁이처럼? 그럼 나도 그놈들하고 다를 게 없어."

"그런 폭력배들 때문에 목숨을 잃을 순 없어."

"당신 말이 맞아. 하지만 가족을 지키기 위해서라면 목숨을 바칠 수도 있지 않겠어?"

남편은 단단한 칼의 손잡이를 톡톡 두드리며 덧붙였다. "난 그만 좀 쉴게."

≠ ≠ ≠

소피프가 틀렸다. 내 머리는 정말 터지기 일보 직전이다. 그녀가 전해준 책들을 아주 오랫동안 큰 소리로 읽었다.

기 림은 귓구멍에 쓰레기를 넣어 막아버려야겠다고 겁을 줬다. 내가 책을 읽는 게 싫어서만은 아닐 것이다. 사실 책 읽는 소리는 니사이를 안정시키는 역할도 했다. 그런데도 기 림은 사탕수수를 너무 많이 먹으면 건강한 치아도 썩기 마련이라고 말했다. 나는 남편의 말을 칭찬으로 받아들이기로 했다.

잠시 후 책을 내려놓고 고급 패션잡지 몇 권을 휙휙 넘겨보며 휴식을 취했다. 기 림에게 부탁해 쓰레기 더미에서 주워온 것들이다. 잡지에 나온 사진들을 보면서 이런저런 생각에 잠겼다. 아름다운 여자들이 부럽기도 했고 그들의 삶이 궁금하기도 했다. 이제 글을 읽을 수 있으므로 거기에 적힌 글들을 읽으니 더 큰 흥미가 생겼다. 표지를 장식하고 있는 광고 문구들은 이랬다.

'당신의 남자를 주방으로 유혹하라.' 방이 하나뿐인 우리 집을 생각하니 웃음이 나왔다.

'집에서 먹고 돈을 절약하라.' 이 말은 명심하기로 했다.

'최고로 좋은 옷을 입고 일하라.' 스퉁 민체이에서는 결코 바람직한 방법이 아니다.

가장 관심을 끄는 문구는 이것이었다. '탄수화물이 많은 쌀을 먹으면 살이 찔까?' 나는 고개를 숙여 마른 내 몸을 힐끗 내려다 봤다. 정말 그럴 수 있을까?

이런 문구들은 소피프가 생각하는 문학이 아닐 것이다. 나는 계속해서 찾아보기로 했다.

≠≠≠

'바람을 빨아들인다'는 의미의 '추브 키올(부항)'은 조상 대대로 내려오던 치료법이다. 이 방법이 코아 콜보다 효과가 더 좋은지는 잘 모르겠지만 뭐든 해봐야 했다. 엄마 주장에 따르면 부항은 니사이의 혈액순환과 식욕을 높여줄 뿐만 아니라 몸의 균형을 회복시켜줄 거라고 했다. 나는 이 치료법이 아이의 설사라도 멈추게 해주길 빌었다.

우리는 아버지로부터 기술을 배웠다고 하는 도시의 어느 전문가한테 니사이를 데리고 갔다. 여성 보조원과 먼저 만나 인사를 나눈 뒤 치료실을 향해 좁은 골목길을 따라 걸었다. 치료실은 작지만 깨끗했다. 방 안의 남자는 젊고 자신감이 넘쳐 보인다. 그런 치료를 백만 번도 넘게 해본 것 같았다. 그는 우리가 안으로 들어서자 고개를 숙여 인사한 뒤 곧바로 동그란 유리컵들이 사열하듯 늘어서 있는 쟁반을 준비했다. 유리컵은 음료수병처럼 반투명했고 라임

한 개 정도의 크기였다. 그는 작은 횃불 심지에 불을 밝히고 그것을 횃대에 올려놓았다.

"이제 준비되었습니다." 남자가 말했다. "아이의 셔츠를 벗겨주시면 바로 시작하겠습니다."

그는 폭이 좁은 나무 진찰대 위의 담요에 니사이를 엎드려 눕히라고 했다. 남편이 니사이를 눕히자 아이는 자지러지듯 비명을 지르며 울고불고 난리다. 기 림은 아이가 몸을 뒤집지 못하도록 두 발을 붙들었고, 나는 팔을 쓰다듬으며 어르고 달랬다.

"아가야, 이렇게 울 필요 없어." 나는 별일 아니라는 것을 알았으므로 아이를 꾸짖듯 말했다.

컵들이 피부에 닿으면서 약간 뜨겁게 느껴지겠지만 아프진 않다는 것을 나는 경험으로 알고 있었다. 하지만 아이는 막무가내다. 수도 없이 병원을 들락거린 니사이가 그 말을 믿을 리가 없을 것이다.

남자는 횃불과 컵 하나를 집어 들어 불꽃을 둥그런 컵 안쪽에 밀어 넣었다. 잠시 후 불길이 사그라지며 꺼지려 할 때 횃불을 꺼내 컵의 뚫린 쪽을 니사이의 등에 놓았다. 그러자 아이는 더욱 크게 울부짖었다.

그는 아주 신속하게 유리 컵 하나하나를 데워 니사이의

등에 놓는 과정을 되풀이했고, 거의 완벽한 대칭으로 컵들을 줄지어 놓았다. 컵이 식어가는 동안 아이의 피부가 점점 위로 당겨졌는데, 이때 아이의 마른 몸에서 불필요하고 유해한 독소와 가스가 배출된다고 했다. 모든 과정이 끝나자 니사이의 등은 여덟 개의 예쁜 컵들로 뒤덮인 아주 우스꽝스러운 모양이 됐다. 같은 치료를 받는 어른의 경우에는 이보다 서너 배쯤 많은 유리컵이 필요하고, 등 외에도 팔다리, 가슴, 심지어 이마에까지 컵을 놓기도 한다고 했다. 오늘 치료를 받는 사람이 기림이었다면 나는 낄낄거리며 남편을 놀려댔을 것이다. 하지만 아이에게 그럴 순 없다. 니사이의 팔다리는 너무 야위어서 컵이 제대로 붙어 있을 수도 없을 것 같다. 끊임없이 어르고 달래는데도 니사이는 울고 떼쓰는 것을 멈추지 않았다. 30분처럼 느껴지는 10분 동안 그렇게 발버둥을 치는데도 컵들은 용케도 찰싹 달라붙어 있다. 이윽고 남자가 손가락을 컵의 가장자리에 밀어 넣자 컵들이 차례차례 튀어 오르며 쓰러졌다. 그는 쓰러진 컵들을 재빨리 집어 쟁반에 올려놓았고, 이로써 치료가 모두 끝났다.

나는 니사이를 안아 올려 물방울무늬가 새겨진 아들의 등을 쓸어주며 말했다. "다 끝났어. 이제 울지 않아도 돼."

그러자 신기하게도 아이는 울음을 뚝 그쳤다.

아이의 눈물을 닦아주고 치료비를 지불한 뒤 우리는 집으로 향했다. 돌아오는 길에 매립장 부근에서 행운의 뚱보를 만났다.

"지금 막 아줌마 집에 다녀오는 길인데요. 집에 안 계시더라고요." 소년이 말했다.

"응, 어디 갔다 오는 길이야." 내가 대답했다. 소년은 우리가 어딜 다녀오는지, 니사이의 작은 등이 왜 그렇게 동그란 얼룩들로 가득한지 묻지 않았다.

"책 하나를 발견해서 집에 놔뒀어요. 앞으로도 계속 찾아볼게요. 참, 내가 아줌마 집에 있을 때 소피프가 다녀갔어요."

"돌아왔나 보네."

"네, 아줌마한테 말해달라고 했어요. 금요일이 좋겠다고요. 그렇게 전하면 무슨 말인지 알 거라고."

"시간이 다 돼가고 있다는 뜻이야." 내가 말했다.

9장

소피프는 문학이 우리 주변 어디에나 널려 있고, 그 속에서 허우적거릴 정도라고 했다. 내가 그녀처럼 술꾼이었다면 쓰레기 더미에서 문학을 찾기가 좀 더 수월했을까? 나는 눈에 보이는 모든 것들을 읽었다. 포장지와 캔, 잡지, 냅킨에 적힌 메모를 비롯해 사용설명서, 계산서, 병에 붙은 라벨, 심지어 쓰레기 줍는 남자들의 팔에 새긴 문신까지 읽었다. 하지만 문학이라고 생각할 만한 것은 보이지 않았다. 가까운 사람들에게도 눈을 부릅뜨고 책을 찾아달라고 부탁했고, 나도 온 신경을 집중해서 주변에 책이 있는지 살폈다. 하지만 행운의 뚱보가 어제 건네준 책이 유일했고, 그마저도 자동차 수리법에 대한 내용이다. 기계공이나 차를 소유한 사람한테는 그 책도 문학이 될 수 있겠지만 내겐 아니다. 단 하나만 있어도 좋겠다. 그걸 찾지 못하면 우리 수업은 더 이상 이어지지 못할 것이다.

늦은 저녁 식사를 마치자 어둠이 내렸다. 니사이를 재운 뒤 잠자리에 누웠을 때 기 림이 무심하게 말했다. "맞다, 당신한테 말한다는 걸 깜박했네. 아까 당신 사촌이 찾아 왔었어."

"나린이? 언제? 뭐 필요한 게 있대?"

"당신이 밖에 나갔을 때였어, 일하러." 남편은 마지막 말을 강조하며 대답했다. 쓰레기 더미에서 문학을 찾는 나를 놀려대는 것인지, 아니면 내 몫의 재활용 쓰레기를 주워오지 못했다고 은근히 지적하는 것인지는 알 수 없다. 남편이 나를 쿡 찌르며 웃기 시작했을 때에야 놀리는 것임을 알고 안도했다.

"나린이 왜 왔는데?"

"뭔가를 발견했다고 했어. 그게 뭔지는 얘기 안 했지만."

나는 흥분한 기색을 내비치지 않으려고 크게 숨을 들이마신 다음 물었다. "남기고 간 것도 없고?"

"나한텐 아무것도 안 남겼어. 금요일에 니사이를 봐주겠다고 하면서 그때 당신한테 주겠다던데."

금요일은 소피프가 와서 수업을 하기로 한 날이다. 적어도 한 가지만은 분명했다. 금요일까지 기다릴 수 없다는 것이다. 나린을 바로 만나러 가야겠다.

"잠이 잘 안 오네." 나는 기 림을 가볍게 물리치고 어둠 속에서 벌떡 일어섰다. "잠깐 나가서 맑은 공기 좀 쐬고 올게."

남편의 웃는 소리에 니사이가 몸을 뒤척였다. 밤중에도 퀴퀴한 냄새와 매캐한 연기가 집 안으로 스며드는 곳에서 맑은 공기를 쐬겠다니 내가 생각해도 우습기 짝이 없는 소리다.

"전등을 가져가." 남편은 어딜 가는지, 얼마나 걸리는지 굳이 묻지 않았다. "사람들 집 앞에 나 있는 길로 돌아가. 좀 멀긴 해도 그게 안전해. 매립장을 가로질러 가겠다는 생각은 절대 하지 마."

나는 남편의 볼에 입을 맞춘 뒤 그가 가끔 어둠 속에서 쓰레기를 주울 때 사용하는 전등을 주워들고 서둘러 집을 나왔다. 일부러 집 안에서는 전등을 켜보지 않았다. 괜히 켰다가 안 되면 남편이 집에 있으라고 할까 봐 걱정이 앞섰기 때문이다. 어쨌든 밖에는 달빛이 환했으므로 길을 걷는데 문제는 없었다.

나린의 집 앞에 도착한 나는 귀를 기울이며 안에서 새어 나오는 불빛이 없는지 살폈다. 희미한 불빛도 보이지 않았다. 이대로 발길을 돌리고 빈손으로 돌아가야 하나?

"나린?" 나는 열린 창문으로 사촌을 불렀다.

아무 대답이 없었다. 다시 한번 불렀다. "나린?"

현관문이 열리며 나린이 밖으로 걸어 나왔다. "상 리? 이 밤중에 무슨 일이야?" 나린이 걱정이 가득한 목소리로 물었다.

"아무 일도 아냐. 기 림이 네가 왔다 갔다고 해서. 좀 더 일찍 왔어야 했는데, 조금 전에 얘기를 들었어. 뭘 좀 찾았어? 책이라도 찾은 거야?"

"아니, 미안. 책은 아니야. 가지고 있던 것도 아니고. 시골에서 엄마한테 들은 시 한 편이 문득 생각났거든. 내가 잠을 못 자고 뒤척일 때마다 나지막하게 읊어주곤 했던 거야."

"시가 내게 필요한 건지는 잘 모르겠네. 소피프가 그런 얘기는 안 해줬거든. 시가 문학인지 뭔지. 하지만 그래도 보고 싶어."

나린은 달빛이 머문 땅바닥을 내려다보며 대답했다. "적어둔 건 따로 없어. 난 글을 읽을 줄도 모르고. 하지만 전부 기억하고 있어. 근데 네가 원하는 게 아닐지도 몰라. 난 그냥…"

"나린, 그 시를 들어보고 싶어."

우린 이제 막 잠이 든 나린의 아이들을 깨우지 않기 위해 계단에 가서 나란히 앉았다. 드디어 나린이 시를 외우기 시작했다. 이모의 탁한 목소리를 듣고 있는 듯한 착각이 들었다.

※※※

나를 웃겨줘, 원숭이야.

붉은 노을이 지기 전에 짓궂은 장난과 몸짓으로 슬픔이 모두 달아나고 생기가 되살아나게.

나와 함께 달려줘, 호랑이야.

멋진 주황빛 줄무늬를 휘날리고 귀청이 터지도록 으르렁거리면서. 적들이 몸을 웅크리고 내가 용기를 낼 수 있게.

나를 끌어줘, 물소야.

고랑이 진 들판을 돌아 향기로운 냄새가 풍기는 황금빛 들녘으로. 내게 굳은 결의와 단호한 의지를 보여줘.

나를 쉬게 해줘, 거북이야.

너는 에메랄드빛 방패와 오랜 지혜를 가지고 있잖아. 비를 막아줄 튼튼한 집이 얼마나 소중한지 가르쳐줘.

나와 함께 헤엄치자, 물고기야.

넓고 깊고 푸른 바다를 사이좋게 건너자. 더러워진 내 몸을 씻어주고 뜨거운 태양 빛에 달궈진 몸을 식혀줘.

나를 위해 노래해줘, 고운 새야.

지친 날개를 활짝 펴고 쪽빛 하늘을 날며 자연의 소리를 들려줘. 세상이 얼마나 넓고 자연이 얼마나 경이로운지 내 눈을 뜨게 해줘.

항상 종종걸음을 치는 딱정벌레야.

삶이 얼마나 짧고 소중한지를 내게 일깨워주는구나. 늘 조심하고 준비할 수 있게 자줏빛 다리를 튕겨주는구나.

종종걸음을 치는 딱정벌레야, 노래하는 고운 새야, 헤엄치는 물고기야, 나를 쉬게 하는 거북이야, 나를 끌어주는 물소야, 달리는 호랑이야, 나를 웃게 하는 원숭이야.

꿈속에서 함께 놀자. 하늘을 가로지르듯 춤을 추자. 이제 나는 자야 할 시간이야.

매립장에서 들려오는 이런저런 소음만이 한밤의 정적을 흔드는 가운데 우리는 말 없이 생각에 잠겨 앉아 있다. 시골에서 살던 때가 떠오른다. 주로 이모 생각이 많이 났다.

"엄마가 보고 싶어." 나린이 소리 내 말했다.

"알아. 나도 이모가 그리워." 나는 나린의 어깨를 감싸 안았다. 조금이라도 위로가 되길 바라면서.

나린의 엄마이자 내 이모는 나린이 매립장에 온 지 두 달이 지났을 무렵 돌아가셨다. 시골에 남아 있던 가족이 나린에게 연락할 방법이 없었기 때문에 거의 3주가 지나서 야 불행한 소식을 들을 수 있었다.

"이것도 문학일까?" 마침내 나린이 물었다. "네가 찾고 있던 거야?"

"확실히 잘 모르겠어. 하지만 문학이 될 수 있을 것 같아." 나린이 흐뭇하게 미소 짓는 모습을 보고 나는 말을 이었다. "아무래도 그걸 적어놓아야겠어. 아침에 종이와 연필을 가지고 올 테니까 천천히 다시 읊어줄 수 있지?"

"그럼. 근데 나도 부탁 하나 해도 될까?"

"물론이지."

"하나 더 적어줄 수 있어? 나도 갖고 싶어서."

나린의 가슴속에는 있지만 아직은 손에 쥐고 있지 않은 말들. 이것이 문학이 아니라면 무엇일까? 나는 나린의 팔을 꼭 움켜잡았다. "고마워."

"뭐가?" 나린이 되물었다.

"첫 번째 문학 작품을 찾게 도와줘서. 이제 한 가지 문제만 남았어."

"그게 뭔데?"

"소피프가 인정해주는 것."

≠ ≠ ≠

소피프가 휘청거리며 들어왔다. 그녀가 술을 마셨다고 생각했지만 알코올 냄새는 나지 않았다.

"여행 잘 다녀오셨어요?" 내가 물었다.

"생각보다 많이 힘들었어. 그래도 이렇게 제시간에 왔으니, 자, 시작해보지."

처음 한 시간 동안 소피프는 문법 용례에 대해 자세히 설명해줬다. 말한 대로 문법은 쉽고 간단했다. 일상생활에서 말하기를 통해 이미 알고 있는 부분들이 많았다. 나는 슬쩍 다른 방향으로 수업을 유도하려 했지만 그녀는 나를 애태우려는 것인지 일부러 수업을 질질 끌었다.

"다른 질문 있나?" 드디어 소피프가 물었다. "없으면 이 것으로 끝내지." 그러고는 머뭇거리며 나를 바라봤다. 그 순간 이 여자가 나를 갖고 노는 게 아닌가 하는 생각이 들었다.

"숙제를 해왔어요." 나는 당당하게 말을 꺼냈다.

"나도 자네가 해올 거라 생각했어." 소피프가 대답했다. "그럼 보여줘봐. 그렇게 원숭이처럼 히죽거리며 앉아 있지만 말고."

나는 나린의 시를 적은 종이 두 장을 꺼내 하나를 건넸다.

"읽기 전에 이 글의 배경을 설명해봐." 소피프가 말했다.

나는 나린의 처지와 시골에서의 삶, 돌아가신 이모에 대해 자세히 설명했다. 소피프가 어느 정도까지 알고 싶은지 몰랐으므로 필요 이상으로 장황한 이야기가 나와버렸다. 나는 짧게 사과한 후 다음 지시사항을 기다렸다.

"준비해온 걸 읽어봐. 나도 눈으로 따라갈 테니." 소피프가 말했다.

나는 어떤 단어도 잘못 발음하는 일 없이 차분하게 읽고 싶었기 때문에 최선을 다해 자연스러운 리듬을 살려 이야기를 전했다. 다행히 나의 입과 혀를 통해 매끄러운 소리가 흘러나왔다. 읽기를 마쳤을 때 소피프는 말없이 깊은 생각에 잠겨 있었다.

"그거 알아?" 소피프는 시가 마음에 드는지 아닌지 가타부타 말도 없이 대뜸 물었다. "'시'라는 장르는 읽고 쓰는 능력보다 앞선다는 걸."

"그게 무슨 뜻이에요?"

"사람들은 읽고 쓸 줄 알기 전부터 시를 낭송해왔어. 큰 소리로 시를 되풀이해서 암송했고, 또 그건 노래와 설화, 옛이야기 형태로 변해서 입에서 입으로 전해져 왔지. 자네가 읽은 이 시 역시 똑같은 방식으로 전해 내려왔을 거야. 그러니까 자네는 그것을 기록한 최초의 사람이라고 볼 수 있어."

나는 스승의 말을 곰곰이 되새기며 내가 쓴 글자들을 손가락으로 더듬어갔다. 왠지 특별한 사람이 된 것 같다. 소피프는 아직 검토를 마치지 않았는지 내가 적은 시를 다시 읽어 내려갔다. 나는 그녀가 입술을 달싹거리는 소리를 들으며 눈동자를 굴리고 리듬에 맞춰 고개를 끄덕이는 모습을 가만히 지켜봤다. 그녀의 손가락들이 부드럽게 구부러지며 종이를 어루만지고 있었다. 좀 더 열심히, 열정을 담아 읽을걸 하는 후회가 들었다.

"자네 눈에도 보이나?" 소피프가 물었다.

"뭐가요?"

"단어들을 봐봐. 일정한 질서가 있잖아. 어떤 패턴이 보이지 않나? 마지막 연은 앞에서 말한 대상들을 거꾸로 되풀이하고 있어."

나는 알아채지 못했다. 눈먼 개코원숭이가 된 기분이었다.

소피프가 말했다. "그리고 이건 분명히 잠자리에서 낭송되었을 거야."

"맞아요. 나린도 그런 말을 했어요."

"마지막 행을 살펴봐. 난 이 대목에 끌렸어. '하늘을 가로지르듯 춤을 추자.' 왜 그런지 알아?"

나는 시를 들여다보며 그 행을 다시 읽어보고 말했다. "잘 모르겠는데요."

"모든 연이 색깔을 암시하고 있어. 그렇지? 빨강, 주황, 황금빛, 이건 노랑을 가리키지. 그리고 계속 이어져. 각각의 색깔이 보이지?"

"그러네요."

"이 시는 무지갯빛을 그리고 있어." 그녀가 말을 이었다.

"하늘을 가로지르며 춤추는 색깔들. 정말 매혹적이군."

미처 깨닫지 못한 새로운 방식의 읽기였다. 소피프는 내가 이런 것들을 알아챌 거라고 기대하지도 않았을 것이다. 하지만 왠지 첫 번째, 어쩌면 마지막이 될지도 모르는 시험에 낙방한 기분이 들었다.

"자, 이제 한 가지 질문이 있어. 자네는 이 시가 어째서 문학이 된다고 생각했지?" 그녀의 목소리에서 예기치 못한 단호함과 준엄함이 배어 나왔다.

"당신이 방금 말했다시피 단어와 패턴이 되풀이되고…."

소피프가 더욱 냉정하고 엄격해진 말투로 끼어들었다. "단어와 패턴은 중요하지 않아."

"하지만 그런 걸 알아챈 사람은 당신이잖아요. 당신이 선생님이고, 또 그런 말을…."

"그만!" 그녀는 내 말을 중간에 자르며 따지듯 말했다. "우린 지금 선생에 대해 얘기하는 게 아니야. 자네한테 묻고 있잖아. 게다가 여러 선생한테 문학에 대해 묻는다면 제각각 다른 대답을 들려줄걸. 자, 내 질문을 잘 들어봐, 상 리. 이 시가 왜 자네한테 문학이 되는 거지? 내가 왜 이 시에 주목해야 하지?"

소피프는 내게 목소리를 높였고, 왜 그러는지 이해할 수 없었다. 내게 뭘 기대하는 건지 도무지 알 수 없다. 평소에는 반격을 잘하는 편이었지만 오늘은 갑작스러운 공세에 아무런 대응도 할 수가 없다. 소피프는 내 방호복에 뚫린 구멍을 발견한 사람처럼 약점을 잡고 막무가내로 밀고 들어오려 했다.

"이건 그냥 시 한 편에 불과하다고요. 나한테 왜 이렇게 화를 내는 거죠?" 나는 상처 입은 아이처럼 칭얼거렸다.

내가 측은해 보였는지 소피프는 돌아서서 두 손을 허리에 올린 채 대나무 널이 깔린 바닥에 발을 쿵쿵 굴렀다. 그러면서 뭐라고 중얼거렸는데, 무슨 말인지 알아들을 수 없었다. 나는 얼굴을 문질러 닦고 침을 꿀꺽 삼키며 평정을 되찾기 위해 애썼고, 다시 나를 봐주기를 기다렸다. 잠시 후 그녀가 몸을 돌렸다.

이번에는 아주 부드럽고 나지막한 목소리여서 도저히 같은 사람이라고 생각하기 힘들 정도였다. "자네한테 화를 낸 게 아니야. 길을 잃고 지친 노파한테 진절머리가 났을 뿐이지. 이제 내게 답을 해주겠나?"

만약 가슴을 꿰뚫을 것 같은 저 시선에 당황해서 정답을 아는 척한다면 소피프는 내가 거짓을 말한다는 사실을 알아볼 것이다. 그래서 나는 모든 의심을 떨치고 정직하게 대답했다. "난 문학이 뭔지 몰라요. 잘 이해하지도 못하겠고요. 이게 당신이 듣고 싶은 대답인가요? 그렇다면 지금 당장 가셔도 돼요."

"그런 게 바로 오늘 나를 가장 화나게 하는 대답이야." 그녀의 설명이 이어졌다. "아주 오래전에 나는 학생들에게 이렇게 말한 적이 있지. 너희들은 알고 있다고, 다만 아직 그것을 깨닫지 못하고 있을 뿐이라고."

소피프는 손목에 차고 있는 낡은 시계를 돌려서 시간을 확인했다. "사실 난 이 수업을 계속할 마음이 없었어. 근데 마음을 바꿨어."

"정말요?"

"앞으로 며칠 동안, 대학에서 가르쳤던 문학 수업을 최선을 다해 기억해볼게. 하지만 최대한 서둘러서 진행해야 할 거야."

"알겠어요. 근데 왜 서둘러야 하죠?"

소피프는 주저하며 입을 열지 못했다. 그녀의 두 눈이 나를 피해 방 안의 물건들을 분주하게 훑었다.

"난… 그러니까… 아직 얘기할 준비가 안 됐어." 소피프는 조심스럽게 말을 꺼냈다. "그렇지만 스퉁 민체이를 떠날 준비를 하고 있다는 정도만 말해두지."

10장

무릎을 꿇고 앉아 조리용 난로에 붙은 재들을 닦아내고 있을 때였다. 우리 집 현관문인 휘장이 걷히며 행운의 뚱보가 불쑥 안으로 들어왔다. 왜 인기척도 없이 들어오냐고, 내가 옷을 갈아입는 중일 수도 있지 않겠냐고 핀잔을 주려던 참이었다. 그런데 소년이 두려움과 공포로 벌벌 떨고 있다. 숨을 헐떡거리며 뒤를 힐끗 돌아본 뚱보가 말했다.

"제발, 아줌마… 도와줘요… 빨리 와줘요!"

"무슨 일이야?"

"내 친구가 다쳤어요… 피를 철철 흘려요. 어떻게 해야 할지 모르겠어요."

다급한 소년의 목소리에 나는 벌떡 일어나 허둥지둥 손을 닦고 니사이의 셔츠를 집어 들었다. 아이에게 옷을 입히며 소년에게 질문을 퍼부었다.

"어디 있는데?"

"우리 집에요."

"무슨 일이 있었는데?"

"나도 몰라요."

"피를 흘린다고 했니?"

"네."

"테바를 데려가자. 아무래도…."

"안 돼요!" 소년이 황급히 말했다. "아줌마 혼자 가야 해요!"

나는 소년이 무엇을 두려워하는지 알 수 없어 당혹스러웠지만 일단 고개를 끄덕였다. 그러고는 니사이를 안고 집을 나섰다.

나는 테바의 집에 잠깐 들러 니사이를 맡기고 가자고 했다. 내가 테바의 집에 들어가 있는 동안 혹시라도 이 사실을 알리고 함께 가자고 할까 봐 소년은 내내 노심초사하는 듯했다. 나는 테바에게 아무 말도 하지 않았다.

행운의 뚱보는 우리 집에서 매립장을 가로지른 반대편에

살고 있다. 소년의 집으로 가는 길은 두 가지가 있다. 매립장 주변을 크게 원을 그리듯 돌아가는 방법은 조금 먼 길인데, 땅이 평평해서 걷기에 수월하다. 그보다 빠른 길은 쓰레기 산을 두 개쯤 넘어 반대편으로 내려가는 방법이다. 소년은 주저 없이 언덕을 올랐다. 평소에는 이렇게 걸음이 빠른 줄 몰랐는데, 오늘은 숨을 헐떡거리며 따라가야 할 정도였다.

매립장 주변에 사는 거의 모든 사람들과 마찬가지로 행운의 똥보도 대나무 장대와 천연 건조된 나무판자, 종이 판지, 주석 등을 이리저리 엮어 만든 작은 오두막에 살았다. 소년의 집은 작았지만 혼자 살기에는 충분했다.

소년은 오두막 앞에 멈춰 서서 잠시 머뭇거리더니 다시 한번 주위를 두리번거리며 내게 안으로 들어가라고 손짓했다. 나는 조심스럽게 문을 열고 살그머니 들어가 바닥을 힐끗 내려다봤다.

소년의 집에 함께 있는 것으로 보아, 아마 트럭 가까운 곳에서 일하다가 부상 당해 피를 흘리는 고아 소년이 누워 있으리라 생각했다. 내 눈이 어두운 실내에 어느 정도 적응하자 몸을 떨고 있는 아이가 눈에 들어왔다. 진갈색의 눈을 가진 아이는 애원하는 눈빛으로 뒤를 돌아봤다. 겁에 질려 어쩔 줄 몰라 하는 소녀였다. 소녀는 구석에 누워 몸을 바들바들 떨고 있었다. 눈물이 양쪽 볼을 타고 흘러 내렸고, 이미 한참을 울었을 텐데도 흐느낌이 멈추지 않아 가쁜 숨을 몰아쉬고 있었다.

소녀의 나이는 행운의 똥보다 한두 살 많아 보인다. 열한 살이나 열두 살쯤 먹은 아주 예쁜 아이다. 새카만 머리카락이 귀까지 눌러 쓴 빛바랜 모자 아래로 늘어져 있었다. 한때는 하얀색이었겠지만 이제는 누렇게 변한 셔츠에 여기저기 거뭇거뭇한 얼룩들이 튀어 있었다.

그리고 소녀의 하의는 피에 젖어 있었다. 어두운색의 면 바지를 입고 있었는데, 골반과 허벅지 주변이 진하게 물들어 있었다. 순간 가슴이 철렁 내려앉았다. 제발 내 짐작이 틀렸길 바라며 아이 옆으로 다가가 앉았다.

"무슨 일이 있었던 거니? 어디 아픈 데가 있니?" 나는 소녀의 손을 어루만지며 물었다.

"배가 아파요." 소녀가 속삭이듯 말했다.

"괜찮아. 숨을 깊이 들이마셔. 이름이 뭐니?"

소녀는 여전히 몸을 떨었고, 나는 불안한 마음을 달래주기 위해 소녀의 팔을 부드럽게 쓰다듬었다. 마치 아들을 어를 때처럼 다 괜찮을 거라고 말해줬다.

잠시 후 소녀가 작은 소리로 대답했다. "말리예요."

"말리? 아주 예쁜 이름이구나. 꽃 이름이지?"

소녀는 자기도 알고 있다는 듯 고개를 끄덕였다.

"말리, 누가 널 다치게 했니? 널 만진 사람이라도 있니?"

나는 말리가 눈길을 돌릴 거라고 생각했지만 소녀는 고개를 저으며 대답했다. "아무도 만지지 않았어요."

나는 확인을 바라듯 소년을 돌아보며 물었다. "무슨 일이 있었는지 자세히 좀 말해줄래?"

"우린 매립장에서 쓰레기를 줍고 있었어요. 근데 갑자기 말리가 피를 흘리기 시작했어요. 무서웠는지 울기 시작했고 그래서 여기로 데려온 거예요. 어떻게 해야 좋을지 몰라서요."

이제야 어떤 상황인지 알 것 같았다. 나는 참으로 다행이라고 생각했다.

"말리, 엄마가 계시니?" 어떤 대답이 나올지 이미 짐작이 갔다.

"엄마는 돌아가셨어요."

"아빠는?"

말리는 다시 한번 고개를 저었다. 아빠 역시 돌아가셨거나 연락이 안 되는 상황인 듯했다.

"그렇구나. 근데 어디 사니?"

소년이 끼어들었다. "오빠랑 같이 살아요. 여기서 그리 멀지는 않아요."

나는 소년에게 부탁했다. "씻을 물을 좀 갖다 주겠니? 그리고 깨끗한 헝겊 조각 같은 게 있을까?"

"셔츠가 두 개 있어요."

"그거면 되겠다."

소년은 구석에 놓인 불상들 옆 상자에서 셔츠를 꺼내고 밖에 나가 양동이에 물을 채워 돌아왔다. 양동이를 내려놓고는 걱정스러운 표정으로 우리를 지켜봤다.

"밖에 나가서 기다려줄래?" 내가 물었다. "말리랑 둘이 나눌 얘기가 있어. 몇 가지 설명해줄 게 있거든."

소년은 손가락만 꼼지락거리더니 내 눈을 맞추지 못하고 물었다. "왜요? 그게 뭔데요?"

"여자들끼리 할 얘기야. 넌 그런 얘기 별로 듣고 싶지 않을 텐데."

"하지만 나도…"

"잠깐 나가 있어줘. 부탁이야."

소년은 길게 한숨을 내쉬고는 발길을 돌렸다. 흙벽 너머에서 귀를 기울이며 우리 얘기를 엿듣겠지만, 어쨌거나 내게 딸이 없는데도 소년이 나를 믿고 여기로 데려와 준 것은 감사한 일이었다. 소녀를 실망시키지 않아야 했다. 일단 두려움을 없애주는 게 먼저였다. 그런 다음 말리가 왜 피를 흘리는지 되도록 명확하게 설명했고, 그러니 두려워할 필요가 전혀 없다고 위로했다. 말리는 말 없이 조용히 얘기를 들으며 가끔 고개를 끄덕거렸다.

나는 말리가 몸을 닦을 수 있게 도와줬다. 바지는 최대한 깨끗이 헹궈 짠 뒤 잘 마르도록 한쪽 구석에 널었다. 그리고 소년의 셔츠를 여러 번 접어서 생리혈이 새지 않게 패드 대신 사용하게 했다. 마지막으로 소년의 상자를 뒤져서 말리가 임시로 입을 만한 적당한 반바지 하나를 골라 입혔다.

"넌 '월경'이라고 부르는 시기를 경험하고 있을 뿐이야. 무서운 게 아니라 여자가 된 것을 축하해야 할 일이란다."

"하지만 시기가 왔다고 해서 모두 다 멀리 보내지는 건 아니겠죠?" 말리가 두려움을 떨치지 못하고 기어 들어가는 소리로 말해서 제대로 알아듣기가 힘들었다.

"멀리 보내진다고? 말리, 무슨 소리야? 넌 아무 데도 갈 필요가 없어. 무슨 일이 있었는지, 우리가 나눈 얘기를 그대로 오빠한테 말하면 돼. 오빠도 잘 알고 있을 거야."

바로 그때 밖에서 소년이 고함을 질렀다. "안 돼요, 아줌마! 말리 오빠는 안 그럴 거예요. 말리는 절대 그럴 수 없어요!"

곧바로 집 안으로 거칠게 뛰어 들어온 소년은 두 손을 허리에 얹은 채 다시는 밖으로 나가지 않겠다는 듯 씩씩거리며 서 있었다.

"얘기할 게 있어요." 소년이 입을 열었다. "말리 오빠는 나쁜 패거리하고 어울려 다닌다고요. 말리가… 어, 여자가 된 걸 알면 아마 뚤꼭으로 데려갈 거예요."

소년의 말이 무엇을 의미하는지 깨닫고 나서야 아이의 공포와 눈물과 전율을 이해했다. 겨우 열두 살 정도밖에 안 된 이 순수하고 아름다운 여자애를 오빠라는 사람이 사창가에 팔아버릴지도 모르는 상황인 것이다.

교양을 가진 사람이라면 상상도 할 수 없는 일이겠지만 캄보디아에서는 흔히 벌어지는 일이다. 대체로 가난한 가정의 아이들이 이런 불행을 겪었다. 때로는 부모나 친지들조차 알지 못하는 사이에 이런 일이 벌어지기도 한다. 어떤 남자가 도시에서 웨이트리스 일을 할 수 있게 해주겠다며 가족에게 큰돈, 대략 200달러 정도를 건넨 뒤 여자아이를 데려가곤 한다. 하지만 막상 가보면 레스토랑은 어디에도 없고 충격에 빠진 아이가 무슨 일이 벌어졌는지 깨달을 즈음엔 이미 너무 늦어버린 것이다.

이렇게 데려간 아이는 일주일 정도 내정된 고객에게 팔려가게 되는데, 이때 수금하는 돈은 200달러보다 많다. 이런 과정을 거치고 나면 아이는 노예화된 아동 매춘부로 이름을 올리게 된다. 이 땅에는 이런 아이들이 수백 명에 달한다고 한다. 그 후에는 한 회에 고작 2달러를 받는 비인간적인 행위를 강요받는다. 만약 거부하고 반항하면 매질을 당했다. 게다가 아무리 힘들게 일해도 아이가 버는 돈만으로는 방값과 식비를 감당할 수가 없어 늘 빚에 허덕였다.

소년은 밀려오는 걱정을 주체할 수가 없었는지 결국 눈물을 흘렸다. 눈물을 감추려고 얼굴을 돌리면서도 소년의 눈은 말리에게 머물렀고, 그때 소녀의 얼굴이 환하게 밝아지는 것을 처음으로 보았다. 그동안 소년이 왜 그렇게 안절부절못했는지를 알 수 있었다. 나를 돌아보며 애원하는 모습만 봐도 내 짐작이 틀림없는 듯했다.

"절대 그런 일이 있어선 안 돼요. 뭔가 조치를 취해야 한다고요. 당장에요!"

≠≠≠

　내가 기억하는 한 매립장 주변 패거리들은 아주 오랫동
안 활개를 쳤다. 그들은 도시 외곽에 있는 스퉁 민체이에
서 배회하는 걸 좋아했다. 경찰들이 이곳을 순찰하기 싫어
했기 때문인데, 끔찍한 악취 외에도 매립장의 가난한 주민
들한테서는 뇌물을 기대하기 어렵다는 게 그 이유였다. 패
거리들은 대체로 10대 초반의 어린애들이었다. 버림받았거
나 부모 혹은 돌봐주는 사람이 없는 경우가 많았다. 그들
이 저지르는 범죄는 사소한 것들이긴 했지만 사람을 짜증
나게 만들었다. 혼자 있는 사람을 발견하면 빙 둘러서서
돈을 요구하곤 했다. 협박에 의한 절도였다. 만약 종일 쓰
레기를 주웠는데 공교롭게도 재활용품 구매상이 문을 닫
고, 자기 전에 물건을 담은 자루를 집 안에 들여놓는 것을
잊어버린다면 아침에 그것을 발견하기는 힘들 것이다. 그
밖에도 아이들은 못된 장난질을 일삼았다. 물통을 뒤집어
엎거나 재활용품 자루에 구멍을 냈고, 문 앞에 인분을 뿌
려놓고 아침에 제일 먼저 일어난 사람이 그것을 밟게 했다
(스퉁 민체이에 살다 보면 하루 종일 인분과 마주치게 되는 경
우가 흔하지만 그런 장난은 절대 용납할 수 없다).
　최근에는 패거리들의 행패가 한층 더 공격적이고 대범해

졌을 뿐만 아니라 생명에 위협을 느낄 정도가 됐다. 기 림이 뭐든 해야 한다고 주장하는 것도 그들이 점점 더 폭력적으로 변해갔기 때문이다. 하지만 바로 그런 이유로, 폭력에 대한 두려움 때문에 이곳에 사는 많은 사람들은 패거리와 엮이는 것을 대단히 꺼렸고, 나 역시 그 점을 나무라고 싶진 않았다.

크메르루주 통치 기간인 1970년대 중후반에 무자비한 독재자 폴 포트와 그의 정부는 백만 명이 훨씬 넘는 캄보디아인을 학살했다. 엄청난 대학살 사건에서 간신히 살아남은 사람들은 자녀 세대에게 이렇게 가르쳤다. 사악한 이 세상에서 살아가려면 몸을 낮추고 자기 일에만 신경 쓰며 싸움은 남에게 맡겨야 한다고 말이다.

나는 트럭 위 쓰레기 더미에 서 있는 기 림에게 걸어갔다. 말리 문제를 의논하기 위해서였다. 하지만 남편은 사람들과 폭력배들에 대한 얘기를 나누느라 정신이 팔려 있었고, 마침내 나를 발견했을 때는 너무 흥분한 상태였다.

"저들은 다 겁쟁이야." 집을 향해 걸어가면서 기 림은 쉼터 아래 앉아 있는 남자들을 가리키며 큰 소리로 투덜거렸다.

"이해하려고 노력해봐." 내가 말했다.

"했지." 그가 주장했다. "폭력배가 거의 날 죽일 뻔했잖아. 우리가 하루빨리 조치를 취하지 않는다면 누군가가 다음 차례가 될 거야. 이렇게 아무것도 안 하고 빈둥거리고 있다가는…."

"알아." 내가 끼어들었다. "당신이 무슨 말을 하려고 하는지."

"다들 자기 생각만 하고 있어!"

"당신은 어떤데?" 내가 물었다.

"무슨 뜻이야?"

"가족을 지키려는 거야, 아니면 다른 생각이 있는 거야?"

"말하고 싶은 게 뭐야?"

"당신이 정말 사람들을 보호하고 싶은 건지, 아니면 단순히 복수를 하려는 건지 모르겠어."

기림은 대답하지 않았다. 나는 한참을 더 걸어 주변에 사람이 보이지 않을 때까지 기다렸다가 말했다.

"당신한테 도움을 청할 사소한 문제가 있어. 아니, 큰 문제라면 큰 문제지."

나는 말리를 도와준 일과 말리가 얼마나 어린지, 집으로 돌아갈 경우 벌어질 일에 대해 얼마나 두려워하는지 자세히 설명했다. 말리의 오빠가 폭력배의 일원이라는 사실을 전하자 남편의 근육이 눈에 띄게 팽팽해지는 것을 느낄 수 있었다.

"도대체 어떤 놈이기에 자기 여동생을 팔아버릴 수도 있다는 거야?" 기 림이 진저리를 치며 물었다.

"나도 몰라. 문제는 우리가 이 일을 어떻게 해결하면 좋은가야."

"우리가?"

"그래. 우리가 도와줘야 해!" 기 림도 내 말이 옳다고 생각은 하면서도 우려를 나타냈다.

"어떻게 도와주겠다는 거지? 우리도 똑같이 쓰레기 매립장에 살고 있는데. 우리 집에 숨겨줄 수도 있겠지만 오빠가 폭력배라면 사람들을 풀어서 아이를 찾아내는 건 시간 문제야. 이 근처에 머무는 한 절대 안전하지 않아."

"경찰에 알리면 어떨까?" 나는 그의 반응을 짐작하면서도 넌지시 물었다.

"그래 봤자 적당히 돈을 찔러주고 언젠가는 아이를 데려와서 사창가에 넘겨버리고 말걸."

"그럼 어떻게 해야 하지?"

"나도 모르겠어. 하지만 우리가 해결책을 찾을 때까지

뚱보한테 아이를 데리고 있으라고 말해. 그리고 조심해…
사람들 입길에 오르내리지 않게. 만약 이 일이 잘못 알려
졌다간… 한 가지만은 확실해."

"그게 뭔데?"

"그게 뭐든 그 아이한텐 너무 늦다는 거지."

≠≠≠

소피프가 왔지만 문학에 대한 얘기를 나누거나 수업이라
고 할 만한 내용을 언급하지는 않았다. 그녀는 내가 책 읽
는 소리를 들으면서 한쪽 구석에 웅크리고 앉아 가져온 책
에서 뭔가를 옮겨 적는 듯했다.

나는 말리에 대한 걱정으로 머리가 복잡했지만 아무 일
도 없는 것처럼 행동하려고 애썼다. 그런데도 책을 읽는 내
내 초조하고 불안한 마음이 고스란히 드러난 모양이다. 내
가 잠시 멈췄을 때 소피프가 묻지도 않은 질문에 답을 했
기 때문이다.

"읽기 능력이 몰라보게 좋아졌군. 하지만 다 차지도 않
은 물에 뛰어들면 머리가 땅에 부딪치는 법이야."

"이건 문학 수업인가요?" 나는 약간 비꼬는 투로 물었다.

"아니, 그냥 상식적인 교훈일 뿐이지." 그녀가 무뚝뚝하게 대답했다.

소피프는 조만간 매립장을 떠날 계획이라는 얘기만 했을 뿐 그 이유나 시기에 대해 언급한 적은 없었다. 내가 좀 더 캐물으려 하면 괜히 싸울 듯한 기세로 자기 일도 아니면서 쓸데없이 신경 쓴다고 핀잔을 줬다.

"이제 준비됐나?" 그녀가 책과 종이를 정리하며 불쑥 물었다.

"네." 나는 뭔지도 모른 채 대답했다. 어쨌든 준비는 돼 있으니까.

"좋아. 이제 읽고 이해하는 법을 배워보자고."

소피프는 공책에 옮겨 적은 것들을 찢어서 내게 건넸다.

"시간이 허락하는 대로 전 세계에 널리 알려진 이야기들을 배울 거야. 오늘은 그중에서도 가장 기본이 되는 이야기부터 시작하자고. 그리스에서 유래한 건데, 시대를 초월한 이야기지." 그녀는 내가 들고 있는 종이를 가리키며 간단한 소개를 덧붙였다. "셀 수 없이 많은 우화를 남긴 이솝의 작품이야."

나는 고개를 끄덕였다. 벌써부터 이솝과 친한 친구가 된 것 같았다. 소피프는 나더러 읽어보라는 듯, 이야기가 적흰 종이를 향해 손을 흔들었다. 나는 읽기 시작했다.

≠≠≠

춤추는 원숭이들

옛날에 어느 왕자가 원숭이들에게 춤을 가르쳤어요. 원숭이들은 사람의 행동을 흉내 내는 뛰어난 재능을 타고났거든요. 부자 옷과 가면을 씌워주자 원숭이들은 신하 흉내를 내면서 화려한 춤 솜씨를 뽐냈습니다. 그러자 여기저기서 박수갈채가 터져 나왔죠. 그때 원숭이들을 눈꼴사납게 지켜보던 한 신하가 못된 짓을 하기로 마음먹고 주머니에서 호두 한 움큼을 꺼내 무대에 뿌렸습니다. 호두를 발견한 원숭이들은 넋이 나가서, 춤을 추고 있었다는 사실도 까맣게 잊고 먹이를 쫓는 동물로 되돌아갔죠. 쓰고 있던 가면과 옷을 막무가내로 내던져버리고 서로 호두를 차지하겠다고 싸우며 한바탕 난리가 났습니다. 멋진 춤 공연은 그렇게 엉망진창이 돼버리고 사람들은 원숭이들의 볼썽사나운 행동을 비웃고 조롱했답니다.

처음 보는 단어들이 나와서 몇 군데 더듬거린 부분도 있었지만 전체적인 흐름을 이해하는 데 별 지장은 없었다. 우스운 이야기여서 읽는 내내 미소가 떠올랐다. 소피프는 나만큼 흥미를 느끼는 것 같진 않았다.

"이런 의미 있는 이야기에 작가가 치밀하게 짜 넣은 교훈을 자네가 잘 이해할 수 있다면 좋겠네. 이렇게 짧은 이야기로도 아주 인상적인 교훈을 전할 수 있지."

"항상 그런가요?" 내가 물었다.

"항상 그렇지!" 그녀가 자신 있게 말했다. "좋은 이야기에는 가르침이 있어!"

"그중에서도 이 이야기는 더욱 감동적인 것 같아요." 나는 소피프의 기분을 맞춰줄 요량으로 대꾸했으나 오히려 그녀는 살짝 얼굴을 찌푸렸다.

"상 리." 소피프는 좀 더 집중해달라는 듯 한층 격앙된 어조로 말했다. "자네는 오늘 이 이야기에서 무엇을 배울 수 있다고 생각하나?"

나는 이렇게 말하고 싶었다. '원숭이들이 춤을 추고 있는 무대에 호두를 던져선 안 된다.' 하지만 틀림없이 이건 소피프가 원하는 대답이 아닐 것이다.

그래서 이렇게 물었다. "그 교훈은 누가 봐도 명백한 건가요?"

소피프는 약간 실망한 듯 '끙' 하는 소리를 내며 설명을 덧붙였다. "어떤 이야기든 여러 층의 의미가 담겨 있는 경우가 많아. 이야기를 읽고 아무 가르침도 얻지 못한다면, 동의할 수 없다는 이유로 아무렇게나 넘겨버린다면 자네의 시간은 물론 작가의 시간까지도 낭비하는 셈이지. 자 이제 다시 물어보겠네. 이 짧은 우화가 어떤 가르침을 주던가? 자네에게 이 글은 어떤 의미가 있었나?"

그 말이 무슨 뜻인지는 알지만 압박감 때문인지 몹시 긴장됐다. 심장이 쿵쾅거리고 피가 펌프질을 하는 기분이다. 좋은 생각들이 들키지 않게 꼭꼭 숨어버린 것 같다. 훌륭한 이야기에는 반드시 교훈이 담겨 있다고 했는데. 그녀는 무슨 대답을 기대하는 걸까? '제발, 할아버지. 어떻게 대답하면 좋은지 알려줘요.'

그때 돌연 한 가지 질문이 머릿속에 떠올랐다. 진심으로 궁금하기도 했고 시간을 끈다는 인상을 주고 싶지도 않았다. 하지만 입에서 말이 나오는 순간 아차 싶었다.

"그럼 당신에겐 이 이야기가 어떤 의미로 다가왔는데요?"

소피프는 크게 한숨을 내쉬고는 발끈하지 않으려고 애썼다. 어깨를 축 늘어뜨리고 두 눈을 내리깔자 깊은 시름에 잠긴 사람처럼 쪼글쪼글한 주름살이 더욱 선명해 보였다. 그녀는 아무 말이 없었지만 이렇게 외치는 것 같았다. '정말 성질 나오게 만드는군!'

"이솝 이야기를 읽다 보면." 소피프가 목소리를 가라앉히고 말했다. "본래의 내 모습이 아닌 무언가가 되려고 아등바등했던 때가 떠올라. 나도 무대에 호두가 떨어진다면 신나게 추던 춤을 멈추고 가면을 벗어던지면서 호두를 주우려고 정신이 없을 거야. 이솝 이야기는…"

소피프는 작은 칠판에 손을 뻗었다. 균형을 잡으려고 한 것이 아니라 무언가가 기억나서 한 행동 같다. "미안해, 상리." 그녀가 말을 이었다. "오늘은 좋은 선생이 못 됐어. 이 이야기를 잘못 시작한 것 같군. 지난번에 도시를 다녀오고 나서 아직도 피로가 안 풀린 것 같아. 돌아가서 준비를 더 잘 해와야겠어."

나는 소피프가 무슨 생각을 하는지 알고 싶었다. 그녀의 인생에 도대체 무슨 일이 있었던 건지, 어떤 부분을 그토록 감추고 싶어 하는 건지 알고 싶었다. 아니, 어쩌면 내 인생의 일부를 그녀와 나누고 싶은 건지도 모르겠다. 하지만 나는 이렇게만 물었다. "내가 할 수 있는 일이 있을까요?"

"내일 여기서 다시 보자고." 그녀가 대답했다.

≠ ≠ ≠

말리의 상태가 어떤지 확인하러 뚱보의 집으로 가려던 참이었다. 기 림이 불쑥 집으로 돌아왔다.

"웬일이야?" 내가 물었다.

기 림의 표정이 좋지 않았다. "당신이 알아야 할 소식이 있어."

"그게 뭔데?"

"여기 사람들이 수군댈 거라고 말한 적이 있잖아. 지금 어린 여자애가 납치당했다는 소문이 나돌고 있어. 그리고 폭력배들 말고 우리가 걱정해야 할 게 또 있어. 조만간 모두가 눈을 부릅뜨고 말리를 주시할 것 같아."

≠ ≠ ≠

어젯밤에는 정신이 하나도 없었다. 니사이는 열이 내리

지 않아 밤새도록 칭얼거리며 보챘다. 열을 내리기 위해 나는 아이의 몸을 끊임없이 젖은 수건으로 닦고 또 닦았다. 설상가상으로 한밤중에 뚱보가 말리와 함께 찾아왔다. 소년은 어둠 속에서 누군가 자신의 집 주변을 배회하는 소리를 들은 것 같다고 했다. 그래서 발자국 소리가 뜸해진 틈을 타서 말리를 깨워 서둘러 매립장을 가로질러 오다가 눈에 띄지 않는 곳에서 한동안 가만히 숨어 있었다고 했다.

우리와 마찬가지로 한숨도 자지 못한 기 림은 아침 일찍부터 입맞춤을 한 뒤 집을 나섰다. 이 상황에서 남편이 도와줄 수 있는 일은 따로 없었다. 니사이를 의사한테 데려가기 위해서는 결국 최대한 일찍 일어나서 돈을 벌어오는 길밖에 없다고 생각한 듯했다.

밖에서 소피프가 부르는 소리에 잠이 깼다. 밤새도록 술을 마신 것처럼 정신이 멍했다. 한밤중이라고 생각했는데, 중천에 떠오른 태양이 사정없이 햇살을 뿌려대고 있다.

"니사이가 밤새 아팠어요." 나는 간신히 휘장을 걷고 말했다. "오늘은 아들을 맡길 수가 없겠어요."

소피프는 손목시계를 돌렸다. 조급하거나 불안할 때마다 보이던 행동이었다. 불과 몇 주 전만 해도 가르치는 일을 주저하던 사람이었는데 실망한 표정이 가득 번졌다. "그럼 내일 다시 하도록 하지." 그녀가 어쩔 수 없다는 듯 말했다.

그때 니사이가 다시 울음을 터뜨리는 바람에 나는 아이를 보기 위해 돌아섰다. 그리고 다시 얼굴을 돌렸을 때 소피프는 한 발짝 더 가까이 다가와 있었다. 그녀의 안색도 좋아 보이지는 않는다. 집에 가서 쉬라고 말하려는 순간, 그녀의 시선이 집 안을 기웃거리는 게 느껴졌다. 호기심 어린 표정이 잠시 얼굴을 훑고 지나갔다. 나는 티가 나지 않게 슬그머니 휘장을 내려 그녀가 말리를 보지 못하게 했다.

"자넨 정말 이 매립장에서 벗어나고 싶은 거야?" 이윽고 그녀가 물었다. 내 초췌한 몰골을 보고도 그런 터무니없는 질문을 하다니. 나의 모든 모습이 얼마나 이곳을 벗어나고 싶어 하는지 소리쳐 말하고 있지 않은가.

"당연하죠." 나는 침착함을 잃지 않으려고 안간힘을 썼다. 잠이 부족하기도 했지만 인내심의 한계를 느꼈다.

"사람은 마음으로 먼저 다녀온 곳을 찾아가게 돼 있어." 소피프는 우주의 비밀을 알아내기라도 한 듯 나지막하게 중얼거렸다. "배운 만큼 도움을 받을 수 있을 거야. 하지만 먼저 배운 것을 진심으로 이해하고 느끼고 믿어야 해. 그렇게 할 수 있다면 놀라운 세계를 경험할 거야."

소피프는 두 손을 움켜쥐며 내 반응을 기다렸다. 하지만 내가 별 반응이 없자 그녀는 더 이상 기다리지 않고 쓰레기 더미가 있는 쪽으로 뒤뚱뒤뚱 걸어가버렸다.

나는 뜨거운 햇살 아래 핏발 선 눈을 번뜩이며 서 있고, 내 뒤에 숨어 있던 한 아이는 고통 속에서 울먹인다. 머릿속은 아직도 중요한 문제에 답을 구하지 못한 상태였다. '어떻게 해야 말리를 도와줄 수 있을까?'

11장

이틀이 지났는데도 다시 오겠다던 소피프는 돌아오지 않았다. 나는 신경이 날카로워졌다. 소피프가 말리에 대해 알기를 원치 않았으므로 나는 매일 아침 날이 밝기 전에 일어나 말리를 몰래 뚱보의 집으로 데려다줬다. 밤이 되어 어두워지면 누군가 말리를 찾아낼까 봐 걱정이 태산인 뚱보가 다시 소녀를 데려왔고, 소녀는 우리와 함께 잤다.

그런 생활은 몸과 마음을 지치게 했다. 게다가 우리는 여전히 방법을 찾지 못하고 있었다. 그런데도 나는 점점 더 소녀에게 애착을 느꼈다. 사흘이 지나도 소피프가 오지 않자 더 이상 감정을 조절하기가 힘들어 엄마를 찾아갔다. 말리를 처음 만난 날 했으면 좋았을 일이었다.

"상 리? 니사이는 어디에 두고?"

"상의할 게 있어서 왔어. 엄마, 내가 항상 딸을 원했던 거 알지?" 엄마가 믿기지 않는다는 눈길로 돌아보며 물었다.

"임신한 거니?"

"그건 아냐."

엄마의 눈빛은 의혹에서 당혹감으로 변하고 있었다. "그럼 뭔데?"

나는 엄마에게 앉으라는 손짓을 하고 함께 앉았다. 엄마의 손을 잡으며 숨을 깊이 들이마신 뒤 당신 딸이 최근에 어떻게 스퉁 민체이의 유괴범이 되었는지 최선을 다해 설명했다. 물론 나는 한 번도 이런 일을 저지른 적이 없었으므로 내가 말을 마치자 엄마는 아무 말도 못했다. 그게 어떤 의미인지는 알 수 없었다.

나는 조용히 기다렸다. 엄마는 한참을 생각하더니 드디어 입을 열었다.

"고맙다."

"뭐가?"

"널 잘 키웠다고 느끼게 해줘서. 하루 이틀만 생각할 시간을 줘. 내가 해결책을 찾을 수 있을지도 모르겠다."

소피프는 지난 며칠 동안 어디에 있었는지 말하지 않았고, 나도 묻지 않았다. 다만 혈색이 좀 돌아온 것 같았고 갈색의 새 양말을 신고 있었다. 그렇다고 안색이 아주 좋아졌다거나 성미가 더 부드러워진 것은 아니었다.

"상 리." 소피프가 입을 열었다. "난 늙었고 사람들이 날 어떻게 생각하는지 오랫동안 관심도 없었어."

모르는 바가 아니었으므로 난 고개를 끄덕였다.

"나이가 들면 두 가지 변화가 일어나. 하나는 자신의 경험과 지식을 긁어모으는 거야. 실수를 되돌아보고 그렇게 해서 얻은 지혜를 남에게 주고 싶어 하지. 다른 하나는 건망증이 심해지고 성질이 점점 더 고약해지다가 망령이 들기도 한다는 거야. 그래서 남에게 충고할 때에도 자기가 무슨 말을 하는지조차 모를 때가 많아져. 나를 포함해서 모든 늙은이들은 이 차이점을 알기가 쉽지 않아. 며칠 오지 않는 동안 나 자신을 좀 돌아봤어. 내가 자네한테 아주 중요한 규칙도 알려주지 않은 채 수업을 시작했더군."

나는 연필을 준비했다.

"문학은 사랑받아야 마땅해."

무슨 말이냐고 묻기 위해 고개를 들었지만 소피프는 벌

써 입술을 움직이고 있었다. "내가 어렸을 때 아버지가 어느 먼 나라로 출장을 다녀오신 적이 있어. 집에 돌아온 아버지는 내게 케이크가 담긴 상자를 선물로 주면서 말씀하셨지. 그 나라는 케이크를 만들 때 깜짝 선물이 되도록 작은 장난감을 반죽에 넣어 굽는 특이한 풍습이 있다고 했어. 아버지는 내가 그것을 덥석 물어 이빨이 깨지거나 급하게 삼키다가 혹시라도 숨이 막힐까 봐 걱정하셨지. 어쨌든 장난감이 들어 있다는 걸 안 나는 얼른 상자를 열어 케이크를 정신없이 먹기 시작했고, 바보 같은 장난감을 찾느라 케이크를 삼키다시피 먹어치워 버렸어."

"그래서 찾았나요?"

"케이크를 거의 바닥까지 먹었을 때 장난감을 발견했지. 한쪽 구석에 있었던 모양이야. 그것을 찾았을 땐 케이크가 거의 남아 있지 않았거든."

"혼자서 다 먹었단 말이에요?"

"그럼, 물론이지. 하지만 중요한 건 그게 아니야. 문제는 장난감을 찾는 데만 혈안이 되어 너무 급하게 먹는 바람에 케이크의 맛과 향을 전혀 느끼지 못했다는 거야. 맛이 있었는지 없었는지조차 기억이 나지 않아. 심지어 그 케이크가 어느 나라 거였는지도 모르겠어. 그 이유가 뭔지 알아?"

"장난감을 찾는 데만… 열중했기 때문이겠죠."

소피프는 한숨을 내쉬었지만 이번에는 실망이라기보다는 안도의 한숨이었다. 나는 입술을 깨물어서라도 자존심을 붙잡아 두고 싶었다.

"맞아!" 그녀가 말했다. "문학은 많은 장난감을 넣어 구운 케이크랑 비슷해. 그러니까 장난감을 모두 찾는다 해도 그것들을 찾는 과정에서 즐거움을 느끼지 못한다면 속 빈 강정이나 마찬가지라는 거지. 그런 걸 두고 헬러라는 미국 극작가는 이렇게 표현했어. '그들은 문학에 대해 모든 걸 이해했지만 단 하나, 문학을 즐기는 법만큼은 알지 못했다'라고."

나는 그 말을 재빨리 받아 적었다.

소피프는 계속 말했다. "배움은 인내심을 갖고 평생 수행해야 할 과제야. 앞으로 우리가 보게 될 이야기들을 깊이 파고들다 보면 그 말이 무슨 뜻인지 자네도 알게 될 거야. 플라우투스가 말한 것처럼 '인내는 모든 고통을 치료하는 최고의 약'이라 할 수 있지."

"그런 말들은 어떻게 다 기억하는 거예요?" 내가 물었다.

"불행하게도, 나는 기억의 저주를 받은 사람이야. 오직

술만이 그 기억을 지울 수 있지. 맥베스가 이 점을 아주 잘 표현했어. 그는 기억을 '두뇌의 파수꾼'이라고 불렀어."

"그거 알아요?" 내가 지적했다. "인용에 대해 물었는데, 또 다른 인용으로 대답했다는 걸요."

소피프가 희미하게 미소를 지었다. 그날 수업은 그렇게 끝이 났다.

≠ ≠ ≠

기림이 집 안으로 들어서서 밥을 짓고 있던 내 옆으로 다가왔다. 나는 남편의 실망스러운 표정을 마주하게 되리라 생각했다. 오늘 폭력배들에게 맞서자고 다시 한번 설득하기 위해 쉼터에서 몇몇 남자들을 만나기로 되어 있었기 때문이다. 그런데 뜻밖에도 장화를 벗는 그의 얼굴에 슬며시 미소가 번졌다.

"설득한 거야?" 나는 반신반의하며 물었다.

"세 명 정도. 정확히는 두 명 반."

"이제 한 삽을 떴을 뿐이야. 폭력배들과 겨루기에는 셋, 아니 두 명 반으로는 어림도 없어."

"왜 안 된다는 거야?"

전에도 이런 대화를 나눠봤기 때문에 나는 대화가 어떻게 끝날지 알고 있다. 그렇다 해도 남편한테 간청하는 수밖에 없다. "기, 굳이 자청해서 상처를 입을 필요는 없어."

남편이 반박할 줄 알았는데, 생각지도 못한 질문을 던졌다. "당신이 우리 가족을 위해 책을 읽는 것처럼 난 칼로 우리 가족을 지키려는 거야. 그게 뭐가 달라?"

남편은 살짝 비꼬는 투로 말했지만 나는 신경 쓰지 않고 가만히 생각을 가다듬은 다음 조곤조곤 따지듯 말했다. "크게 다르지 않을지도 몰라. 하지만 적어도 책을 읽는 것만으로 내가 죽진 않아. 그러니 가족을 홀로 남기고 떠나는 일도 없을 거고."

화를 낼 줄 알았는데, 남편은 차분하게 대꾸했다.

"가족을 지키는 방법에도 좋은 때와 장소가 있게 마련이야. 그게 글이든 칼이든. 당신은 꾸준히 책을 읽어. 그 이야기들이 당신에게 뭐든 가르쳐줄 테니까."

우리는 서로 자기주장을 이어가다가 이견을 좁히지 못한 채 얘기를 끝냈다. 나는 대화 도중 의문이 들었던 것에 대해서만 한 번 더 물었다.

"근데 궁금한 게 하나 있는데. 당신이 말한 두 명 반에서 그 반은⋯ 혹시 행운의 똥보를 말하는 거야?"

그의 입꼬리가 살짝 올라갔다. 기 림이 그런 식으로 대답을 미룰 때면 그 엷은 미소가 진심인지, 나를 놀리는 것인지 알 수가 없었다. 어느 쪽이든 남편이 그렇게 얼버무리고 넘어가면 그날은 정확한 대답을 듣기 힘들다는 걸 경험으로 알고 있다.

"아니." 뜻밖에도 남편은 진지하면서도 천연덕스러운 얼굴로 대답했다. "뚱보가 아니야. 내가 반이라고 표현한 사람, 적극적으로 나와 함께 싸워줄 사람은 바로 장모님이야."

≠ ≠ ≠

공기가 후텁지근해서 나는 휘장을 걷어 올린 채 그늘진 바닥에 앉았다. 그러고는 저 너머 테바 마오네 집을 바라보며 니사이의 소리가 들리는지 귀를 기울였다. 내 친구 테바는 엄마가 니사이를 봐줄 수 없을 때면 아이를 돌봐주고 싶어 했다. 확실하진 않지만 소피프가 테바에게 집세 일부를 면제해주겠다고 말한 게 아닐까 싶다.

요즘은 거의 매일 아침 소피프한테서 문학을 배우고 있다. 짧지 않은 시간 동안 남에게 아들을 맡기는 일은 늘

부담이 된다. 이제는 책을 읽고 배우는 게 마땅히 해야 할 일이라고 생각하지만, 아이를 남의 손에 넘길 때마다 칭얼거리는 모습을 보면 당장이라도 책과 연필을 던져버리고 도로 데려오고 싶은 충동과 싸워야 했다. 하지만 종일 보채고 훌쩍거리는 아이를 떠올리면 다시 마음을 다잡지 않을 수 없다. 상황이 바뀌지 않는 한 아이의 상태가 호전되기는 힘들 것이다. 문득 누구에게나 삶은 이토록 갈등으로 가득 찬 것일까 하는 의문이 들었다.

소피프가 내 걱정을 알아챈 모양이다. "아들 걱정은 하지 마. 니사이는 좋아질 거야."

"이런 공부가 아이에게 정말 도움이 될까요?" 내가 물었다. 올바른 선택이었다는 확신을 얻고 싶었다.

"교육은 언제나 옳아. 특히 이 세상에서 자신의 위치를 알게 해줄 때는 더욱 그렇지."

"문학도 그런 역할을 하나요?"

"상 리, 우리의 모든 것은 문학이 될 수 있어. 생활과 희망, 욕구, 절망, 열정, 우리의 장점과 단점 모든 것이. 이야기는 오늘을 변화시키고자 하는 갈망과 내일의 가능성을 보고 싶은 열망을 담고 있어. 그래서 사람들은 문학을 '인간이 되는 기술 안내서'라고 부르기도 하지. 그러니까 당연히 문학의 역할이 크다고 봐야겠지."

"문학을 공부하면 아들의 병을 낫게 하는 법을 알 수 있을까요?"

소피프는 책을 내려놓고 말했다. "난 쓰레기 더미에 사는 힘없는 노인네일 뿐이야. 이것이 자네에게 올바른 방향인지 아닌지는 내가 장담할 수 없어. 그건 앞으로 자네만이 답할 수 있는 문제야. 다만 한 가지 충고해주고 싶은 건 있어."

"그게 뭐죠?"

"더 많이 읽고 배울수록 그 이야기들이 자네와 가족에게 어떤 영향을 줄지 잘 이해할 수 있을 거야. 그리고 예상치 못한 질문들과 맞닥뜨리게 되지."

"무슨 질문이요?"

"인생에 대한 깊은 성찰이 담긴 질문이랄까. 예를 들면, 삶의 의미는 무엇인가? 나는 왜 이 쓰레기 더미에 있는가? 이 길에는 날 위해 무엇이 숨겨져 있을까? 앞서간 선조들은 과연 내 말을 듣고 나를 걱정해줄까? 삶은 왜 이리 힘든 것일까? 무엇이 선이고 무엇이 악일까? 난 무엇을 선택하고 실천해야 할까? 질문의 목록은 계속 늘어날 수밖에 없지."

"이해할 수가 없어요. 다른 사람들에 대한 이야기가 어떻게 내 문제에 답을 줄 수 있다는 거죠?"

"그게 바로 자네가 배움을 통해 깨닫게 될 문제야. 우리가 읽는 모든 이야기의 대상과 주제가 바로 나 자신이기 때문이지."

"하지만 어떻게요?"

"앞으로 천천히 생각해봐. 이러다가 아침이 다 가겠어. 우린 아직 책도 펼치지 못했다고. 오늘은 캄보디아 작가 프레아 보툼테라의 작품인 「툼 테아브」로 시작해보자고."

소피프는 내게 낡은 교재 하나를 건네며 말했다. "아마도 자넨 이 이야기를 좋아할 것 같은데. 테아브라는 이름의 아름다운 소녀에 대한 이야기야. 소녀는 조금 유별난 곤경에 빠져 있지." 그녀가 내 눈을 똑바로 응시했다. 내 생각을 모두 읽고 있는 것 같다. 말하면서 얼굴을 살짝 찌푸렸는데, 말리에 대해 뭔가를 알아낸 게 분명하다는 느낌이 든다. 그녀가 알고 있다면 다른 누군가도 알고 있지 않을까?

나는 온몸이 얼어붙은 것처럼 꼼짝할 수도, 숨을 쉴 수도 없었다. 마침내 소피프가 책을 가리키며 말했다. "자, 첫 페이지를 펼치고 시작해보지."

12장

엄마가 쉼터 문제로 다시 분란을 일으키고 있다. 그것을 감지한 사람은 나뿐이었다. 내가 도착했을 때, 엄마는 시다 손과 조라니 칸에게 좀 더 큰 쉼터를 함께 지어보라고 부추기고 있었다. "둘이 같이 하면 스퉁 민체이에서 보기 드문 훌륭한 쉼터를 만들 수 있을 텐데."

문제는 시다와 조라니가 서로 미워하는 사이라는 걸 누구보다 잘 알면서도 그렇게 고집한다는 점이었다. 순수한 마음으로 둘을 화해시키려는 행동이었다면 나도 손뼉을 치며 응원했을 것이다. 하지만 현명하지 못한 두 여자를 꼬드겨 티격태격 말다툼하는 모습을 구경하려는 불순한 의도가 명백히 보였다.

"정말 너무하네." 엄마 옆에 자리를 잡고 앉으며 내가 말했다. 두 여자는 지붕에 이어 종이 판지를 얼마나 더 넓게 깔 것인가 하는 문제를 놓고 말씨름을 하고 있다. 슬그머니 끼어들어 엄마의 속셈을 알려줄까 하다가 참았다.

"아빠가 살아 있다면 지금 이 상황을 보고 뭐라고 하겠어?" 내가 엄마한테 물었다.

"글쎄, 난 네가 무슨 얘길 하는 건지 모르겠다." 엄마가 모르는 척 대꾸했다. "그리고 아빠의 죽음에 너도 한몫했다는 걸 잊지 마."

난 아빠의 죽음에 대해 아무것도 모른다. 게다가 엄마나 할아버지가 옛일을 설명할 때마다 이야기는 조금씩 달라졌다. 대충 요약하자면 엄마가 나를 낳을 때 아무리 힘을 줘도 내가 나오지 않았다고 한다. 할 수 없이 엄마는 조산사의 도움을 받아 분만을 시도했고, 그동안 아빠는 앞마당을 이리저리 왔다 갔다 하며 연신 담배를 피워댔다고 한다.

할아버지는 배 속에서 내가 조상들이 주고받는 농담을 듣느라 정신이 팔려 나오지 않았을 것이라 주장했다. 만약 그때 내가 정말로 조상들을 만났다면 누군가는 스통 민체이에서 살게 될 미래를 점쳐주지 않았을까. 어찌 됐든 내가 세상에 나오기까지 오랜 시간이 걸렸고, 마침내 내가 폐로 숨을 쉬며 첫울음을 터뜨리자 조산사는 맨발로 뛰어나가 출산 소식을 알렸다고 한다. 하지만 불행히도 아빠는 이미 싸늘한 주검이 되어 땅바닥에 누워 있었다는 것이다.

어린 시절에 나는 아빠가 자식을 위해 당신 삶을 포기한 거라고 믿고 싶었다. 죽을 운명을 타고난 딸을 대신해 아빠가 마지막 순간에 비밀의 버튼을 눌러 자신을 희생한 것이라고 말이다.

철없는 어린아이의 상상에 불과했지만 덕분에 나이가 들면서 점점 커지는 회환의 고통을 어느 정도는 덜 수 있었다. 나는 아빠를 본 적도 없고 알지도 못했다. 아빠가 어떻게 생겼는지조차 모른다. 시골에서 사진은 정말 귀한 것이었고, 그나마 한 장 남아 있던 사진마저 내가 아기였을 때 잃어버렸다고 했다.

"여기 더 있을 거니?" 엄마가 물었을 때, 시다는 악담을 퍼부어대고 있었고 조라니는 쓰레기를 집어 던지기 시작했다.

웃지 않으려고 했는데, 두 여자의 행동이 너무 우스꽝스러워서 참을 수가 없다.

"엄마랑 내가 스퉁 민체이에 사는 건 당연한 일인지도

몰라." 나는 등을 젖히며 손뼉을 치고 싶은 유혹을 간신히 참으며 말했다.

두 여자의 싸움이 잦아들 무렵, 엄마가 몸을 기울이며 태연하게 말했다. "너도 이제 알아야겠구나. 그 여자애를 위한 준비를 마쳤단다."

나는 상체를 크게 비틀고 물었다. "준비를 마쳤다고? 말리를 위해? 어떻게?"

"자세한 건 나 혼자만 알고 있는 게 좋아. 모두의 안전을 위해서. 도시에서 떨어진 곳에 좋은 조건을 찾아냈다는 정도만 알아둬. 그 아이가 안전하게 지낼 수 있는 곳으로."

"언제 가는데?"

"내일 그 애랑 함께 떠날 생각이야."

"그렇게 빨리?"

"그래, 근데 문제가 하나 있어." 나는 문제라는 말 자체가 달갑지 않았지만 어쩔 수 없었다.

"그게 뭔데?"

"이 일을 성사시키려면 그 집세 수금원의 도움이 필요해."

　나는 휘장 바깥에 서서 소피프가 오기를 기다렸다. 부탁할 게 있다는 말을 전했고, 고맙게도 그녀는 늦지 않게 와 줬다.

　"뭐가 그리 중요하다는 거지?" 소피프는 약간 짜증이 섞인 목소리로 물었다.

　나는 어떻게 설명해야 할지 몰랐지만 일단 말을 꺼냈다. "미안하지만 한 가지…." 내가 잠시 말을 끊자 소피프는 더 이상 참지 못하고 툭 말을 던졌다.

　"그 여자애 때문이지?"

　나는 숨을 크게 들이마시고 말했다. "그 애를 알고 있어요?"

　"그 애가 자네 집에서 자고 있는 걸 봤지." 소피프가 비웃듯 말했다.

　"미안해요. 우린 그 애를 안전하게 지켜주고 싶었어요. 그때까지는…."

　"그래서 계획이 있긴 한 거야?" 그녀가 끼어들었다.

　"네, 근데…."

　"빨리 말해봐."

　"당신밖에 도와줄 수가 없어요. 말리에겐 돈이 필요해

요. 버스도 타야 하고, 그쪽 가족을 위해서도요."

"이 얘기를 나한테 하는 이유가 뭐지?" 소피프가 물었다.

이유는 분명했다. "우리가 가진 돈은 다음 달 집세뿐이라서요."

소피프의 목소리가 금방 딱딱하게 굳었다. "그 애를 도와주는 게 집세를 내는 것보다 중요하다고 말하려는 건가?"

그녀가 이토록 공격적으로 나올지 몰랐고, 그 이유도 짐작할 수 없었다. 소피프는 대답을 채근했지만 어떻게 말해야 할지 몰라 당혹스러웠다.

"그런 거야?" 그녀가 재차 물었다.

"네, 그래요." 나는 풀 죽은 소리로 대답했다.

그녀의 말투에는 한 치의 흔들림도 없었다. "난 자네가 집세를 건드리는 걸 허락할 수 없어."

"하지만…."

갑자기 소피프가 호주머니에 손을 집어넣더니 단단하게 말린 돈뭉치 하나를 꺼내 건넸다. 마치 이 모든 상황을 예상이라도 한 것처럼 말했다. "이거면 충분할 거야. 하지만 꼭 믿을 수 있는 사람들한테만 돈을 주도록 해. 그 애의 안전을 지키려면 말이야. 언제 떠나는데?"

나는 너무 깜짝 놀라서 아무 말도 못했다.

"그 애가 언제 떠나느냐고 물었어." 소피프는 귀가 어두운 사람을 대하듯 다시 물었다.

"오늘 밤에요."

"그럼 오늘은 만나기 어렵겠군."

"네, 오늘은 좀."

"그럼 술이나 마셔야겠네. 내일은 다시 공부에 전념할 수 있는 거지?" 소피프는 휘청휘청 걸음을 떼다가 다시 소리쳤다. "집세는 늦으면 안 돼!"

≠ ≠ ≠

인생이란 참 기묘하다. 얼마 전까지만 해도 말리를 데리고 있다가 우리의 안전에 빨간 불이 켜질까 우려했는데, 이제 말리를 떠나보내려니 겁이 나서 미칠 것 같았다. 바깥에는 햇볕이 따갑게 내리쬐고 있었다. 집 안에 바람을 들여야 했지만 우리는 휘장을 내려놓고 날이 저물기만을 기다렸다.

행운의 똥보가 제일 먼저 작별 인사를 건넸다. 소년은

말리를 끌어안아야 할지 말지 몰라 어정쩡한 표정으로 서 있었다. 그러자 소녀가 먼저 뚱보의 목에 두 팔을 두르며 알아듣기 힘든 소리로 중얼거렸다. 둘의 포옹이 끝나자 소년은 밖에 나가 주변이 안전한지 둘러보고 오겠다면서 소맷자락으로 이마와 눈 주위를 문질러 닦았다.

나는 말리 옆으로 가서 눈물이 글썽한 얼굴을 바라보며 손끝을 잡아당겼다.

"너한테 줄 게 있어." 나는 소피프가 내게 준 책 한 권을 건넸다.

"하지만 난 글을 읽을 줄 모르는데요." 말리가 어색하게 대답했다.

"아직은 못 읽겠지만 곧 읽게 될 거야."

소녀가 책표지를 어루만지며 물었다. "무슨 내용이에요?"

"나도 다 읽은 지 얼마 안 됐어. 유명한 캄보디아 작가가 쓴 책이야. 너도 나중에 읽게 되면 분명히 감동하게 될 거야. 라마 왕자와 시타 여왕의 여정을 그린 작품이야. 거인들과 맞서 싸우고 원숭이들과 친구가 되고 인어들과 함께 헤엄을 치고 불쌍한 공주를 구출하는 이야기지. 선과 악이 균형을 이루고, 우정이 영원히 지속되고, 언제까지나 안

전이 보장되는 신비롭고 놀라운 세계를 경험할 거야. 언젠
가는 이 책을 읽으면서 우리 생각을 하는 날이 올 거야."

엄마가 다가와서 이제 갈 시간이라고 알려줄 때까지 나
는 말리의 손을 오래도록 잡고 있었다. 말리는 엄마의 손
을 잡은 채 두려움이 가득한 표정으로 머뭇거렸다.

나는 아이 옆에 좀 더 가까이 다가서며 말했다. "말리,
강해져야 해. 넌 할 수 있어."

"앞으로 나 혼자서 어떻게 살아가죠?" 말리는 숨이 차서
울먹이는 소리로 물었다.

"넌 혼자가 아니야. 우리도 여기서 널 응원할게."

말리는 용기를 내 고개를 끄덕였다. 이 아이는 느닷없이
내 인생에 날아와서 이제 어디론가 사라지려 하고 있었다.
내 딸이 아니라고, 더 좋은 데로 떠나는 것이라고 머리가
가슴에게 아무리 설명을 해도 여전히 가슴이 저리고 아팠
다.

13장

소피프가 가져온 책들은 가끔 캄보디아 작가들의 작품
도 있었지만 대부분은 먼 나라 작가들의 작품을 번역한
것들이다. 영어로 쓰인 책들도 많았는데, 행과 행 사이의
공간에 크메르어로 번역한 글들이 빼곡하게 적혀 있는 것
들도 있었다. 나는 소피프가 그 모든 책들을 어디서 가져
오는지는 알지 못했다.

그녀가 오래전 프놈펜에 있는 대학에서 학생들을 가르
친 적이 있다는 사실 외에도 학창 시절에는 미국에 있는
대학에서 영문학을 공부했다는 사실도 알게 됐다(직접 들
은 말은 아니었지만 미국에서 공부할 정도로 집안이 부유했던
게 분명했다).

오늘 소피프가 가져온 책의 첫 페이지에는 파도가 출렁이는 바다에서 거대한 물고기의 꼬리가 물을 튀기는 장면이 그려져 있었다.

"오늘은 원래의 작품을 간결하게 줄인 요약본을 읽어볼 텐데, 그래도 다 읽으려면 이틀은 걸릴 거야. 허먼 멜빌이라는 미국인 작가가 쓰고 쿤 크힌이라는 캄보디아인이 번역한 책이지."

그나마 친숙한 한두 명의 캄보디아 작가를 제외하면 소피프가 소개하는 작가 대부분은 내게 별다른 의미가 없는 존재였다. 하지만 그녀는 조만간 상황이 달라질 거라고 강조했다.

소피프는 내가 글을 배운 지 얼마 안 된 초보라서 이야기의 깊은 뜻을 이해하기가 쉽지 않을 것이라고 했다. 그래서 전반적인 맥락을 미리 설명해주기로 했다. 사전 지식이 있으면 관련된 구절을 접할 때마다 눈이 번쩍 뜨이면서 머리 회전도 잘 될 것이고, 그러면 자신도 할 일을 제대로 하고 있다고 느낄 거라면서.

"오늘 읽을 이야기에 대해, 복수에 눈이 먼 에이해브 선장이 악을 상징하고 하얀 고래가 선을 의미한다고 주장하는 사람들도 있지." 소피프가 말했다.

"문학에 나오는 모든 것은 항상 무언가를 의미해야 하나요?" 책을 읽기 전에 내가 물었다. 문학이 그토록 복잡하게 뒤엉킨 실타래일 줄 누가 알았겠는가?

"그게 바로 문학의 놀라운 힘이자 교훈이지. 잘 기억해 둬, 상 리."

"그게 무슨 말이죠?" 나는 정확한 의미를 알 수 없어 다시 물었다.

소피프는 같은 말을 되풀이한 뒤 덧붙였다. "문학에서 모든 것은 어떤 의미를 가질 수밖에 없어."

이제 우리는 책장을 열고 읽기 시작했다.

≢ ≢ ≢

이름을 이슈메일이라고 해두자. 몇 년 전(정확히 언제인지는 아무래도 좋다) 지갑은 텅 비었고 뭍에는 딱히 흥미를 끄는 것이 없었으므로 당분간 배를 타고 나가서 세계의 바다를 두루 돌아보면 좋겠다는 생각을 했다.

≠≠≠

고래 이야기의 축약본을 읽는 데는 이틀이 아니라 나흘이 걸렸지만 이 책 덕분에 나는 지금까지 이곳에 살면서 가장 흥미진진한 시간을 보냈고, 말리 걱정에서도 벗어날 수 있었다. 이야기는 결국 선장과 고래의 비극적이면서도 용맹스러운 대결로 끝이 났다.

에이해브 선장은 오래전 적의 행동에 복수하기 위해 혈안이 된 늙은이로, 그의 말과 행동은 대단히 공격적이었다. 침몰해가는 배에서 고래를 향해 작살을 던지는 마지막 순간에 그는 이렇게 외친다. '최후의 순간까지 너와 맞붙어 싸울 것이고 너의 심장에 작살을 꽂아 마지막 남은 증오의 숨결을 불어넣어 주겠어.' 비록 거칠고 조악한 면이 있었지만 에이해브는 아주 불쾌한 인물은 아니었다. 오히려 복수라는 잘못된 열망에 사로잡힌 불쌍한 영혼이었다.

마찬가지로 소피프가 내게 선을 대표한다고 귀띔해준 하얀 고래도 완벽하게 순수한 생명체는 아니었다. 전투에서 고래가 승리를 거두긴 하지만(이 부분이 선이 악을 이긴다는 걸 암시하는 것 같다) 이야기를 이끌어가는 젊은 남자를 제외한 나머지 선원들과 선장을 죽인 것은 고래였다. 자애로운 행동과는 거리가 멀어도 한참 멀었다.

이야기를 읽는 내내 '모든 것에는 의미가 있다'는 소피프의 말이 머릿속에서 떠나지 않았다. 나는 기 림을 떠올렸다. 선장만큼은 아니지만 남편도 복수심에 사로잡혀 있다. 하지만 기 림은 좋은 사람이고 가족을 먹여 살리는 훌륭한 부양자이자 남편이다. '기 림은 선장에 가까운가 아니면 고래에 가까운가?'라는 질문이 끊임없이 나를 따라다녔다. 남편이 고래가 아니라 선장과 선원들 쪽에 가깝다면 정말 우려할 만한 일이 아닐 수 없다. 나는 불편한 마음을 가누기 힘들었다. 선장과 선원들이 모두 바다에 빠져 목숨을 잃기 때문이다.

"이 이야기는 결국 악을 어떻게 다뤄야 하는지에 대한 걸까요?" 나는 소피프에게 진심으로 물었다.

"좀 더 구체적으로 묻는다면?"

"사는 동안 악과 부딪치게 되면 어떻게 대응해야 할까요? 선장과 고래 이야기처럼 맞서 싸워야 하나요? 아니면 매립장에서 살아가는 이웃들처럼 적당히 거리를 두면서 내 일에나 신경을 써야 할까요? 예를 들면 말리의 경우는요? 우린 그 애가 달아날 수 있게 도와줬어요. 하지만 폭력배들은 여전히 이곳에 있고 그 횡포가 점점 심각해지고 있어요."

내 스승이 교육을 잘 받았고 문학에 대해 많은 지식을 갖고 있었으므로 나는 합리적이고 신중한 대답이 나올 거라 기대했다. 하지만 뜻밖에도 소피프는 부산하게 시선을 이리저리 돌리며 말했다.

"만약 악과 대면하고 있다고 느낀다면 절대로 악을 모르는 척해선 안 돼. 할 수 있는 한 악을 물리쳐야 해. 악이 자넬 파괴해버리기 전에!"

그녀의 표정에 드러난 감정과 몸짓, 기이한 버릇들을 가까이서 지켜보며 나는 이제 누구보다 소피프를 잘 알게 됐다. 손목시계를 돌리는 건 초조하다는 뜻이다. 왼발을 오른발보다 더 강하게 내디디면 화가 났다는 의미다. 입술을 오므리며 고개를 돌릴 땐 내 말이 우스우면서도 애써 웃음을 참는 것이다. 그런데 악을 물리쳐야 한다고 강하게 말하는 지금 이 순간, 여태껏 보지 못한 새로운 감정이 그녀의 얼굴에 드러났다. 그것은 다름 아닌 공포였다.

사실 나는 주장을 장황하게 펼치려는 것이 아니라 내가 이해하는 부분에 대한 확신을 구하고 싶었다.

"난 글을 배우고 이야기를 읽으면 언젠가는 우리 가족에게 도움이 될 거라고 말했어요. 반면에 남편은 칼로써 우리 가족을 지키겠다고 했어요. 누가 옳은 거죠? 글과 칼

중에 어느 것이 최선이죠?"

　소피프의 표정은 엄숙하면서도 확신에 차 있었다. 표정만으로도 그 뜻을 충분히 이해할 수 있을 것 같았다.

　"글로써 무지와 싸우고 칼을 들고 악과 맞서야 해. 자네 남편한테도 옳은 일을 하는 거라고 말해주게."

14장

쉼터 근처에서 기 림을 기다리는 동안 문학이라고 볼 수 있을 것 같은 종이 한 장을 발견했다. 종이는 너덜너덜한 잡지들 사이에 끼어 있었다. 잡지는 내던져버리고 종이를 집어 들었다. 종이에는 '쌀농사에 대한 시 마오의 조언'이라는 제목이 적혀 있었다. 흥미를 끌 만한 제목은 아니었지만 그 아래 누군가 적어놓은 말에 눈길이 갔다. 나는 근처에서 니사이를 안고 있는 엄마가 들을 수 있도록 큰 소리로 글을 읽었다.

쌀은 세상에서 가장 중요한 농작물이다. 여기에 나오는 몇 가지 정보에 유념하면 벼농사를 짓는 데 도움이 될 것이다.

쌀농사는 매우 힘들지만 누구나 할 수 있는 일이다. 다만 많은 인내와 보살핌, 엄청난 노동이 따라야 한다.

벼는 여러 환경에 잘 적응하는 편이지만 번성하려면 충분한 일조량과 물, 영양이 필요하다.

품종 또한 매우 다양하다. 갈색과 검은색, 하얀색, 붉은색 등을 비롯해 장립종(길쭉한 모양)과 중립종(짧고 뚱뚱한 모양), 단립종(거의 동그란 모양) 등 그 모양과 색깔이 각양각색이고, 달콤한 쌀과 찰기가 있는 쌀 등 그 맛도 여러 가지다.

쌀농사를 잘 짓는 비결은 적절한 환경을 제공하는 것이다. 어린 식물에 해가 되는 유독한 물질을 제거해주고 건강한 유기 물질을 듬뿍 사용해야 한다.

식물이 자랄 수 있게 충분한 공간도 마련해줘야 하며, 주변에 자라나는 잡초도 수시로 뽑아줘야 한다. 한꺼번에 너무 여러 가지 작물을 돌보는 것도 유익한 방법이 아니다.

쌀은 특정 환경에서 잘 자라지만 때로는 어쩔 수 없는 자연재해라는 것도 있다. 하지만 너무 걱정하지 않아도 된다. 벼는 어느 정도의 가뭄과 홍수를 견뎌내는 기묘한 능력이 있기 때문이다.

모판에 심은 모를 넓은 논에 옮겨 심는 방법도 있고, 애초부터 논에 싹을 틔우는 방법도 있다. 어느 방법이든 상관없다. 직접 싹을 틔우는 방법의 장점은 어리고 여린 식물을 옮겨 심을 때 받는 충격을 줄일 수 있다는 점이다.

무엇보다 식물이 자라는 과정을 당연하게 여기는 마음을 경계해야 한다. 날마다 정성을 다해 돌봐줘야 튼실하면서도 영양이 좋은 식물로 키울 수 있다.

행운이 여러분과 함께하길 빈다.

– 시 마오

≠ ≠ ≠

언뜻 들어도 원예나 농사에 대한 일반적인 조언들을 적은 글이다. 그래서인지 엄마는 내가 키득키득 웃는 모습을 보고 의아하다는 표정을 지었다.

나는 이렇게 설명했다. "쌀농사에 대한 지침을 적어놓은 글인데, 누군가 제목 중간에 '~와 자식 농사'라는 말을 덧붙여놓았어. 그러면 '쌀농사와 자식 농사에 대한 시 마오의 조언'이라는 제목이 되거든."

엄마는 여전히 이해가 안 된다는 표정이었다. 나는 다르게 접근해보기로 했다. "제목을 다시 읽어볼게. 근데 내가 '쌀'이라고 말할 때 그 자리에 '자식'이라는 단어를 넣어서 곰곰이 생각해봐."

나는 한 번 더 제목을 읽었고, '쌀'이라는 단어를 말한 뒤 잠시 뜸을 들이며 엄마가 새로운 의미를 이해할 수 있게 시간을 줬다. 그제야 엄마도 미소를 지었다.

내가 문학을 배우고 있다는 사실을 알아서인지 엄마는 내가 궁금하게 여기던 바로 그 질문을 던졌다. "그럼 그 두 단어 덕분에 별거 아닌 것들이 문학으로 변한 거니?"

나는 한참 동안 곰곰이 생각한 다음 대답했다.

"그것 때문에 문학이 되는 건지 아닌지는 나도 잘 모르겠어." 갑자기 교사가 된 것 같은 야릇한 기분이 들었다. "그런 말이 덧붙으니까 평범했던 문장들이 다르게 보인다는 느낌이 들었을 뿐이야. 신기하고 재미있다는 생각도 들었고!"

≠≠≠

내가 흥분해 있다는 것을 소피프도 눈치챈 듯했다. '쌀 농사에 대한 시 마오의 조언'이라는 글이 적힌 종이를 건네 고 나서 호기심 많은 여학생처럼 이런저런 생각에 잠겨 있 었기 때문이다.

"이걸 보니 내일쯤 얘기해볼까 생각했던 주제가 떠오르 네." 그녀가 말을 꺼냈다. "생각난 김에 지금 얘기해도 괜찮 겠어. 말이나 글은 실제로 강력한 힘을 발휘할 뿐만 아니 라 금보다 귀한 가치가 있지."

나는 아무 말도 하지 않았지만 나도 모르게 표정이 변한 모양이다.

"이해가 안 된다는 표정이군." 그녀가 말했다.

"네, 조금요." 내가 덧붙였다. "금이 있으면 음식이나 옷 을 살 수 있고, 집세든 뭐든 낼 수 있지만 말이나 글로 도 대체 뭘 살 수 있다는 거죠?"

"자네가 니사이를 의사한테 데리고 가서 치료받으려면 먼저 아이의 병을 설명해야겠지? 그 귀하다는 금으로 아 이의 상태를 전달할 수 있을까?"

"그럴 순 없겠죠." 내가 대답했다.

"그럼 의사는 어떻게 아는 거지?"

"내가 말해주죠, 의사한테."

"바로 그거야… 말. 말로 설명하는 거지. 금이나 돈이 치료비가 된다면 말은 아이를 구하도록 도운 셈이지."

소피프는 거기서 끝내지 않았다. "만약 자네한테 남편이 얼마나 소중한 존재인지 알리고 싶다면 어떻게 하겠나? 남편한테 금이라도 줄 건가?"

"금을 주면 기 림은 틀림없이 좋아할걸요."

"금은 그저 재물일 뿐이야. 상 리, 진정한 사랑을 전하려면 귀에 대고 속삭여야지…"

소피프는 내가 다음 말을 해주길 기다리는 눈치였다.

"자네라면 남편한테 뭐라고 말하겠나?"

"사랑한다고 말하겠죠."

"맞아, 상 리. 간단한 몇 마디 말이 세속의 재물보다 더 많은 걸 전달하고 더 많은 의미가 있는 법이야. 그 소리가 우리의 가장 깊은 감정을 건드리는 거지. 수많은 싸움이나 전쟁도 사소한 말에서 시작되고 그것을 끝내는 것도 결국 말이야. 말로써 재산을 모으기도 하고 탕진하기도 하지. 말은 생명을 구하거나 목숨을 앗아가기도 하고, 말로써 제국을 얻거나 잃기도 한다고. 붓다도 이런 말을 했어. '입을 열기 전에 신중하게 말을 골라야 한다. 그 말을 듣는 사람들이 좋거나 나쁜 영향을 받기 때문이다.' 무슨 말인지 알아듣겠나?"

"네, 그런 것 같아요. 한 가지만 빼면요."

"뭔데?"

"말과 글이 그토록 힘이 있는 거라면 교육받은 여성이, 말과 글을 능숙하게 다룰 줄 아는 당신이 이곳 스퉁 민체이에 사는 이유가 뭐죠?"

한참이 지나서야 그녀가 입을 열었다. "말과 글은 밧줄과도 비슷해. 그것을 사용해 자신을 끌어올릴 수도 있지만 조심하지 않으면 그 밧줄이 자신을 묶어버릴 수도 있어. 우리가 어떻게 처신하느냐에 달려 있지."

"당신 스스로 스퉁 민체이에 사는 걸 선택했다는 말인가요?" 내가 물었다.

내가 불편한 주제를 꺼낼 때면 소피프는 질문으로 답을 대신하곤 했다. 질문이 학생들을 성찰하게 만들기 때문에 훌륭한 교사는 그런 방식을 선호하는 거라고 했지만, 내 생각엔 까다로운 질문을 피하려는 교사의 속셈 같았다.

이번에도 소피프는 질문으로 답했다. "샹 리, 특별한 경험이 있는 사람이라면 매립장에서 생활하는 삶을 선택할 수도 있지 않을까?"

≋ ≋ ≋

저녁을 먹고 나서 소피프와 나눴던 얘기를 전하자 기 림이 힐끗 뒤를 돌아보며 혐오감을 드러냈다. "좋은 징조로 봐야 하나? 그래서 우리 스승께서 뭐라고 하셨는데?"

"당신이 옳다고 했어."

"뭐라고?"

"방금 들은 대로야. 그렇지만 난 오히려 당신이 자랑스러워할까 봐 걱정이야."

남편이 관심을 보이며 물었다. "뭐가 옳다는 거야?"

"살면서 악과 마주친다면 결연히 일어나 맞서 싸우고 자신을 보호해야 한다고 했어. 악의 근원을 잘라내긴 힘들어도 악을 물리칠 수는 있다고 하더라."

"언제 그랬는데? 술에 취해 있었던 건 아니야?"

"요새는 별로 많이 마시지 않는 것 같던데. 적어도 수업을 하기 전에는 마시지 않아."

소피프가 자신과 뜻을 같이한다는 사실을 기 림이 받아들이기까지 잠깐의 시간이 걸렸다. 그러더니 남편은 '별일 아니라는 듯' 어깨를 으쓱했고, 만족스러워하는 표정은 '그러게 내가 뭐랬어'라고 말하는 듯했다.

"내가 이런 얘길 해줬으니까 당신도 약속 하나만 해줘."

"그게 뭔데?"

"절대로 에이해브 선장은 되지 말아줘."

"에이해브 선장이 누군데?"

"커다란 고래와 대결한 사람이야."

"그게 뭐가 잘못됐다는 거야?"

"그 사람 결국 죽었거든."

15장

소피프가 가져온 책들에는 대부분 그림이 없다. 하지만 오늘 첫 번째로 꺼낸 책의 표지에는 니사이의 책에서 본 듯한 삽화가 그려져 있었다.

"오늘은 동화를 읽을 건가요?" 내가 물었다.

"이 책을 그렇게 부르는 사람도 있지."

"그게 아니라면 뭐라고 부르는데요?"

소피프는 잠시 생각에 잠기더니 이렇게 말했다. "나는… 경이로운 이야기라고 부르곤 했지."

소피프가 잠깐 말을 끊는 건 극적인 효과를 노리는 거다. 그것은 제대로 효과를 발휘했다. 책을 살피기 위해 나도 모르게 손을 뻗었기 때문이다. 하지만 소피프가 책을 다른 쪽으로 옮기는 바람에 슬그머니 손을 옆으로 내렸다.

"이 이야기가 뭐가 그렇게 경이로운데요?" 내가 물었다.

"아주 오래전 캄보디아에서 출판된 책이야. 훌륭한 가족 이야기에서 시작되었다고 볼 수 있지. 아무튼 토론해볼 만한 작품이야."

나는 대충 이해한 척하고 넘어갔다. "오늘 이야기의 제목은 뭐죠?"

"사란."

"사란? 사란이 누구죠?"

"사란은 캄보디아 소녀야. 자, 이제 질문은 그만하고 책이나 보자고." 소피프는 표지를 펼치고 책을 읽기 시작했다. 글은 아름다웠고, 나도 곧 이야기에 빠져들었다.

≠ ≠ ≠

몇 세기를 거슬러 오른 옛날에, 캄보디아의 원류인 크메르 제국이 태국 동북부에서 베트남 일부 해안지역까지 점령해 동남아시아 최대 왕국으로 인정받던 시절, 왕국의 수도인 앙코르 근처에 부유한 한 농부와 그의 부인, 그리고 외동딸 사란이 살고 있었다.

그들은 드넓은 토레사프 호수 연안에 지은 아름다운 집에서 살았다. 우기 때마다 차오르는 물을 피하기 위해 대나무 기둥들 위에 지은 집이었다. 농부는 호수를 따라 펼쳐진 들판을 소유하고 많은 소작농을 부려 쌀농사를 짓게 한 부자였으므로 사란은 부족한 것 없이 안락하게 살았다. 그런 부유한 환경 속에서 자랐음에도 사란은 늘 착하고 예의 바르게 행동했다. 다른 아이들처럼 이기적이지 않았다. 소작농들이 들판에서 일할 때는 엄마를 도와 그들이 먹을 음식을 날랐다. 집에서는 엄마가 힘들어할 때마다 곁에 앉아 머리카락을 빗겨주며 위로를 건넸다. 마을에 불우한 가정이 생겨 음식과 의복, 쉴 곳 등이 필요하면 사란은 언제든 나서서 도우며 어린 소녀가 할 수 있는 모든 일을 했다.

그렇게 평온한 시간이 이어지는 가운데, 사란이 해마다 가장 기다리던 순간이 왔다. 농부는 사란을 물 축제로 데리고 갔다. 이 연례행사는 드넓은 호수의 물이 강 쪽으로 거슬러 흐르는 진기한 현상이 벌어질 때 시작됐다. 또한 이 행사는 보름달이 뜰 때와 시기가 일치했다.

풍부한 먹거리와 근사한 춤, 신성한 의식 외에도 여러 마을에서 출전한 사람들이 카누를 타고 경기를 벌였다.

카누는 통나무를 정교하게 깎아 만든 배로, 하늘을 향해 곡선으로 치솟은 선수와 선미에 새긴 화려한 장식이 돋보였다. 경기가 끝나고 승자가 정해지면 왕이 직접 자신의 인장이 새겨진 노를 상으로 전달했다. 승자의 카누를 타고 승자의 마을로 가서 행운을 빌어줄 때도 있었다.

사란의 부모가 아름다운 금실과 은실로 수를 놓은 비단 삼포트(캄보디아 전통의상인 긴 치마)를 사준 것도 바로 물 축제에서였다. 이 옷은 아주 특별한 것이어서 튼튼한 덮개에 화려한 무늬가 새겨진 상자에 담아 결혼할 때까지 보관해두기로 했다. 사란은 너무나 감격해서 이 삼포트를 선물로 받던 순간을 영원히 잊지 못할 것 같았다.

오후에는 내리던 비가 그치고 몸이 달아 있던 태양이 구름 사이로 얼굴을 내밀며 무지갯빛의 장식 띠를 하늘 한가운데 걸쳐놓았다. 사란에게 이 선물은 자신이 어느 정도 성장했다는 사실을 부모가 인정하고 있다는 의미였다. 그와 동시에 아빠도 몇 마디 충고를 덧붙였다. "이제 네가 꽃이 만개하듯 성장했으니 항상 남을 섬기는 방법을 찾는 데 애쓰고, 무엇보다 네 꿈을 잃지 않도록 매진해야 한다."

하지만 꿈같은 시간도 무지개처럼 순식간에 지나가 버리고 말았다. 사란이 열네 번째 생일을 맞은 지 얼마 지나지 않았을 때 열병이 마을을 휩쓸어서 사란의 부모도 심각한 병에 걸렸고, 3일이 채 지나기도 전에 엄마가 돌아가셨다. 사란의 지극한 간호가 없었다면 아빠마저도 엄마 뒤를 따를 뻔했다. 사란은 아빠 곁을 지키며 열이 내릴 수 있게 깨끗한 옷으로 갈아입히고 아빠의 귀에 대고 끊임없이 사랑과 용기의 말을 속삭여줬다.

마침내 농부는 건강을 회복했지만 질병은 그의 마음까지도 쇠약하게 만들었다. 열병이 재발해 목숨을 잃고 사란을 홀로 남겨두게 될까 봐 두려웠던 농부는, 최근에 딸과 함께 마을로 이사 온 한 미망인과 결혼을 서두르기로 마음 먹었다. 미망인은 마을에서 미인으로 소문이 나 있었지만 눈썰미 좋은 몇몇 사람들은 교활하고 인정사정없는 여자라고 평가했다.

마을 사람들의 평가는 분분했지만, 사란은 아빠가 재혼을 통해 심신의 안정을 얻게 되기를 간절히 바랐다. 게다가 피를 나누진 않았지만 자신에게도 언니가 생기는 셈이었다. 그러나 불행하게도 재혼을 한 지 몇 달이 채 되지 않아 사란의 아빠는 잠을 자다가 심장이 멎어 조용히 숨을 거두고 말았다. 아빠가 돌아가시자 계모는 본색을 드러내기 시작했다. 새로 얻게 된 재물을 마음껏 쓰며 자신의 미모를 가꾸는 데 집착했고, 특히 자신의 지위에 위협이 되는 사란을 업신여기며 경멸했다.

허영심이 많은 이 여자는 재산을 물 쓰듯 쓰며 점술가나 마법사를 찾아내 자신의 미모를 유지하고 조금이라도 젊어 보이게 하는 주술과 묘약을 쓰게 했다. 하지만 질투를 감추게 하는 약은 없었다.

계모는 사란의 자연스러운 아름다움을 시기하고 분개했다. 그래서 날마다 사란에게 어렵고 더러운 일을 하도록 강요했다. 돼지 먹이를 주는 일이나 오물을 삽으로 옮기는 일을 시켰고, 피부를 환하게 보이게 한다는 진흙을 숲속에서 퍼오게 했다. 하지만 그런 일들이 아무리 더럽다 해도 자연미가 뿜어내는 광채를 가릴 수는 없었다. 사란의 새 언니는 엄마의 그런 행동에 적극적으로 동조하지는 않았지만 그렇다고 불의에 대항해 어떤 일을 도모하지도 않았다.

몇 년이 흐르는 동안 사란의 삶은 점점 더 피폐해져 갔다. 피부는 거칠고 머리카락은 가늘어졌으며 두 볼은 홀쭉하게 들어갔다. 그럼에도 사란은 쾌활함을 잃지 않으려고 애썼다. 매일 아침마다 벽장에 감춰둔, 손으로 문양을 새긴 상자를 열어보는 일로 하루를 시작했다. 금실과 은실로 수놓은 삼포트를 어루만지고 경탄하며 부모가 베풀어준 선의와 사랑을 추억했다. 그리고 아빠가 들려준 조언을 조용히 읊조리곤 했다. "항상 남을 섬기는 방법을 찾는 데 애쓰고, 무엇보다 네 꿈을 잃지 않도록 매진해야 한다."

그러던 어느 날, 한 마법사가 찾아와 계모에게 희귀한 꽃에 대한 얘기를 들려주고 갔다. 그 꽃의 생김새는 가운데가 노랗고 꽃잎은 자줏빛인데, 꽃잎 끝에 하얀 기운이 감돈다고 했다. 그러나 그 꽃은 아주 깊고 위험한 숲속에서만 자라서 몇몇 사람들이 꽃을 구하러 숲속에 들어갔지만 아직까지 아무도 구해오지 못했다고 했다. 꽃은커녕 사람들도 돌아오지 못했다. 사납고 흉포한 괴물들에게 잡아먹혔을 가능성이 크다고 했다. 어쨌든 그 꽃잎을 피부에 문지르면 표면에 생기가 돌면서 환하게 빛을 뿜어낸다는 것이다.

하루 이틀 시간이 흐를수록 계모는 시기와 탐욕으로 점점 더 제정신이 아니었고, 그만큼 신비한 꽃을 구하고 싶어 안달이 났다. 그리하여 희귀한 꽃을 구하기 위해

사란을 깊은 숲속에 보내려는 사악한 계획을 꾸미게 된
다. 만약 사란이 꽃을 가지고 돌아온다면 더할 나위 없
이 좋은 일이요, 굶주린 괴물에게 잡아먹혀 돌아오지
못한다 해도 나쁠 일은 없다고 생각했다. 이보다 더 완
벽한 계획이 어디 있겠는가.

사란은 숲이 두려웠다. 아빠가 살아 있을 때도 수없이
많은 얘기를 들었기 때문에 그 위험성에 대해 잘 알고
있었다. 그래서 숲에 들어가지 않겠다고 단호하게 거절
했다. 계모는 고함을 치고 괴성을 지르며 위협하면서 사
란의 얼굴을 여러 차례 때리기도 했지만 소용없었다. 사
란은 날마다 해야 할 일이 산더미처럼 쌓여 있으므로
다른 건 생각할 시간조차 없었다. 게다가 더 이상 받을
벌도 없어 보였다.

그러던 어느 날 아침, 계모의 지시를 받은 언니가 몰래
사란의 방에 들어가 수선하려고 쌓아놓은 커다란 옷 무
더기 속에 몸을 숨겼다. 언니는 사란이 벽장에 숨겨놓은
비밀 상자를 꺼내 돌아가신 부모님을 생각하며 추모와
사랑의 말을 속삭이는 모습을 숨죽인 채 지켜봤다. 이
가슴 아픈 장면 앞에서 감동을 받고 눈물을 흘리기는커
녕 그 장면을 엄마한테 충실하게 일러바친 뒤 아무렇지

도 않게 다시 일상으로 돌아갔다.

그날 오후 늦게, 돼지들에게 남은 음식을 주고 돌아온 사란은 계모가 조리용 화덕 위에 비밀 상자를 들고 서 있는 모습을 발견하고 화들짝 놀랐다. "제발, 그것만은 안 돼요!" 사란은 비명을 지르며 애원했지만 계모는 자비를 모르는 사람이었다.

"숲속으로 들어가서 신비의 꽃을 가지고 돌아와. 그렇지 않으면 네 소중한 삼포트를, 한심한 부모의 마지막 추억을 영원히 불태워버릴 테니까."

다음 날 아침 일찍 사란은 집을 나섰고 마법사가 가르쳐 준 방향의 숲으로 들어갔다. 마을의 소리가 더 이상 들리지 않을 때까지, 사람의 발자취가 전혀 보이지 않을 때까지 한참을 걸었다. 앞에서 바스락거리는 소리가 들릴 때마다 사나운 괴물한테 산 채로 잡아먹히는 자신의 최후를 상상했다. 하지만 그런 일은 아직 일어나지 않았고, 사란은 점점 더 깊은 숲속으로 걸어 들어갔다.

밤이 되었을 때 사란은 적당한 나무 한 그루를 발견하고 우거진 가지 아래서 잠이 들었다. 잠깐 졸았다고 생각했는데, 벌써 아침 해가 솟아올라 하늘이 희뿌옇게 밝아오고 있었다. 너무 배가 고프고 목이 말라 기진맥진했지만 사란은 간신히 몸을 일으켜 계속 전진하며 집에서 점점 더 멀어져갔다. 그러는 동안에도 무성한 초목을 세심하게 살피면서 가운데가 노랗고 가장자리가 하얀 자줏빛 꽃을 찾았다.

사란의 손과 발은 식물의 줄기와 가시, 예리한 모서리에 베이고 긁혀서 금방 붓고 빨개지며 피가 났다. 목과 얼굴은 온갖 벌레들에게 물려서 여기저기가 가렵고 도톰하게 부풀어 올랐다.

늦은 오후가 되어 작은 바위에 걸터앉아 쉬는 동안 사란은 한 발짝도 더 내디딜 수 없을 것 같은 생각이 들었다. 그렇게 멍하니 가시 돋은 나뭇잎들로 우거진 짙은 초록의 덤불을 바라보고 있을 때였다. 거기에 그게 있었다. 이제까지 본 것 중에서 가장 생기 넘치고 아름다운 꽃이 만발한 덩굴식물이었다. 가운데가 노랗고 끝부분이 하얀 자줏빛 꽃잎들이 보였다.

더욱 특이한 것은 사란이 가까이 다가갔을 때 활짝 핀 꽃들 옆 어느 덩굴에 파랑새 한 마리가 앉아 있었다는 점이다. 그 새는 신비한 꽃만큼이나 생기가 넘치고 화려한 색을 자랑했다. 사란이 다가서는데도 놀라지 않았다. 오히려 미소를 짓고 싶은데, 딱딱한 부리를 움직일 수 없다는 걸 아쉬워하는 듯했다. 새는 즐겁게 짹짹거리며 울다가 저 멀리 날아갔다. 다시 홀로 남은 사란은 눈부시게 아름다운 꽃들을 넋을 잃고 바라보았다.

혹시 열병에 걸려 환상을 보고 있는 게 아닌가 싶어 사란은 꽃들이 진짜인지 아닌지 확인하기 위해 손을 뻗어 만져봤다. 진짜였다. 생각보다 쉽지 않았지만 꽃 한 송이를 줄기에서 꺾었다. 그리고 자줏빛 꽃잎을 손가락 사이에 문질러보았다.

사란은 여전히 배가 고프고 목이 말랐지만 꽃을 발견한 환희에 고통도 잊은 채 열심히 덩굴줄기를 꺾어 한 움큼 그러쥐었다. 그러고 나서야 깨달았다. 꽃들을 가져가는 게 불가능하다는 것을. 숲속 초목들이 너무 우거지고 엉겨 붙어 있어서 지나가려면 두 손으로 잎과 가지들을 젖히고 떼어내지 않으면 안 되었기 때문이다. 그러니 꽃들을 손에 쥐고 집으로 돌아갈 방법이 없었다.

그때 문득 한 가지 아이디어가 떠올랐다. 꽃잎은 매우 여렸지만 덩굴줄기는 놀라울 정도로 억세 보였다. 사란은 줄기들을 한데 엮어 튼튼하고 예쁜 화환을 만들었다. 그런 다음 화환을 머리 위에 얹었더니 너무 잘 맞아서 공주가 된 기분이 들었다. 게다가 부드러운 꽃잎들이 정말로 지친 피부를 달래주고 있었다.

드디어 목적을 달성하고 돌아갈 길을 찾았지만 주변이 온통 비슷해 보여서 지금까지 걸어온 길을 도저히 기억할 수가 없었다. 바로 그때 덩굴 위에 앉아 있었던 파랑새가 다시 눈앞에 나타났다. 새의 울음소리는 자기를 따라오라고 말하는 듯했다. 사란은 새가 날아가는 대로 따라갔다.

밀림을 빠져나오는 길고 긴 길은 들어갈 때만큼이나 고되고 위험했지만 사란은 다른 데 정신을 팔 겨를이 없었다. 집이 멀지 않았다고 느낄 때쯤, 젊고 잘생긴 남자가 덤불 사이에서 느닷없이 모습을 드러냈다. 남자도 사란을 보고 깜짝 놀라는 것 같았다.

남자는 사란에게 눈을 떼지 못한 채 입을 열었다. "안녕하세요. 제 이름은…." 하지만 그는 더 이상 말을 잇지 못했다. 자기 이름도 잊어버리다니, 사란은 그 모습이 우스꽝스러워 보였다. 잠시 후 남자는 말을 이었다. "무례를 용서해주세요. 다시 말씀드리죠. 제 이름은 카몰입니다."

사란도 인사를 하려고 할 때 깨달았다. 숲속을 그토록 오랫동안 헤매고 다녔으니 몰골이 어떻겠는가? 냄새는 또 얼마나 나겠는가? 너무 지저분하고 초췌해서 미안하다고 말하고 싶어 잠시 아래를 내려다보았다. 그런데 놀랍게도 자신은 전혀 그런 모습이 아니었다. 얼굴과 목에 벌레들에게 물려 가렵던 자리는 온데간데없이 사라졌고, 손과 발이 베여 욱신거리던 수많은 상처도 씻은 듯이 나아 있었다. 피부는 부드럽고 매끄러울 뿐만 아니라 광채가 날 정도였다. 게다가 끔찍하게 괴로웠던 갈증과 배고픔도 더 이상 느끼지 못했다. 생각해보니 집으로 돌아오는 내내 전혀 배가 고프지 않았던 것이다. 그제야 사란은 머리에 쓰고 있는 부드러운 화환이 자신을 어루만지듯 위로하고 있다는 것을 알았다. 그 마법사의 말이 거짓이 아니었던 것이다. 이 꽃들에게는 정말로 강력하고 신비로운 효능이 있었다.

호기심이 생긴 사란은 젊고 잘생긴 남자에게 숲속에서 혼자 무엇을 하고 있었는지 물었다. 그는 다가오는 물 축제 때 쓸 카누에 색깔을 입히려고 피라칸다베리를 줍고 있었다고 대답했다. 그가 물 축제 얘기를 꺼내자 사란의 얼굴이 환하게 밝아졌다. 두 사람은 나무 둥치에 나란히 앉아 축제 때 보고 들은 여러 경험담을 나누며 추억에 잠겼다. 시간 가는 줄도 모르고 얘기를 나누다 보니 어느새 해가 낮게 내려앉으며 날이 저물고 있었다. 길을 안내해주던 파랑새를 찾았으나 어디에도 보이지 않았다. 하지만 상관없었다. 젊은 남자가 길을 알고 있었으므로 둘은 함께 걸어서 숲속을 빠져나왔다.

저 멀리 집이 보이자 사란은 남자에게 황급히 작별 인사를 건넨 뒤 소중한 삼포트를 찾으러 달려갔다. 집 앞에 다다르자 바깥에 나와 있는 언니의 모습이 보였고, 화로 위 냄비에서는 밥이 보글보글 끓고 있었다. 사란을 발견한 언니는 마치 유령을 보는 것처럼 깜짝 놀라는 듯했다. 화환 덕분에 피부가 환하게 보여서 그런가. 그들은 사란을 다시 보게 될 거라고 전혀 기대하지 않았던 것 같다.

사란은 언니에게 꽃들을 보여주면서 이런저런 설명을 해주고 파랑새와 멋진 남자에 대해서도 얘기하려던 참이었다. 그 순간 불꽃이 춤을 추듯 활활 타오르고 있는 화로가 눈에 들어왔다. 그런데 불길 속에 타다 남은 상자와 이미 재가 되어가는 금실, 은실 들이 어질러져 있는 게 아닌가. 그제야 상황을 파악한 사란은 큰 소리로 절규했다.

"무슨 짓을 한 거야? 무슨 짓을 한 거냐고!"

소란을 듣고 계모가 집 안에서 뛰쳐나왔지만 때는 이미 늦었다. 절망에 빠진 사란은 눈물을 쏟으며 어둡고 거친 숲을 향해 막무가내로 달렸다. 울창한 숲속으로 들어온 사란은 무릎을 꿇고 주저앉아 하염없이 눈물을 흘리며 어떤 동물이든 나타나 자신을 잡아먹어 주기를 간절히 바랐다. 이제 더 이상 비참한 생활을 견딜 수 없었기 때문이다. 그러자 정말 어떤 동물이 나타났다. 야생돼지나 뱀, 악어 같은 무서운 동물이 아니었다. 바로 얼마 전 밀림에서 사란에게 길을 안내해주던 파랑새였다. 새는 날개를 퍼덕이며 가까이 날아와 사란 옆에 살포시 내려앉았다. 그러더니 신기하게도 사란의 눈앞에서 하늘하늘한 금빛 옷을 입고 예쁜 초록색 버드나무 가지를 움켜쥔 아름다운 여인으로 모습을 바꾸는 것이 아닌가. 여인으로 변한 새가 사란에게 물었다.

"왜 그렇게 슬퍼하는 거지?"

"당신은 누구세요?" 깜짝 놀란 사란이 물었다.

"난 자비의 여신이야. 너의 짐을 덜어주러 왔어."

"너무 늦었어요." 사란이 울부짖었다. "이젠 너무 늦었다고요."

"늦지 않았어. 지금 다시 시작하면 돼."

"하지만 저들이 내 삼포트를 태워버렸다고요. 이제 부모님을 추억할 게 아무것도 남지 않았어요."

자비의 여신이 부드러운 목소리로 말했다. "오, 이런. 추억을 위해서라면 삼포트가 꼭 필요한 게 아니야. 부모님의 사랑과 애정의 흔적은 네가 그것을 보든, 보지 못하든 언제나 네 곁에 존재해. 부모님은 언제나 네가 행복하게 성취감을 느끼며 살아가길 바라실 거야. 바로 지금이 다시 시작할 때야."

자비의 여신이 버드나무 가지를 흔들자 하늘에 신비한 빛이 소용돌이치기 시작했다.

멀리서 들려오는 웃음소리에 사란은 잠에서 깼다. 그곳은 전날 밤에 잠들었던 숲속 구석이었다. 사란은 일어나 앉아 눈을 비비고는 꿈인지 생시인지 몰라 어리둥절했다. 아래를 내려다보니 자신은 금빛과 붉은빛이 뒤섞인 아름다운 삼포트를 입고 있었다. 머리카락은 마치 짙은 색 망토를 걸친 것처럼 어깨 위를 부드럽게 덮고 있었다. 이제 막 강에서 머리를 감고 온 것처럼 깨끗했고, 여전히 머리 위를 장식하고 있는 화환 아래에는 아름다운 빛이 넘쳐흘렀다.

어디선가 소리가 들려왔다. 사란은 밀림에서 몇 걸음 걸어 나와 줄줄이 이동하는 인파를 향해 큰 소리로 물었다. "모두 어디로 가고 있는 거죠?"

"그야 물론 물 축제죠. 숲속에서만 살았어요?"

사람들은 이해가 안 된다는 표정을 지으면서도 눈부시게 아름다운 이방인에게 함께 호숫가로 가자고 권했다. 사란은 며칠 동안이나 먹지 못했으므로 축제 현장에 도착하자마자 음식을 파는 곳부터 들렀다. 호주머니가 비었을 거라고 여기며 손을 집어넣었는데, 뜻밖에도 음식을 사먹기에 충분한 돈이 들어 있었다. 사란은 쌀밥 한 그릇과 돼지고기와 채소 요리를 샀다. 부모님과 함께 먹던 밥상이 떠올랐다. 돼지고기로 배를 다 채우기 전에 채소부터 먼저 먹도록 챙겨주던 아빠 생각이 나서 빙그레 미소가 지어졌다.

배를 채운 뒤에는 음료수와 생선, 모자, 샌들, 장난감, 향, 옷, 삼포트 등 갖가지 물품을 파는 노점상들이 늘어선 구역을 기웃거렸다. 사란은 이제는 불타버리고 없는 삼포트와 비슷한 게 있을까 해서 주위를 둘러보았다. 부모님과 함께 그것을 사던 날이 기억났다.

"내 딸도 이제 많이 자랐구나." 그날 아빠가 말했다. "네 엄마와 상의해서 결정했단다. 앞으로 좀 더 커야겠지만 이제는 네 삼포트를 스스로 선택해도 되겠다고 말이야. 이왕이면 특별한 것으로 골라서 결혼할 때까지 잘 간직해두렴."

그렇게 말하던 아빠의 목소리가 머릿속을 둔탁하게 울리자 사란은 작게 웅얼거렸다. "고마워요, 아빠. 어리고 순진하기만 한 아이를 그토록 믿어줘서요."

사란은 호수 주변을 거닐다가 아빠와 함께 서 있곤 했던 곳까지 걸어갔다. 그곳은 가장 깊은 호숫가를 따라 지어진 돌담 꼭대기였다(엄마는 그곳을 무서워했기 때문에 아래에서 기다리곤 했다). 아빠는 늘 먼저 돌담 위에 올라가서 사랑스러운 딸의 손을 잡아 부드럽게 끌어올려 주곤 했다. 그곳은 카누 경기를 구경하기에도 최적의 장소였다. 모여드는 인파 위에 올라와 있었으므로 거리가 좀 멀긴 해도 배들을 잘 관찰할 수 있었다. 하지만 오늘은 자신의 손을 잡고 끌어올려 줄 사람이 아무도 없었다. 사란은 혼자 힘으로 돌담 위를 올라갔다. 아빠가 옆에 없어 허전하고 슬프긴 했지만 결국은 혼자 올라가는 법을 가르쳐준 아빠에게 다시 한번 감사를 드렸다. 돌담 꼭대기에 올라선 사란은 왠지 모르게 마음이 평온해지는 것을 느꼈다.

경주용 카누들이 나타나자 예전과 다름없이 군중의 함성이 더욱 커졌다. 사람들을 보며 용기를 얻은 사란도 손을 흔들며 환호했다. 멀리 떨어져 있는데도 돌담에서 가장 가까운 카누 한 대가 눈길을 사로잡았다. 자신이 입고 있는 삼포트 색과 비슷한 진붉은 색의 카누였다. 카몰의 배가 틀림없었다.

진홍색 배가 결승선을 통과하며 승리를 거머쥐자 사람들의 환호가 울려 퍼졌다. 맨 앞에서 노를 저으며 항해사 역할을 한 카몰이 사란을 알아보기라도 하는 것처럼 잠시 고개를 돌렸다. 사란은 그가 마을에서 많은 사랑을 받는 사람일 거라 짐작했다. 더욱이 이번 경주의 우승으로 그는 마을 사람들의 존경은 물론 왕을 접견하는 영광을 얻게 될 것이다.

사란은 돌담에서 내려와 카누 경주 우승자들을 보기 위해 인파를 헤치고 배들이 정박해 있는 장소로 걸어갔다. 놀랍게도 잘생긴 그 남자가 환호와 응원을 보내는 수많은 사람들 사이에서 사란을 알아보고 앞으로 나오라고 손을 흔들었다.

"당신이 맞군요!" 사란이 다가서자 카몰이 큰 소리로 외쳤다. "당신이 내가 이길 수 있게 도와줬어요!"

"무슨 소린지 모르겠네요. 난 그냥 지켜보고 있었을 뿐인데요." 사란이 어리둥절한 표정을 지으며 대답했다.

카몰이 설명하기 시작했다. "경주에서 이기려면 항해사는 멀리 보이는 지표 하나를 정한 다음 배를 빠르고 힘 있게 몰고 가야 해요. 왼쪽이나 오른쪽으로 조금이라도 벗어나게 되면 이동 거리가 늘어나서 결국 총 시간이 늘어나게 되죠. 우리가 결승선을 향해 노를 저을 때 난 진홍색 옷을 입은 한 여자를 지표로 정한 다음 흔들리지 않고 그 여자가 있는 쪽으로 배를 몰았어요. 처음에 우린 뒤로 쳐졌지만 목표를 향해 집중하고 노력해서 곧 앞서나갈 수 있었어요. 돌담 가까이 다가갔을 때에야 그 여자가 당신이라는 걸 깨달았어요. 숲속에서 우연히 만난 소녀. 그런데 아직도 난 당신 이름을 모르네요."

"내 이름은 사란이에요."

카몰이 사란에게 손을 내밀자 사람들은 노랗고 붉은 삼포트를 입은 이 아름다운 소녀가 누구인지 의아해하며 조용히 지켜보았다.

"사란 양." 카몰이 말을 이었다. "승리를 축하하기 위해 우승자의 카누에 함께 타주시겠습니까?"

사란은 영광스러우면서도 한편으론 혼란에 빠졌다. 얼마 떨어지지 않은 곳에서 왕이 지켜보고 있었으므로 앞으로 나설 수가 없었다.

"왕께서 먼저 타셔야 하잖아요." 사란이 가까스로 대답했다.

"왕이요? 아, 물론이죠." 카몰이 왕을 향해 몸을 돌리고 말했다. "아버지, 바로 제가 말씀드린 소녀입니다. 실제로 보니 더 아름답지 않습니까? 이 소녀를 먼저 배에 태워도 될까요?"

왕이 미소를 지으며 사란에게 고개를 끄덕이며 허락한다는 뜻으로 손을 흔들었다.

"당신이 앙코르의 왕자인 카몰이라고요?" 사란은 믿기지 않는다는 얼굴로 물었다.

카몰이 대답할 틈도 없이 사란은 뭔가가 세차게 끌어당기는 힘을 느꼈다. 그와 동시에 머리에 쓰고 있던 화환이 홱 벗겨졌다. 사란은 계모와 그 딸이 접근해오는 것을 전혀 눈치채지 못했다. 둘은 인파를 뚫고 들어가 뒤에서 몰래 사란에게 다가갔던 것이다.

"드디어 내가 가졌어. 꽃들을 얻었다고!" 계모는 환호성을 지르며 화환에서 꽃 한 송이를 떼어서 얼굴과 팔과 손에 미친 듯이 꽃잎을 문질렀다. 그 딸도 엄마를 따라 짓이겨진 줄기에서 꽃 두 송이를 떼어냈다.

왕이 군사들에게 두 여자를 체포하라고 명령하기도 전에 그 꽃의 마력이 효능을 발휘하기 시작했다. 신비한 꽃잎의 힘은 내면 깊숙이 존재하는 아름다운 본성을 표면으로 끌어내는 것이었다. 하지만 계모는 이미 오래전에 선량함을 잃고 탐욕과 허영으로 물들어 있었으므로 밖으로 끌어낼 만한 미덕이 하나도 남아 있지 않았다. 그 결과 사란을 포함해 왕과 왕자, 수많은 구경꾼들이 지켜보는 앞에서 계모는 고통스럽게 몸을 뒤틀더니 습지에서 흔히 보이는 거머리로 쭈그러들어 진흙이 질퍽거리는 호숫가로 슬금슬금 기어가버렸다.

잠시 후 그 딸도 몸이 변하기 시작했는데, 거머리가 아니라 생명이 없는 작은 돌멩이로(특별히 선도, 악도 아닌) 움츠러들고 말았다. 그러더니 이 돌멩이도 또르르 굴러서 호수 깊이 퐁당 빠졌다.

그 꽃들이 얼마나 위험한지 지켜본 왕자는 다른 사람이 손대기 전에 남은 화환을 얼른 잡아채서 두 사람이 사라져간 호수로 멀리 던져버렸다. 왕자도 꽃에 손을 댔기 때문에 모두들 숨을 죽이고 무슨 일이 벌어지는지 초조하게 바라봤다. 하지만 사란의 경우처럼 그의 본성도 선량하기로 소문이 나 있었으므로 그에게는 나쁜 변화가 일어나지 않았다. 드디어 왕자는 사란에게 다가가 손을 내밀고 카누에 오를 수 있도록 도와줬다. 그들이 카누를 타고 호수 주위를 도는 동안 강가에 있던 사람들은 앙코르의 새로운 공주가 될 아름다운 소녀를 향해 축하의 함성을 질렀다.

≠ ≠ ≠

소피프가 마지막 페이지를 넘기고 고개를 들어 물었다. "어때, 괜찮았어?"

"네, 멋진 이야기였어요. 이런 평가에 익숙하진 않지만요."

"재미있게 읽은 이유가 뭔지 말해주겠나?"

스승에게 말할 때는 왠지 논리적이고 신중한 답변을 해야 할 것 같은 의무감이 들었지만 사실 솔직한 이유를 말하자면 아주 간단했다. "읽으면서 행복했거든요."

소피프는 동의한다는 듯이 아주 살짝 고개를 끄덕였다. 어쩌면 내 눈에 그렇게 보였을 뿐인지도 몰랐다. "우리가 방금 읽은 이야기는 전 세계에, 모든 나라와 대륙, 문화를 아울러 수백 개의 형태로 존재하지."

"전 세계 사람들이 모두 사란의 이야기를 알고 있다는 얘긴가요?"

"소녀의 이름은 각각 다르고 환경도 다양하지. 하지만 하고자 하는 이야기는 모두 같다고 볼 수 있어. 소녀의 이름은 중국에서는 예 시안, 영국에서는 태터코트, 독일에서는 아셴퓨틀, 스코틀랜드에서는 크리테아낙, 아프리카에서는 나샤, 북아메리카에서는 신데렐라… 모두 열거하자면 밤을 새워도 모자랄 거야."

"그중에서 맨 처음 이야기가 시작된 곳은 어딘가요?"

"아무도 알 수 없지. 연구자들도 이야기의 수를 정확히 헤아리지는 못해. 수백 가지라고 주장하는 사람도 있고, 수천 가지라고 하는 사람도 있어. 한동안은 17세기에 페로라는 프랑스인이 쓴 신데렐라 이야기가 최초라고 믿는 사람들이 많았지. 그러다가 수백 년 앞선 중국의 신데렐라 이야기가 발견되었고, 지금은 기원전 1세기에 그리스 역사가가 기록한 '로도피스' 이야기를 최초로 봐야 한다고 주장하는 사람들도 있어. 오래전 기록물이 나오고 나면 그보다 더 오래된 게 발견되곤 했지."

소피프는 정말 흥분한 것처럼 말했다.

"이해하겠어, 상 리? 문명에서 소외된 바다 건너 먼 섬에 사는 사람들도 그들 나름의 사란 이야기를 갖고 있다고."

"어떻게요? 왜 그렇게 많은 거죠?"

"해답은 그 이야기 자체에 담겨 있겠지. 어쩌면 이야기를 읽고 행복했다는 자네의 말에 그 이유가 있을지도 몰라. 인간으로 태어났다면 희망을 품지 않을 수 없으니까."

"희망을 품는다고요?" 나는 눈썹을 치켜올리며 물었다. "하지만 스툭 민체이에 희망은 사라졌다고 제게 말했잖아요."

"내가 그렇게 말한 덴 또 다른 의미가 있어. 그 근원을 잘 생각해봐."

"잘 이해가 안 돼요."

"환멸을 느낀 술주정뱅이의 말에 너무 신경 쓰지 마."

"그럼 당신은 희망을 믿는 건가요?"

소피프는 한동안 말이 없다가 한숨을 길게 내쉬며 말했다. "난 오늘 읽은 이야기의 메시지가 우리의 의심과 불안보다 더 깊숙한 곳에 존재한다고 믿어."

소피프는 나를 힐끗 쳐다봤다. 내가 그 말을 이해하느라 골머리를 앓고 있다는 것을 알아본 모양이다. 이해를 도우려는지 이렇게 덧붙였다. "상 리, 믿음을 가지고 더 나은 날들을 갈망하는 것은 인간에게 뿌리 깊이 밴 습성일 거야. 좋든 싫든 희망은 우리 가슴속에 아주 깊이 새겨져 있어서 내칠 수가 없고, 아무리 힘든 일이 닥쳐도 또다시 희망을 품지 않을 수 없는 거지. 우리가 이 이야기를 좋아하는 이유도 우리 자신이 사란이고 태터코트이고 신데렐라이기 때문이야. 인간은 보상받게 될 날을 갈망하기 때문에 희망을 품지 않을 수 없는 존재야. 그래서 또 문제가 되기도 하지만."

"문제요?"

"그래. 나를 포함해서 대학에서 가르치는 수많은 강사들을 괴롭히는 문제이자 결코 설명하기 어려운 문제지. 우리의 유전자엔 희망을 버리지 못하는 습성이 박혀 있는 걸까? 또 다른 생존 장치처럼? 그래서 사란이나 신데렐라 이야기를 더욱 좋아하는 걸까? 아니면 다른 무언가가 또 있을까?"

"예를 들면요?"

"동료 중에는 실험용 개구리를 다루듯 이야기를 해부하고 수치화하기 좋아하는 사람들이 있었어. 그들은 문장 하나하나를 잘라서 의미를 캐고 원인과 방법과 시간에 대한 논리를 재구성하곤 했지. 하지만 결국 연구가 끝나면 더 근본적인 문제에 부딪혀 당혹감에 빠지곤 했어. 가끔은 나도 인정해. 나 역시 여전히 답을 못 찾고 있으니까."

"좀 더 근본적인 것이라면 조상들을 말하는 건가요?"

"진실이나 진리 같은 변함없는 본성을 말하는 거야. 붓다의 철학은 우리가 걸어야 할 길이나 여정에 대한 거지. 예를 들면 팔정도에 대한 붓다의 가르침을 꼽을 수 있어. 내 말이 무슨 말인지 알겠어? 인간의 여정을 다루지 않은 문학 작품을 본 적이 있나?"

소피프와 함께 읽은 몇 권을 빼고 나면 내가 이름을 댈 수 있는 작품은 없었다. 그녀는 내 반응 따위는 신경도 쓰지 않고 혼자 묻고 답했다.

"그런 건 없어. 사랑이나 신데렐라 이야기뿐만이 아니야. 다른 모든 책과 연극과 영화를 봐. 비슷한 구성에 비슷한 인물들을 다루고 거의 유사한 교훈을 가르친다는 것을 알 수 있지. 그 이유가 뭔지 알아?"

"독창적인 아이디어가 없어서인가요?"

소피프는 나를 골똘히 보다가 말했다. "아니면 그 '독창적인 아이디어'가 너무 본질적이고 정교하고 내재적인 것이어서 혹은 너무 핵심적인 것이어서 모두가 끌릴 수밖에 없었던 게 아닐까?"

나는 머리가 터질 것만 같았다.

"내 말은, 작가들도 어쩔 수 없었을 것이라는 거야." 소피프가 말을 이었다. "우리가 끊임없이 무언가를 시도하고 문제를 일으키면서 악마 같은 본성과 천사 같은 본성을 드러내는 것처럼 이야기들도 그런 삶을 그려내는 것이 아닐까? 문학은 어차피 인간의 깊은 내면에서 울려 나오는 것이므로 같은 내용을 반복할 수밖에 없는 것이 아닐까? 우리가 이미 들었던 익숙한 음표들이기 때문에 우리의 영혼에 심금을 울리는 것인지도 몰라. 인간이라는 존재가 생겨났을 때부터 비슷한 이야기 구성들이 반복되면서 인간의 존재 이유를 탐구했을 거야. 이야기들이 우리에게 희망을 포기하지 말라고 가르치는 것은 인간의 여정에 희망을 포기하지 않았던 때가 많았기 때문이고, 인내하라고 가르치는 것도 인간의 삶에서 견뎌내려 했던 흔적이 자주 보였기 때문일 거야. 문학은 글이 생겨나기 훨씬 이전부터 수많은 메시지를 전달해왔지."

소피프는 심호흡을 한 뒤 잠시 기다렸다.

"오늘 설명은 아주 멋졌어요. 근데 왜 당신은 가르치는 일을 중단한 건가요? 왜 문학을 단념한 거죠?"

"문학이 날 포기한 거겠지." 그녀는 힘없는 소리로 대답했다.

"선조들이 우릴 보살펴주고 있다는, 그들이 지켜보고 있다는 생각은 안 하나요?" 나는 스승의 가르침을 여전히 이해하지 못한 채 물었다.

소피프는 도톰한 입술을 핥으며 머뭇거렸다. "나도 그렇게 생각하고 싶지만…."

"…싶지만?"

"우린 모두 사람처럼 미래에 대한 희망을 품고 싶어해. 나 역시 내 이야기가 행복한 결말이 되길 원하지만 늘 나를 방해하는 장애물이 하나 있어. 매일 아침 일어나면 나 자신이 그 비열한 언니로 변해 있는 기분이 들거든."

"모든 이야기가 행복한 결말이 될 순 없다는 얘긴가요?"

"상 리, 안타깝게도 역설적이고 혼란스러운 측면이 하나 있어. 우리가 모든 문학 작품을 너무 진지하게 받아들여서 현실에서조차 멋진 왕자님과 함께 하는 삶을 기대한다면, 책을 덮고 나서 산산이 부서진 꿈만 확인하게 될 거야. 반면에 이런 이야기의 의미를 문학적으로 받아들이지 못하고 단순한 오락거리로만 여긴다면 삶을 바꿀 수 있는 잠재적인 힘을 놓치게 되는 거야. 그렇게 되면 문학의 존재 이유까지도 사라지고 마는 거지."

이번엔 정적이 좀 더 길었다. 소피프는 조금 다른 어조로 말했다. "그러면 냉소적인 사람이 되기 쉽지. 대학에서 문학을 가르치던 사람도 결국 매립장 주변에서 술에 찌든 생활을 하게 되는 거야."

소피프가 억지로 미소를 지어 보였을 때 나는 마지막 말이 농담이라는 걸 알 수 있었다. 그녀는 어색한 순간을 모면하려는 듯 이렇게 덧붙였다. "게다가 모든 이야기가 잘생긴 왕자로 끝난다면 옆에 서서 환호할 사람은 어디 있겠냐고."

16장

매립장 남서쪽 끝에는 불도저가 아직 쓰레기산을 쌓아
놓지 않은 구역이 남아 있다. 그곳은 거대한 습지로 변했
고, 물이 고인 곳들은 대략 50센티미터 깊이에 60미터 넓
이의 연못을 이루고 있다. 주변에는 갈대가 무성하고, 1년
중 특정 시기가 되면 물속에 사는 달팽이가 아주 크게 자
라서 잡을 수 있는 정도가 된다.

요즘 나는 쓰레기를 거의 줍지 않는 데다 소피프가 면제
해준 집세는 고작 한 달 치였기 때문에 기 림이 벌어온 돈
으로 돼지고기를 사는 일조차 주저할 때가 많다. 오늘은
기 림이 일찍 집으로 돌아왔길래 내가 재활용 쓰레기 수거
용 자루를 집어 들었다. 이따 저녁거리를 들고 돌아올 테

니 그동안 니사이를 보고 있으라고 말했다.

예전에 의사가 니사이한테 무엇을 먹이냐고 물어보길래 가끔 삶은 달팽이를 먹인다고 말한 적이 있다. 그는 조금 놀란 듯 고개를 휙 돌리며 달팽이가 이 지역의 주식이냐고 물었다. 그러면서 자기도 프랑스의 고급 레스토랑에서 달팽이 요리를 먹은 적이 있다고 덧붙였다. 바로 그 의사가 니사이의 피부를 긁는 민간요법이 시간 낭비라고 말한 사람이다. 그래서인지 말투만 들어서는 달팽이를 핑계 삼아 나를 놀리는 것인지, 아니면 진심으로 하는 말인지 당시에는 분간할 수가 없었다. 나중에 달팽이를 삶아 먹을 때 의사의 말이 진심이었으리라 생각하며, 프랑스의 부자들이나 먹는 달팽이 요리를 지금 우리가 먹고 있는 거라고 남편한테 설명해줬다. 그때 남편이 뭐라고 대답했는지 정확히 기억은 안 나지만 아마 '미친'이라는 단어가 포함돼 있었던 것 같다.

테바 마오의 두 딸이 집 앞에서 놀고 있다가 내가 어디로 가는지 알아채고는 모험을 떠나듯 따라나섰다. 연못에 가까워지자 이미 와서 달팽이를 줍고 있는 사람들이 보였다. 우리는 매립장에서부터 죽 얘기를 하면서 걸었다. 나는 달팽이를 놓치게 될까 봐 걸음을 재촉했다. 물에 진흙이 많아서 언뜻 보면 달팽이들이 아직 너무 작아 보였는데, 좀 더 깊은 곳으로 가니 그쪽은 좀 더 크고 더 많은 듯했다. 그때 비가 한두 방울 떨어지기 시작했다.

나는 물이 무릎까지 오는 구역에서 꽤 큰, 라임 크기만 한 달팽이들을 뽑아 들었다. 달팽이를 자루에 담는 동안 어느새 비가 장대처럼 내렸다. 잘못하다간 미끄러질 정도로 약간 위험하기도 했지만 불평할 수는 없다. 비가 많이 오는 것 외에 작업은 그럭저럭 할 만했다. 물속을 첨벙첨벙 걷다가 발목 근처에 진흙이 달라붙은 것 같은 까만 얼룩이 보일 때까지는.

사람들에게는 저마다 다른 공포나 두려움의 대상이 있게 마련이다. 엄마는 뱀을 아주 싫어하고, 나린은 딱정벌레를 무서워한다. 다라 닉은 거미를 떠올리기만 해도 소름이 끼친다고 했다. 나는 거머리가 제일 두렵다. 특히 지금 발목에 달라붙어 있는 이놈은 더욱더 끔찍하다.

애써 잡은 달팽이들을 놓쳐선 안 되니까 얼른 자루를 들고 흉측한 늪지 동물한테 쫓기기라도 하듯, 방정맞게 물 위를 폴짝거리면서 뛰쳐나갔다. 일단 안전한 늪지대로 올라선 나는 자루를 휙 던져놓고 이 끔찍한 생물을 몸에서 떼어놓기 위해 손을 뻗었다. 하지만 도저히 잡을 수가 없다. 달팽이들을 잡느라 손가락이 너무 미끄럽기도 했고 너무 무서워서 손이 덜덜 떨렸기 때문이다. 아직도 달라붙어 피를 빨아먹고 있는 작은 괴물을 떼어내려고 안간힘을 썼지만 손에 잡히질 않았다. 할 수 없이 다른 방법을 시도해보기로 했다. 쓰레기 더미에 붙은 불이 다리에 옮겨붙기라도 한 것처럼 땅바닥에 발을 쿵쿵 구르며 거머리가 떨어져 나가기를 바랐다. 하지만 이 끈질긴 괴물은 꿈쩍도 하지 않았다.

"얘들아! 빨리 이리 좀 와봐!" 나는 비명을 질렀다. 마치 이곳에 불이라도 난 것처럼, 즉시 달려오지 않으면 몽땅 불에 타버릴 것처럼 호들갑을 떨었다. 하지만 아이들은 키득거리면서 물을 튀기며 놀 뿐이었다.

나는 더욱 크게 비명을 질렀다.

마침내 아이들이 내 옆으로 다가왔다. 테바의 큰딸인 바나가 당황한 표정으로 눈동자를 굴리며 서 있었다.

"빨리 이것 좀 떼줘!" 내가 애원하자 바나가 몸을 숙이고 거머리를 떼어내려고 했다. 하지만 길고 통통한 그놈은 몸을 더욱 길게 늘리더니 바나의 가느다란 손가락 사이로 미끄러지듯 빠져나갔다. 그놈은 내 피를 빨아먹고 1초마다 몸이 자라는 것 같았다.

"잘 떨어지질 않아요." 바나가 한 번 더 시도해봤지만 안타깝게도 연이어 실패하고 말았다.

이번엔 테바의 둘째 딸이 나서서 말했다. "보통 쟤들은 피를 충분히 빨아먹으면 알아서 떨어지던데요."

그럴싸한 충고이긴 했으나 나는 그때까지 내버려 둘 마음이 전혀 없다!

"네 샌들을 좀 줘볼래? 어서!" 내가 바나에게 말했다.

바나는 자기 샌들 한 짝을 벗어 내게 건넸다. 나는 샌들의 평평한 부분을 거머리에 대고 문질러서 마침내 다리에서 떼어내는 데 성공했다. 거머리가 붙어 있던 자리에서 피가 계속 새어 나왔다.

"이제 달팽이 잡는 건 그만두고 집으로 돌아가야겠어." 나는 뿌루퉁한 얼굴로 자루를 집어 들고 발을 쿵쿵거리며 걸어갔다. 제멋대로 놀지 못해 심술을 부리는 아이처럼 보였을 테지만 상관없다. 테바의 두 딸도 별로 신경 쓰지 않았다. 그냥 어깨를 으쓱하며 손을 흔들고는 내가 멀어지자 나를 향해 웃는 것 같다.

집 앞에 다다를 즈음에야 비로소 마음이 차분해졌다. 나는 끔찍한 거머리의 공격을 받기 전까지 잡았던 달팽이를 기 림에게 건네주고는 그것들을 스티로폼 상자에 쏟아

225

붓는 모습을 지켜봤다. 그는 물을 부어 휘휘 저어가며 씻어낸 다음 달팽이들이 껍질에서 나오게 하려고 소금을 뿌렸다. 그동안 나는 옆에 앉아 사악한 거머리가 나를 어떻게 공격했는지 열심히 떠들었다. 남편은 웃음을 참으려고 애썼지만 영 시원찮아 보인다.

"그놈이 정확히 어디를 물었는데?" 나를 걱정하는 건지, 장난을 치는 건지 모르겠다. 나는 최대한 안쓰러워 보이려고 상처가 잘 보이게 다리를 돌리고 바짓가랑이를 끌어올렸다.

"바로 여기야…" 상처를 가리키며 아래를 보았다. 하지만 거기에는 아무런 흔적도 보이지 않았다. 어느 쪽 다리를 물렸는지 헷갈린 것 같다. 얼른 다른 쪽 다리를 돌려서 바짓가랑이를 끌어올렸다. "이쪽인가 봐." 하지만 거기에도 상처는 없었고 나는 갑자기 당혹감에 빠지고 말았다.

기 림은 참았던 웃음을 터뜨렸고 너무 황당해서 하마터면 나도 따라 웃을 뻔했다. 머리를 세차게 흔들며 간신히 웃음을 참은 나는 저녁거리를 얼른 냄비에 쏟아붓고 돌아서버렸다. 그러고는 밤이 될 때까지 남편한테 아무 말도 걸지 않겠다고 혼자 다짐했다.

"지난 시간에 당신이 말한 것에 대해 계속 생각해봤어요." 우리가 읽은 책에 대한 얘기가 끝난 뒤 내가 말을 꺼냈다.

"듣긴 들었다는 얘기군."

나는 소피프의 빈정거림을 무시하고 말을 이었다. "사람들은 모두 이야기 속의 영웅처럼 되고 싶어 한다고 했잖아요."

"그랬지."

"얼마 전 시다 손에게 영웅에 대해 어떻게 생각하는지 물어본 적이 있어요."

"그래서 그 여자가 뭐래?"

"시다 손은 키득거리다가 주변을 둘러보라고 하면서 영웅이 지나가면 자기한테 알려달라고 했어요. 기다리다가 쭈그렁 할망구가 돼버릴 거라고 하더니 가버렸죠."

"아마 그 여잔 잘못된 영웅을 찾고 있었을 거야."

"그게 무슨 말이에요?"

"영웅에도 여러 종류가 있어. 마지못해 영웅이 된 사람도 있고 자발적으로 영웅이 되고자 한 사람도 있지. 홀로 행동한 영웅이 있는가 하면 어떤 조직이나 공동체의 대표

자로 행동한 영웅도 있어. 그렇지만 완벽한 영웅은 없다고 봐야지."

"그럼 영웅이 되게 하는 힘은 뭐죠?"

"영웅을 보통 사람과 다르게 구별하는 요소는 희생이라고, 교사들은 입을 모아 얘기하지. 영웅은 뭔가를 포기할 줄 아는 사람이야. 때로는 남을 위해 자기 생명까지 내놓기도 하니까."

"남을 위해 자기 '시간'을 포기하는 것이 중요하다는 건가요? 내게 읽는 법을 가르쳐주는 당신처럼요?"

오늘 이 순간까지 우리 토론은 대체로 화기애애한 편이었다. 그런데 이번에는 내 말이 끝나자마자 소피프가 벌컥 화를 냈다. "나를 자극하지 마! 그런 건 참을 수 없어."

느닷없이 화를 내는 이유를 모르겠다. "그런 게 아니라… 그러려고 한 게 아니었어요. 난 자극한다는 게 무슨 의미인지도 모른다고요."

소피프는 여전히 화가 난 상태였다. "잘 생각해봐. 난 누구의 영웅도 아니야."

늘 그랬듯이 나는 그만 입을 다물어야 했다. 그녀가 아무 이유 없이 화를 내면 나도… 화가 났다. 그럼에도 나는 화를 내기보다는 벙어리 시늉을 했다.

"하지만 당신이 나를 가르치는 건 맞잖아요. 그건 희생이 아닌가요?"

그 말이 또 그녀를 자극했는지 내게 아주 가까이 다가왔다. 눈을 똑바로 보고 있기가 힘들었다. 소피프의 말투는 보이지 않는 두 손이 내 목을 조르는 것 같은 착각을 불러일으켰다. "내가 자네를 위해 이 일을 한다고 생각하지 마. 난 영웅이 아니야. 자네에게도, 다른 누구에게도! 내 말 알아듣겠어?"

난 무슨 말을 어떻게 해야 할지 몰랐지만 확실한 대답 하나는 알고 있었다. "네, 죄송해요."

가끔 내가 소피프의 기분을 상하게 하는 날엔 수업이 일찍 끝나버렸다. 그런 날엔 나도 술을 마셔볼까 하는 생각이 들었다. 그런데 이상하게 오늘은 달랐다. 그녀는 다시 침착하게 말을 이었다.

"영웅 주변에는 다른 주요한 인물들이 있게 마련이야. 이야기 속에는 우리 주변에서 흔히 볼 수 있는 수많은 인물이 곳곳에 흩어져 있지. 우린 그런 사람들에 대해서도 짚고 넘어가야 해."

"예를 들면 어떤 사람이요?"

"아는 사람 중에 대단한 인물이라도 되는 양 으스대는

사람이 있나? 나중에는 자네를 배신해버린 친구라든가."

"네, 물론 있죠."

"그런 자들은 쉽게 제 모습을 바꾸는 인간이지. 이런 경우는 비단 사람만이 아니야. 운명이야말로 언제 제 모습을 바꿀지 모르는 가장 위험한 요소야."

얼굴을 찡그리는 나를 보고 소피프는 내가 따라오지 못한다고 생각하는 듯하다. 그건 사실이다. 그녀가 너무 빨리 얘기해서 놓치지 않으려면 최대한 집중해야 했다. "또 어떤 사람들이 있죠?"

"항상 장난을 치고 농담을 즐기는 친구나 지인이 있지?"

"대부분 그렇죠."

"그들은 재치 있는 말로 주변 사람들에게 안도감을 주고 장난스러운 행동으로 불합리한 것들을 지적하기도 하지. 변화가 필요한 것들 말이야."

"행운의 뚱보처럼요." 내가 거들었다.

"무슨 뜻이지?"

"언젠가 뚱보가 구매상의 면전에 대고 아무렇지도 않게 이런 농담을 한 적이 있었어요. 재활용 쓰레기를 똑같이 가져와도 남자들보다 여자와 아이들에게 돈을 덜 주는 게 얼마나 말도 안 되는 짓이냐고요. 나는 재미있다고 생각했지만 구매상은 짜증이 나는 얼굴이더라고요. 덕분에 우린 그날 기 림이 갔을 때랑 비슷한 돈을 받을 수 있었죠."

"그렇다면 자넨 이미 그런 친구의 혜택을 톡톡히 입고 있는 셈이지." 소피프는 손을 들어 얼굴을 매만진 다음 팔을 허리춤에 올렸다. 그러고는 방 안을 거칠게 둘러보며 말을 이었다. 오늘 그녀는 아주 적극적이었는데, 지금까지 한 번도 보지 못한 모습이었다. "그런가 하면 얼굴을 드러내지 않는 그림자 같은 존재도 있어. 정말 교활한 인물이지."

"그런 인물이야말로 사악한 존재가 분명해요. 예를 들면 폭력배들처럼요."

"그럴 수도 있지." 소피프는 등을 똑바로 펴고 서 있었다. "가끔은 그런 회색 인간이 악당이 될 때도 있어. 하지만 대부분은 교란책을 써서 자기한테 유리한 방향으로 상황을 조종하려고 하지. 때로는 인물이 아닌 형태로 나타날 수도 있어."

"어떻게요?"

"누구에게나 어두운 부분은 존재할 수 있어. 자신을 망가뜨리는 암울한 내면인데, 스스로도 인정할 수 없고 인정하기도 싫은 측면이지."

"들으면 들을수록 혼란스러워지네요." 내가 말했다.

"나도 내 말이 혼란스러울 때가 있어."

"만약 회색 인간이 악인이 아니라 반대 의견을 제시하는 누군가일 수 있다면 내가 틀렸다고 지적하는 기 림이 회색 인간일 수도 있다는 뜻인가요?"

"좋은 질문이야. 회색 인간의 시각에서 보자면 우리가 회색 인간이고 그가 영웅인 셈이지. 때로는 여러 요소가 뒤섞여 있는 회색 인간도 있고. 이야기 속의 평범한 인물이나 심지어 영웅조차도 일시적으로 이런 면모를 드러내기도 하지."

"그런 것들을 어떻게 다 알아보죠?"

"다 알아보기는 힘들지. 그렇기 때문에 문학이나 인생이 흥미진진하다는 거야. 이런 인물들은 겉으로는 정의로울지 몰라도 뼛속까지 다 알 수는 없으니까."

소피프가 잠시 머뭇거렸다.

"또 뭐가 있나요?" 내가 물었다.

"오늘 수업을 마치고 나면 이런 것도 생각해봐. 오늘 다뤄본 인물이든 그 밖의 인물이든, 인물들 간의 대립이나 갈등이 항상 두드러지는 건 아니야. 그게 전부도 아니고. 대부분의 이야기에서 가장 치열한 싸움은 내면에서 일어나는 갈등일 거야."

소피프는 책들을 가방에 넣기 시작했다. 오늘 수업이 끝났다는 표시다. 내 얼굴에 혼란스런 표정이 가시지 않아서였는지, 아니면 쉴 새 없이 이어지던 질문이 나오지 않아서였는지 모르겠지만 그녀는 집을 나서기 직전에 오후 내내 머릿속을 떠나지 않을 생각거리를 또 하나 던져주고 갔다.

"우리 자신의 이야기가 충분히 공감을 얻을 만하다고 여길 때 영웅은 가장 예기치 못한 상황에서 나올 수도 있어."

≠ ≠ ≠

모모르디카 카란티아는 캄보디아에서 자생하는 열대식물로, 식용 과일로도 잘 알려져 있다. 연초록색의 열매는 크기와 모양이 제각각이지만 대체로 끝이 뭉툭하게 가늘어지는 타원형이 많다. 끔찍한 사마귀로 둘러싸인 마른 오이 같달까. 이 식물은 비터멜론(여주)이라고 부르기도 하는데, 캄보디아에서 볼 수 있는 모든 과일 중에 이보다 더 쓰고 톡 쏘는 맛은 없을 것이다.

테바 마오는 비터멜론의 잎들이 소화를 촉진하고 열을 내려주기 때문에 니사이에게 도움이 될 거라고 했다. 그러면서 도시를 다녀오는 길에 비터멜론 잎들을 사다 줬다. 너무 감사했다. 니사이는 상태가 점점 더 나빠져서 할 수 있는 모든 걸 해봐야 하는 상황이다. 나는 비터멜론 잎들을 물에 넣고 연한 녹색이 될 때까지 끓였다. 언뜻 보기엔 꽤 맛있게 보여서 한 모금 마셔봤다. 순간 입술이 절로 조여들었고 혀는 그 물이 넘어가지 않도록 순식간에 목구멍을 막아버렸다. 나도 쓴맛을 견디기가 힘든데, 니사이한테 이걸 어떻게 먹이지?

기 림이 옆에서 재미있어하길래 니사이한테 그것을 먹이는 임무를 맡겼다. 그는 한 숟가락을 떠서 임무를 수행하기 시작했다. 첫 번째 시도에서 니사이는 별 저항 없이 입을 벌렸지만 그 맛을 못 느낄 아이가 아니다. 가슴 위로 후두두 흘러내리는 물을 보니 거의 삼키지도 못한 것 같다. 두 번째 시도에서 아이는 울고불고 난리를 치고 고개를 세차게 저으며 입안의 물을 뱉어냈다. 그런 반응은 당연했다. 이래서는 먹이기 힘들 것 같다. 하지만 기 림은 니사이만큼이나 완강했다. 그는 금방 돌아오겠다며 나가더니 잠시 후 커스터드 애플 과즙이 담긴 작은 용기를 들고 돌아왔다(그것을 어디서 얻어왔는지 알 수가 없는데, 가타부타 말도 없었다). 비터멜론은 쓰고 시큼하지만 커스터드 애플은 달콤한 맛이다. 세 번째 시도에서도 니사이는 몸을 비틀고 저항했으나 기 림이 달콤한 과즙 한 스푼을 입술에 억지로 갖다 대자 갑자기 난동을 멈추면서 혀를 내밀고 관심을 보였다. 마치 이렇게 말하는 것 같았다. '어, 이건 다른 맛이네!'

순식간에 바뀌는 반응에 우리는 웃지 않을 수 없었다. 니사이의 모습은 먹이를 기다리는 아기새 같았다. 다음에 이어질 상황을 생각하니 몹시 측은하고 미안한 마음이 들었지만. 니사이는 또 한 숟가락을 덥석 삼켰고 그 맛에 놀라 기침까지 해대며 울었다. 남편은 또다시 달콤한 과즙을 아이의 입술에 대줬고, 그런 과정을 몇 번이나 되풀이했다. 최고의 기술을 발휘한 육아였다. 기 림은 자랑스러운 듯 어깨에 힘이 잔뜩 들어갔다. 물론 아이에게는 어른에 대한 신뢰가 무너지는 순간이었을 것이다.

그래도 행복한 하루였고 나는 그 약이 아이에게 도움이 되길 간절히 빌었다. 하지만 다음 날 아침이 되자 니사이의 설사는 더욱 심해졌고 이번에는 푸르스름한 기운까지 감돌았다. 아이는 오전 내내 설사와 씨름하며 울어댔다. 그러다가 어느 정도 상태가 호전되자 나는 다시 니사이를 누군가에게 맡기고 문학을 배우기 위해 터덜터덜 걸어 집으로 돌아왔다. 어떤 식으로든 문학이 내 아이를 도와줄 것 같았기 때문이다. 잘못된 생각일지도 모르겠지만 말이다.

집에 와 있던 소피프가 걱정스러운 얼굴로 물었다. "어디가 안 좋은 거야? 내내 운 얼굴 같은데."

17장

꿈은 참으로 희한하다.

꿈은 대체로 터무니없는 장면들로 구성되어 있어서 아침에 일어나 생각하면 웃음이 절로 나온다. 때로는 폭력배들에게 공격을 당하거나, 쓰레기 수거용 트럭에 쫓기거나, 끝을 알 수 없는 어둠 속으로 추락하는 섬뜩한 악몽을 꾸기도 한다. 드물지만 또 어떤 꿈은 너무 현실처럼 생생해서 꿈인지 생시인지 분간이 안 되기도 한다. 지난밤 꿈이 딱그랬다.

분명 어린 시절은 아니었다. 할아버지와 얘기를 나누거나 수수께끼 같은 조언을 해독하려고 애쓰지 않아도 됐기 때문이다. 게다가 이번 꿈에서는 누구와 어떤 대화도 나누지 않았다. 꿈인지 현실인지 분간이 안 되는 곳에서 나는 스퉁 민체이의 작은 집 휘장을 활짝 열었다. 쓰레기 더미들이 하얀 재를 담요처럼 뒤집어쓰고 있었다. 간밤에 끔찍한 불이 난 것이라고 생각했다. 그때 지평선 쪽에서 조라니 칸이 내게 따라오라며 손을 흔드는 것이 보였다. 그제야 나는 스퉁 민체이를 뒤덮고 있는 것이 재가 아니라는 사실을 깨달았다. 그것은 바로 새하얀 눈이었다.

나는 눈을 직접 보거나 만져본 적이 한 번도 없다. 쓰레기 더미에서 주운 여행 잡지의 먼 나라 사진으로 보거나 조라니 칸이 들려준 얘기를 통해서만 알았다. 조라니는 어렸을 때 아빠와 함께 미국의 콜로라도라는 지역에 갔다 온 적이 있다고 했다. 그러면서 내게 솜 같은 눈을 진흙처럼 단단하게 뭉쳐 그것을 서로에게 던지고 노는 눈싸움 얘기도 해줬다. 높은 산에는 스퉁 민체이의 쓰레기 더미만큼이나 눈이 쌓인다고도 했다.

하지만 난 눈밭에서 뒹굴고 놀 처지가 못 된다. 니사이가 또다시 아팠지만 병원에 데리고 갈 돈이 없었다. 일을 해야 했다. 조라니 칸에게 얘기하기 위해 다시 돌아보았을 때 그녀는 이미 사라지고 없었다. 눈앞에는 정적만이 감돌았고, 덜커덕거리는 트럭이나 철컥 소리를 내는 불도저도 없었다. 쓰레기 더미를 뒤지는 일꾼들이나 꿀꿀거리는 돼지, 꼬꼬댁 우는 닭, 와자지껄 떠드는 아이들, 윙윙거리는 파리도 없었다. 철저히 완벽한 고요만이 존재했다.

그런 특별한 광경을 대하고도 나는 평소와 다름없이 집게와 빈 자루를 집어 들었다. 이렇게 특이한 상황에서도 평소와 다름없이 보내려는 나 자신이 더욱 기이하게 느껴졌다. 곧이어 나는 밖으로 걸어 나가서 하얗게 눈이 쌓인 땅을 파기 시작했다. 놀랍게도 거기엔 부패해가는 쓰레기가 없었다. 스퉁 민체이의 더러운 모든 것이 사라져버리고 없었다. 악취나 병균, 유독성 물이나 화재로 인한 매캐한 연기, 썩어가는 음식도 없었고, 부산한 움직임이나 여기저기 배회하는 폭력배들도 느낄 수 없었다. 지구상에서 가장 더럽고 불쾌한 곳이 이토록 깨끗해지다니.

나는 놀라운 변화에 경탄하며 주변을 둘러봤다. 저 멀리 프레이벵주의 시골집도 보였다. 도저히 이해할 수 없는 상황이었다. 실제로 프레이벵과 스퉁 민체이는 버스로 한참을 달리고도 모자라 또다시 걷고 배를 타야 할 정도로 아주 멀리 떨어져 있기 때문이다. 그런 프레이벵주의 전원을 여기서 이렇게 바라보고 있는 것이다. 시골집 앞에는 어떤 남자가 서서 기다리며 내 쪽으로 손을 내밀고 있었다. 마치 내게 무언가를 달라거나 가까이 오라고 손짓하는 것 같았다. 처음에 나는 그 사람이 할아버지일 거라고 생각했다. 할아버지가 내 꿈에 자주 나왔으니까. 하지만 할아버지의 젊은 시절이라고 해도 키가 너무 크고 꼿꼿하며 몸집도 컸다.

그때 그 사람이 입을 열었다.

"좀 더 일찍 왔어야 했어. 왜 좀 더 일찍 오지 않았니?"

그 사람은 내가 대답을 하기도 전에 그 질문을 세 번이나 반복했다. 누구시냐고, 그게 무슨 말이냐고 물으려는 순간 잠에서 깼다. 그의 목소리가 계속 귓가를 맴돌았다.

'상 리, 좀 더 일찍 왔어야 했어.'

≠ ≠ ≠

"당신도 꿈을 꾸나요?" 수업이 끝나기 전에 내가 물었다.

"목표를 말하는 거야? '꿈을 향해 다가가다' 같은? 아니면 깨어보니 쓰레기 더미에서 발가벗고 일하지 않아서 안심인 꿈을 말하는 거야?"

소피프를 잘 알게 되기 전에는 그녀가 그토록 재미있는 사람인 줄 몰랐다.

"꿈속에서 익숙한 사람이나 장소를 대하는데도 그게 뭔지 잘 모르겠는 경우를 말하는 거예요."

"자면서 꾸는 꿈을 말하는 거야?"

"네."

"난 꿈을 자주 꾸지도 않지만 그리 즐겁지 않은 것들이 대부분이야."

"악몽인가요?"

소피프가 고개를 끄덕이며 말했다. "늙은이가 돼서 그런가?"

"저런. 그럼 그런 악몽들을 어떻게 떨쳐내나요?"

"술을 먹지. 근데 그런 건 왜 묻는데?"

"꿈을 꿨거든요. 뭔가 중요한 것 같은데, 무슨 의미인지 모르겠어요."

"그런 건 무슨 생각을 하느냐에 달려 있지 않을까?"

"어째서 그런 거죠?"

"윌리엄 셰익스피어는 사람들이 꿈을 꾸는 것은 머리를 쓰지 않은 결과라고 했어. 헛된 공상만 일삼기 때문이라는 거야."

"또 다른 건 뭐가 있죠?"

"꿈은 야망의 흔적이라고도 하지. 내 기억으로 이런 말도 있어. '사실 꿈은 야망이다. 야망의 본질이 꿈의 그림자에 불과하기 때문이다.'"

"그 말은 누가 했나요?"

"그것도 윌리엄 셰익스피어야."

"그분은 마음의 결정을 내리지 못했나 봐요."

소피프는 어깨를 으쓱하며 말했다. "아무튼 중요한 느낌이 들었다면 뭔가가 있겠지. 우리 무의식은 아주 집요해서 포기하지 않고 우리를 어떤 길로 이끌거든. 비록 그게 가 보지 않은 길이라 해도."

"그렇다면 꿈은 중요한 거네요?"

"그렇지. 사람들의 인생을 바꿀 정도로 잘 알려진 문학 작품들 중에도 꿈에서 영감을 얻은 것들이 꽤 많아."

"정말요?"

"예를 들면 붓다의 성스러운 글들은 특별한 꿈의 이미지들을 그려낸 거야. 루이스 캐롤의 『이상한 나라의 앨리스』도 꿈에서 영감을 받은 이야기의 완벽한 예지. 콜리지의 가장 위대한 작품 가운데 하나인 『쿠블라 칸』도 그렇고. 이 작품은 인간의 창의성과 우주와의 긴밀한 연관성을 묘사한 글인데, 꿈을 꾼 그날 밤에 완성되었지. 스코틀랜드 소설가인 로버트 루이스 스티븐슨 역시 자신의 꿈을 생생하게 묘사했고, 버니언의 『천로역정』도 전적으로 꿈의 기록이라고 했어. 캄보디아 작가인 닌 우이도 몇 가지 꿈을 이야기로 옮겼지. 내게 시간을 더 준다면 수십, 수백 개라도 열거할 수 있어. 스위스의 정신의학자인 칼 융도 빼놓을 수 없지. 그는 꿈 철학의 아버지라고도 불리는데, 문학과 꿈은 놀라울 정도로 긴밀하게 얽혀 있다고 봤어. 자기 환자들의 꿈과 신화 속 인물들의 상관관계를 입증하기도 했지. 그 환자들은 신화를 전혀 읽지 않았는데도 말이야."

"그게 어떻게 가능한가요?"

"그는 두 가지가 하나의 같은 근원에서 나온 거라고 생각했지."

"그런데 내 꿈이 무엇을 의미하는지는 어떻게 알 수 있죠?"

"칼 융은 일단 꿈에 대해 곰곰이 생각해봐야 한다고 말했어. '의식이 무의식에 쉽게 굴복하는 이유는 무의식의 작용이 의식적 사고보다 더 진실하고 현명하기 때문'이라는 말도 덧붙였지."

"무슨 말을 하는 건지 모르겠네요."

"꿈은 우리의 상상력이 미치는 범위를 넘어선다고 그는 입버릇처럼 말했어. 새겨볼 필요가 있는 말이야."

니사이의 꼴이 꼬질꼬질하기 이를 데 없었다. 나는 아이를 안고 양철 컵으로 물을 떠서 몸에 끼얹어가며 목욕을 시켰다. 남편이 집으로 돌아오기 전에 마치려 했지만 이미 늦었다. 예상보다 일찍 돌아온 기림이 다급히 우리를 찾았다. 그는 무슨 말인가를 하려고 입을 달싹거렸지만 얼굴만 봐도 뭔가가 잘못되었다는 사실을 알 수 있었다.

"무슨 일이야?" 내가 물었다.

"걱정 마. 지금은 괜찮아. 뚱보 일이야."

"빨리 말해봐! 무슨 일이 있었는데?"

"오늘 뚱보가 매립장에 안 나와서 장모님이 가보셨거든. 괜찮은지 보려고…."

"그래서?" 나는 남편에게서 눈을 떼지 않고 기다렸다.

"폭력배들이 말리를 계속 찾고 있었던 모양이야."

"그놈들이 뚱보네 집에 간 거야? 어떻게 알고? 아이한테 무슨 짓을 했는데?" 내 목소리가 점점 높아졌다.

"뚱보가 아무 말도 안 하니까 혼찌검을 내주기로 했나 봐."

심장이 쿵쿵 뛰기 시작했다. 나는 남편한테 빨리 말하라고 재촉했다. "뚱보는 괜찮은 거야?"

"그놈들이 아이를 두들겨 패고 집 안에 있던 불상들을 모조리 박살 낸 거 같아. 그리고 그중 한 놈이 눈을 때려서 잔뜩 부어오른 모양이야. 지금은 장모님이 같이 계셔. 이제 좀 안정이 된 것 같아."

"아직 어린아이인데, 어떻게 그렇게 때릴 수 있지?" 우습기 짝이 없는 질문이었다. 아무것도 모르는 여자애를 매춘부로 팔아넘기려던 사람들이 아닌가. 나는 늘 평화를 바랐지만 지금 이 순간은 돌부처로 그들의 얼굴을 후려치고 싶었다.

"이제 어떡하지?" 내가 물었다. 당장이라도 기 림의 칼을 빼어 들고 그들 뒤를 쫓고 싶었다.

"만나서 상의해보려고. 사람들이 좀 더 늘었거든. 행운의 뚱보도 같이 한다고 하면 다들 좋아할 거야. 전에 소피프가 악에 맞서 싸워야 한다고 했잖아. 드디어 상황이 무르익은 것 같아."

"무슨 말이야?"

"같이 싸우겠다고 나서는 사람들이 거의 서른 명에 달했어."

18장

오늘은 피곤한지 소피프가 앉아서 수업하겠다고 한다. 우리는 공간을 잘 나누어 서로를 바라보고 앉았다. 그녀는 표시된 페이지로 책을 펼치며 말했다. "이제 비극을 다뤄 볼 시간이 된 것 같아."

"정말요? 현실로도 이미 충분한데 비극을 공부할 준비가 됐는지 모르겠네요."

"누구도 비극에 맞설 준비가 된 사람은 없어, 상 리."

소피프는 책을 넘겨준 다음 설명했다. "셰익스피어에게 『로미오와 줄리엣』을 쓰도록 영감을 줬다는 이야기야."

나는 망설임 없이 고개를 끄덕였다. 마치 누구나 알고 있는 상식이라는 듯이, 그 이야기를 들어본 적이 있다는 듯이.

소피프가 말을 이었다. "원작에서 두 사람의 이름은 피라모스와 티스베야."

"근데 셰익스피어는 두 사람의 이름을 왜 바꾼 거죠?"

"바꾼 게 아니야. 두 작품은 서로 다른 사람들을 다룬 엄연히 다른 이야기야. 피라모스와 티스베 이야기가 먼저라고 생각되긴 하지만…. 어쨌든 일단 시작해보자고. 무슨 말인지 곧 알 수 있을 거야."

이번에는 나더러 책을 읽으라고 했다. 나는 천천히 책을 읽기 시작했다.

≠ ≠ ≠

늦은 오후, 쉼터에 도착했을 때 스퉁 민체이에서는 보기 드문 놀라운 장면이 펼쳐졌다. 트럭 네 대가 한 줄로 늘어서 있고 차에 실려 있던 쓰레기들이 모두 부려져 있는데도 쓰레기를 분류하려고 달려드는 사람이 아무도 없다. 분명 꿈은 아닌데, 도대체 무슨 상황인지를 파악할 수가 없어 어리둥절하다. 다만 어디선가 익숙지 않은 소리가 들려온다는 느낌이 들었다. 간헐적으로 울리는 트럭들의 경적 소

리와 윙윙거리는 파리 소리 외에도 아이들의 축구 시합에
서나 들을 법한 환호성 같은 게 귓가를 맴돌았다. 그런데
주위를 아무리 둘러봐도 별다른 장면은 보이지 않았다.

그때 뒤쪽에서 한 여자가 달려왔다. 이름을 기억할 순
없지만 언젠가 본 듯했다. 오후가 되면 쉼터에 나와 남편을
기다리던 여자였고 남편은 트럭에서 일하고 매립장에 온
지 얼마 안 된 사람이었다. "서둘러요, 사람들이 이제 언덕
에 올라섰어요." 여자가 숨을 헐떡거리며 말하고는 소리의
근원지인 듯한 방향을 가리켰다. "사람들이 그들 중 한 놈
을 잡았어요." 여자가 흥분한 목소리로 덧붙였다. "소년을
때린 패거리 중 하나를 잡아 왔다고요."

내가 무리에 가까이 다가갔을 때는 함성과 야유가 거의
잦아든 상태였다. 나는 이웃과 친구들, 낯선 이들이 둥그
렇게 모여 있는 틈을 헤치고 아수라장의 한가운데로 나아
갔다. 드디어 중심에 다가섰을 때, 충격적인 장면 앞에서
나는 무너지듯 주저앉고 말았다. 널찍한 공간에 있는 범인
은 더 이상 달아날 수 없어 보인다. 범인은 한 소년이었다.
소년은 눈을 부릅뜬 채 태양을 응시하고 있다. 두 팔을 뒤
로 돌리고 등을 대고 누운 상태에서 다리가 심하게 뒤틀려
있었다. 입과 귀에서는 선명한 피가 흘러나왔고, 찢어진 셔

츠 사이로 뭔가에 찔린 상처가 드러났다. 언뜻 봐도 쓰레기를 분류할 때 사용하는 막대기의 예리한 금속 고리에 찔린 상처 같다.

내 얼굴에서 불과 30센티미터도 떨어지지 않은 곳에 한 소년이 죽어 있다.

윤곽이 분명한 소년의 얼굴이 어딘지 낯익어 보인다. 눈을 감자 머릿속이 하얘지면서 눈앞의 장면이 빙글빙글 돌기 시작했다. 숨이 가빠져서 나도 모르게 두 손으로 입을 틀어막았다. 호흡을 조절하기 위해서이기도 했지만 배 속에 있는 내용물이 거꾸로 올라올 것 같았다.

"저 자식이 바로 뚱보를 두들겨 팼던 놈 중 하나야." 어떤 남자가 큰 소리로 말했다. "도둑놈." 다른 남자도 소리를 질렀다. "물건을 훔치는 놈을 우리가 현장에서 잡았어." 또 누군가가 소리쳤다. 여기저기서 터져 나오는 단호하고 비장한 목소리는 소년의 죽음을 정당화하려는 듯했지만 한편으로는 비굴하게 들리기도 했다.

"저 소년이 뭘 가져갔는데요?" 나는 딱히 누구를 향하지 않고 물었다.

빙 둘러서 있던 무리 가운데 한 여자가 대답했다. "멘 킴의 깡통 자루를 훔치려고 한 자들이 넷이나 있었죠. 구타

당한 뚱보가 쉼터에서 쉬고 있다가 그들 중 세 명을 알아 봤다고요."

나는 뚱보를 찾았지만 보이지 않았다.

"저 아이의 이름이 뭐죠?" 내가 큰 소리로 물었다. "제 발, 저 아이의 이름을 아는 사람 없나요?" 나는 내 짐작이 틀렸기를 바랐다. 내 앞에서 생명을 잃고 늘어져 있는 저 애가 말리의 오빠가 아니기를 간절히 바랐다. 그때 누군가 대답했다. "이름이 뭔지는 모르겠지만 달아난 소녀를 계속 찾고 있었던 모양이야."

귓속으로 흘러들어온 말들이 머릿속에서 제자리를 찾기 도 전에 배 속이 뒤틀리더니 내용물이 올라와 버렸다.

나 역시 불과 며칠 전까지도 그들을 죽이고 싶다는 생각 을 했다. 하지만 내가 바란 건 사기꾼과 폭력배에 대한 처 벌이었다. 남편과 뚱보에게 상처를 입힌 남자들을 생각하 며 어두운 악의 존재를 응징하고 싶었던 것이지 아직 어린 소년들, 특히 저 소년의 죽음은 절대 아니었다.

그때 내 등을 어루만지는 기림의 손길이 느껴졌다. 남 편은 나를 조심스럽게 일으켜 생명이 다한 육신을 뒤로 한 채 무리 사이에서 데리고 나왔다. 어느새 사람들도 하나둘 트럭을 향해 흩어지기 시작했다. 남편도 숨소리가 거칠었고 손에는 아직도 칼이 들려 있었다.

"무슨 일이 있었던 거야?" 쓰레기가 뒹구는 곳에서 간신히 앉을 자리를 찾아낸 다음 물었다. 내가 대답을 들을 준비가 되었는지는 알 수 없었다. 남편은 잠시 숨을 고른 뒤 입을 열었다. 그는 가끔 말을 잇지 못했고 두 손을 덜덜 떨었다. 아래를 내려다보니 내 손도 미세하게 떨리고 있었다.

"사람들과 일을 하고 있었어… 트럭이 모여 있는 근처에서… 근데 갑자기 쉼터에 있던 누군가가 손짓을 하며 소리치기 시작했어. 몇몇 남자가 도망가는 애들을 뒤쫓기 시작했고 다른 사람들도 뒤를 따랐어. 아마 거기 있는 사람 전부가 쫓아간 거 같아."

기림은 자기 손을 내려다보고 나서야 아직도 칼을 쥐고 있다는 걸 깨닫고는 누가 칼을 채가기라도 할까 봐 주위를 두리번거렸다. 하지만 우리 말고는 아무도 없었다.

"도망치던 애들 중 한 명이 발을 헛디디고 넘어지니까 사람들이 그 애를 붙잡았어. 내가 달려갔을 때 다들 '도둑놈'이니 '강도'니 소리를 지르며 들고 있던 집게와 막대기로 아이를 두들겨 패고 있더라고."

"누가?"

"정확히는 잘 모르겠지만 대부분이 그랬던 것 같아. 사람들이 아이를 빙 둘러싸고 있었기 때문에 나는 체이, 프란 테오랑 나머지 세 명을 쫓아갔어. 우리가 거의 따라잡긴 했는데, 사실 내가 정말 그 애들을 잡고 싶었던 건지는 잘 모르겠어."

기 림은 떨리는 손으로 바짓가랑이를 끌어올리고 칼을 칼집에 밀어 넣은 다음 셔츠에 손을 문질러 닦았다.

"그러다가 애들이 초암 차오에 있는 공장 지대로 들어가 버리는 바람에 놓치고 말았어. 차라리 잘됐다고 생각했지. 근데 우리가 돌아왔을 땐 이미… 당신이 무릎을 꿇고 앉아 있는 걸 봤지." 남편은 희생자의 이름도, 신원도 모르는 듯했고, '소년'이라고 부르는 것조차 꺼리는 눈치다. 그러고는 이렇게 덧붙였다. "언뜻 봐도 그 애가 죽었다는 걸 알 수 있었어. 당신이 죽은 애를 보지 않았으면 했는데…."

"어떻게 사람을 죽도록 때릴 수가 있어. 이건 아니잖아." 나는 간신히 입을 열었다. 글썽거리던 눈물이 볼을 타고 주르륵 흘러내렸다.

"나도 알아." 남편의 목소리에도 공포와 불안이 묻어났다. "나도 사람들을 그만두게 하고 싶었는데… 정말 이런 일이 일어날 줄은 몰랐어…."

우린 둘 다 더 이상 말을 잇지 못했다. 스퉁 민체이의 쓰레기 더미에 나란히 앉아 도둑놈, 사기꾼, 폭력배라고 불린, 알지도 못하는 소년을 위해 눈물을 흘릴 뿐이었다. 소리 없이 눈물을 흘리고 있는 내 눈앞에 문득 하얀 고래와 사투를 벌이며 노를 젓는 선장의 이미지가 아른거렸다. 복수에 눈이 멀어 침몰 중인 배에서 작살로 고래를 잡으려다가 밧줄에 목이 감겨 끌려가면서 죽음에 이르는 비운의 선장.

소피프는 그 작품의 근원적인 주제인 '선과 악'에 대해 내가 이해했다고 여긴 듯했다. 하지만 그때 나는 선과 악의 문제가 그 책의 주요한 메시지라면 왜 좀 더 명확하게 표현하지 않는 것인지 의아했다. 그 문제를 감당하기엔 작가의 역량이 모자랐던 것일까? 에이해브 선장이 항상 비열한 존재도 아니었고 흰고래가 늘 순수했다고도 볼 수 없다. 그러다가 문득 작가가 세상을 완벽하게 이해하고 있을지도 모른다는 생각이 들었다. 심지어 스통 민체이 같은 쓰레기 매립장에서 살지 않았을까 하는 생각마저 들었다.

우리 둘의 숨소리가 잦아들고 눈물이 말랐다. 마침내 속이 진정되자 기 림이 나를 일으켜 세웠다. 우리는 손을 꼭 잡은 채 아이를 데리러 가기 위해 함께 걸었다. 엄마 집에 도착하기 직전에 기 림이 걸음을 멈추고 말했다. "그 애가 죽은 걸 알고는 소름이 끼칠 정도로 당혹스러웠지만 그래도 한 가지만은 분명히 해두고 싶어."

"뭔데?"

"애든 어른이든, 누구든 당신과 내 아들한테 해를 끼치려는 자가 있다면 내 식구를 지키기 위해 난 절대 주저하지 않을 거라는 거, 당신이 꼭 알아줬으면 좋겠어."

니사이를 데리고 나온 우리는 아무 말 없이 묵묵히 집을 향해 걸었다. 말의 힘이 아무리 커도, 뒤죽박죽된 지금의 죄책감과 슬픔, 분노, 안도, 걱정, 감당하기 벅찬 번민을 표현해줄 적절한 말은 찾을 수 없었다.

≠≠≠

아침이 되어도 죽은 소년의 이미지가 머릿속에 박혀 떠나질 않았다. 나는 곧 돌아오겠다는 쪽지를 소피프에게 남기고 한 손에는 니사이를 안고 다른 손에는 작은 흰색 자루를 들고 뚱보의 집으로 향했다. 뚱보는 내 생각이 옳다며 함께 길을 나섰다.

캄보디아에서는 사람이 죽으면 그 사람의 영혼을 달래주기 위해 공물을 바치는 전통이 있다. 그 소년이 죽은 자리에 우리가 도착했을 때 가까이에 사는 한 여자도 공물을 가지고 먼저 와 있었다. 여자의 말에 따르면 어젯밤 늦게까지 잠을 자지 못했는데, 그때까지도 경찰은 나타나지 않았고, 시신은 옷이 찢기고 상처를 입은 모습 그대로 하늘을 응시하고 있었다고 한다. 하지만 아침이 되어 나와 보니 시신은 온데간데없이 사라졌고, 밤사이 불도저가 쓰레기들을 이리저리 휩쓸고 간 흔적만 볼 수 있었다고 한다.

"다음에 다시 태어나면 이번 생보다 평화롭게 살기 바란다." 행운의 뚱보가 점잖은 말투로 말했고, 우리는 각자 가지고 온 선물을 내려놓았다. 바나나 한 개와 밥이 담긴 깡통, 소금, 향, 뚱보의 집에 부서지지 않은 채 남아 있던 자그마한 불상 등이 가지런히 놓였다.

뚱보도 몸이 많이 회복된 것처럼 보였다. 집으로 돌아오는 길에 보니 다시 말수가 늘고 행복한 표정을 되찾은 듯했다.

"어떻게 지내고 있을까요?" 뚱보가 물었다.

나는 굳이 누구를 말하는지 묻지 않았다. "말리는 틀림없이 잘 해내고 있을 거야."

그러자 뚱보는 예전보다 훨씬 더 성숙하고 멋진 말을 했다. "말리의 오빠도 이제 동생을 잘 지켜볼 수 있는 자리에 있을 거예요."

"그래." 나도 인정했다. "네 말이 맞아."

돌아오는 길에 소피프가 집에 와 있다면 어제 겪은 충격적인 일 때문에 집중이 안 될 것 같다고 말해볼까 생각했다. 하지만 삶과 죽음, 정의와 자비, 에이해브 선장과 스틍민체이의 도둑 등 이런저런 상념에 잠기다 보니, 지금이 특별히 더 힘든 상황이냐고 누가 묻는다면 그렇다고 자신 있게 말할 수 없을 것 같다.

19장

　빨래를 하려면 집 뒤편에 마련해둔 커다란 양동이 옆에 쭈그려 앉아 빨랫감들을 손으로 박박 문질러 닦아야 한다. 어떤 사람들은 빨래판을 이용했고, 또 어떤 사람들은 빨랫감을 평평한 돌에 대고 문질렀다. 그럴 때면 모두들 예전에 시골 강가에서 빨래하던 생각이 난다고 했다.

　이곳 사람들도 대부분 티셔츠와 바지, 스웨터 등 유명 브랜드 상표가 붙은 서양식 옷들을 입었다. 우리가 미국 상표의 옷을 입는 것은 스타일 때문이 아니라 저렴한 가격 때문이다. 주요 의류회사의 대부분이 캄보디아에 공장을 두고 있는데, 우리는 하자가 있는 2급 상품을 얼마 안 되는 돈으로 사 입을 수 있다.

기 림이 니사이가 쓰던 수건을 들고 집 모퉁이를 돌아 빨래를 하던 내게 다가왔다. 나는 남편이 말을 꺼내기 전에 머릿속에서 불편하게 달그락거리던 생각을 털어놓았다.

"문학에서는 어떤 대상을 다른 대상에 빗대어 표현하기도 한다고 소피프가 그랬어. 그걸 은유라고 부른대."

"은유? 그게 뭔데?"

"어떤 단어나 문구를 사용해 다른 의미를 설명한다는 거야. 예를 들면 내가 스퉁 민체이를 감옥으로 표현하는 거랑 비슷해. 스퉁 민체이는 실제로 간수가 있는 감옥은 아니지만 감옥에 있는 것처럼 느껴지니까."

기 림은 수건을 힐끗 내려다보며 이런 난처한 순간에 자리를 피해버리면 큰 실수일까 생각하는 눈치였다. 그러더니 결국 이렇게 물었다.

"그래서?"

"그러니까 말이야. 내가 여기서 거의 한 시간 동안이나 당신과 니사이의 옷들을 빨고 있다 보니까, 이제야 그 의미가 뭔지 알겠더라고."

"빨래에 대한 은유를 말하는 거야?"

"응."

"그동안 읽어왔던 복잡한 말들이 머릿속에서 뒤죽박죽

이 된 거 아냐? 당신은 그저 옷이 더러워서 빨래를 하는 것뿐이라고."

이번엔 내가 반박했다. "그건 나도 알아. 하지만 우리 둘 다 옷을 입고 사니까 당신도 내가 빨래하는 것을 도와야 한다고 생각해. 그게 바로 빨래가 내게 던지는 은유인 것 같아."

"좋아." 남편이 대답했다. "지금 당장 당신 옷을 벗겨서 빨래를 하라는 의미인 것 같군."

그러더니 불쑥 내 뒤로 와서 셔츠를 끌어당기려 했다. 일하고 돌아와서 아직 씻지도 않아 쓰레기 냄새가 코를 찔렀다.

"어휴, 냄새! 씻지도 않고 지금 뭘 하려는 거야? 게다가 날도 이리 밝고 니사이도 깨어 있는데."

"알았어. 그럼 일단 씻고 니사이가 자고 나면 하는 걸로."

어느 순간부터 내가 대화의 주도권을 잃고 말았는지 정확히 알 수가 없었다. "지금 목욕하려거든 꼬질꼬질한 아들도 데려가서 씻겨주든가."

"좋아, 아주 괜찮은 거래야!"

기림은 환하게 웃으며 자리를 떴다. 남편이 아이에게 씻으러 가자고 말하는 소리가 들렸다. 엄마, 아빠가 나중에 할 일이 있기 때문이라는 소리도 들려왔다. 과연 거래를 더 잘한 사람이 누구인지 곰곰이 따져봐야겠다.

문학에서 말하는 은유는 정말 혼란스럽기 짝이 없다.

≠ ≠ ≠

할아버지는 이런 말씀을 한 적이 있다. '지식을 가진 사람이라면 남들이 존경할 수 있을 정도로 많이 알아야 하고, 어리석은 사람이라면 남들이 동정을 느낄 만큼 어리석어야 한다.'

나는 애처로운 표정을 지은 채 적당한 때를 기다려 소피프에게 간청했다. "다음에 읽을거리로 가져다줬으면 하는 책이 하나 있어요."

내가 먼저 다음 책을 제안하자 소피프도 기뻐하는 눈치였다. 그 책이 어떤 걸 가리키는지 알아챌 때까지는. "니사이의 책을 읽고 싶어요. 전에 당신이…."

"나도 무슨 책인지 알아." 소피프가 말을 끊었다. 화가 났다기보다는 표지가 찢어져버린 책처럼 어떤 감정인지를 알 수 없는 얼굴이었다. "왜 그 책이지?"

"그 책을 가지고 있을 땐 글을 읽지 못했잖아요. 이제 읽을 수 있게 되니까 점점 더 궁금해졌어요. 아름다운 이야기일 것 같거든요."

"그건 아이들 책이야." 그녀가 대답했다.

"네, 알고 있어요."

"그렇다고 일반적인 아이들 책도 아니야."

"내가 읽지 않는 게 낫겠다는 얘기인가요?"

"내 말은, 그 책을 제대로 읽으려면, 특별히 권하고 싶은 방식이 있는데 자네 아들을 무릎에 앉혀놓고 읽는 걸 추천하고 싶어."

그 정도로 애착을 가지고 있다니 나는 더욱 호기심이 생겼다. "할 수 있고말고요. 대신 나도 조건이 하나 있어요."

"자네가 조건을 제시하겠다는 거야?"

"네, 이번에는 내가."

"조건이라는 게 뭐지?"

"내가 책을 읽을 때 당신도 함께 있었으면 해요."

소피프는 생각할 게 많은지 한참 동안 말이 없다가 물었다. "왜지?"

"당신은 선생님이잖아요. 책을 읽고 나서 얘기를 나눌 필요도 있고요."

잠시 불편한 정적이 감돌았고, 한참이나 침묵을 지키던 소피프가 어쩔 수 없다는 듯 고개를 끄덕이며 말했다. "좋아, 오늘 밤에 그 책을 가지고 오지."

역시 할아버지 말씀이 옳았다. '남들이 동정을 느낄 만큼 어리석어야 한다.'

≠ ≠ ≠

그건 정말 매혹적인 생각이었다. 니사이가 엄마의 무릎에 얌전히 앉아 책장이 넘어가기를 기다리면서 내가 읽어주는 이야기에 귀를 쫑긋 세우는 모습을 떠올리면 가슴이 설레었다. 하지만 수많은 명작도 결국 허구에 불과하듯, 이런 나의 기대는 사실 순진한 생각이었다. 현실은 전혀 달랐다. 니사이는 손이 닿기만 해도 책을 찢어서 입으로 가져가려 했다. 책을 망가뜨리지 않을 궁여지책으로, 기 림이 옆에 앉아 아이를 안고 있는 방법을 생각해냈다. 그래서 필요할 때마다 아빠가 아이를 제지하고 억지로라도 듣게 유도하기로 했다. 그러면 나도 집중하고 책을 읽을 수 있을 것이다.

소피프는 우리 뒤편에 서서 아무 말도 하지 않고 지켜보

기만 했다. 입꼬리가 살짝 위로 올라간 모습을 얼핏 본 것
도 같다.

책표지는 내가 기억하고 있는 것보다 더 매력적이었다.
나는 책을 미리 넘겨보며 산과 나무와 바다가 그려진 멋진
삽화들을 감상했다.

"금방 시작할 거지?" 기 림이 조바심을 내며 물었다.

"응, 시작할게."

나는 제목을 읽었다. '영원한 사랑'. 그런 다음 첫 페이지
를 넘겼다.

≠ ≠ ≠

내가 만약 나무라면…

금빛으로 물들인 나뭇잎들을 하늘 위로 흩뿌려서 당신
머리 위를 맴돌다가 발 앞에 소복이 쌓이게 할 텐데….

그러면 당신도 기적이 뭔지 알 텐데.

내가 만약 산이라면…

산 한쪽을 허물고 당신을 비스듬히 추켜올린 다음 계곡
이 흐르고 동물들이 뛰노는 산의 모든 비경을 보여줄

텐데….

그러면 당신도 자유가 뭔지 알 텐데.

나는 니사이의 관심을 끌기 위해 소리에 강약을 주며 실
감 나게 책을 읽었다. 하지만 나의 노력이 통한 사람은 아
이가 아니라 남편이었다. 기 림은 호기심이 가득한 아이처
럼 눈을 동그랗게 뜨고 앉아 이야기에 귀를 기울였다.

내가 만약 바다라면….

당신을 잔잔한 파도 위에 앉혀 바다 한가운데로 실어 나
른 다음 달빛이 스며드는 물속에서 돌고래들과 함께 헤
엄치도록 할 텐데.

그러면 당신도 평화가 뭔지 알 텐데.

내가 만약 별이라면….

어느 때보다 반짝거리면서 부슬비가 내리듯 하늘에서
쏟아져 내릴 텐데.

그러면 당신은 하늘을 올려다보며 별들에 닿을 수 있다
고 생각할 텐데.

내가 만약 달이라면…

당신을 내 등에 태우고 우주를 돌면서 저 아래 지구가
얼마나 경이롭고 아름다운지 보여줄 텐데.

그러면 당신은 온 지구를 당신 마음대로 움직일 수 있다
고 느낄 텐데.

내가 만약 태양이라면…

어느 때보다 발갛게 빛을 내뿜어서 하늘을 오렌지와 핑
크 빛깔로 물들일 텐데.

그러면 당신은 하늘이 얼마나 찬란하게 아름다운지 우
러러볼 텐데.

하지만 나는 나일 뿐…

누구보다 당신을 사랑하기에 두 팔로 감싸 안아 키스하
고 온 마음을 다해 사랑하리.

언제까지나 영원히 당신을 사랑하리.

산이 무너져 내릴 때까지…

온 바다가 마를 때까지…

별들이 하늘에서 모조리 떨어질 때까지…

해와 달이 불타 없어질 때까지…

당신을 향한 사랑은 영원하리.

보물을 발견한 기분이 들었다. 이 이야기를 읽을 수 있게 도와준 소피프에게 감사를 전하려고 고개를 돌렸다. 하지만 그녀는 출입문 옆에 서 있지도, 우리를 지켜보고 있지도 않았다.

소피프는 어느새 가버리고 없었다.

≠ ≠ ≠

이른 아침, 소피프가 밖에서 부르는 소리가 들렸다. 그녀는 오늘 수업을 연기해도 좋은지 물어보려고 들렀다고 했다. 감기 기운이 있어 쉬는 게 좋겠다면서. 그녀가 가기 전에 나는 니사이의 책을 집어 들고 말했다.

"니사이는 아직 이야기에 관심이 없네요. 하지만 기림이 감동한 모양이에요."

"니사이는 너무 어리니까. 좀 더 커야 할 거야."

내가 그 책을 돌려주려 하자 소피프는 나를 물리치며 말했다. "실은 나도 그 책을 자네 아들에게 선물로 주고 싶었어."

나는 사양하고 싶었다. 남에게 선뜻 주기에는 너무 중요하고 의미가 큰 책 같았다. 그런 책을 남에게 주는 건 결코 쉽지 않은 일일 테니까.

"우린 그냥 마음만 받을게요. 근데 이 책이 당신에게 그토록 남다른 이유를 물어봐도 될까요?"

"그래. 나도 그 이야기를 하려고 왔어."

우린 나란히 바닥에 앉았다. 잠시 후 마음을 가다듬은 소피프가 얘기를 시작했다.

"이 책은 소중한 내 친구의 작품이야. 우리는 대학에서 함께 가르쳤지. 전에는 미국에서 함께 공부하며 해마다 출간되는 수많은 동화를 읽고 토론했어. 캄보디아에서는 아이들을 위한 그런 좋은 작품들이 왜 나오지 못하는지 안타까워했지. 친구는 열정과 끈기로 훌륭한 원고 하나를 써냈어. 그리고 전문가를 섭외해 삽화를 그렸지. 모든 게 완벽하게 준비되었을 때 나는 지역의 작은 출판사를 찾는 데 도움을 주었어."

"책이 잘 팔렸나요?" 내가 물었다.

소피프는 머뭇거렸다. 지난 일을 회상하며 괴로운 듯 조심스럽게 입을 열었다.

"우린 기회조차 제대로 가질 수 없었어. 출판사에서 책을 발표한 지 불과 몇 주 지나지 않았을 때 크메르루주 군인들이 도시로 밀고 들어왔거든. 학교와 대학들을 샅샅이 뒤져 책을 모조리 쌓아놓고 불태워버렸어. 책을 쓰고 발표한 작가와 저자들은 고문을 당하다가 총살과 화형을 당했지. 그토록 아름다운 작품들을 써낸 사람들이 힘없이 죽어갔어."

"그분도 살해당하셨나요?"

"그래. 삽화가도 마찬가지였어. 수천 명이 같은 운명에 처했어. 애초에 그리 많은 부수를 찍지 않았기 때문에 한 권도 남지 않았다고 생각했지. 자네 집에서 그 책을 마주하게 될 때까지는. 내게 두 번째 기회가 주어진 건지, 얼굴을 찰싹 얻어맞은 것인지 가늠할 수가 없었어. 그냥 혼란스럽기만 했거든."

"친구분이 그런 불행한 일을 겪으셨다니 정말 가슴이 아프네요."

"많은 세월이 흘렀지만 여전히 그 친구가 그리워. 하지만 내가 자네 집을 방문한 그날 그토록 무기력에 사로잡힌 이유는 비단 그 친구 때문만은 아니었어."

"아니라고요?"

"상 리, 내 친구에겐 아이가 없었어." 잠시 정적과 한숨이 이어진 뒤 소피프가 머뭇머뭇 말했다. "그 책은 나와…
내 아들에 대한 이야기였어."

≈ ≈ ≈

누군가 집 앞에 놓인 나무 우편함을 소심하게 톡톡 두드
리는 소리가 났다. 나는 저녁을 짓기 위해 집 뒤편에서 냄
비에 물을 담아 나오던 중이었다. 사촌 나린이 기다리고
있었다.

"상 리, 방해해서 미안해."

살짝 떨리는 목소리와 불안이 서린 얼굴로 보아 그냥 들
른 것 같지는 않았다. 나도 덩달아 불안해졌다. "무슨 일이
야? 혹시 기 림한테 무슨 일이 생긴 거야?"

나린이 고개를 저으며 말했다. "아니, 기 림이 아니야."

"그럼, 누군데?"

나린이 벽에 등을 기대며 물었다. "마카라 홍이라고 혹
시 알아?"

"아니." 나도 똑같이 따라 기대며 대답했다.

"시내에서, 프랑스 병원 근처에서 과일을 파는 여자야."

"아, 알아. 아니, 그 여잔 모르지만 과일 가게는 본 것

같아."

"우린 친구로 지냈거든. 마카라의 언니가 프놈펜의 당코르 지역에 살고 있는데."

나린이 잠시 뜸을 들이자 내가 재촉했다. "빨리 말해봐. 마카라나 마카라의 언니가 나랑 무슨 관련이 있다는 거야?"

나린의 숨소리가 조금 빨라졌다. "마카라의 언니가 병원에서 간호사로 일하고 있거든. 마카라가 언니한테 돈을 좀 얻으러 갈 때 따라간 적이 있었어." 나린이 초조한 듯 몸을 약간 뒤틀었다. "같이 이런저런 얘기를 나누다가 내가 스퉁 민체이에 살고 있다는 걸 언니가 알게 됐어. 근데 언니 말에 따르면 매립장에서 온 환자 한 명이 그 병원에서 치료를 받고 있다는 거야."

"누군데?"

"이름이 소피프라는 여자였대. 소피프 신."

"치료를 받고 있다고? 뭣 때문에? 도대체 무슨 얘길 하는 거야?"

"소피프의 가슴에 무슨 문제가 있나 봐, 상 리. 소피프가 아주 많이 아프대. 죽어가고 있을지도 모른다고 했어."

믿을 수가 없었다. "그게 무슨 뜻이야? 그럴 리가 없어.

병원에서 뭔가 착오가 있었던 게 아닐까? 소피프는 여기 계속 있었어. 조금 전에도 여기 있었고, 아무런 얘기도 없었다고…." 내 말이 점점 느려지는 동안 머릿속은 지난 시간을 더듬고 있었다. 피가 섞인 구토에 자주 비틀거리던 걸음 등 불길한 징후들을 어떻게 그동안 알아보지 못했을까?

나린이 말을 이었다. "마카라의 언니 말이 소피프의 가슴에 종양이 있다고 했어. 그게 커지면서 심장을 누르고 있대."

"암이라는 거야?"

"그런 것 같아."

"다른 얘기도 했어?"

"응, 아마…." 나린이 머뭇거렸다.

"뭔데? 말해봐!"

"소피프가 떠날 날이 얼마 남지 않았을 거래."

20장

소피프가 다리를 절뚝거리며 들어와 가방을 바닥에 내려놓았다. 몸을 숙여 가방에서 작고 노란 책을 꺼내는 동안 나는 아무 말도 하지 않았다. 소피프는 표시해둔 페이지를 펼친 다음 글자를 잘 보기 위해 책을 얼굴에서 멀찌감치 들었다.

"오늘은 가와바타 야스나리라는 일본 작가의 작품을 읽을 거야." 소피프가 단호한 목소리로 말했다. "내가 학생들에게 자주 읽어주던 책이지."

나는 더 이상 잠자코 있을 수가 없어서 따지듯 물었다. "왜 얘기하지 않았나요?"

소피프가 눈을 크게 뜨고 나를 보았지만 나는 틈을 주

지 않고 소리를 높였다.

"당신, 죽어가고 있다면서요. 그런데 나한테 한마디도 안 하다니요!"

그녀가 책을 덮더니 침착한 표정으로 대답했다. "언젠가 내가 떠날 거라고 말했잖아. 그 시기를 말하지 못했을 뿐이야."

나는 벌떡 일어나 소리치며 울고 싶었다. 내 가슴이 쓰라린 만큼 그녀의 가슴을 치고 싶었다. "왜 말하지 않았어요?"

"얘기하려고 했지. 아직은 때가 아니라고 생각했을 뿐이야."

"나도 알 자격이 있다고요."

"적당한 때를 기다리고 있었어. 배움에 대한 자네의 열정, 모든 이야기를 흡수하려는 자네의 순수한 욕망이 내게는 원기를 북돋는 힘이 됐어. 우리 둘 다를 위해서라도 그걸 망치고 싶지 않았지."

"뭘 망치는데요?"

"자네의 순수함과 미래에 대한 희망, 이야기와 교훈에 대한 믿음. 게다가 자네를 어떻게 이해시켜야 할지도 막막했어."

"뭘 이해시켜요? 모든 이야기가 다 행복한 결말은 아니라는 거요? 삶은 비참해질 수도 있다는 거요?" 마음을 가라앉혀야 했지만 진정이 되질 않았다. "내가 그런 걸 깨닫기에는 너무 어리석은 사람이라고 생각했나요? 내게 아픈아이가 있다는 걸, 내가 이런 끔찍한 쓰레기장 근처에 살고 있다는 걸 잊어버리기라도 했나요?"

내가 신경질을 부리는 동안에도 소피프는 평정을 잃지 않고 파이프 담배를 빨아들이듯 길고 안정된 호흡을 이어갔다. "자네 말에도 일리가 있어. 너무 내 생각에만 빠져있었던 거지. 혼자 남게 될 상황을 어떻게든 인정하고 싶지 않았는지도 몰라."

나는 이해하는 척하고 싶진 않았지만 그녀의 말투에 회한이 서려 있다는 걸 느낄 수 있었다. 이제 됐다고, 이해한다고 말해야 했지만 그럴 수 없었다. 여전히 화가 풀리지않았다.

대신 이렇게 물었다. "병원에선 뭐라고 하던가요?"

"여러 가지가 있지만 의학적 질병을 말하자면 심장 동맥이 계속 수축하고 있다고 하더군. 언뜻 생각해도 동맥이수축되면 안 좋은 거잖아."

"수술할 수는 없대요? 종양을 잘라내면 되지 않나요?"

"할 수는 있다고 했지. 내가 만약…"

"만약?"

"지금보다 젊거나 좀 더 빨리 병원을 찾아갔다면. 혹은 돈이 좀 더 많거나 미국이나 유럽, 첨단 의료시설을 갖춘 나라에 살고 있다면 말이야. 인생이 수없이 많은 '만약'으로 이루어질 수 있다면 말이야."

"언제 알았죠?"

"좀 됐지."

"정확히 언젠데요?"

"처음 그 얘기를 들은 건 내가 자네한테 집에서 나가라고 위협한 날이었어. 좋은 모습은 아니었지. 솔직히 정신적으로 힘들고 혼란스러웠어."

"집에 가서 쉬는 게 좋겠어요."

처음으로 소피프가 발끈했다. "그런 일은 절대 없을 거야! 우리가 여기 있는 건 문학을 배우기 위해서야. 내가 애써 작품을 번역해왔으니 자네도 보고 배워야지!" 그녀는 갈고리 같은 손가락을 치켜들고 투명한 내 두 눈 사이를 가리키며 말했다. "이 부분에 대해서 다른 협상은 없어. 난 앞으로도 매일 여기로 올 거야. 자네가 어느 정도 준비가 됐다고 생각될 때까지."

그러더니 소피프는 책을 펴고 손가락으로 문장을 더듬었다.

"게다가." 그녀가 덧붙였다. "아직은 죽을 수 없어. 이제 막 자네가 좋아지기 시작했다고."

≠ ≠ ≠

수업이 어떻게 진행되었는지 모르겠다. 난 그냥 듣고, 가끔 적기만 했을 뿐 논쟁이 될 만한 질문은 하지 않았다. 이제 소피프의 병에 대해 알았으므로 과거의 행동 하나하나를 되새겨보지 않을 수 없었다. 이야기를 극적으로 전달하기 위한 거라고 생각했던 심호흡은 가슴의 통증을 달래려던 방법이었고, 수업 도중에 자주 내 옆에 앉았던 것은 계속 서 있기가 너무 힘들었기 때문이었다. 일찍 수업을 끝내며 핑계를 찾았던 건 휘청거리며 나가거나 주저앉아 구토하는 모습을 보이지 않기 위해서였다.

수업 중에 자꾸만 눈물이 나와서 힘들었는데, 소피프는 전혀 감정을 드러내지 않아 오히려 섭섭한 생각마저 들었다. 그녀가 아프다는 사실을 알게 된 날 기림과 나누었던 대화가 떠올랐다.

"몸이 그렇게 아프면서도 어찌 그리 태연하게 앉아 작품을 읽고 토론할 수 있었을까? 그러고도 내겐 한 번도 소리치거나 화내지 않았어." 나는 볼멘소리로 말했다.

"소피프가 화를 낸 적이 없다고?" 기 림이 약간 놀란 듯 되물었다.

"한동안은 화를 내지 않았어."

남편이 상황을 제대로 이해하지 못하는 것 같아 한마디 덧붙였다. "이건 옳지 않아. 소피프에겐 아직 시간이 더 필요하다고!"

기 림은 나를 진정시키려는 듯 잠시 기다렸다가 머뭇거리며 물었다. "소피프에게 시간이 더 필요하다고? 당신한테도 시간이 필요해 보이는데."

정작 죽어가는 사람은 소피프인데, 뒤늦게 그녀가 아픈 걸 알고 자기연민에 빠진 나 자신이 어이없기도 했다.

이런저런 상념에 젖어 있던 나는 탁 치는 소리에 정신이 번쩍 들었다. 소피프가 내게 말을 걸고 있었다.

"내일은 내가 좋아하는 책 하나를 가지고 올 거야."

"어떤 책인데요?"

"음, 그냥 내가 좋아하는 이야기야."

"뭐에 대한 이야기인데요?"

"은유에 대한 거지. 하긴 문학에서 은유가 아닌 것이 어디 있겠어? 아주 오래전 작품인데, 아마 처음 다뤄보는 비극일 거야. 아니, 결말을 다 말해버리면 안 되지. 미리 알고 읽으면 재미없잖아."

"그럼 이번엔 어떤 얘기인지 말해주지 않을 건가요?"

"내일. 내일이면 알게 될 거야."

≠≠≠

"상 리! 상 리!"

먼 거리에서 들려오는데도 공포에 사로잡힌 엄마의 비명이 내 발을 홱 잡아당기는 듯했다. 나는 황급히 밖으로 뛰어 나갔다. 엄마는 두려움으로 눈을 부릅뜬 채 숨이 차서 가슴을 들썩거리며 서 있었다. 니사이는 엄마 팔에 안겨 생명이 다한 것처럼 축 늘어져 있었다.

엄마가 너무 빨리 중얼거리는 바람에 무슨 말인지 거의 알아들을 수가 없었다. "니사이가 놀고 있었는데… 바닥에서… 전혀 울지도 않았는데… 갑자기 쓰러져버렸어. 애가 일어나질 않아… 아무리 흔들어도 일어나질 않아!"

"니사이? 니사이!" 아이의 눈꺼풀을 벌려보았지만 눈동자는 뒤로 넘어가 있었다. 나는 아이의 얼굴에 내 얼굴을 부비며 숨이 붙어 있는지 확인하려고 안간힘을 썼다. 아직 숨이 붙어 있을 거라고 간절히 바랐다. 나는 하늘을 올려다보며 애원했다. "제발, 할아버지. 니사이가 계속 숨을 쉬게 도와줘요."

나는 니사이를 엄마 팔에서 옮겨 들자마자 집 안으로 달려 들어갔다. 기 림이 있는 곳으로. 하지만 남편은 집에 없었다. 해가 지고 있다. 지금쯤 돌아왔어야 했지만 남편은 아직 오지 않았다. 아직도 쓰레기를 줍고 있는 모양이다. 그렇다면 누가 도와줄 수 있을까? 테바 마오. 나는 먼저 엄마한테 해야 할 일을 말했다. "트럭이 있는 곳으로 달려가서 기 림을 찾아. 무슨 일이 일어났는지 말해줘. 난 니사이를 테바한테 데리고 갈게."

뭘 어떻게 해야 할지 테바는 알 것 같았다. 테바라면 분명히 도와줄 수 있을 것이다. 테바는 불과 몇 집 건너에 살고 있다. 우리 두 집 사이에 있는 나지막한 쓰레기 더미 하나만 넘으면 된다. 나는 아들을 안고 무작정 달렸다. 지금 할 수 있는 일은 그것밖에 없었다.

왼쪽 신발이 홱 뒤집히며 벗겨졌지만 돌아볼 겨를이 없다. 맨발로 테바의 집을 향해 달리는 동안 예리한 물건들이 내 발을 베는 것조차 모르고 뛰었다. 도착하자마자 나는 소리를 질러댔다. "테바! 도와줘!" 아무런 대답이 없다. 아무 소리도, 누가 왔는지 확인하려는 인기척도 들리지 않는다. "테바, 제발!" 그녀도 집에 있지 않은 게 분명하다.

나는 다시 니사이를 확인했다. 상태가 갈수록 나빠지고 있다. 비명이라도 지르고 싶다. 울고 저주하며 조상들한테 매달리고 싶다. 하지만 누가 내 아이를 도와줄 수 있단 말인가?

병원! 나는 일단 아이를 프랑스 병원으로 데리고 가기로 했다.

집 쪽으로 되짚어 달리는 길에 잃어버린 샌들이 길 한복판에 얌전히 놓여 있었다. 신기하게도 내가 달리는 방향으로 신발이 놓여 있어서 속도를 줄이지 않고도 미끄러지듯 신발을 신고 뛸 수 있었다. 어느새 나는 집 앞을 지나고 비탈길을 내려가 시내로 향하는 평평한 길로 접어들었다.

날씨가 좋은 날엔 니사이와 손을 잡고 나란히 병원에 걸어갈 테지만 오늘은 그럴 수 있는 날이 아니다. 차들이 오가는 도로에 다다랐을 때는 숨을 제대로 쉴 수 없을 정도로 헐떡거렸다. 나는 미친 듯이 손을 흔들었지만 첫 번째 차량 두 대는 서지도 않고 내 앞을 지나쳐버렸다. 내가 돈

몇 푼조차 챙겨오지 않은 사실을 알아본 모양이다. 이어서 세 번째로 뚝뚝(바퀴 세 개와 양철로 만든 작은 차량_옮긴이)이 시끄러운 소음을 내며 내 앞에 멈춰 섰다. 운전사는 나이가 좀 들어 보였다.

"제발, 부탁이에요." 나는 엄마로서 할 수 있는 최대한의 동정심을 끌어내며 애원했다. "제발 도와주세요. 아이를 케마라크 대로에 있는 병원으로 데리고 가야 해요. 아이가 많이 아파요!"

운전사는 주저하는 눈빛이었다. 내가 돈을 내지 못할 거라고 생각하는 듯했다. 그러다가 아이에게 눈길을 주더니 말했다. "얼른 타요!"

나는 니사이를 안은 채 운전사 뒤에 연결된 카트에 올라탔고, 제대로 앉기도 전에 그는 차를 출발시켜 혼잡한 도로를 향해 달려나갔다. 평소 같으면 화를 냈겠지만 오늘은 그저 감사할 따름이다. 뚝뚝이 수많은 차들 사이를 이리저리 헤치며 달리는 동안 나는 니사이의 귀에 대고 끊임없이 속삭였다. "거의 다 왔어, 아들. 거기 가면 좋은 의사 선생님들이 많으니까 틀림없이 도와주실 거야. 곧 좋아질 거야."

차가 달리는 진동에 따라 몸이 흔들릴 뿐 니사이는 전혀 움직임이 없었다. 드디어 목적지에 도착한 차가 멈춰 섰고 나는 운전사를 돌아보지도 않고 재빨리 차에서 뛰어 내렸다. 병원 입구에 서서 내 뒷모습을 노려보는 그의 찡그린 얼굴을 신경 쓸 겨를이 없었다. 그런데 병원 출입문과 창문들이 온통 쇠격자로 막혀 있다. 병원 문이 닫힌 것이다.

"안 돼!" 나는 또다시 비명을 질렀다. "문 열어. 제발 문 좀 열어줘!" 나는 문에다 대고 떼를 쓰듯 소리쳤다. 그렇게 하면 쇠사슬이 풀리고 문이 열릴 것처럼 소리를 질렀지만 문은 꿈쩍도 하지 않았다.

눈앞이 캄캄했다. 나는 제정신이 아니었고, 공포에 사로 잡혀 다음에 뭘 어떻게 해야 할지 몰라 아무나 붙잡고 매달리고 싶은 심정이었다. 타고 온 차로 달려가 다시 올라탔지만 어디로 데려가 달라고 할지 몰라 신경질적으로 울부짖고만 있었다. 이건 정말 나락으로 떨어지는 최악의 악몽이었다. 나는 잠에서 깨지도 못한 채 축 처진 아들을 안고 프놈펜의 침침한 거리를 달리고 있는 것이다.

하지만 이건 꿈이 아니다. 정말로 꿈이었다면 고통과 공포가 극에 달한 상태에서 비명을 지르며 깨어났을 것이다. 그리고 기 림이 날 위로하며 모든 게 다 괜찮다고 말해줬을 것이다.

지금 난 혼자다. 이건 엄연한 현실이었고, 상황은 점점 더 최악으로 치닫고 있다.

어느새 뚝뚝은 커다란 유리 건물 앞에 도착해 있었다. 내가 어리둥절해 있자 운전사가 나를 내리게 했고 나는 차에서 내리기를 거부했다. 그가 내 팔을 잡으려 하자 나는 소리를 지르며 저항했다. "어떻게 이럴 수 있어요! 어떻게 이럴 수 있냐고요!"

그래도 운전사는 억지로 나를 끌어내렸다. 나는 힘없이 늘어진 아들을 안은 채 거리에 서서 악에 받쳐 도와달라고 소리를 질러댔다. 그때 누군가 내 어깨에 손을 갖다 댔다. 나이가 지긋한 캄보디아 여자였는데, 병원에서 일하는 사람들이 입는 하얀 옷을 입고 있었다. 나는 캄푸치아 크롬 대로에 있는 국립아동병원 앞에 서 있었던 것이다.

여자가 나와 니사이를 건물 입구로 데려갔다. 출입문에 들어서기 직전에 나는 운전사에게 감사의 말을 전하고 내 행동에 대해 사과하려고 고개를 뒤로 돌렸다. 하지만 그는 이미 가버리고 없었다.

간호사에게 아이를 넘기며 아이 상태에 대해 말한 것 같은데, 내가 무슨 말을 했는지도 기억나질 않는다. 기다리라는 말을 듣고 대기실로 갔지만 앉을 자리가 하나도 없다. 자리는 이미 각자의 악몽에 시달리는 절박한 사람들로 가득 차 있었다.

나는 한쪽 벽면의 빈 곳을 발견하고 그곳에 가서 미끄러지듯 주저앉았다. 무릎을 세워 끌어안은 채 몸속 곳곳에서 뿜어져 나온 아드레날린이 서서히 사그라지는 것을 느꼈다. 토할 것 같지만 화장실을 찾아갈 기운조차 없었다. 그러다가 깜박 잠이 든 건지, 아니면 하얀 벽면을 멍하니 바라보고 있는 건지 분간이 안 될 때였다. 아까 그 여자가 다시 내 어깨에 손을 얹었다. 내 정보가 필요하다고 했다. 나는 이름과 사는 곳을 말했다. 스퉁 민체이라는 말을 듣고도 여자는 돈을 지불할 수 있는지 묻지 않았다. 아이는 괜찮다고, 의사가 곧 와서 자세한 설명을 해줄 거라는 말을 건네고 서둘러 자리를 떴다. 그곳에 있던 사람들은 내가 끔찍한 소식을 들었다고 생각했을 것이다. 여자가 나가자마자 나는 너무도 크게 안도해서 얼굴을 감싸고 흐느껴 울었기 때문이다.

벽에 걸린 시계가 새벽 두 시를 가리키고 있었다. 문득 집에 걸어놓은 고장 난 벽시계가 떠올랐다. 지금쯤 기림은 나만큼이나 두려움에 사로잡혀 있을 것이다. 아내와 아이에게 무슨 일이 생겼는지 알 수 없어 얼마나 불안하고 초조할까? 다행히 한 시간쯤 후에 남편이 대기실 안으로 달려 들어왔다. 땀을 뻘뻘 흘리며 가쁜 숨을 몰아쉬고 있었다. 벽에 기대어 있는 나를 보자마자 얼굴 가득 안도의 미소가 퍼져 나가는 것을 멀리서도 알아볼 수 있었다. 안도감이 몸을 훑고 지나갔는지 내 옆에 다가오자마자 바닥에 털썩 주저앉았다. 남편이 내 어깨를 감싸며 물었다. "니 사이는 어때?"

나는 남편을 세게 끌어안으며 대답했다. "병원에서 니사이를 잘 봐주고 있어. 곧 나아질 거야."

우리는 한동안 아무 말도 없이 앉아 있었다. 이렇게 함께 있다는 사실만으로도 감사할 따름이었다.

"근데 우릴 어떻게 찾았어?"

"병원을 죄다 찾아다녔지. 당신이 프놈펜 북쪽에 있는 병원에 가지 않아서 얼마나 다행인지 몰라." 그제야 나는 남편이 주변의 병원들을 샅샅이 뒤지고 다녔다는 것을 알게 됐다.

캄보디아에서는 불행히도 남편이 술을 마시고 아내를 때리는 일이 많다. 그래서 나머지 가족들은 버려진 채 알아서 생계를 해결하며 살아야 했다. 그에 비하면 기 림은 아내와 아들이 안전한지 확인하기 위해 밤새 도시를 헤집고 다닌 훌륭한 남편이었다.

우리는 몇 시간째 바닥에 앉아 번갈아 잠을 청하면서 의사가 오기를 기다렸다. 늦은 아침이 돼서야 하얀 가운을 입은 수척해 보이는 남자 의사가 나타났다. 몹시 서두르는 말과 행동으로 보아 길게 얘기를 나누긴 힘들 것 같았다.

"닥터 찬이라고 합니다. 아드님은 곧 괜찮아질 겁니다. 탈수 증세가 심하게 와서 밤새 수액을 보충하는 치료를 했습니다. 이제 퇴원 조치를 해드릴 테니 아이를 데리고 집으로 가셔도 됩니다."

니사이가 괜찮다는 말에 더할 나위 없이 기뻤지만 치료비를 지불할 수 없을 것 같으니 병원에서 일찌감치 집으로 돌려보내는 것이라는 생각이 들었다.

"어떻게 그리 빨리 회복될 수 있었나요?" 내가 물었다.

의사는 내 질문에 대답하는 대신 주의사항을 전달했다. "수분을 충분히 섭취하게 해주는 게 무엇보다 중요합니다. 그리고…."

"그럴게요." 내가 불쑥 말했다. "하지만 설사가 너무 심하면 아이가 아무것도 먹거나 마시려고 하지 않아요."

"도움이 되는 약을 처방해드릴게요."

"약이 떨어지면 또다시 상태가 나빠진다고요."

"잊으시면 안 됩니다. 물을 충분히 먹여야 해요. 죄송하지만 기다리는 환자들이 많아서요. 나머지 사항은 간호사한테 자세히 들으시면 됩니다."

의사는 처음 나타날 때와 마찬가지로 서둘러 저만치 멀어져 갔다. 의사를 탓할 수도 없었고, 그리 억울할 것도 없었다. 혼잡한 병원 대기실에 앉아 있으면서 우리보다 훨씬 절망적인 사람들과 사랑하는 가족을 떠난 보낸 사람들을 지켜봤다. 니사이를 치료해준 의사가 그저 고마울 뿐이었다.

간호사가 니사이를 건네줄 때 아이는 잠들어 있었다. 혈색이 완전히 돌아온 것 같다. 다행히 병원에서는 치료비를 요구하지 않았다. 덕분에 우리는 기 림이 가지고 있는 얼마 안 되는 돈으로 차를 타고 집으로 돌아올 수 있었다. 나를 태워준 운전사를 찾아 차비를 주고 감사의 인사를 전하고 싶었다. 차에서 내릴 때 혹시나 하고 살펴봤지만 역시 그 운전사는 아니었다.

집에 도착했을 때는 정오가 거의 다 되어 있었다. 우린 둘 다 완전히 기진맥진해서 손가락 하나 까딱할 힘이 없었다. 찌는 듯한 열기에도 한낮의 빛을 차단하기 위해 휘장을 내린 채 쓰러지듯 자리에 누웠다. 눈을 감고 매립장에서 실려 오는 냄새와 소리를 벗 삼아 서서히 잠에 빠졌다. 이상하게도 오늘은 그 소리와 냄새마저 기분 좋은 산들바람처럼 느껴졌다.

"사랑해. 그리고 고마워, 우릴 찾아줘서." 나는 기림에게 안겨 속삭였다. 아니, 속삭인 것 같다. 그렇게 스르르 잠에 빠졌고, 하늘을 올려다보며 입을 활짝 벌렸다. 놀라운 일이 벌어지고 있었다. 이달 들어 벌써 두 번째로 하늘에서 눈이 펄펄 내리며 스퉁 민체이를 하얗게 뒤덮고 있었다.

≢≢≢

그 남자가 또다시 꿈속에 나타나 내게 손짓하며 큰 소리로 외쳤지만 그가 누군지 여전히 모르겠다. 말투나 억양, 조심스러운 태도를 고려하면 수년 전에 헤어진 지인이 떠오르기도 했다. 마치 시장에서 우연히 만난 옛날 친구인데, 아무리 생각해도 이름이 기억나지 않다가 며칠 혹은 한 주나 한 달이 지나서 별안간 그 이름이 떠오르는 그런 사람 같았다. 마음 한구석에 숨어 있다가 짠 하고 나타날 적절한 순간을 기다렸다는 듯이.

잠에서 깼을 때 기 림은 보이지 않았다. 구석에 놔두던 그의 장화도 보이지 않았다. 벌써 일을 나간 모양이다. 휘장 틈으로 새어 들어오는 빛의 색깔로 보아 이미 늦은 오후가 다 된 듯했다. 배가 고팠다. 짧은 시간이나마 남편이 돈을 많이 벌어서 쌀과 고기를 사올 수 있기를 간절히 빌었다.

니사이는 옆에 누워 거친 숨을 내쉬며 자고 있다. 놀라운 일은 아니다. 서구 의사들이 있는 병원에 다녀온 날이면 으레 보이는 모습이었다. 병원에서는 비타민이나 항생제 등 발음하기도 힘든 약들을 처방해줬고, 약을 먹이면 아이의 증상은 곧바로 호전됐다. 보채지도 않고 설사도 멈추고 식욕도 돌아온다. 의사들은 좋아질 거라고 했지만 약이 떨어지면 언제나 열이 다시 치솟았다.

니사이는 조만간 잠에서 깰 것이고 일어나면 틀림없이 배가 고플 것이다. 아이를 깨우지 않기 위해 천천히 옆으로 몸을 굴려 일어났다. 아직 뒤척이지는 않았지만 그리 오래 자지는 못할 것이다. 다행히 아이의 몸과 주변 자리가 깨끗해서 다시 한번 안도했다.

아직은 쌀이 조금 남아 있다. 나는 구석에 얌전히 놓인 조리용 난로 아래쪽에 작은 불쏘시개 몇 개를 채우고 조용히 라이터를 켜서 나무 아래쪽에 갖다 대고 불이 붙기를 기다렸다. 잠시 후 뒤뜰에서 물을 가져와 쌀을 씻어 앉히고 불이 활활 타오르기 시작한 난로 위에 냄비를 얹었다. 곧 밥이 될 것이고, 운이 좋으면 기 림이 야채나 돼지고기, 소고기 등을 사서 제시간에 도착할지도 모른다. 끔찍한 거머리만 없다면 내가 나가서 달팽이를 좀 잡아올 텐데.

밥이 끓기 시작하고 냄비에서 김이 피어오르며 난로의 연기와 뒤엉켜 춤을 췄다. 문득 어린 시절이 떠올랐다. 캄보디아에서는 엄마들이 이런 식으로 수백, 수천 년 동안이나 밥을 지어왔을 것이다.

한참을 이런저런 추억에 빠져 있던 중에 불현듯 기억이 났다!

꿈속에서 나를 질책했던 남자는 바로 고향 마을에 살던 사람이었다. 언젠가부터 오랫동안 보지 못했던 사람이다. 어린 시절에도 잘 알지는 못했고 쉽게 다가가기 힘든 사람이었다. 나를 비롯한 동네 아이들의 마음을 상하게 하거나 특별히 엄격했던 것은 아니다. 그저 아이들의 상상력에서 나온 단순한 소문이 진실과는 무관한 특정한 인상으로 남은 것인지도 모른다. 그는 강 상류 쪽에 살았는데, 우리 집에서 배를 타면 약 10분, 강을 따라 걸으면 30분쯤 걸리는 거리였다. 시골을 떠나온 후에는 그 사람에 대한 생각을 거의 해본 적이 없었다. 그런 사람이 뜬금없이 꿈에 나타난 것이다. 우연인지, 아니면 니사이가 회복되길 바라는 간절한 염원이 그를 꿈속으로 불러들인 것인지는 알 수 없다.

소피프가 말해준 스위스 정신과 의사의 이름은 잊어버렸지만 그 의사의 말에 따르면, 꿈은 중요하기 때문에 꿈이 우리 삶의 문제들에 대해 제시한 내용과 의미를 곰곰이 따져봐야 한다고 했다. 그런 생각을 하다 보니 점점 더 신경이 곤두서기 시작했다. 꿈에서 나를 부르며 내가 좀 더 빨리 왔어야 했다고 질책한 사람은 부나 헹이었다. 서구 의사들이나 전문 의료인들은 그를 주술사라고 부르겠지만 어린 시절 시골 마을에서 그는 치유자로서 인정을 받았다.

서구 의사들이 어떻게 생각하든 나는 개의치 않았다. 어찌 됐든 그들의 치료는 별로 지속적이지 못했기 때문이다. 오히려 꿈속의 말이 계속 신경 쓰였다.

"좀 더 빨리 왔어야 했어."

내 꿈이 니사이에 대한 거라면, 그래서 정말 내가 좀 더 빨리 갔어야 했다면 이미 너무 늦은 것은 아닐까?

스위스 꿈 해석자의 말이 옳다면, 그래서 꿈에 나오는

이야기와 이미지가 중요하고, 그것들이 정말로 통찰력과 예지를 가지고 어떤 경고를 주는 것이라면 신중하게 받아들여야 하는 것이 아닐까?

밥이 돼가는 동안, 앞으로 내가 무엇을 해야 하는지 본능적으로 느꼈다. 니사이를 치유자한테 데리고 가야 한다. 내가 자랐던 프레이벵주로, 가능한 한 빨리 떠나야 한다.

≠ ≠ ≠

우리 옷과 소지품은 낡은 여행가방 두 개에 딱 맞게 담겼다. 여행가방 역시 쓰레기 더미에서 주운 것이다. 취사도구와 조리용 난로, 매트와 이불, 고장 난 시계 등 다른 중요한 살림살이들은 이중바닥 아래쪽에 숨겨두었다. 하지만 그렇다고 안전을 보장할 수는 없다. 밤이든 낮이든, 누구나 마음만 먹으면 아무도 모르게 가져갈 수 있을 것이다. 그렇다 해도 달리 방법이 없었다.

병원에서 돌아온 후로 지금까지 소피프를 보지 못했다. 그녀를 생각하면 여전히 가슴이 조이듯 아팠지만 매번 아이 걱정 때문에 그 생각은 저만치 밀려나곤 했다. 소피프가 우리 수업 일정을 잡으러 곧 들를 것이니, 그때 인사를 건네야겠다고 생각했다. 그런데 소피프가 아직도 오지 않는다. 두 번이나 집에 찾아갔는데 아무런 소식도 들을 수 없었다.

"하루 더 있어볼까?" 백 번쯤은 물은 것 같다. "곧 올 거야." 기 림은 내 말을 별로 귀담아듣지 않았다. 1분만 지나면 서두르라고, 이제 떠나야 한다고 내가 재촉할 것이 뻔했기 때문이다. 솔직히 이렇게 서두르는 모양이 니사이를 빨리 치유자에게 데려가기 위해 기 림을 재촉하는 것인지, 아니면 이상한 편집증인지 사실 나도 잘 모르겠다.

가지고 있는 돈을 세어봤다. 거기까지 가는 데는 문제가 없었지만 돌아오는 비용까지는 장담할 수가 없다. 나는 매립장을 에두르는 서쪽 길로 가자고 기 림을 졸랐다. 소피프의 집을 지나쳐 가는 길이었다. 마지막으로 한 번만 더 확인해보기 위해서였다. 마침내 떠날 준비를 마치고 집을 나섰을 때 행운의 뚱보가 우리를 향해 달려오는 게 보였다.

"소피프가 오고 있어요!" 소년이 숨을 헐떡이며 말했다. 진짜였다. 소피프가 저만치서 느릿느릿 걸어오고 있다. 우뚝 솟은 쓰레기 산을 배경으로 절대 혼동할 수 없는 실루엣이 천천히 다가오고 있었다.

"난 가방들을 챙겨서 니사이랑 먼저 출발할 테니까 얘기하고 와. 보잉 켕 가게 모퉁이에서 기다리고 있을게." 기 림이 말했다.

"당신이 다 들고 가긴 힘들어. 가방 하나는 내게 맡겨. 금방 따라갈 테니까."

하지만 기 림은 가방 두 개에 아이까지 데리고 나가며 뚱보에게도 따라오라고 손짓했다. 소년은 남아서 우리 대화를 들을 수 없게 되자 약간 실망한 눈치였지만 그대로 남편을 따라갔다. 소피프가 가까이 다가오는 모습을 지켜보면서 뒤엉킨 연민과 고마움을 어떻게 표현하면 좋을지 몰라 잠시 고심했다.

"몸은 좀 어때요?" 나는 결국 안부부터 물었다. 소피프는 발을 질질 끌며 다가오더니 집으로 올라오는 길목에 앉았다. 피곤한 얼굴이었다.

"동맥이 수축되는 게 느껴져." 소피프가 가슴에 손을 대며 말했다. 그녀의 얼굴에 엷은 미소가 스치고 지나갔다. 그러고는 이렇게 덧붙였다. "요즘 내가 자주 하는 대답이야."

나도 미소를 지어 보였다. "정말로 괜찮은 거예요?"

"나 아직 여기 살아있어. 게다가 약주 한 모금 먹는다고 큰일 나는 것도 아니야."

"죽을병에 걸린 사람이 술을 마시면 안 되죠."

나만 논리가 있는 게 아니었다. "죽을병에 걸린 사람은 왜 술을 마시면 안 되는 거지?"

나는 화제를 바꿨다. "몇 번이나 집에 들렀는데, 그때마다 없더라고요."

"그래. 시내에 볼일이 좀 있었어. 집세 수금 업무가 있었지. 예상보다 좀 더 오래 걸렸지만. 니사이가 좋아졌다길래 다행이라고 생각했어."

"어떻게 알았어요?"

"어디선가 들었지. 말했잖아. 집세를 받으러 여기저기 다녔다고."

그때 그녀의 시선이 아래로 떨어지며 표정이 어두워졌다. "우리가 수업을 다 마칠 수 있었으면 했는데. 얘기를 나누고 싶은 게 아직 꽤 남았는데 말이지."

"수업은 계속할 거예요." 내가 말했다.

"우리가 불사조 이야기를 읽었던가?" 소피프가 내 말을 무시한 채 물었다.

"아니요. 안 읽은 것 같은데요."

"아쉽군. 내가 좋아하는 작품인데. 그동안 아껴둔 모양이군."

"나중에 함께 읽어요. 내가 돌아오면 바로요."

소피프는 발밑에 나뒹구는 쓰레기를 묵묵히 바라보다가 대답했다. "그래." 하지만 확신이 없는 공허한 목소리였다. "아무리 간절히 원해도 우리 이야기가 기대한 대로 끝나는 경우는 드물어."

"그것도 어딘가에 나오는 말인가요?" 내가 물었다. 그게 자신에게 하는 말인지, 나를 두고 하는 말인지 알고 싶었다.

"아니, 그건 진실이야." 소피프는 간단히 대답한 뒤 가방에 손을 뻗었다. 그녀가 생각날 때마다 떠오를 동작이리라. "가는 길에 읽을 책을 좀 가져왔어."

"정말요?" 내 목소리가 밝아졌다.

그녀가 가죽으로 장정한 책 한 권을 건네며 말했다. "아들한테 읽어줘도 돼."

"고마워요." 나는 늙고 주름진 손에서 책을 받아든 다음 말을 잇지 못하고 책장을 만지작거리기만 했다. 내가 그녀의 신체 언어를 읽어내듯 소피프도 내 마음을 꿰뚫어 보는 듯했다.

"뭔데 그래? 뭐가 궁금한지 말해봐."

"어, 그냥… 당신이 아프다는 생각을 죽 하다가… 궁금해졌어요. 스통 민체이를 떠나고 나면… 어떤 일이 벌어질까, 뭐, 그런 거요."

"내가 죽고 나면?"

"네, 어떨 것 같아요? 조상들이 정말 기다리고 있을까요? 이런 문제에 대해선 잘 몰라서. 그냥 좀 궁금해서요."

"지구상의 많은 지식인들이 수없이 고민하고 논쟁하고 토론했던 문제지."

"그래서 어떤 결론이 났는데요?"

"아직도 논의 중일걸."

"농담이죠?"

"그리 유익한 질문은 아니야."

"선조들과 얘기를 나눠본 적이 있나요?" 내가 물었다.

"주로 맞붙어 싸우곤 하지."

"싸운다고요?"

"그래. 하지만 권하고 싶진 않아. 자넨 언제나 질 테니까."

"난 진지한 대답이 듣고 싶어요."

그러자 소피프가 한숨을 쉬며 말했다. "미안해. 이런 형편없는 동맥을 가진 내가 농담을 해선 안 되는데, 그치?

진지한 답변이 필요한 자네한테 원하는 걸 줄 수 없어 유감이군."

"왜 안 된다는 거죠? 당신은 선생님이잖아요."

"스스로를 천국에서 분리해놓고 천국이 너무 멀다고 늘 불평하기 때문이지. 이봐, 자네도 계속 배우고 공부한다면 앞으로 많은 견해를 접하게 될 거야. 차갑고 고요한 우주와 마주하게 될 거라고 주장하는 작가 다라니 마의 의견을 믿을 수도 있고, 우리를 인도하는 강력한 힘을 알게 될 거라고 주장하는 피룬 반의 얘기에 귀 기울일 수도 있어."

"내 말이 그 말이에요." 내가 소리 높여 말했다. "내가 어떻게 알겠어요. 같이 책을 읽고 또 당신이 가르쳐주는 것들이 좋긴 하지만, 때로는 그것들이 너무…."

"…너무 혼란스럽다는 거지?"

내가 멋쩍은 웃음을 짓자 소피프는 늘 그랬듯, 또 다른 인용문을 들어 대답했다. "헌트라는 시인이 이렇게 말했어. '우리 앞엔 두 가지 세상이 놓여 있다. 하나는 줄과 자로 측정이 가능한 세상이고 다른 하나는 마음과 상상으로 느끼는 세상이다.' 자네가 그의 조언을 따른다면 잘 해낼 수 있을 거야."

"당신이 들려준 말들이 그리울 것 같아요. 그것들을 다

이해하지는 못했지만 언제나 그리울 거예요."

우리는 한동안 아무 말 없이 우두커니 앉아 있었다. 침묵이 흘렀으나 어색함은 전혀 없었다. 슬픔과 회한의 감정보다는 만족감이 더 큰 탓이리라.

"안녕, 상 리." 마침내 소피프가 입을 열었다.

"안녕히 계세요, 선생님."

21장

프놈펜의 거리는 셀 수 없이 많은 스쿠터와 자전거, 자
동차, 버스, 트럭, 오토바이 들이 끊임없이 경적을 울리고
덜커덩거리면서 요란하게 질주하는, 그야말로 맹렬한 기계
의 바다이자 혼란과 격동 그 자체였다. 우리는 신新시장 골
목 근처의 터미널에서 버스를 기다렸다. 그곳에 한결같은
모습으로 주차된 버스 행렬은 언제라도 서로를 넘어뜨릴
수 있는 도미노 같았다. 이곳에서 목적지로 향하는 버스를
찾아내는 일은 긴장과 불안을 초래할 만큼 막중한 업무처
럼 느껴졌다. 그래서 똑같은 질문을 여러 사람에게 반복해
서 했고 비로소 우리가 제대로 된 줄에 서 있음을 알고 안
도했다. 게다가 이제 나는 버스 앞 유리에 붙은 글자들을

읽을 수 있다.

내가 그랬던 것처럼 나이 든 여자가 두리번거리며 다가와 내게 물었다. "어느 버스가 세임 리프로 가는 차인지 좀 가르쳐줄래요?"

나는 앞 유리에 적힌 표지판을 죽 훑은 뒤 여자가 타야 할 차를 발견하고 확신에 차서 손가락으로 가리켰다. 여자는 고맙다는 인사를 한 뒤 사람들 사이로 사라졌다.

우리가 탄 버스는 40분마다 쉬었다. 우리는 터미널 휴게실에 앉아 준비해온 도시락을 먹었다. 목적지에 도착해 버스에서 내릴 때까지 돼지고기와 야채를 구입하는 일을 미루는 게 좋을 듯했다. 강에 가까워질수록 음식값이 저렴해질 테니까. 가진 돈을 최대한 아껴야 더 빨리 집으로 돌아갈 수 있을 것이다.

도시락을 먹고 있을 때 한 남자가 내 눈길을 끌었다. 남자는 비교적 깨끗한 책들을 들고 와서 잠시 주춤거렸다. 그러더니 내 쪽으로 등을 보인 채 가져온 책들을 재활용 쓰레기 수거함에 내려놓고 호주머니를 뒤져 다른 물건들과 함께 쓰레기통에 버렸다. 나는 남자가 버린 책들의 제목과 내용이 궁금해졌다. 그와 동시에 쓰레기통을 뒤져 남자가 혹시 쓸 만한 물건들을 버리지 않았는지 확인하고 싶은 어이없는 충동도 일었다.

　머리와 가슴에서 극단적인 욕구가 한꺼번에 일어났다. 누구를 탓할 수도 없다. 나는 하늘을 향해 중얼거렸다. "할아버지, 너무 우스워요. 내 꼴이 정말 너무 우스워요."

≠ ≠ ≠

　우리가 타고 온 버스는 금방이라도 무너질 것처럼 아주 낡고 흠집이 많았다. 의자 뒷부분에는 외국어로 된 이름들이 선명하게 새겨져 있었다. 임무를 다하고 캄보디아로 오기 전에는 태국의 어느 도시를 누비고 다닌 것 같다. 버스는 회색 연기를 사정없이 토해냈는데, 보통 배기가스가 나오는 후면이 아닌 양옆에서 진한 연기가 뿜어져 나왔다. 그렇게 배출된 매연은 우리가 터미널을 빠져나오자 북쪽을 향해 흩어지면서 혼잡한 차량들 사이로 꿈틀꿈틀 움직이다가 사라졌다. 후끈한 열기에 짜증을 내고 버스가 빨리 출발하지 않아 안달하던 주변 승객들도 마침내 차가 스르르 미끄러져 나가자 안도하는 표정이다. 통로 건너편에는 젊은 여자가 잠든 아기를 안고 있다. 그 모습이 꽤 감동적이라고 생각했는데, 니사이가 울기 시작하자 그녀는 우리를 향해 계속 불편한 시선을 던졌다. 왜 자기처럼 아이를 달래서 조용히 있지 못하냐는 힐난의 눈빛이다.

통로 건너편 두 줄 앞에는 사업가로 보이는 남자가 혼자 앉아 있었는데, 의자 위에 온갖 서류들을 펼쳐놓고 있어서 누구도 옆에 앉겠다고 나서지 못할 것 같다. 자리가 꽉 차지 않은 게 다행이었다. 설령 버스가 만원이라 하더라도 그 남자는 자기 영역을 절대 내주지 않을 것 같다. 게다가 에어컨도 나오지 않는다며 앞자리에 앉은 남자에게 큰 소리로 불만을 터뜨렸다. 나는 스퉁 민체이의 집을 떠올렸다. 에어컨은커녕 전기도 들어오지 않고 출입구에 달랑 휘장 하나 걸어놓은 볼품없는 집. 버스가 도시를 휩쓸며 속력을 높일 때마다 창문 사이로 불어오는 시원한 바람이 감사할 따름이었다.

우리 바로 앞자리에는 나이가 지긋한 두 여자가 앉아 있었는데, 자매인 듯 생김새가 비슷했다. 두 사람은 거리 풍경을 가리키며 신기해했다. 이번이 첫 도시 나들이인지도 모르겠다. 돈이 덜 드는 저렴한 여행을 택한 모양이다.

주변에 앉아 있는 승객들을 살펴보면서 나는 그들의 이야기가 궁금해졌다. 소피프는 우리 주변에, 심지어 스퉁 민체이에서조차 늘 이야기가 넘쳐난다고, 우리는 문학이라는 바다를 헤엄치고 있는 것이라고 가르쳤다. 문학이 우리 자신에 대한 거라면, 희망과 꿈, 시련과 투쟁에 관한 거라면, 결국 문학은 우리 주변 사람들, 친구와 이웃은 물론 타인과 원수에 대한 이야기가 아닐까? 처음에 나는 그런 생각들을 떨쳐버리려고 했다. 용과 처녀 혹은 노인과 배를 다룬 이야기나 젊은이들의 사랑 이야기, 영웅적인 전쟁 이야기와 비교할 때, 보통 사람들의 이야기는 너무 밋밋하고 평범하다고 생각했기 때문이다. 하지만 소피프는 이런 말도 했다. 인생에서 가장 어려운 투쟁은 내면의 싸움이고, 그것은 사람을 가리지 않는다고.

버스가 달릴수록 니사이는 점점 더 심하게 몸을 뒤틀면서 울어댔다. 버스의 진동과 덜컹거림이 아이를 달래고 진정시켜줬으면 했는데 오히려 그 반대였다. 어쩔 수 없이 나는 니사이를 좌우로 흔들며 노래를 불러주기 시작했다. 내 행동이 제발 아이의 불편을 조금이나마 덜어줄 수 있기를 간절히 바라면서. 하지만 주변 사람들은 우리를 향해 고개를 돌리며 따가운 눈총을 보냈다. 그들의 표정은 이렇게 말하는 듯했다. '끔찍해. 에어컨도 없고 자리도 불편한데, 숨이 턱턱 막히는 더위도 모자라 바락바락 울어대는 아이라니!'

기 림은 니사이를 자기에게 건네라고 말했으나 나는 자리에서 일어나 아이를 어깨 위에 걸치고 부드럽게 까불어주며 제발 잠이 들기를 빌었다. 나 역시 인내심의 한계를 느꼈지만 아이가 낫기를 간절히 바라는 엄마로서 화를 내거나 포기해선 안 된다. 그럼에도 덥고 피곤하고 짜증이 나는 건 어쩔 수 없었다. 게다가 아파서 보채는 아이 말고도 병에 걸린 소피프를 생각하면 가슴 한구석이 무겁게 내려앉았다.

그때 기 림이 손짓까지 해가며 한 가지 제안을 했다. "상리, 내가 니사이를 안고 있을 테니까 당신이 책을 읽어줘. 아이가 진정되는지 보자고." 처음에 나는 고개를 저었다. 사람들에게 더 큰 방해가 될 거라고 생각했기 때문이다. 그러다가 주변을 둘러보고는 이 마당에 더 나빠질 게 뭐 있겠나 싶었다.

나는 니사이를 기 림에게 넘기고 가방에서 소피프가 준 책을 꺼냈다. 표지를 살펴보니 인도와 동남아시아의 단편들을 모아놓은 책이었다. 장편이 더 좋은데 아쉬웠다. 아직도 갈 길이 멀었기 때문이다. 나는 손가락으로 페이지를 넘기다가 호랑이 그림이 있는 장에서 손길을 멈췄다. 호랑이에 대한 이야기라면 틀림없이 니사이도 좋아할 것이다. 그림 아래에는 작가에 대한 짤막한 소개글이 있었다.
작가 이름은 라잠 바네르지. 그는 북인도 사와이마도푸르
에서 태어났는데, 놀랍게도 이 글을 100년 전에 썼다고 한
다. 주변의 거의 모든 것이 시간이 지나면서 닳아 없어지지
만, 이야기들은 인간의 영혼처럼 오랜 세월이 흘러도 변함
없는 의미를 간직하는 것 같다. 이 이야기는 1963년에 크
메르어로 번역되었다. 작가는 모험 소설을 즐겨 썼고 그 밖
에도….

기 림이 내 어깨에 손을 얹으며 어서 읽어보라고 재촉했
다. 속으로 중얼거리지만 말고 빨리 시작하라고.

"호랑이의 길." 나는 손가락으로 글자들을 짚으며 제목
을 읽었다. "작가 라잠 바네르지."

재물을 찾아 인도를 두루 다니는 남자에 대한 이야기였
다. 작가는 서두에서 인도의 아름다운 자연과 참혹한 삶이
라는 상반된 현실을 생생한 언어로 묘사했다. 거기에 덧붙
여진 삽화들은 글로 표현된 장면들을 더욱 생동감 있게 보
여줬다.

남자는 상아를 구하기 위해 란탐보르라는 깊고 울창한
산림지대로 길을 떠났다. 하지만 그는 밀림에서 커다란

호랑이를 만났고, 호랑이가 자신이 타고 간 말을 죽이는 모습을 맥없이 지켜보다가 가까스로 그곳에서 도망칠 수 있었다.

호랑이가 말을 잡아먹는 장면을 묘사한 글이 너무 섬뜩해서 나는 잠시 읽기를 중단하고 기 림을 힐끗 쳐다봤다.

"계속 읽어야 하나? 아이한테 동물을 죽이는 이야기를 들려줘도 괜찮을까?"

니사이는 여전히 울기만 할 뿐 별다른 관심을 보이지 않았다. 기 림은 몸을 뒤트는 아이를 잠시 내려다보다가 고개를 돌리고 의혹이 가득한 눈빛을 내게 던졌다. 이렇게 묻는 것 같았다. '그렇게 심각해?'

하지만 나는 계속 읽어 내려갔다.

작은 수레를 끌던 말을 잃은 뒤 남자는 아라발리산맥이 지나는 구릉지대에서 발이 묶이고 말았다. 호랑이에게 너무 화가 난 그는 총을 집어 들고 달빛을 받으며 길을 나섰다. 그놈한테 잡아먹히기 전에 자신이 먼저 호랑이를 찾아내 죽이기로 한 것이다.

몇 페이지를 더 읽었지만 니사이는 여전히 울음을 그치지 않았고, 나는 아이의 관심을 끌기 위해 점점 더 큰 소리로 책을 읽었다. 나도 모르게 커진 목소리 때문에 사람들이 더욱 화가 났을 것 같다. 죄송하다고 말하기 위해 고개를 들었는데 뜻밖의 광경이 펼쳐졌다. 건너편 창가에 앉아 있던 여자는 어느새 통로 쪽으로 자리를 옮겨 앉았고, 차가 출발한 지 얼마 안 돼 서류 더미를 펼쳐놓고 일에 열중하던 사업가는 손을 놓은 채 나를 바라보고 있었다. 가장 놀라운 것은 앞자리에 앉은 두 늙은 여자였다. 한 사람은 몸을 틀어 다리를 통로 쪽으로 돌린 채 귀를 기울였고, 또 한 사람은 아예 다리를 의자에 올리고 몸을 완전히 돌려 웅크린 자세로 앉아 이야기에 집중하고 있었다. 자세가 너무 불편해 보였지만 여자는 머리를 치켜들고 내게 간청하듯 말했다. "빨리, 계속 읽어봐요."

건너편 아기 엄마도 맞장구를 치며 졸라댔다. 나는 중단했던 지점을 다시 손으로 가리키며 책을 계속 읽어나갔다.

잔뜩 화가 난 남자는 밤새도록 호랑이를 추적했고, 마침내 마른 갈대가 무성한 곳에 숨어 있다는 것을 알아냈다. 호랑이는 나를 볼 수 있고 나는 호랑이를 볼 수 없는 갈대밭에 무작정 들어가는 것은 자살 행위나 다름없었기 때문에 남자는 동이 틀 때까지 기다리기로 했다. 이윽고 날이 밝아오기 시작하자 남자는 갈대밭에 불을 질렀다.

오랫동안 큰 소리로 책을 읽었더니 입이 마르기 시작했다. 그리고 그제야 깨달았다. 니사이가 더 이상 울지 않을 뿐만 아니라 버스가 울퉁불퉁한 길을 달릴 때 내는 소음을 빼면 주위가 아주 조용하다는 사실을. 차 안의 모든 사람이 조용히 귀를 기울이고 있다는 것을. 버스 좌석이 반밖에 차지 않았으므로 앞 좌석에 앉아 있던 사람들도 내가 있는 곳에서 가까운 빈자리로 옮겨와 있었다. 나는 책을 빨리 읽지 못했지만 그것을 탓하는 사람은 아무도 없었다. 사업가는 마른 입술을 핥는 나를 보고 통로에 앉아 있던 나이 든 여자에게 물병을 건네며 내게 넘겨주라는 손짓을 했다. 나는 고개를 끄덕여 두 사람한테 감사의 뜻을 전했다. 불편하게 시작된 여행이었는데 어느새 친구들에게 둘러싸인 따뜻한 느낌을 받았다. 나는 물병을 열고 길게 한 모금 마신 다음 그것을 기림에게 넘겨주고 내게 귀 기울이는 사람들을 위해 다시 인도 모험기를 읽어나갔다.

호랑이를 향해 활활 타오르는 불길이 공중으로 높이 치솟으며 하늘을 온통 연기와 재로 뒤덮어버렸다. 남자는 호랑이가 나오는 즉시 총을 쏠 준비를 하고 끈질기게 기다렸다.

드디어 호랑이가 불쑥 튀어나와 달아났고, 이어서 좀 더 작은 암컷 호랑이와 새끼 호랑이 두 마리가 뒤를 따랐다. 남자는 조심스럽게 달아나는 호랑이를 조준했다. 그가 막 방아쇠를 당기려 할 때 뜨거운 재 한 줌이 오른쪽 눈으로 날아들었다. 화들짝 놀란 그는 발을 동동 구르며 정신없이 눈을 비볐다. 바로 그 순간 마지막 호랑이의 꼬리가 근처 덤불 속으로 사라지는 모습이 눈에 들어왔다.

그는 결코 화를 참지 못하는 남자였다. 목숨을 지키려면 모든 걸 포기하고 발길을 돌렸어야 했지만 그러지 않았다.

다음 페이지를 읽으려 할 때 기 림이 몸을 기울이고 작은 소리로 물었다. "얼마나 남았어? 조금 있으면 내려야 하는데."

그 말을 들은 우리 앞의 늙은 여자가 당황스러운 표정으로 눈동자를 굴리며 애원했다. "제발, 좀 더 빨리 읽어봐요. 끝낼 수 있을 거예요."

기 림이 말을 이었다. "내가 기사분께 가서 어디에 내리는지 말씀드리고 올게. 그동안 당신은 계속 읽어. 내겐 나중에 읽어주고."

남편은 니사이를 안고 통로로 나가 버스 앞쪽으로 걸어갔다. 나는 서둘러 다시 책을 읽었다.

남자가 산골짜기를 따라 호랑이들을 뒤쫓는 장면부터 시작했다.

덤불이 성긴 곳에서 남자는 갈색 줄무늬를 포착했다. 그는 총을 들고 네 마리 중 한 마리를 쏘았다. 새끼 호랑이다.

그가 총구를 열어 새 실탄을 쑤셔 넣고 있을 때 암컷 호랑이가 배를 낮추고 그를 향해 기어오기 시작했다. 당황한 그는 조심스럽게 뒷걸음치며 실탄이 제대로 들어가도록 손바닥에서 피가 나올 때까지 탕탕 쳤다. 그러면서도 죽음이 다가오고 있다는 것을 느끼지 않을 수 없었다. 하지만 그때 암컷 호랑이가 다가오는 이유는 자신이 뒷걸음치는 바로 그쪽에 다른 새끼 호랑이가 있기 때문이라는 사실을 깨달았다.

꼼짝 않던 실탄이 다행히 미끄러지듯 들어가자 남자는
다시 자세를 잡고 총을 들어 올렸다. 그리고 정확하게
방아쇠를 당겨 새끼 호랑이를 넘어뜨렸다. 암컷 호랑이
는 도망가지 않고 그를 향해 몸을 돌렸다. 이제 한순간
이면 그가 죽을지, 호랑이가 죽을지 판가름이 날 것이
다. 호랑이가 너무 끔찍한 소리로 으르렁거려서 잠시 움
찔했으나 마침내 그는 방아쇠를 당겨 가까스로 호랑이
를 맞힐 수 있었다.

호랑이를 세 마리나 잡았으면 충분히 복수했다고 생각
해도 좋으련만 그는 단념하지 않았다. 그래서 마지막 남
은 한 마리를 끝까지 쫓았고, 바위들이 우뚝 솟은 곳에
서 꼬리를 흔들며 기다리는 호랑이와 마주했다. 하지만
남자가 총을 채 들기도 전에 호랑이가 엄청난 기세로 절
벽에서 튀어나왔다.

나는 마지막 페이지를 넘겨 호랑이가 공중으로 튀어 오
르는 대목을 읽다가 버스가 속도를 줄이는 것을 의식하고
읽기를 멈췄다. 목적지에 도착한 것이다. "미안해요. 저흰
여기서 내려야 해요."

"안 돼요, 그럴 수 없어요." 창 쪽에 앉은 늙은 여자가 주장했다. "마저 읽어줘야죠."

"얼마나 남았나요?" 사업가가 큰 소리로 물었다.

나는 페이지를 넘겨보고 나서 두 페이지도 채 남지 않은 것을 확인했다.

"한두 페이지 정도요. 하지만 이것도 최대한 빨리 읽은 거예요."

그러자 사업가는 함께 버스를 타고 온 사람들을 위해 책임지고 문제를 해결해보겠다고 선뜻 나섰다. "내가 가서 버스 기사와 얘기를 나눠보겠소. 책을 다 읽을 때까지 잠깐만 운행을 멈춰달라고." 그러면서 지갑을 탁탁 두드렸다. "날 믿어요. 잘 설득해볼 테니까."

사업가가 나이 든 여자들에게 말했다. "두 분이 이야기를 잘 들어뒀다가 어떻게 끝나는지 나한테 얘기해줘요." 그러고는 한 치의 망설임도 없이 성큼성큼 버스 앞쪽으로 걸어갔다.

소피프는 문학에 사람의 마음과 인생을 변화시키는 힘이 있다고 말했다. 무너질 듯 낡은 버스에 탄 사람들에게 책을 읽어주는 이런 순간이 오기 전에는 사실 그 말이 무슨 의미인지 제대로 이해하지 못했다.

"걱정 마요. 끝까지 다 읽고 내릴게요." 나는 걱정하지 말라는 듯 모두를 바라보며 말했다.

거대한 짐승이 커다란 호를 그리며 하늘 높이 날아올랐다. 호랑이가 최고로 높이 날아올랐을 때 남자는 황급히 총을 어깨 위로 올리고 방아쇠를 당겼다. 총알이 목표물에 명중했지만 이미 너무 늦었다. 호랑이가 남자 위로 떨어지며 무시무시한 이빨을 남자의 넓적다리에 박아 넣었기 때문이다. 호랑이의 이빨이 그의 뼈를 으스러뜨리자 남자는 고통에 찬 비명을 질러댔다. 이제 죽는구나 생각했다. 그런데 남자를 덮쳤던 호랑이가 차츰 힘을 잃어가는 게 느껴졌다.

호랑이는 마지막으로 앞발을 들고 일어나서 바위를 흔들 듯한 소리로 포효하더니 앞뒤로 비틀거리다가 쿵 하고 쓰러져 죽었다. 남자는 손수건으로 상처를 졸라매 피가 흐르지 않도록 했다. 다행히 그는 근처에 사는 마을 사람에게 발견되었고, 그 뒤 살아서 인도를 빠져나갈 수 있었다. 하지만 남은 평생을 불구로 살아야 했다.

나는 이야기를 다 읽고 깊은 생각과 수심에 잠긴 얼굴들을 둘러보았다. 그래도 어느 정도는 만족감이 섞인 표정이었다. 나 혼자 속으로 '넘버 투'라고 이름을 붙인 늙은 여자가 먼저 입을 열었다. "그 남자, 불구가 되고 말았어." 그러면서도 이야기의 결말에 별 불만이 없는지 고개를 끄덕거리고는 덧붙였다. "하지만 호랑이를 쏘지 말았어야지."

건너편 자리에 앉은 아기 엄마도 내게 몸을 숙이며 말했다. "당신은 정말 훌륭한 이야기꾼이네요. 우리 모두 아주 재미있게 들었어요."

모두가 그 말에 동의한다는 표정을 지었으나 나는 무슨 말을 해야 할지 몰랐다. 어쨌든 모두가 재미있게 들었다니 쑥스러우면서도 마음이 뿌듯했고, 서둘러 감사 인사를 전한 뒤 가방을 챙겨 일어났다.

사업가는 기사 옆에 서서 내가 다가오는 것을 바라보고 있었다. 기 림은 니사이를 안고 먼저 버스에서 내렸다. 내가 버스에서 내리려 하자 사업가가 나를 멈춰 세웠다. 그는 질 좋은 옷을 입고 있었고 모든 면에서 신중하고 세심한 사람 같아 보였다. 그런 사람이 왜 이런 낡은 버스를 타게 되었는지 조금 궁금하기도 했다.

"고마웠소." 사업가가 말하면서 팔을 내밀어 내 손을 움켜잡았다. 나는 그가 돈을 쥐여주는 것을 알아차리고 다급하게 말했다.

"아니에요. 이런 걸 받을 순 없어요. 아이를 달래려고 했던 것뿐이에요."

"넣어둬요. 처음 버스를 탈 때만 해도 끔찍한 여행이 되겠거니 했소. 음, 근데 내 짐작이 틀렸어요. 모두 당신 덕분입니다. 당신은 오디오북보다 더 맛깔나게 책을 읽더군요."

그는 확실히 마음 내키는 대로 하는 사람 같았다. 거부해봤자 소용없을 것 같아서 그의 선물을 호주머니에 넣고 고개를 숙였다. 조금 우쭐한 기분도 들었다. 중요한 사업가로 보이는 사람이 내게 감사하다는 인사를 이토록 정중하게 하다니. 스퉁 민체이에서 쓰레기 더미나 뒤지는 내게 말이다. 나는 다시 최대한 예의를 갖춰 인사하며 입가에 번지려는 미소를 간신히 억눌렀다. 그러고는 차에서 내렸다.

우리는 길가에 나란히 서서 떠나는 버스와 우리에게 손을 흔드는 사람들을 바라봤다.

"그 사람이 뭐래?" 버스가 떠나자마자 기 림이 물었다.

나는 가지런하게 접힌 돈을 꺼내 액수를 살펴봤다. 우리 둘의 교통비를 제하고도 남을 충분한 돈이었다. "그 사람이 내가 오디오북보다 더 잘 읽는대."

기 림이 코를 찡긋하며 되물었다. "오디오북이 뭔데?"

"나도 잘 몰라."

22장

　버스에서 내린 뒤 배들이 드나드는 강둑까지 걸어가는
데 한 시간이 넘게 걸렸다. 너무 지치고 덥고 배가 고팠기
때문에 곧 배를 탈 수 있다는 것만으로도 너무 기뻤다. 사
업가가 준 돈으로 우리는 밥과 돼지고기 요리, 과일 등을
샀다. 천천히 먹자는 마음이 무색하게 너무 배가 고팠던
터라 허겁지겁 음식을 쑤셔 넣고 말았다. 저녁을 먹고 나
서 기 림이 마을까지 우리를 실어줄 배편을 구하는 동안
나는 니사이를 데리고 그늘에 앉아 쉬었다.

　버스 정류장에서 삼촌 케오에게 전화를 걸어 우리가 간
다는 사실을 알렸다. 미리 연락해놓은 건 정말 잘한 일이
었다. 마을에 다다랐을 때 강가를 따라 이어진 길에서 누

군가 우리에게 손을 흔들며 환호했다. 배웅을 나온 조카 둘이었다. 우리가 배에서 내리자 조카들은 고맙게도 각자 하나씩 우리 짐을 챙겨 들었다.

메콩강(혹은 캄보디아의 어느 강이든)을 따라 형성된 마을들은 어디든 거의 비슷한 모습이다. 집들은 강둑을 끌어안 듯 지어졌고, 물가에서 수 킬로미터 반경 안에 점점이 흩어져 있다. 해마다 강물이 불어나면 집 앞에는 진흙과 토사가 잔뜩 쌓이곤 한다. 뒤편에는 가지런하게 분할된 드넓은 논이 펼쳐져 있다. 수많은 사람들의 일용할 양식과 생계 수단과 희망을 얻는 곳이 바로 이 논이었다.

케오 삼촌의 집은 강가에서 그리 멀지 않았다. 3년 동안 삼촌은 지방 정부에서 일했는데, 그곳에서 무슨 일을 하는지는 나도 잘 모른다. 우리가 물을 때마다 매번 대답이 달랐는데, 숙모도 정확하게는 모르는 눈치였다. 삼촌이 늘 역할을 바꿔 말했기 때문에 다들 의심스러운 눈길을 보냈지만 그 일이 뭐든 이런저런 혜택이 따라오는 것만은 분명했다. 2년 반 전에는 목재를 잔뜩 받아와서 오래된 집 맞은편에 새집을 짓기도 했고, 그로부터 1년쯤 후에는 마을에서 제일 먼저 전화를 갖게 되기도 했다.

집에 도착하자 삼촌과 숙모는 우리를 따뜻하게 반겨줬

다. "네가 돌아와서 너무 기쁘구나. 우리 개구쟁이는 잘 지내셨는가?" 숙모가 나를 보며 물었지만 아마도 니사이를 두고 하는 말인 듯했다. 지난 25년 동안 나를 개구쟁이라고 부른 사람은 없었으니까.

"니사이는 별로 잘 지내지 못했어요." 내가 말했다. "우리가 여기 온 것도 바로 니사이 때문이에요. 치유자를 만나러 왔어요."

숙모의 수수께끼 같은 표정이 우리 개구쟁이에 대한 의문을 해소해주는 듯했다. 숙모는 자기를 따라오라고, 사다리를 올라 집으로 들어가자고 손짓했다.

삼촌이 뒤따라 들어오는 동안 숙모는 먼저 과일을 준비하며 물었다. "엄마는 어떠셔?"

"고집이 점점 더 세지고 있어요." 웃기려고 한 소리가 아니었는데, 그 말을 들은 숙모가 키득키득 웃었다.

우리는 시골과 매립장에서의 삶에 대해 이런저런 푸념을 늘어놓았다. 어디서 지내든 살기 힘들다는 게 우리의 주된 얘기였다. 삼촌은 길 위쪽으로 열 집 건너에 살던 무니 샘이 한밤중에 살무사에 물렸는데, 3일 만에 숨을 거두고 말았다는 안타까운 소식을 전해줬다. 나도 프락 심이 쓰레기 수거용 트럭에 치여 그 자리에서 목숨을 잃었다는 얘기를 들려줬다. 그리고 성미 고약한 멋진 여자, 내 친구 소피프 신이 글 읽는 법을 가르쳐줬고, 동맥이 수축하는 심각한 병에 걸렸으며, 내가 돌아갈 때까지 제발 살아 있기를 기원한다는 얘기를 할까 하다가 그냥 입을 다물어버렸다.

삼촌은 우리 전화를 받은 뒤 치유자에게 우리가 온다는 사실을 알려줬지만 강 상류 지역에 일이 있어 앞으로 이틀은 집에 없을 거라고 한다. 나는 한숨을 쉬었다. 삼촌은 우리가 피곤할 거라고 생각했는지 대화가 뜸해진 틈을 타서 우리더러 서쪽에 있는 옛집에 머무는 게 좋겠다고 했다. 그러면서 최근에 장모님이 그곳에 들어와 지내시니 집을 나눠 써야 할 거라는 말도 덧붙였다. 내가 그건 괜찮다고 하자 삼촌은 왠지 웃음을 참는 듯한 괴상한 표정을 지었다. 우리에게 경고를 하는 건지, 장모님에 대한 은근한 복수인지 모를 일이었다.

옛집을 떠받치는 기둥들은 그리 높지 않았다. 반면에 삼촌의 새집은 최근 강물이 자주 범람하는 것에 대비해 기둥을 좀 더 높이 지었다. 강물이 불어나면 기둥이 낮은 집에 사는 사람들은 배를 타고 다른 집으로 피신해야 할 정도였다. 우기雨期는 아니었으므로 나는 감사하다는 말만 전했다. 삼촌을 따라 옛집으로 들어서자 머리가 희끗희끗한 노파가 툴툴거렸다. 침입자를 맞이하는 게 기분이 좋지 않은 모양이었다. 나는 어린 시절에 그분을 본 적이 없는 것 같아서 찬찬히 기억을 더듬어봤다. 그때 삼촌이 장모님은 원래 스퉁 트렝에서 처형과 함께 살았는데, 사정이(어떤 사정인지는 상세히 설명하지 않았다) 생겨 시골로 옮겨와야만 했다고 설명해줬다. 삼촌은 옮겨왔다는 말을 강조했는데, 그 말을 들은 노파의 표정이 별로 좋지 않아 보였다.

노파가 가진 물건들은 방 두 개에 아주 가지런하게 펼쳐져 있었다. 특히 우리가 머물 작은 방에 집중적으로 모여 있었다.

"어머니." 삼촌이 약간 꾸짖는 말투로 말했다. "제가 말씀드렸잖아요. 며칠 함께 지낼 친척이 올 거라고요."

노파는 아무 대답도 하지 않았다.

"난 이런 걸 '신비한 청력'이라고 부르지." 삼촌은 마치 노파가 거기에 없는 것처럼 우리에게 말했다. "저녁을 먹는 중요한 시간에만 능력을 발휘하거든. 우리가 필요한 순간에는… 신기하게도 청력이 슬그머니 사라져버리지."

그때 노파가 눈을 흘기는 모습이 언뜻 보였다.

삼촌이 노파의 물건들을 거둬 큰방에 옮기며 자리를 만들어주는 동안 나는 슬쩍 화해의 인사를 던졌다. "죄송해요. 오래 머물진 않을 거예요. 아이를 치유자에게 데려가려고 온 거예요."

노파가 내 말을 알아들었다 해도 대꾸할 것 같지는 않았다.

"그럼 편히 쉬어라." 삼촌의 목소리에 묘한 잔꾀의 느낌이 묻어났다. 뭔가를 숨기고 있는 게 분명하다. 삼촌이 사다리를 반쯤 내려갔을 때 소리쳤다. "안녕히 주무세요, 어머니." 삼촌이 웃는 소리가 들렸다.

그동안 아무 말이 없던 기 림이 방 안에 널브러진 물건들로 법석을 떠는 노파를 힐끗 쳐다봤다. 남편은 자리를 떠야겠다고 마음을 먹은 것 같다. "니사이를 강에 데려가서 좀 씻길게. 당신은 짐 정리나 좀 하고 있어."

남편이 왜 자리를 비우려고 하는지는 모르겠지만 알아서 니사이를 씻기겠다니 나로선 거절할 이유가 없었다.

나는 이제 알아들을 수 없는 말들을 연신 중얼거리는 노파와 단둘이 남았다. 내가 소피프의 책을 꺼내자 노파의 눈이 반짝 빛나면서 입꼬리가 씰룩거렸다. 툴툴거리는 말투도 거드름보다는 흥겨움 쪽으로 기우는 듯했다. '바로 이거야.' 나는 혼자 생각했다. '이야기를 좋아하지 않을 사람이 누가 있겠어?' 기 림도 결말을 들을 수 있게 내일쯤 호랑이 이야기를 다시 읽어줘야겠다. 노파도 이야기를 들으면 버스 승객들만큼이나 좋아할 것 같다.

내가 재미있는 이야기를 읽어주면 우리가 해를 입힐 사람이 아니라는 점을 노파도 이해해줄 것이다. 그러면 모든 일이 평화롭게 해결되겠지.

≠ ≠ ≠

우리가 돌아온 것을 반겨주기라도 하듯 공기는 더없이 맑았고 태양은 강렬한 빛을 내뿜었다. 삼촌은 모내기를 도울 수 있게 마을의 한 농부에게 기 림을 소개했다. 스퉁 민체이에서 재활용 쓰레기를 줍는 일처럼 하루에 많은 양을 하지는 못하겠지만 그래도 어느 정도는 가능할 것이다.

나는 니사이를 수레에 태워 강으로 데리고 나가 마을 사람들이 커다란 물소 등에 올라앉아 강을 건너는 모습을 보여주고 싶었다. 상태가 나쁘지 않다면 니사이는 깔깔 웃고 손뼉을 치며 좋아할 것이다. 하지만 아침이 되도록 니사이는 아직도 눈을 뜨지 못하고 있다. 지난밤에는 특히 더 열이 펄펄 오르며 설사도 심하게 했다. 한집을 쓰는 동거인은 불쾌한 기색을 감추지 않았다. 밤새 신음을 하며 불평의 소리를 중얼거렸다. 낮에는 아이와 함께 밖에 나가 있는 게 좋을 것 같았다.

물소들의 행진은 이미 끝나 있었다. 나는 니사이와 함께 강가를 거닐며 어린 시절의 추억이 깃든 흔적을 더듬었다. 니사이에게도 할아버지가 있으면 좋았겠다는 아쉬움이 들다가도 그것 말고도 소원 바구니를 채울 목록은 얼마든지 많다는 걸 깨달았다. 나는 햇빛을 피할 그늘을 찾았고, 반얀 나무의 뿌리가 뒤엉킨 곳에 앉아 숙모가 준비해준 음식을 먹었다. 하지만 그리 오래 앉아 있지는 않았다.

"이제 가봐야겠다." 일어서면서 니사이에게 말했다. "할아버지가 이런 말을 했단다. 하늘 아래 앉아 있으면서 하늘이 다 자기 것이라고 주장하지 말라고."

길을 걷다 보니 어느새 치유자의 집 근처까지 와버렸다. 온 김에 그 집에 잠깐 들러 사전 약속을 잡아놓는 게 좋을 것 같다. 그 사람한테는 별로 필요 없는 일이겠지만 내게는 중요한 일이었다. 치유자의 아내가 우리를 반갑게 맞이해줬는데, 처음에는 그녀가 누군지 알아볼 수가 없었다. 이미 먼 이웃이 돼버렸을 정도로 너무 많은 시간이 흘렀다. 내가 이곳에 온 이유를 설명하자 그녀는 공손한 말투로 대답했다. "네, 이틀 후에 돌아오면 그때 만나볼 수 있을 거예요."

나는 감사하다는 인사를 전하고 자리를 떴다. "이틀이면 돼, 니사이." 집으로 걸어오면서 아이에게 말했다. "이틀만 견디면 너도 좋아질 거야."

≠ ≠ ≠

집에 도착했을 때 열린 창문으로 연기가 퍼져 나오는 게 보였다. 저녁을 짓기 위해 연기를 피우는 사람은 기림이 아닐 것이다. 조금 전에 걸어오면서 남편이 삼촌과 나란히 서서 얘기하는 걸 봤기 때문이다. 니사이도 아빠를 보고 '바'라고 까르륵거리며 반가워해서 아이를 남편에게 맡기고 온 터였다. 나는 급하게 계단을 올라 집 안으로 들어갔다.

연기의 출처를 확인하자마자 나는 비명을 내질렀다. "그만! 안 돼요!" 미친 노파가 자기 난로에 밥을 하고 있었는데, 그 옆에 소피프가 선물로 준 책이 죄다 찢긴 채 널브러져 있거나 이미 불꽃에 휩싸여 있었다.

외마디 소리에 놀란 노파는 내가 금방이라도 자기를 죽일 거라고 생각한 모양이다. 나는 불꽃에 휩싸인 종이들을 난로에서 꺼내려 했지만 이미 너무 늦었다. 갈기갈기 찢겨

바닥에 뒹구는 종이들을 낚아채 눈물이 가득한 눈으로 그녀를 노려보기만 했다. 분노와 슬픔으로 어찌해야 할 바를 모르는 사이에 애끓는 비명을 들은 삼촌과 기림이 집 안으로 달려 들어왔다. 나는 남편한테 칼을 달라고 하고 싶었다. 하지만 말을 꺼내기도 전에 눈물이 주르륵 흘렀다. 찢기고 불타서 얼마 남지 않은 책을 가슴에 끌어안고 무력하게 주저앉아 불쌍한 아이처럼 훌쩍훌쩍 울기만 했다. 잠시 후 두 남자의 위로가 귓가를 둥둥 울렸다.

"나이를 너무 드셨나 봐. 성미가 점점 더 고약해지고 있어." 삼촌이 말했다. "생각도 흐릿해진 것 같고. 이곳 사람들은 다 글을 읽을 줄 모른다고 생각하시지. 그래서 어머니한테는 모든 책이 다 불쏘시개야."

노파가 정말 순수하게 몰라서 그랬을까? 하지만 그 얼굴에서 번뜩이는 만족한 표정 외에는 일부러 그랬다고 추측할 만한 근거는 없었다. 나는 눈물을 닦아 어깨에 문지른 뒤 평정을 되찾으려고 노력했다. "이건 니사이한테 읽어주려던 책이라고요." 나는 간신히 한마디를 뱉었다.

"대신 다른 걸 찾아줄 수는 있는데." 삼촌이 말했지만 복수심이 섞인 노파의 의도를 전혀 간파하지 못하는 듯했다.

"이 책을 원래대로 해놓지 않으면 소용없다고요."

삼촌은 내 손에 들린 책표지를 힐끗 보고 말했다. "도시에 나갈 일이 있을 때까지 기다리지 않는 한 그건 어렵겠구나. 이 마을에서 구할 수 있는 책은 학교 선생님들이 사용하는 기초 독본밖에 없거든."

나는 삼촌의 말이 틀리지 않을 거라고 짐작하면서도 놀라지 않을 수 없었다. 내가 시골에서 자랄 때면 몰라도 지금은 세월이 많이 흘렀는데. 캄보디아에서, 어쩌면 지구상에서 가장 더러운 장소라는 쓰레기 매립장에서조차 읽을거리를 찾을 수 있는데 말이다.

≠ ≠ ≠

다음 날 아침이 돼서도 나는 계속 노파를 의심하고 감시했다. 숙모는 내가 복수를 계획하고 있다고 생각한 모양인지 니사이랑 같이 빨래하러 강가에 가자고 권했다. 얘기를 나누고 싶어서 그러는 것 같다.

"네 엄마는 너와 기 림이 니사이 때문에 경제적으로 힘들긴 해도 행복하게 살고 있다고 하더라." 숙모가 먼저 말을 꺼냈다.

"엄마가요? 엄마랑 그런 얘기는 언제 나누셨어요?"

"우린 가끔 얘기를 나눈단다."

"그랬어요?"

숙모가 빙그레 웃으며 말했다. "시골은 멀지만 이 사람아, 우린 21세기에 살고 있다고."

숙모가 나를 '이 사람아'라고 부르니 소피프 생각이 났다. 그 말이 왠지 정겹게 느껴지며 위로가 됐다. 숙모가 말을 이었다. "우리 집에 전화가 생긴 후로 네 엄만 한 달에 한두 번 정도 전화를 걸어왔어. 누구 전화를 어떻게 빌려 쓰는 건진 모르겠다만. 아무튼 우린 그렇게 가끔 수다를 떨었지. 요즘은 네가 글을 읽을 줄 알게 되었다고 자랑을 늘어놓더라. 조금 걱정을 하긴 했지만."

"걱정을 했다고요?"

숙모가 망설이다가 말했다. "엄마한테는 얘기하지 마."

"물론이죠. 안 해요. 근데 무슨 걱정을 하는데요?"

"걱정이라는 말이 적당하지 않을지도 모르겠구나. 어쨌든 네 엄만 널 아주 자랑스러워했고, 손자들이 자라는 걸 지켜볼 수 있게 늘 가까이 지내고 싶어 했어."

"'손자들'이 아니라 손자." 내가 분명히 했다. "여럿이 아니라 하나라고요. 그리고 내가 글을 읽을 줄 아는 게 왜 걱정이 된다는 거죠?"

"내 생각엔 네가 글을 읽게 되면 일자리를 찾아서 스퉁 민체이를 떠나게 될까 봐 염려하는 것 같아. 네가 그곳을 아주 싫어한다고 했거든."

"맞아요. 난 그곳이 정말 싫어요. 냄새나고 더러워요. 공기는 늘 매캐하고요. 그러니 니사이가 좋아질 리가 없죠. 여기… 시골 생활은 참 평화로웠는데. 이곳이 늘 그리웠어요."

"그럴지도 모르지…." 숙모가 깊은 생각에 잠긴 얼굴로 말했다. "기억은 희미해지는 법이니까." 그러면서 쓴웃음을 지었다.

"무슨 말씀을 하려는 거예요?"

"시골도 매립장과 크게 다르지 않다는 얘길하는 거야. 그곳 못지않게 시골 생활도 힘들고 혹독해. 이것저것 다 따지면 오히려 더 힘들지도 몰라. 네가 여길 떠난 이유를 벌써 잊은 거니?"

"하지만 숙모는 그런대로 살 만하잖아요?"

"삼촌이 새 일을 시작한 후론 상황이 좀 나아졌지. 그렇지만 언제나 그런 건 아니란다. 앞일이 어떻게 될지 누가 알겠니? 여기 사람들도 다들 날마다 전쟁을 치르듯 살아.

너도 알잖니?"

숙모의 말이 틀리진 않지만 나는 그렇게 쉽게 인정하고 싶지 않았다. "네, 하지만⋯."

"상 리, 두리안이라는 과일 좋아하니?" 숙모가 불쑥 화제를 바꿨다. 나는 복병이 다가오고 있다는 걸 감지했다.

"네⋯." 나는 조심스럽게 대답했다. "아마도요." 그랬다. 난 두리안의 맛을 좋아했다. 하지만 거기엔 치명적인 단점이 있다. 캄보디아에서 가장 맛좋은 과일 중 하나지만 그 것을 먹으려면 참기 힘든 냄새를 견뎌야 한다. 냄새가 너무 심해 실제로 많은 호텔에서 반입을 금지하기도 한다.

"내 생각엔 말이야, 상 리," 숙모가 말했다. "그 매립장이 꼭 두리안 같아."

"맞아요. 둘 다 냄새가 아주 지독하죠."

"그렇긴 하지. 그보다는 그 안에 담긴 중요한 걸 봐야 해. 두리안을 아주 유명하게 만들고 있는 것."

"씨 말인가요?" 나는 괜히 툴툴거렸다.

숙모는 머뭇거리지 않고 말했다. "두리안은 맛은 물론 영양분도 풍부한 과일이지."

그러고는 상대를 제압할 기세로 말했다. "매립장이 두리안을 닮은 것 같아. 비록 악취는 심하지만 가족이 함께 지낼 수 있게 하잖아, 꼭 너희 가족처럼. 두리안이 냄새는 심하지만 몸에 좋은 성분이 많은 것처럼 말이야."

이제 설교가 끝나나 했는데 그렇지 않았다.

"그런데 말이야, 상 리. 시골은 피타야(용과)에 가까워. 밝고 선명한 색이 예쁘고 먹음직스럽고 냄새도 달콤하지만 그 과일에는 영양분이 충분하지 않거든."

나는 숙모의 가르침을 잘 알아들었다는 뜻으로 몸을 숙여 손을 움켜잡았다. 숙모는 빨래를 문지르던 손을 멈추고 몸을 돌려 눈을 맞췄다. 아직도 얘기가 끝나지 않은 모양이다. 숙모의 말이 이어졌다.

"때때로 고향을 찾아오는 건 좋은 일이야. 넌 언제나 환영받을 거야. 뿌리를 찾는 행위는 아름답고 축복받을 일이지. 하지만 자신의 길을 버리거나 가장 중요한 걸 잃으면서까지 그럴 필요는 없다고 생각해."

진지해지기를 원하는 걸까. "숙모, 운명이 날 매립장에 계속 두려고 한다면 어쩌죠? 거긴 너무 끔찍한 곳이에요."

"운명이 그런 거라면 그러는 수밖에. 하지만 잘 기억해 둬. 시골은 겉으론 아름다워 보여도 보기 싫은 면들이 감춰진 곳이야. 반면 매립장은 더럽고 지저분하지만 나름대로 장점이 있을 거야. 모든 건 네가 어느 쪽을 택하느냐에 달려 있겠지만 말이야."

그러고 나서 숙모는 다 된 빨래를 가리키며 말했다. "니 사이가 아직 무겁지 않으니까 한 팔로 안을 수 있지? 이 빨래 좀 들어줄래, 집에 갈 때까지?"

23장

　니사이를 안고 강을 따라 내려오는 내내 머릿속에서 떠나지 않는 생각이 있었다. 우리의 삶 자체가 사람들 간의 관계로 이루어지고, 사건이 발생하는 데에는 이유가 있고, 모든 것에는 어떤 의미가 담겨 있다면, 게다가 우리의 꿈이나 실제 삶 속의 인물들이 이야기나 신화 속 인물들을 닮았다면, 냉정하고 무신경하고 멀게만 느껴졌던 치유자가 내 꿈속에 나타난 이유는 과연 무엇일까? 그는 니사이를 구해주는 내 삶의 영웅이 될 수 있을까? 아니면 그저 우연이었을 뿐 또다시 희망이 절망으로 바뀌어버릴까?

　기 림은 집으로 돌아가는 충분한 여비를 마련하기 위해 계속 농사일을 돕기로 한 모양이다. 숙모도 나를 도울 겸

기 림이 일할 자리를 알아봐 줬다. 강둑에 다다라 배에서 내릴 즈음, 내 모습이 초조해 보였는지 숙모는 어깨에 손을 얹으며 용기를 북돋웠다. "다 잘 풀릴 거야. 너무 걱정하지 마."

그때 치유자가 길가에서 기다리고 있다가 우리를 맞이했다.

"안녕하세요. 만나서 반가워요." 그가 공손하게 인사했다.

그는 체격이 중간쯤 되고 철사처럼 마른 사람이었다. 무늬가 없는 검은색 반바지에 샌들, 하얀 영문 글자가 새겨진 짙은 색 티셔츠 차림이다. 오랫동안 보지 못한 탓에 내기억이 맞는지 모르겠지만 생각했던 만큼 그리 위협적인인상은 아니었다. 길에서 우연히 마주친다면 알아보지도 못하고 지나칠 것 같다.

"그동안 잘 지냈나요?" 치유자가 물었다. 내가 누군지 모르겠지만 그렇게 말해주니 내심 고마운 마음이 들었다.

"네, 잘 지냈어요." 나는 무심코 대답하고 나서 사실은 그렇지 않다는 걸 떠올리고 덧붙였다. "아들이 아픈 걸 빼면요. 우리가 여기 온 이유도 그거죠."

"어디가 안 좋은 건가요?" 그는 약간 놀란 듯 되물었다.

왜 놀라는 걸까. 우리가 자기를 보러 온다는 걸 알았을 테고, 게다가 그는 치유자인데 말이다.

치유자와 함께 걸으면서 나는 니사이가 설사를 자주 하고 잘 먹지 못하는 데다 끊임없이 울어대서 절망감에 빠져 있다는 얘기를 들려줬다. 그밖에도 여러 차례 병원 치료를 받은 일과 약이 떨어지면 반복되는 증상, 다양한 민간요법을 시도한 사실에 대해서도 말했다. 그는 내가 말한 모든 것에 대해 폄하하는 내색 없이 이렇게만 말했다. "많이 힘들었겠어요. 좀 더 빨리 왔어야 했는데요."

"그러려고 했는데, 지금은 도시에 살고 있어서요. 게다가…" 그의 말투가 너무 온화하고 공손해서 나는 한참 대답을 하고 나서야 정신이 번쩍 났다. 그리고 방금 그가 했던 말을 새삼 되짚어봤다. '좀 더 빨리 왔어야 했는데요!'

꿈속에서 그의 질책은 확고하고 단호했다. 하지만 오늘 그의 태도는 무심한 듯 조용했다. 정말로 연관이 있는 건지, 그냥 웃고 넘길 우연의 일치인지 마음을 정하지 못하고 있을 때 치유자가 손을 뻗어 니사이의 볼을 살짝 만졌다. 처음에는 할아버지가 아기에게 하듯 살짝 볼을 쓰다듬는 정도라고 생각했다. 그러다가 몸을 기울여 니사이의 숨과 냄새를 예의주시하는 모습을 보고서야 그가 이미 직무를 수행하고 있다는 걸 깨달았다.

"걱정하지 말아요." 치유자가 내 눈을 바라보며 말했다. "내가 도와줄 수 있을 것 같군요."

우리는 그의 치료실로 함께 걸어갔다. 약간 떨어져 있는 별채 형식의 오두막이었다. 그가 앞서 걸었고, 숙모가 뒤를 따랐다. 나는 심호흡을 한 뒤 다 잘될 거라고 중얼거리면서, 이번에는 정말 그렇게 되기를 간절히 바라면서 니사이를 안고 두 사람을 따라갔다. 이윽고 치유자 맞은 편에 책상다리를 하고서 니사이를 무릎에 앉혔다. 숙모는 치료실 바깥에서 기다렸다.

우리는 치유자가 고무줄로 묶인 플라스틱 가방을 푸는 과정을 유심히 지켜봤다. 그는 자주 사용한 것처럼 보이는 주삿바늘 몇 개와 예리한 은색 칼, 스푼, 조약돌 두 개가 담긴 작은 플라스틱통 등을 가지런히 늘어놓았다. 나는 소리 없이 지켜보고 있었지만 니사이는 그렇지 않았다. 아이는 민간요법을 받을 때나 의사의 치료를 받을 때처럼 저항하기 시작했다. 치유자의 준비 과정이 길어질수록 니사이의 저항은 점점 더 격렬해졌다.

치유자는 향에 불을 붙인 뒤 석탄 조각처럼 생긴 물질을 은색 칼로 조금 잘라냈다. 그리고 깨진 찻잔을 뒤집어서

밑면의 움푹한 곳에 잘라낸 조각을 놓고 자그마한 나무토막 모서리로 끈적끈적한 반죽이 될 때까지 정성껏 갈았다. 그러는 동안에도 계속 냄새를 맡았는데, 냄새로 내용물이 적당한 상태가 되었는지 판단하는 것 같다. 얼룩덜룩한 그의 손가락과 손톱 밑에 말라붙은 시커먼 잔여물을 보니 이 검은 타르 같은 것이 그가 선택한 약재인 듯하다.

다음으로 치유자는 죽 늘어놓은 주삿바늘 중에서 가장 많이 사용한 것처럼 보이는 바늘을 골라 뾰족한 바늘 끝에 잘 갈아놓은 끈끈한 약재를 묻히고 단호하게 말했다. "이제 준비가 끝났네요."

그는 내게 니사이의 두 팔을 잡으라고 지시했다. 가장 어려운 일이다. 아이는 이제 본 공연이 시작되려 한다는 것을 본능적으로 직감하고 더욱 강렬하게 저항했다. 내가 더 세게 팔을 잡으려고 할수록 아이는 더 강하게 팔을 안으로 굽히며 울부짖었다.

"진정해. 이래야 널 도울 수 있어." 나는 아이에게 속삭였다. 아이를 달래주려는 말이었지만 이 말을 들을 때마다 엄마가 뻔뻔한 거짓말쟁이라고 생각할 것 같아 마음이 아팠다.

치유자가 처음으로 아이의 왼쪽 팔목 가운데를 바늘로

쿡 찌르자 니사이는 격렬하게 몸부림치며 울어댔다. 그는 그 소리에도 아랑곳하지 않고 왼쪽 팔목 다른 부분에 또다시 바늘을 찔렀다. 바늘이 아이의 피부를 찌르는데도 피가 나지 않는 것으로 보아 검은 타르 같은 것이 상처 부위를 부드럽게 덮어씌우는 듯했다.

할아버지가 좋아하는 캄보디아 속담 중에 이런 말이 있다. '사람의 마음을 엿보려면 그 얼굴을 보아라.' 이 말을 지금 이 순간에 빗대어 말하면 이렇게 될 것 같았다. '엄마의 마음을 엿보려면 그 아이의 얼굴을 보아라.' 정말이다. 공포로 울부짖는 니사이를 봐야 하는 내 마음은 찢어지듯 아팠다.

바늘로 찌르고 비명을 질러대는 과정이, 딱딱해진 근육의 긴장과 눈물 바람이 오른쪽 팔목에도 똑같이 반복되었다. 치유자는 아이의 발 쪽으로 자리를 옮겼다. 그러다가 내가 더 이상 아들의 공포와 고통을 견디기 힘들어한다는 것을 알아챘는지 바늘을 내려놓았다. 치유자가 끝났다고 말해주기를 기대했지만 그는 시커먼 약재가 남은 찻잔을 건네며 말했다. "이걸 손가락에 조금 묻혀서 아이의 입안에 넣어주세요."

내 팔에 안겨 울부짖던 아이는 내가 손가락을 갖다 대

자 아예 입을 꽉 다물어버렸다. 다시 한번 시도해봤지만 입안에 넣었다기보다는 입술에 지저분하게 펴 발랐다고 해야 할 것 같다. 나는 어찌해야 할지 몰라 자비를 구하듯 절망스러운 표정으로 치유자를 바라봤다.

"아이의 혀에 조금만 더 넣어봐요."

나는 마지막으로 한 번 더 손가락에 약재를 묻혀 최대한 아이의 혀와 목구멍에 닿을 수 있도록 손가락을 깊이 밀어넣었다. 그제야 치유자는 내 눈에서 눈물이 쏙 빠져나올 말을 했다. "이제 끝났어요."

내가 주머니에서 돈을 꺼내는 동안 숙모가 내 옆에 다가와 니사이를 안아 올리며 말했다. "먼저 데리고 나갈게. 강가에서 기다리고 있을게."

다리가 너무 저려서 똑바로 일어서는 데 약간의 시간이 걸렸다. 향이 타오르는 자그마한 탁자 위에 돈을 담아놓은 통이 놓여 있었다. 치료를 받은 뒤 거기다 돈을 놓고 가는 게 관례인 듯했으나 따로 정해진 금액은 없고 각자 성의껏 넣는 것 같았다. 내가 꼬깃꼬깃 접힌 지폐를 펴고 있을 때 그가 손을 내저으며 말했다.

"오늘은 돈을 낼 필요 없어요."

치유자는 자신의 마음을 알아주기를 바라는 것처럼 내

가 그의 눈을 마주 볼 때까지 기다렸다. 이윽고 나를 짓누르는 불안과 염려를 덜어주려는 듯 건조하면서도 단호한 어조로 말했다. "아들은 이제 좋아질 거예요."

나는 회의적이거나 희망이 부족하거나 두려움을 품은 사람이 되고 싶지 않았다. 그렇지만 그동안의 경험이 그런 나를 만들었고, 난 그게 싫었다. 내 아이가 모든 걸 의심하며 살지 않았으면 좋겠다. 내 아이가 믿음과 희망을 품고 밝은 미래가 펼쳐지는 꿈을 꾸며 살아가길 바란다.

'할아버지, 어떻게 해야 삶의 시련을 겸허하게 받아들이면서 내일은 좀 더 나아질 거라 믿으며 살 수 있을까요?'

그러다가 문득 소피프의 가르침 하나가 떠올랐다. "좋든 싫든 희망은 우리 가슴속에 아주 깊이 새겨져 있어서 내칠 수가 없고, 아무리 힘든 일이 닥쳐도 다시 희망을 품지 않을 수 없는 거지. 우리가 이 이야기를 좋아하는 이유도 우리 자신이 사란이고 태터코트이고 신데렐라이기 때문이야."

정말 그랬다. 희망이 아직 내 가슴속에 남아 있는 게 분명했다. 그렇지 않고서야 내가 지금 이렇게 치유자 앞에 서 있을 리가 없다. 스퉁 민체이에 사는 동안 희망이 모두 사라져버렸다면 절대 여기에 올 수 없었을 것이다.

나는 상념에 푹 빠져 있느라 치유자가 건넨 말을 알아듣는 데 조금 시간이 걸렸다. "그렇게 멍하니 서 있는 모습을 보니 당신 아버지를 정말 많이 닮았군요."

"우리 아버지를 기억하세요?" 내가 놀라서 물었다. 지금까지 한 번도 미소를 보이지 않던 치유자가 빙그레 미소를 지었다.

"물론이죠. 아주 친한 사이였는데요. 우린 함께 자랐어요. 여기서 멀지 않은 곳에서였죠."

"몰랐어요. 엄마한테 그런 말을 들은 적이 없는데."

"내 잘못이었어요." 치유자가 마지못해 대답했다. 나는 다른 설명을 기다렸지만 그는 더 이상 말을 잇지 않았다.

"아빠를 추억할 수 있으면 좋겠어요." 아빠에 대해서라면 할 수 있는 말이 그것밖에 없었다. "하지만 불행히도 그럴 수가 없어요. 내가 태어나던 날 밤에 돌아가셨기 때문이죠."

"나도 알아요. 내가 함께 있었으니까." 치유자가 침통한 어조로 말했다.

"아니… 하지만… 그럴 리가요. 아빠와 함께 있었다고요? 아빠는 우리 집 앞에서 혼자 돌아가셨다고 들었는데. 엄마가 집 안에서 나를 낳을 동안에요."

"그건 절반만 맞는 이야기죠." 그가 말했다.

"절반이라뇨?"

다시 말이 없는 걸 보니 말하기가 쉽지 않은 모양이었다. 포기할 수 없었다. 내가 설명을 더 듣지 않고는 떠나지 않을 기세로 보였는지 치유자는 일단 다시 자리에 앉으라고 손짓했다. "당신 어머니는 한창 산고를 겪던 중이었어요. 난 집 앞에서 당신 아버지와 함께 기다리고 있었고요. 그 친구는 드디어 아이가 생긴다는 사실에 아주 기뻐했어요."

"기뻐했다고요?"

"걱정도 많았죠. 아빠가 되는 모든 사람이 그렇듯이. 그런데 당신을 만나지도 못하고 세상을 떠나버렸네요."

"무슨 일이 있었던 건가요?"

"한창 대화를 나누던 중이었어요. 그런데 갑자기 친구의 왼쪽 팔과 손에 마비가 오기 시작했어요. 그러더니 숨을 쉬는 것조차 힘들어 보이는 거예요. 당시 난 아버지한테 치유의 기술을 배운 지 얼마 안 됐죠. 사실 아직 결혼도 하지 않은 상황이어서 치유자였던 아버지의 길을 따를 것인지 결정도 내리지 못한 상태였지요. 상 리, 솔직히 난 그친구가 쓰러졌을 때 어떻게 해야 할지 몰라 몹시 당황했어요."

"그래서 어떻게 됐나요?"

"사태를 해결할 사람은 우리 아버지밖에 없다는 생각에 아버지를 찾아 달려갔죠. 하지만 그건 잘못된 선택이었어요. 사람들이 바닥에 쓰러져 있던 그 친구를 발견하긴 했지만 내가 돌아왔을 때는 더 이상 손을 쓸 수 없었어요."

치유자는 용서를 구하는 눈길로 내게 몸을 기울였다.

"당신도 어쩔 수 없었잖아요." 나는 그를 바라보며 말했다.

"그럴지도 모르죠." 치유자가 말했다. "다가오는 죽음을 내가 멈출 수는 없었겠죠. 하지만 적어도 친구와 함께 있어줬어야 했어요. 죽음이 친구를 데려갈 때 혼자서 이 세상을 떠나게 해선 안 됐는데."

그 말을 듣는 순간 소피프 생각이 나면서 가슴을 도려내는 듯한 고통이 엄습했다. 나는 손을 뻗어 치유자의 손에 올려놓았다. 그의 이야기는 아직 끝나지 않았다. "후회되는 게 한 가지 더 있어요. 당신 가족들에게 좀 더 가까이 다가갔어야 했어요. 그때는 망자를 잊기 위해 서로 거리를 두는 게 옳다고 생각했죠. 하지만 회한만 더 키우고 말았네요. 그래도 한 가지 긍정적인 면은 있었어요."

"그게 뭔데요?"

"그 친구의 죽음이 아니었더라면 난 치유자가 되지 않았을 거예요. 친구가 죽은 후에 나 자신과 약속했죠. 아버지로부터 꼭 치유의 기술을 배우겠다고. 그래서 다음에는 절대 속수무책으로 당하고만 있지는 않겠다고."

"아빠는 어떻게 생긴 분이셨나요?" 뜬금없는 내 질문에 치유자의 눈썹이 위로 올라갔다.

"당신 아버지요? 아주 잘생긴 사람이었죠. 당신 할아버지를 닮았어요. 그래요. 할아버지 모습을 떠올리면 됩니다. 세월을 많이 빼긴 해야겠지만." 그러고는 잠시 말을 끊었다가 물었다. "사진으로라도 본 적이 없는 건가요?"

나는 고개를 숙이고 말했다. "사진을 본 적도 없어요. 그나마 한 장 남아 있던 결혼식 사진도 강물이 불어났을 때 잃어버렸다고 엄마가 그러셨어요."

슬픔에 잠겨 있던 치유자의 얼굴에 살짝 설렘과 기대가 스치고 지나갔다. "잠깐만 여기서 기다려요."

그는 계단을 내려가더니 서둘러 자기 집으로 달려갔다. 잠시 후 돌아와서는 자그마한 흑백사진 한 장을 건넸다. 사진 속에는 잘생긴 남자 두 명이 드넓은 논 앞에 서 있었다. 그중 오른쪽에 있는 남자는 정말로 할아버지를 쏙 빼닮은 얼굴이었고 키도 훤칠했다. 나는 아무 말 없이 멍하니 사진만 바라봤다.

"사진을 가져가요." 치유자가 말했다.

아주 오래된 사진이었다. 빛이 바래서 흐릿한 데다 이런 저런 얼룩이 묻어 있었다. 하지만 지금까지 살아오면서 받은 것 중에 최고로 멋진 선물이었다.

"당신을 아주 자랑스러워했을 거예요." 내가 떠날 준비를 하자 치유자가 말했다.

아마도 그는 미리 전해 들은 얘기가 없었던 모양이다. 그래서 나는 이렇게 말했다. "우린 매립장 근처에 살아요."

그는 다정하게 고개를 끄덕이며 말했다. "어디에 사느냐는 중요하지 않아요. 어떻게 사느냐가 중요하죠."

아무래도 그는 숙모와 오랫동안 왕래하며 얘기를 나누는 사이 같았다. 나는 치유자에게 내 마음을 어떻게 전해야 할지 몰라서 무작정 그의 두 손을 맞잡고 허리를 숙여 감사의 인사를 전했다. 그도 나를 따라 허리를 숙여 인사했다.

다시 한번 진심으로 감사하다는 말을 전한 뒤 나는 아빠의 사진을 호주머니에 넣었다. 밖으로 나오니 숙모와 니사이가 저만치 강가에 앉아 누군가 고기를 낚는 광경을 지켜보고 있었다. 니사이는 더 이상 울지 않았다.

배의 모터가 돌아가며 물을 튀기는 소리가 들리자 나는 한 번 더 사진을 보고 가방에 집어넣었다. 그래야 물에 젖지 않고 안전하게 보관할 수 있을 것 같았다. 드디어 그 모습을 그릴 수 있게 된 아빠를 향해, 하늘을 올려다보며 소리 죽여 중얼거렸다.

'고마워요, 아빠. 친구가 치유자가 될 수 있게 도와줘서요. 그래서 오늘 이렇게 니사이를 구할 수 있게 해줘서요. 고마워요, 내가 어디 살든 상관하지 않고 날 자랑스럽게 생각해줘서요. 언제 시간이 나면 할아버지한테 말씀 좀 전해주세요. 내게 할 말이 있더라도 조금 기다려야 할 거라고요. 아빠와 내가 못다 한 얘기를 하려면 시간이 좀 걸릴 거라고요.'

≢ ≢ ≢

마지막 작별인사를 건네자 숙모의 얼굴이 침울해졌다.

"이걸 엄마한테 전해드리렴." 숙모가 내게 잘 접은 지폐 몇 장을 쥐여주며 말했다. "전화 요금 내는 데 보태라고 말씀드려. 늘 엄마가 전화를 걸었거든."

나는 돈을 받은 뒤 숙모와 삼촌에게 감사하다고 말하고

고개를 숙여 인사했다. 기 림은 대부분의 남자들처럼 별다른 인사 없이 고개만 살짝 숙였다.

내가 니사이를 안고 기 림이 가방 두 개를 양손에 들었다. 몇 걸음을 걸어 나오니 내 책을 불살랐던 노파가 계단에 걸터앉아 있었다. 우리가 정말 떠나는지 확인하고 싶었던 모양이다.

"잠깐만, 기 림." 내가 입을 열었다. "마지막으로 할 일이 하나 더 있어."

남편은 노파와 나를 번갈아 쳐다봤다. 그의 표정이 말하고 있었다. '어리석은 짓 하지 마.' 나는 대답 대신 니사이를 남편에게 안기고 가방 하나를 받아들었다. 그러고는 가방을 열어 너덜너덜해진 책을 꺼냈다. 얼마나 손상되었는지는 이미 두 눈으로 확인한 터였다. 노파가 여기저기 제멋대로 찢어놓아서 온전한 이야기를 읽기는 일찌감치 글러 먹은 책이다.

내가 뭘 하려는지 눈치챈 기 림이 빙그레 미소를 지었고, 숙모와 삼촌도 마찬가지였다. 노파는 내가 다가가 찢어진 책을 작별의 선물로 줄 때까지 경계의 눈초리로 쳐다봤다.

내가 화해의 뜻으로 선물을 내밀자 노파의 눈에 서려 있던 의혹이 순식간에 환희로 바뀌었다. 노파는 주름살을 씰룩거리며 신이 나서 두 손을 흔들었다. 그러더니 고맙다는 말도 없이 내 손에서 책을 낚아채 주변을 두리번거리며 성냥과 냄비와 난로를 찾으러 다녔다. '나를 죽이고 싶어 하던 미친 여자'는 오래지 않아 노파의 기억에서 아득히 멀어질 테고, 그녀는 행복하게 저녁을 지어 먹을 것이다.

24장

기 림은 버스 창문에 머리를 기대고 있다. 고맙게도 우리가 탄 버스는 에어컨도 있고 좌석도 안락한 편이었다. 올 때와 달리 집으로 돌아갈 때는 길가 버스 정류장에서 기다리고 있다가 도착하는 버스를 타기만 하면 됐다. 목적지로 향하는 차를 골라 타기 위해 신경을 곤두세울 필요가 없었다. 오늘은 조상들도 내게 온화한 미소를 지어주는 것 같다.

'고마워요, 아빠.'

니사이는 기 림의 품에 안겨 있고, 둘 다 편안한 얼굴로 잠들어 있다. 그 모습이 한 폭의 그림처럼 아름다워서 사진기가 있다면 오래 담아놓고 싶다. 니사이의 손목과 발에는 아직도 검은 얼룩이 남아 있었다. 치유자에게 언제 그 자국들을 씻어내도 좋은지 묻는다는 걸 깜박 잊어버렸다. 혹시라도 무슨 일이 생길까 싶어 씻기지 않고 그대로 두었다.

나도 잠을 청해보려 했으나 마치 점령군처럼, 말똥말똥한 정신이 피곤한 육신을 인질로 잡은 채 놓아주지 않는다. 버스가 큰길로 이어지는 네거리 부근 정류장에 멈춰서자 노부부가 천천히 차에서 내린다. 버스가 서 있는 동안 곤히 잠든 남편과 아이를 다시 한번 쳐다보고 창밖으로 눈길을 돌려 오가는 사람들을 구경했다. 그들도 틀림없이 각자 소중한 삶의 이야기를 품고 있을 것이다.

바로 그때 그 아이가 눈에 들어왔다.

상체를 앞으로 숙이자 심장이 쿵쾅거리는 게 느껴졌다. 잘못 본 게 아닌지 확인하기 위해 나는 자리에서 벌떡 일어나 앞쪽 빈자리로 옮겨가 앉았다.

그 아이가 틀림없다. 말리였다. 나보다 조금 나이가 들어 보이는, 옷을 곱게 차려입은 여자와 나란히 길을 걷고 있었다. 두 사람은 밝은 색상의 직물 대여섯 필을 나눠 들고 있었는데, 아마도 가게에 다녀오는 듯했다. 둘은 다정하게 대화를 나누며 버스를 지나쳐 걸어갔다.

나는 창문을 마구 두드려서 내가 여기 있다는 걸 말리에게 알리고 싶었다. 버스에서 뛰어내려 말리를 끌어안고 네 생각을 많이 했다고, 모두 얼마나 그리워하고 있는지 모른다고 말하고 싶었다. 하지만 창문에 손을 갖다 대는 순간 내 팔은 마비가 된 듯 얼어붙었다.

말리는 오빠가 죽은 사실을 알고 있을까? 행운의 뚱보가 날마다 걱정하고 궁금해한다는 사실을 알고 있을까? 혹시 스퉁 민체이에 대한 기억을 잊어버리고 싶어 하는 건 아닐까?

이런저런 의문들이 머릿속에서 뒤얽히다가 소피프와 함께 읽은 피라모스와 티스베에 대한 이야기가 불현듯 떠올랐다. 서로를 사랑하지만 두 집 사이를 가르는 두꺼운 벽에 가로막혀 있는 젊은 남녀의 이야기. 그럼에도 그들은 두꺼운 벽에 나 있는 작은 틈으로 이야기를 나눈다. 나는 손으로 창문을 더듬으며 말리가 마을로 이어진 흙길을 걸어가는 모습을 지켜봤다. 소녀는 내 또래 여자와 얘기를 주고받으며 행복하게 웃고 있었다. 내가 여기서 지켜보고 있다는 사실은 꿈에도 알지 못하리라.

문득 우리 조상들도 이런 식으로 나를 내려다보고 있는 게 아닐까 하는 생각이 들었다. 사랑하고 염려하는 마음으로 우리를 관찰하면서 작은 틈으로 격려의 말을 속삭여주고 있지 않을까? 그들 역시 우리가 행복하게 사는 모습을 지켜보는 것만으로 만족하고 있지 않을까?

나는 다시 기 림의 옆자리로 돌아갔다. 기 림이 고개를 들고 나를 올려다봤다. "무슨 일이야, 상 리? 왜 울고 있는 거야?"

"아무 일도 아니야." 나는 자리에 앉아 그의 손을 꼭 움켜잡으며 말했다. "벽에 난 틈으로 뭔가를 봤을 뿐이야. 집에 가자."

≠ ≠ ≠

우리는 캄캄한 밤이 돼서야 스퉁 민체이에 도착했다. 달빛이 매립장 주변을 환하게 밝혀주고 있었으므로 길을 걷는 데 별다른 어려움은 없었다. 드디어 언덕 위의 우리 집에 가까워졌을 때 나는 두 발이 닻을 내린 것처럼 꼼짝할 수가 없었다. 저절로 입이 벌어졌지만 아무 소리도 나오지 않았다. 기 림이 니사이를 안은 채 가방 하나를 들었고 내가 나머지 가방을 들고 있었는데, 그 순간 내가 들었던 가방이 툭 소리를 내며 땅으로 떨어졌다.

믿지 못할 광경 앞에서 내가 아무 말도 하지 못하자 기림이 대신 말을 꺼냈다. "아무래도 강도를 당했나 봐."

단순히 강도만 당한 것이 아니었다. 짓밟히고 침탈을 당했다고 해야 정확할 것 같았다. 우리 집은 완벽하게 빈집이 되어 있었다. 세 개의 벽면과 지붕을 빼면 아무것도 남아 있는 게 없다. 그거라도 남아 있는 게 놀라울 따름이다.

나는 이리저리 집 안을 두리번거렸으나 빛이 없어 자세히 볼 수가 없었다. 기 림이 라이터를 켰다. 나의 우려가 현실로 확인됐다. 저들은 이중바닥 아래에 숨겨두었던 살림살이까지 모조리 가져가 버렸다. 빨래통과 냄비, 난로, 쌀자루 등을 포함해 내가 모아놓은 책과 잡지 들, 매트와 이불과 베개, 기 림의 고무장화, 플라스틱 주전자, 달팽이 껍질이 가득 담긴 오래된 스티로폼 상자까지 남김없이 가져갔다.

우리가 스퉁 민체이로 이사 왔을 때부터 사용했던 물 항아리가 묻혀 있던 자리에도 빈 구덩이만 덩그러니 남아 있었다. 기 림의 장비들도 없어졌고 재활용 쓰레기를 담는 자루들도 보이지 않았다.

우리는 뒤로 주춤주춤 물러 나와 입구의 휘장이 사라진

사실도 확인했다. 네 번째 벽면이자 현관문 구실을 하면서 우리를 여러 위험으로부터 보호해주던 가장 중요한 물건이었다. 대충 접어 지붕 위로 올려둔 것도 아니다. 저들은 내 고장 난 시계까지 가져갔다.

시골에 들고 갔던 것들을 제외하면 우리가 가진 모든 물건들이 완벽하게 사라졌다.

≢ ≢ ≢

어디선가 개울물이 졸졸 흐르는 소리가 들려왔고, 어둠 속에서 어떤 동물이 내 얼굴을 잡아당기는 것이 느껴졌다. 나는 꿈을 꾸고 있었다. 다만 전혀 꿈같지 않은 꿈이었다. 눈을 떴을 때 주위는 어둡지 않았다. 니사이가 옆에 누워 눈을 크게 뜨고 내 머리카락을 움켜쥐고 있었다. 나는 일어나 앉아 익숙지 않은 주변을 둘러보고 나서야 우리가 엄마 집에 왔다는 걸 기억했다. 지난 밤 늦게 모든 살림살이를 도둑맞았다는 걸 확인하고, 비가 올 경우를 대비해 이곳에서 밤을 보내기로 한 것이다.

남편은 아직 내 옆에서 자고 있었고, 엄마도 아직 잠이 든 상태였다. 나는 다시 누워서 발가벗은 아이를 꼭 끌어안았다. 다행히 아이는 밤새 설사를 하지 않았다. 니사이가 뭐라고 중얼거렸다. 아이가 무슨 말을 하는지 알 수 없었으나 그 옹알이 소리에 엄마가 깨어날 정도로 목소리가 크고 활기찼다. 고개를 휙 돌린 엄마가 우리에게 가까이 다가와서 아이를 살피며 말했다.

"니사이가 아주 좋아 보이는구나." 그러면서도 너무 성급하게 희망을 드러내지 않으려고 애쓰는 듯했다. 이어서 문을 활짝 열어 환한 햇살이 집 안 가득 들어오게 했다.

"니사이가 훨씬 나아졌어." 내가 말했다. "집으로 돌아오는 내내 버스에서 잘 잤거든. 밤새 설사도 안 하고 눈빛도 아주 초롱초롱해 보여."

엄마는 자기 눈을 의심하는 것 같더니 잘못 들었나 싶어 고개를 흔들며 다시 물었다. "설사를 안 했다고?"

"아직은 안 했어."

엄마는 기분이 좋아 보이는 니사이를 번쩍 안아 올렸다. 깔깔거리며 할머니와 노는 아이를 보면서 나도 함께 기뻐하며 웃고 싶었다. 하지만 전에도 잠깐 좋아졌다가 도로 상태가 나빠진 경우가 수도 없이 많았다. 주로 약이 떨어졌을 때 그랬다. 그런데 지금은 약을 먹은 것도 아니지 않은가.

"배가 고픈 모양이구나. 우리 손주 배고프지?" 엄마가 갓난아기를 다루듯 말했다. "축하도 할 겸 아주 근사한 아침을 차려줘야겠구나."

기 림도 어느새 일어나 앉아 있었는데, 그리 즐겁지만은 않은 표정으로 말했다. "일을 나가야 되는데, 고무장화도 없고 집게도 없고 아무것도 없네."

남편의 말이 틀린 건 아니다. 우린 이제 아무것도 가진 게 없다. 하지만 니사이가 정말 좋아진 거라면 우린 모든 걸 다 얻은 셈이다.

니사이가 완전히 좋아질 거라는 생각은 너무 오랫동안 품어왔던, 포기하지 못한 희망이었다. 이제 드디어 그 가능성의 문이 열리며 환한 햇살이 들어오려 하는데, 어찌 기쁘고 감격스럽지 않을 수 있나. 나도 모르게 입술이 떨리면서 주체할 수 없을 정도로 눈물이 주르륵 흘러내렸다. 그런데도 기 림의 첫 반응은 걱정과 우려였다. "괜찮아." 그제야 남편은 미안하다는 표정을 지으며 말했다. "집게야 또 구하면 되지."

나는 고작 집게 때문에 우는 게 아니라는 것을 설명하고 싶었다. 하지만 입에서 나오는 소리는 흐느낌과 뒤섞여 누구도 알아듣기 힘들었다.

"곧 진정될 거야. 시간이 지나면 안정을 찾겠지." 엄마가 위로의 말을 건넨 뒤 우리 둘을 돌아보며 말을 이었다. "그리고 살림살이를 다 잃어버린 건 너무 걱정하지 마. 우리가 마련하고 있으니까."

"마련한다고요?" 기림과 내가 동시에 되물었다.

"이틀 전에 테바 마오가 너희 집에 강도들이 들이닥치는 걸 목격했대. 그때 이후로 우리가 조금씩 물건을 모으기 시작했어. 테바는 남는 난로가 하나 있다고 했고, 나린도 냄비를 줄 수 있다고 했어. 내게도 집게가 몇 개 있어. 아, 그리고 프란 테오가 시내에 사는 조카한테서 커다란 휘장을 얻어올 수 있을 것 같다고 했어. 오늘 확실히 알려주겠다고 했거든. 도둑을 맞긴 했지만 우린 너희가 다시 집으로 돌아오게 되어 너무 기쁘단다."

집. 나는 그 말을 머릿속에서 곱씹어보았다. 스퉁 민체이, 더럽고 냄새나고 얼마 안 되는 하찮은 물건까지도 남김없이 훔쳐갈 정도로 비열한 곳.

"맞아." 내가 말했다. "이제 집에 돌아왔어."

기 림은 새 휘장을 얻어오기 위해 프란과 함께 시내로 갔다. 가기 전에 프란은 그 휘장이 밝은 노란색이고 오렌지색 글자와 닭 한 마리가 그려져 있는데, 그 글자의 뜻이 뭔지는 모르겠다고 했다. 그의 말이 그냥 하는 소린지 장난인지 모르겠지만 나는 빨리 보고 싶다고 말했다.

엄마와 니사이, 테바 마오와 나는 함께 집 안을 정리했다. 함께 해주는 가족과 이웃 덕분에 침입을 당했다는 쓰라린 상처를 달랠 수 있었다. 테바가 새 항아리를 채울 물을 가져오는 동안 그녀의 딸 바나가 니사이를 돌봐줬다. 니사이는 점점 더 다루기 힘든 아이가 되어간다. 다른 이웃은 먹을 음식들을 비롯해 이불과 베개, 자질구레한 주방 도구들을 가져다주기도 했다. 스퉁 민체이에도 사랑이 넘쳐났다.

내가 정말 보고 싶은 사람은 소피프 신이었다. 오늘 아침에 잠깐 틈을 내서 서둘러 소피프의 집에 찾아갔지만 아무런 기척도 느낄 수가 없었다. 오후에 모두가 돌아가고 나면 다시 한번 다녀와야겠다고 생각했다. 하지만 행운의 뚱보가 나타나는 바람에 계획을 바꾸기로 했다. 소년이 가방하나를 가져왔는데, 소피프의 것임을 한눈에 알아볼 수 있었다.

"소피프가 저더러 이걸 아줌마한테 전해달라고 했어요."
뚱보가 말했다.

"그게 뭔데?"

"나도 몰라요. 읽을 수가 없으니까."

가방 안에는 공책 한 권이 들어 있었다. "언제? 소피프
가 이걸 언제 주고 갔는데?" 나는 빨리 많은 걸 알고 싶어
안달이 나서 재촉했다.

"3일 전에 찾아와서 아줌마가 돌아왔는지 묻고 갔어요.
정말 몸이 안 좋아 보였어요. 살도 많이 빠진 것 같고. 소
피프에 대해 이런 말을 하게 될 줄은 몰랐네요."

"지금은 집에 있을까? 다른 말은 없었고? 그때 이후로
본 적은 없니?" 나는 소년에게 연달아 질문 세례를 퍼부었
다. 그러려고 한 건 아닌데, 궁금해서 참을 수가 없었다.
뚱보는 무슨 대답부터 해야 할지 몰라 당황한 표정이었다.
결국 소년의 짤막한 한마디가 모든 걸 말해줬다.

"떠난 것 같아요."

어디로 간 거냐고 물어봤자 아무 소용이 없을 것 같다.
나는 가방 안을 샅샅이 뒤져 다른 건 없는지 다시 확인했
다. 그러고는 비스듬히 서서 손가락으로 공책을 넘겨봤다.

앞쪽에 편지 하나가 끼어 있었다.

안녕, 상 리.

다시 볼 수 없을 것 같아 안타까운 마음에 몇 자 적어보기로 했어. 전에도 말했듯이 실망스러운 결말도 꽤 많은 법이야. 하지만 난 우리가 시작한 일을 끝내고 싶어. 그래서 가르침이 될 만한 것들을 더 만들어봤지. 내가 준비한 것들이 자네의 끈질긴 질문들에 답이 될 수 있을 거라고 믿어.

고마워, 상 리. 이 불쌍한 늙은이의 말을 들어줘서. 이 몸이 자네의 우정을 받을 만한 자격이 되는지는 모르겠지만. 자넨 결코 어리석은 여자가 아니야.

잘 지내.

소피프 신

P.S. 집에 자네를 위한 책 몇 권을 남겨뒀어. 집 열쇠는 물 항아리 뒤에 있네.

불안한 마음을 가눌 수가 없었다. 나를 위해 애쓰는 이웃들에게 양해를 구하고 지금 당장 소피프의 집에 다녀오고 싶은 생각이 간절했다. 그녀가 정말 떠난 게 맞는지 확인하고 싶다. 그때 기 림과 프란이 저만치서 둘둘 만 휘장을 들고 걸어오는 게 보였다. 닭이 그려져 있다는 프란의 말은 농담이었다는 게 드러났지만 휘장의 색은 연노란색이 맞았다. 내색하지 않았다고 생각했는데, 내 얼굴에 근심이 가득했는지 기 림이 무슨 일이 있냐고 물었다.

"소피프가 떠났대." 나는 남편이 볼 수 있게 공책을 들어 올리며 말했다.

"그건 뭔데?"

"내가 공부할 것들인가 봐. 근데 소피프가 이미 떠났다고 뚱보가 말해줬어."

"어디로 갔다고 하는데?"

"뚱보도 몰라. 내게 남긴 쪽지에도 그런 말은 없었어. 어디로 갈지 말할 사람도 아니야."

"언제?" 남편이 다시 물었다. "언제 떠났는지는 알아?"

"뚱보 말로는 3일 전쯤 떠났다던데."

기 림은 휘장과 프란을 차례로 쳐다본 다음 말했다. "3일 전이라… 돌아왔다면 볼 수 있을 것 같긴 한데. 일단 프란이 가기 전에 휘장부터 달아놓고 소피프 집에 가보자."

기 림이 작업하는 동안 엄마가 니사이를 봐줬다. 나는 조금 떨어진 곳에 종이 판지를 깔고 앉아 소피프의 공책을 훑어봤다.

페이지를 넘기면서 이건 뭔가 다르다는 것을 느꼈다. 인쇄된 것도 아니고 영어로 된 작품을 번역한 것도 아니다. 팸플릿이나 책이 아니라 소피프가 종이 위에 직접 손으로 하나하나 써내려간 것이었다.

공책 겉장엔 '소피프 신의 에세이'라는 제목이 적혀 있었다. 이야기가 여러 가지인 데다 공책이 꽤 두툼해서 그것들을 다 읽으려면 며칠은 걸릴 듯했다. 언뜻 봐도 하나하나가 다 재미있을 것 같다. 미국 대학에서 공부한 이야기, 첫사랑에 대한 회고, 대학에서 학생들을 가르치던 시절의 이야기 등이 눈에 띄었다. 그중에서도 가장 눈길을 끈 것은 '에필로그'라고만 적힌 마지막 부분이었다.

그 부분이 내 눈을 사로잡은 것은 우리가 함께 읽은 이야기에서 에필로그라는 말을 봤을 때 그게 무슨 뜻인지 물어본 적이 있기 때문이다. 소피프의 설명에 따르면 에필로그는 작가가 이야기를 마무리하면서 사용하는 소단원인데, 독자에게 이제 이야기가 끝났음을 직접적으로 말하고 싶을 때 작품 말미에 추가로 덧붙이는 해설 같은 것이라고 했다. 이야기를 끝내고 나서 주인공에게 어떤 일이 생겼는지 작가가 따로 설명하는 부분이라고도 했다. 한마디로 말해 '최종 단원'이라고 보면 된다는 것이다.

나는 에필로그 부분을 읽어도 될지 망설였다. 곧 알게 될 내용 때문만은 아니다. 소피프가 끊임없이 내게 강조했던 중요한 가르침 때문이었다. '결말을 먼저 읽어선 안 된다.'

소피프는 결말부터 읽은 다음 다시 처음으로 돌아가 모든 걸 다 안다는 듯 거만하고 의기양양한 표정으로 이야기를 읽는 독자들을 경멸했다. 그녀의 질책이 귓가에 쟁쟁 울리는 것 같다.

'작품을 대할 때는 첫 페이지부터 꼼꼼히 읽어나가야 해. 만약 그게 두렵다면 책을 덮고 다른 걸 하는 게 나아. 내가 참을 수 없는 건 결말부터 미리 읽는 거야. 그건 독자에게나 작가에게나 온당치 않아. 그럴 거였다면 애초부터 아예 그렇게 썼겠지!'

내가 주저하는 모습을 기 림이 지켜보고 있었다. 하지만 내겐 그 이유를 설명할 시간이나 인내심이 없었다. 더구나 소피프의 마지막 단원을 큰 소리로 읽어줄 만큼 마음의 여유도 없었다. 나는 그냥 조용히 그 부분을 읽고 싶었다.

그때 소피프가 힐난하는 소리가 다시 들리는 것 같았다. 하지만 나는 입술을 질끈 깨물고 소리 없이 용서를 구한 다음 에필로그를 읽기 시작했다. 그러자 이런 소리가 울려 퍼졌다.

'자넨 결국 어리석은 여자야.'

25장

에필로그

– 소피프 신

캄보디아의 오래된 민간설화 중에 이런 이야기가 있다.
옛날에 소반 솜이라는 사냥꾼이 한 요부에게 홀려 숲속
으로 들어갔다. 하지만 그는 그토록 갈망하던 여인을 찾
지도 못하고 뱀한테 목이 졸려 조용히 숨을 거두고 말
았다.

나를 포함해서 캄보디아 사람들은 이 이야기에 좀 더 귀
를 기울였어야 했다.

1975년 초반엔 프놈펜과 인근 지역에서 수년 동안 이어

지던 파벌 투쟁과 내전이 극에 달했고, 급기야 같은 해 4월 17일에는 급진좌파 무장단체인 크메르루주 군대가 승리를 선언하고 프놈펜을 장악했다. 심지어 일부 우파 군인들까지 환호했다. 시민들은 마침내 전쟁이 끝나서 기쁘기 그지없었고, 대부분은 누가 승리를 거머쥐든 아무 관심이 없었다. 당시에 우리는 무사안일주의가 얼마나 값비싼 대가를 치르게 되는지 제대로 이해하지 못했다. 우리는 무관심이라는 정서를 두 팔 벌려 환영했고, 함께 저녁을 먹자고 초대한 뒤 여분의 침실까지 제공한 꼴이었다. 그래서 우리가 조용히 잠을 자는 동안 그것이 뒤에서 몰래 기어올라 우리 목을 조른 것이다.

우리는 변화를 원했다. 그러면서도 새로 정권을 장악한 지도자들이 방금 전복된 자들보다야 나쁠 수 없을 거라는 안일한 생각에 사로잡혀 있었다. 안타깝게도 나는 바로 그날 사태의 심각성과 맞닥뜨려야 했다.

라디오를 통해 요란하게 흘러나오는 보도는 모두 실내에 머물라는 지시였고, 사람들은 대부분 지시를 따랐다. 하지만 나는 별다른 걱정을 하지 않았다. 캄보디아는 늘 정권의 변화에 잘 적응해왔다는 점을 역사를 통해 알 수 있었으니까. 그래서 이번에도 크게 다르지 않을 거라 생각했다.

하지만 내 남편 삼낭은 별로 확신이 없는 듯했다. 삼낭은 선출직 공무원은 아니었지만 교육부 관련 일을 맡고 있었다. 게다가 남편은 여러 정치적 연관을 맺고 있는 저명한 집안 출신이었다. 공화정이 패배하고 새로운 정권이 들어섰다는 건 남편이 직업을 잃게 될지도 모른다는 걸 암시했다. 하지만 그의 신분이 항상 좋은 작용을 해왔기 때문에 이번에도 역시 신분의 혜택을 받을 거라는 생각에 별다른 의심을 품지 않았다.

도시를 직접 겨냥한 최근의 로켓탄 공격 때문에 3일 동안이나 집 안에 갇혀 지내느라 머리가 돌 지경이었다. 공격이 끝나자 내 머리에 이상이 없다는 걸 확인하기 위해 나는 찬장에서 바구니를 꺼내 들고 삼낭의 누이인 찬나리가 잘 있는지 보고 오겠다고 말했다. 남편은 내가 혼자 밖에 나가는 걸 꺼림칙해하면서도 라디오에서 나오는 뉴스를 한시도 놓치고 싶어 하지 않았다. 젖먹이 아기인 아들이 방에서 잘 자고 있었으므로 남편은 가정부를 데리고 다녀오라고 했다.

"조심해." 남편이 주의를 줬다.

"별일 없을 거야." 나는 장담했다.

거리는 생각만큼 위험해 보이지 않았다. 우리는 도시 한복판에 자리 잡은 3층짜리 현대식 가옥에 살았다. 옥상에는 아름다운 정원도 갖추고 있어서 이런저런 꽃과 작물을 키웠다. 집 뒤편에는 벽돌이 깔린 좁은 길이 나 있었는데, 십여 개가 넘는 비슷한 크기의 집들이 공동으로 사용하는 비밀 통로로 연결돼 있었다. 대체로 친지나 친구들이 그런 집들을 소유하고 있었기 때문에 비밀 통로는 편리할 뿐만 아니라 비상시에는 안전하고 손쉬운 탈출 방법이 되기도 했다.

찬나리의 집은 조금 떨어져 있긴 했지만 그리 먼 거리는 아니었다. 나는 가정부에게 바구니를 들게 하고 앞장서 걸으면서 내내 달걀 걱정을 했다.

최근 도시 외곽에서 자주 싸움이 벌어지는 탓에 피난처를 찾아 도시로 들어오는 사람들이 늘어났다. 도시로 유입되는 사람들이 증가하자 가게의 상품들이 동이 나기 시작했고 가격도 급등했다. 오늘도 나는 달걀을 사러 두 번이나 가게에 들렀으나 두 번 다 빈손으로 돌아와야 했다.

남편과 마찬가지로 그의 누이도 친화력이 좋은 사람이었다. 언젠가 찬나리는 가까이 사는 이웃이 닭을 몇백

마리 구입해 기르면서 지인들에게 달걀을 팔고 있다고 말한 적이 있다. 그녀는 내게 달걀 20~30개 이상을 줄 수 있을 것 같다고 자신 있게 말했다.

찬나리의 말이 허풍은 아닌 것 같다. 우리가 집 뒤편에 다다랐을 때 주방에서 가까운 탁자 위에 달걀이 가득한 바구니가 놓여 있는 게 보였다. 그런데 시누이는 어디에도 보이지 않았다. 나는 다시 이름을 크게 불렀다. "찬나리? 찬나리?"

역시 대답이 없었다.

가정부가 불안해하며 말했다. "돌아가야 할 것 같은데요."

"괜히 겁먹을 필요 없어."

시누이가 내게 주려는 달걀이 정확히 몇 개인지 알 수 없어 절반쯤인 30개 정도만 바구니에 담았다. 그리고 집 안에 들어가서 시누이에게 들렀다 간다는 내용의 쪽지를 남겼다.

또다시 내가 몇 걸음 앞서 걷기 시작했고 바구니를 든 가정부가 뒤를 따랐다. 대문을 나선 후 거리로 접어들었을 때 종종거리며 따라오던 가정부가 실수로 바구니를 기울이는 바람에 달걀 몇 개가 떨어지며 박살이 났다.

나는 바구니를 뺏어 들며 버럭 화를 냈다.

"바보 같은 계집애! 조심했어야지. 이게 얼마나 비싼 건
데."

나는 좀 더 너그러웠어야 했다. 그래봤자 고작 달걀이지
않은가. 하지만 그때 나는 그녀를 따끔하게 가르칠 필요
가 있다고 생각했다. 가정부는 우리와 거의 1년을 함께
지냈지만 남의 집 살림을 도와주는 자기 업무를 게을리
하거나 소홀히 할 때가 많았다. 그녀는 시골에서 왔는
데, 처음 집에 들일 때 소개해준 친구에 대한 호의로 일
하는 데 필요한 교육을 받는 비용을 우리가 부담했다.
1년 가까운 시간을 함께 보냈음에도 이미 2주 전에 내보
내야겠다고 마음먹은 사실은 가정부도 모르고 있다. 상
황이 생각보다 혼란스럽게 흐르고 있고 아직 적절한 사
람을 구하지 못했기 때문에 말을 못 꺼내고 있을 뿐이
다. 그런데 뭔가 변화의 낌새를 느꼈는지 일주일 전쯤
좀 더 성실하게 일하라고 충고했을 때 가정부는 고개를
숙이며 정중히 사과했다. "죄송해요. 앞으로는 더 잘할
게요. 좀 더 열심히 일할게요."

말, 말, 공허한 말. 나는 행동이 따르지 않는 헛된 말에
더욱 짜증이 났다.

우리 집 앞에 도착했을 때 가정부가 먼저 대문을 열고 들어갔고, 나는 달걀을 흘리지 않도록 조심하며 그 뒤를 따라 들어갔다.

우리가 마당에 들어서자 먼저 와서 집을 장악하고 있던 크메르루주 군인 네 명이 일제히 소총을 겨누며 집 안으로 들어가라고 명령했다. 나도 모르게 바구니를 쥐고 있던 손에 힘이 들어갔다. 시간이 그토록 더디게 흘러갈 수가 없었다. 눈앞의 모든 장면과 소리를 빠짐없이 관찰하고 기록하느라 온몸의 감각들이 잔뜩 곤두서 있었다.

집 안으로 들어가자 다른 두 명의 군인이 우리 머리에 총신을 겨누었다. 맞은편 구석에 남편이 뻣뻣하게 굳은 채 앉아 있었다. 남편 뒤쪽에는 기껏해야 열다섯이 될까 말까 한 소년이 군복을 입고 서 있다. 아직 아이에 불과한데도 소년의 눈은 증오로 이글거렸다.

손이 떨리기 시작하면서 달걀이 흔들리고 부딪치며 딱딱 소리를 냈다. 이러다가 달걀이 모조리 깨져버릴 것 같다. 나는 삼낭을 힐끗 쳐다봤다. 여차하면 생명을 앗아가 버릴 총구가 두렵지도 않은지 남편의 시선이 방 안을 이리저리 훑고 있었다. 탈출 가능성을 따져보고 있는 것 같았다. 덩달아 나의 맥박 소리도 더욱 빨라졌다. 남편은 정말 도망갈 방법을 찾아냈을까?

우리를 인질로 잡은 이 어린 군인들 또래의 학생들에게 나는 늘 강조했다. 말과 글은 '인생을 바꿀 만큼' 강력한 힘을 가지고 있다고. 또 이런 말도 했다. "문학은 정의를 요구하고 자유를 갈망하며, 정신을 변화시키고 마음을 감화시킨다. 그리하여 문학은 인간을 구한다."

하지만 내가 이해하지 못한 것이 있었다. 문학에 그런 강력한 힘이 있다 해도 그런 의미들이 한순간에 사라져 버리거나 위장을 할 수도 있다는 점이다. 또한 나는 남편이 그런 거짓말을 내뱉을 거라고는 전혀 예상하지 못했다.

"소리얀, 괜찮아. 이리로 와. 우리가 죽을 운명이라면 함께 있자고."

죽음의 공포가 눈덩이처럼 커지는 상황에서 삼낭은 내게 큰 소리로 외쳤다. 아니, 그런데 그의 눈길이 나를 향해 있는 것 같지가 않다. 확실히 그는 시골에서 온 가정부 소피프 신을 열렬히 바라보고 있었다. 가정부는 어설픈 아이였을지는 몰라도 어리석은 아이는 아니었다. 당혹감에 빠져 있던 눈빛이 순식간에 변하면서 상황 파악을 하는 듯했다. 남편이 무엇을 원하고 요구하는지 재빨리 알아챘다.

가정부는 나의 허락을 구하는 듯 잠시 나를 돌아보았다. 나는 그 눈에서 나와 비슷한 공포를 보게 될 줄 알았다. 그런데 그 얼굴은 자신감으로 빛났다. 평소에 우리가 대화를 나눌 때 소피프는 시선을 떨구고 말하는 경우가 많았다. 하지만 오늘은 아니다. 시선을 똑바로 마주하고 이렇게 말하는 듯했다. '난 서투른 시골 처녀, 늘 당신을 실망시킨 가정부였죠. 하지만 오늘은 바로잡고야 말겠어요. 내 가족이, 당신이 자랑스러워할 수 있게요. 어떤 상황이 벌어져도 다시는 달걀을 쏟지 않을게요.'

곧이어 가정부는 내 허락도 없이 마음의 결정을 내린 듯했다.

삼낭이 두 번째로 내 이름을 부르자 소피프가 주저하지 않고 대답했다.

"이제 가요."

마치 왕국의 공주라도 되는 것처럼 소피프는 남편을 향해 침착하고 자신 있게 성큼성큼 걸어갔다.

남편 뒤에 서 있던 어린 군인이 이맛살을 찌푸리며 혼란스러워하더니 상급자인 듯한 군인에게 힐끗 시선을 던졌다. 소피프는 어떤 군인에게도 생각할 틈을 주지 않았다. 바로 조금 전까지도 내게 질책을 받던 아이가 허리를 꼿꼿이 펴고 교양 있는 여자, 아내, 엄마, 여왕처럼 행동했다.

반면에 그 아이를 가르치던 나는 달걀이 든 바구니를 초조하게 움켜쥔 채 온몸이 얼어붙은 것처럼 꼼짝 못 하고 있었다.

소피프는 자신을 겨누고 있는 총이 발사될지도 모르는 상황에서 전혀 흔들림이 없었다. 아직은 누구도 방아쇠를 당기지 않았다. 내 심장은 가슴속을 박차고 나가려 했지만 머리와 몸은 한껏 웅크린 채 두려움에 떨고 있었다.

소피프가 남편 옆에 다다르자 삼낭은 자신의 머리를 겨눈 총부리에도 아랑곳없이 조용히 일어나 가정부를 가까이 끌어당겼다. 그러자 군인들의 시선이 일제히 남편과 가정부를 향했다. 나는 그제야 남편의 뜻을 정확히 이해했고, 그 계획은 효과적이었다. 소피프를 꼭 끌어안은 남편은 군인들이 눈치채지 못한 틈을 타서 나를 힐끗 훔쳐보았다.

그의 눈이 말하고 있었다. 이게 최선이자 유일한 선택이

라고. 그리고 부드러운 눈길이 내게 조용히 안녕이라고
말하고 있었다.

말은 강력하다. 나는 크게 외칠 수도 있었다. '아니, 이
건 옳지 않아요. 나는 소리얀이고, 내가 저 사람의 아내
라고요. 저 가정부가 일이 너무 서툴러서 내가 이 달걀
바구니를 들고 있는 것이라고요.'

하지만 비겁하게도 나는 아무 말도 하지 못했다.

가정부도 이렇게 소리칠 수 있었다. '나를 해치지 말아
요. 나는 소피프 신이고, 시골에서 온 가정부라고요. 이
두 사람이 지식인이고 당신들이 찾는 사람들이라고요.'

하지만 용감하게도 그녀는 아무 말도 하지 않았다.

탕!

젊은 군인의 총에서 발사된 총알이 삼낭을 쓰러뜨렸다.
피가 온 가구에 튀었고, 군인들이 웃었다.

"안 돼!" 나는 처음으로 입을 열고 비명을 질렀다. 바구
니가 떨어지면서 달걀이 깨지거나 바닥을 굴러다녔다.

탕! 탕!

이어서 소피프가 몸을 크게 휘청했다. 한 발은 가슴에,
또 한 발은 머리에 명중했다. 축 늘어진 몸이 삼낭의 시
신 위로 푹 쓰러졌다.

그때 침실에서 자고 있던 아기가 울기 시작했다.

여섯 명의 군인이 예기치 못한 소리에 깜짝 놀라 일제히 몸을 돌렸다. 나는 앞으로 달려나가려 했지만 누군가 내 멱살을 잡았고 다른 군인들은 다시 사격 준비를 했다.

"아기를 죽이지 말아주세요." 나는 호소했다. "내가 데려 갈게요."

침실에서 가장 가까이 있던 군인이 제일 먼저 울음소리를 향해 다가갔다.

탕! 그리고 내 아기는 더 이상 울지 않았다.

침실에서 울리던 귀청이 터질 듯한 총소리에 나는 깊고 발작적인 숨을 토했다. 벽과 천장이 조여오기 시작하더니 구부러지고 뒤틀렸다. 군인들이 큰 소리로 떠들어댔지만 무슨 말을 하는지 알아들을 수 없었다. 이상하게 왜곡된, 의미 없는 아우성밖에 들리지 않았다. 나는 똑바로 서려고 애썼지만 다리에 힘이 풀리면서 쿵 소리를 내고 바닥에 넘어지고 말았다.

"이제 끝내줘요. 제발, 나도 죽여줘요." 나는 흐느껴 울며 애원했지만 내 말을 듣는 사람은 아무도 없었다.

설혹 들었다 해도 내 말대로 해주진 않았을 것이다. 그들의 목표는 소작농이나 농부들이 아니라 지식인들을 숙청하는 것이었다. 그들의 입장에서 판단하면 그날 우리 집에서 살아남을 수 있는 사람은 어설프고 배우지 못한 가정부뿐이었다. 그들 눈에 그 가정부는 나였다.

이틀 후, 나는 수많은 피난 행렬에 섞여 도시에서 밀려 나왔다. 우리가 새로운 사회의 이익에 기여할 수 있는 유일한 길은 농사를 짓는 것이었다. 나는 쿰 스푸라는 지역으로 옮겨져 쌀농사를 짓는 집단농장에 배정됐다. 크메르루주는 서구 문화가 사회를 타락시키기 이전의 시대로, 농업이 번성하고 노동자가 지배하는 사회로 캄보디아를 이끌고자 했다. 하지만 그들은 '노동자 유토피아'를 건설한다는 미명 아래 죄 없는 사람들을 힘으로 제압하고 피의 숙청을 단행했다.

중국 문화혁명 기간 중 자행된 참혹한 집단 학살을 다룬 에세이를 읽은 적이 있다. 히틀러가 저지른 잔혹한 행위들을 다룬 유대 문학에 대해 강의한 적도 있다. 하지만 나는 머리로만 그런 글들을 읽었을 뿐 가슴 깊이 이해하진 못했다. 직접 경험하기 전에는 알 수 없었다. 이제는 안다. 인간이 처한 슬픔의 실체와 무게를 있는 그대로 전달할 만큼 충분히 가혹하고 광범위하고 깊이 있는 말과 글과 문학은 없다는 것을.

나는 날마다 죽기만을 바랐다. '사회의 반역자'로 신원이 밝혀지면 누구든 트럭에 실려가 학살당했다. 결국 새로운 캄보디아에서는, 크메르루주가 지배하는 사회에서는 지식 계층을 위한 자리는 없었다. 의사나 법률가, 정비공이나 기술자, 운전자나 상인, 학생, 특히 선생은 필요 없는 존재들이었다. 아이들이 굶어 죽고 노인들이 막대기로 맞아 죽는 장면을 지켜볼 수밖에 없었다. 미국을 방문한 적이 있는 먼 친척 때문에 온 가족이 반역자로 분류되어 살해당하는 장면도 목격했다.

완전히 미친 짓이었다.

4년 후에 베트남 군대의 지원을 받은 캄보디아 공산동맹군이 이 정권을 전복할 때까지 150만 명이 넘는 무고한 사람들이 끔찍하게 학살당했고, 살아남은 사람들 역시 더욱 사악한 방식으로 상처를 입으며 살아가야 했다.

나는 결국 도시로 돌아갔지만 삶은 이미 완벽하게 달라져 있었다. 프놈펜의 우리 집이 파괴된 것처럼 나 역시 알아볼 수 없을 정도로 망가져 있었다. 나는 대부분의 시간을 거리에서 지냈고, 가끔은 구원을 받는 상상도 해보았으나 대개는 과거를 잊기 위해 술로 세월을 보냈다. 그러다가 1995년에 '승리의 강'이라는 스퉁 민체이를 알게 됐고, 오래지 않아 그곳으로 스며들어 갔다. 스퉁 민체이는 꽤 견딜 만한 곳이었다. 심지어 편안함마저 느꼈다. 늙고 버림받고 망가진 존재가 생을 마무리하기에 더할 나위 없는 장소였다. 나는 그날 이후 소리얀이 아닌 소피프 신으로 살았다. 과거를 돌아보지 않는 게 덜 괴로웠기 때문이다. 침묵으로 일관하면서 부끄럽고 수치스럽고 비통한 과거가 머릿속에서 지워지기를 기다렸다. 그러던 어느 날 시골 출신의 또 다른 여자를 만났다. 예전의 가정부처럼 서투르고 글을 읽을 줄 모르는 여자였다. 그리고 돌이키고 싶지 않은 비참한 과거를 가진 내게 다시 가르침을 베풀 수 있다는 사실을 일깨워줬다.

나의 마지막 가르침을 잘 들어줘, 상 리.

나는 내 가정부 소피프 신의 목숨을 구할 수도 있었지만 침묵해버렸어. 그 후로 내내 대가를 치르며 살아왔지. 선택을 할 때는 신중해야 해. 반드시 결과가 따라오게 되어 있으니까. 좋든 나쁘든.

나의 마지막 작별인사를 받아주게, 상 리.

― 자네의 스승, 소피프 신.

"안 돼!" 소피프의 마지막 말을 읽고 나는 비명을 질렀다. "당신이 틀렸어요! 이건 가르침이 아니잖아요. 이건 아니죠!"

나는 손가락을 떨며 소매로 볼을 훔쳤다. 집 뒤편에 있던 기 림이 놀라서 달려왔다. 하지만 그가 할 수 있는 일은 오직 내 대답을 기다리는 것뿐이었다.

"진짜 이름은 소피프 신이 아니었어." 나는 도저히 믿을 수가 없어 고개를 저으며 울부짖었다. "진짜 이름은 소리얀이었어. 소피프 신이 아니라." 나는 똑같은 소리를 되풀이했다. 그러면 모두가 더 잘 알아들을 것 같았다.

테바 마오는 고개를 돌리고 내 말에 귀를 기울였다.

"소피프 신은 그녀의 가정부였어." 내가 말했다.

"가정부라고? 그게 뭔데?" 기 림이 물었다.

나는 그 어느 때보다 굳게 다짐했다. "더 늦기 전에 소피프를 찾아야 해. 선생이라면서 가르침이 뭔지도 모르잖아. 꼭 소피프를 찾아야 해! 다들 날 도와줄 거지?"

26장

스승의 진짜 이름이 소리얀이라는 사실을 알게 됐지만 나는 계속 소피프 신이라고 불렀다. 그 이름이 더 익숙하기도 했고 상황을 잘 모르는 사람들에게 일일이 설명하기가 힘들었기 때문이다.

엄마는 다시 한번 소피프의 집에 다녀오겠다고 했다. 매립장을 가로질러 돌아온 엄마는 역시 아무 대답이 없다고, 그녀가 떠나는 것을 본 이웃도 있다고 말했다. 놀랄 일도 아니었다. 눈이 점점 피로해졌지만 나는 계속해서 에세이를 읽어나갔다. 해가 지고 나면 희미한 등불 밑에서 글을 읽는 게 쉽지 않을 것이다. 이야기들은 대체로 재미있고 교훈적이었다. 물론 다 행복한 이야기들은 아니었다. 웃음이 절로 나는 이야기도 있었고 비극적인 이야기도 여럿 있었지만 모두 중요한 가르침이 담긴 완벽한 문학 작품이었다. 몇몇 작품을 제외하고는 대부분 여러 사건과 비유를 통해 간접적으로 메시지를 던지고 있었다. 소피프다운 방식이었다.

결혼 첫해를 다룬 이야기를 읽을 때는 나도 모르게 얼굴에 미소가 번졌다. 소피프 부부는 아침마다 서로 늦게 일어나지 않으려고 안간힘을 썼는데, 나중에 일어나는 사람이 침실을 정리하기로 약속했기 때문이다. 다정한 부부의 사랑이 느껴지는 이야기였다.

보스턴에서 대학을 다닐 때 함께 방을 썼던 친구에 대한 이야기도 있었다. 친구는 95세 할머니를 위해 자매들과 함께 정성 들여 누비이불을 만들었다. 그런데 선물을 드리자 할머니가 너무 감격한 나머지 심장마비로 목숨을 잃고 말았다. 정말 어처구니없는 일이었다.

아이를 먹여 살릴 우윳값이 없어 아이와 자전거를 맞바꾼 절망적이고 무모한 부부에 대한 이야기도 있었다. 덕분에 아이 아버지는 자전거를 타고 일을 나갈 수 있었지만 나중에는 자전거와 아이 모두 매립장에 버려지는 신세가 되고 만다. 소피프는 그 아이를 행운아라고 불렀는데, 나는 그게 무슨 의미인지 이해하지 못했다.

제목이 없는, 짤막한 시 같은 것도 있었다. 분노와 절망의 감정을 담담하게 묘사하고 있는데, 상처받은 인간의 영혼을 엿볼 수 있게 해주는 작품이었다.

≠ ≠ ≠

아무도 듣지 않는 어둠 속에서 나약했던 지난날을 절규한다.

환한 대낮에도 가슴을 끓이지만 지난날의 실패를 꿰뚫어 보는 이는 없다.

아무도 없는 적막한 곳에서 치욕의 눈물을 흘린다. 눈물이 볼을 타고 입안으로 흐른다.

절망의 연기를 들이마신다. 이기적이고 고약한 냄새에 속이 메슥거린다.

하늘을 향해 위안을 달라고, 찢어진 가슴을 치유하는 기적을 내려달라고 애원한다.

어떤 손도 나의 고통을 어루만져주지 않는다.

어떤 빛도 나의 슬픔을 몰아내주지 않는다.

어떤 목소리도 대답을 해주지 않는다.

시골에서 온 여자가 내게 글을 가르쳐달라고 한다.

조상들은 참으로 재미난 유머 감각을 가졌다.

≠ ≠ ≠

슬프고 감동적이고 교훈적인 이야기들을 다 읽어보아도 소피프의 행방을 보여주는 단서는 찾을 수가 없었다. 해가 질 무렵에 나린이 집에 들렀다. 나린은 친구들이 모이는 쉼터에서 소식을 전해 들었다면서 어떻게 도와주면 되는지 물었다. 나린을 보자마자 한동안 잊고 있던 생각이 퍼뜩 떠올랐다.

"맞아!" 나는 크게 소리쳤다. 그제야 나린의 친구 마카라와 그 언니가 기억난 것이다. 소피프를 치료하고 있다는 그 병원 말이다. "아픈 사람이 병원 말고 어딜 가겠어."

지금 출발하면 늦지 않을 것이다. 기 림은 그러라는 듯 고개를 끄덕이면서 오토바이를 타고 갈 돈을 주었다. 나는 나린과 함께 길을 나섰다. 고약하게 성질을 부리며 간호사들에게 불평을 늘어놓는 소피프를 보게 되길 바라면서.

니사이를 데리고 갔던 병원과 마찬가지로 그곳도 분주하게 오가는 사람들로 붐볐다. 대기실을 가득 채운 사람들 역시 그때처럼 모두 걱정과 고통과 절망에 사로잡힌 얼굴들이었다. 접수창구에 앉아 있던 여자가 마카라의 언니에게 연락을 취해주자 얼마 되지 않아 그녀가 황급히 달려왔다. 나린을 보고 반가워하긴 했으나 오래 얘기하기는 어려운 모양이었다. 나는 간단하게 내 소개를 한 뒤 곧장 물었다. "소피프 신을 보셨나요? 매립장에서 온 여자분요. 간호사님한테 치료를 받은 분인데."

"소피프요? 최근 몇 주 동안은 보지 못했어요."

"여기서 치료를 받지 않았나요?"

"네, 그랬어요. 그러다가 치료를 중단하셨죠. 꽤 오래전에요."

"중단했다고요?" 나는 당황스러웠다. "왜 치료를 중단한 건가요?"

"약 때문에 너무 지친다고 했어요. 그래서 성질이 자꾸 고약해지고 제대로 생각할 수가 없다고. 할 일을 할 수가 없다고도 했어요. 우리로선 환자에게 치료를 강요할 수가 없어서."

"그래도 이해가 안 되네요." 나는 맞지 않는 조각들을 조립하느라 머리가 아팠다. "한 가지만 더 여쭐게요." 그러고는 평소에 궁금했던 점에 대해 물었다. "치료를 계속 받는다면 회복될 수 있는 상탠가요?"

간호사는 잠시 고민하더니 자신의 의학적 소견을 말해 주었다. "캄보디아에서는… 불가능해요. 태국에 가면 아마 가능할 거예요."

"태국이요?" 내가 물었다.

"네, 얘기 못 들었나요? 거기에 연구 목적의 치료를 제공하는 병원이 있어요. 아직은 임상실험 단계에 있는 치료방법이죠. 근데 앞서 말씀드린 그 이유로 거절하셨어요."

≠≠≠

지평선 너머 동쪽 하늘이 서서히 밝아오고 태양이 꿈틀거리며 고개를 내밀기 시작했다. 스퉁 민체이에도 또 새로운 하루가 시작되고 있었다. 소피프의 집으로 가던 길에 나는 우뚝 멈춰 서서 고개를 홱 돌리고 말했다. "잠깐만, 가방을 가져온다는 걸 깜빡했어. 책들을 담아 가야 하는데."

"무슨 책?"

"쪽지에… 내가 얘기 안 했나? 소피프가 내게 책 몇 권을 남겨두었다고 했거든."

기 림이 어깨를 한번 으쓱한 뒤 말했다. "가져올 책이 너무 많으면 나중에 다시 오지 뭐."

집 앞에 도착하자 기 림은 소피프가 안에 없는 게 분명하다고 장담했다.

"그걸 어떻게 아는데?"

"저 자물쇠를 봐. 밖에서 잠겨 있잖아."

혹시나 해서 나는 문을 두드리고 귀를 기울여봤다. 역시아무런 대답이 없다.

엄밀히 말하면 소피프는 스통 민체이에 산다고 할 수 없었다. 그녀의 집은 매립장 주변에 오밀조밀 모여 있는 집들에서 서쪽으로 약간 벗어난 좁다란 길목에 자리 잡고 있다. 소피프가 나를 집에 초대한 적이 없었기 때문에 정확히 어느 집인지는 알 수 없지만 밖에서 볼 때 방이 두 개쯤돼 보이고 단단한 벽에 경사진 지붕을 올린 저 집이 맞을 것 같다. 입구에는 튼튼한 덧문이 내려져 있다. 그중에서도 내가 가장 부러웠던 것은 잠금장치가 달린 현관문이었다. 집을 보니 소피프가 집 안에 사람을 들인 적이 거의 없을 것 같다는 생각이 들었다.

나는 한 번 더 세게 문을 두드렸다. 어찌나 큰 소리가 났는지 옆집에 사는 이웃이 짜증스러운 얼굴을 내밀고 귀찮다는 듯 말했다. "그 여잔 집에 없어요."

"혹시 어디 갔는지, 언제 돌아오는지 아시나요?" 내가 물었다.

"몰라요." 그러더니 남자는 고개를 홱 돌리고 사라져버렸다.

나는 서둘러 집 뒤로 돌아가 무릎을 꿇고 앉아 물 항아리 뒤편을 더듬었다. 녹슨 금속 고리에 매달린 열쇠 하나가 손가락에 닿았다. 고개를 들자 옆집 남자가 집 뒤쪽 창문을 통해 내다보다가 도로 고개를 숨기는 모습이 보였다. 남자를 무시한 채 다시 앞으로 돌아가 열쇠를 자물쇠에 밀어 넣고 돌렸다. 이윽고 찰칵 하고 잠금이 풀리는 소리가 들렸다.

"준비됐지?" 내가 묻자 기 림은 어깨를 으쓱하는 것으로 대답을 대신했다.

현관문을 열었다. 매립장을 맑게 씻어주던 아침 햇살이 쏟아져 들어가며 집 안을 환하게 비췄다.

"소피프?" 대답이 없을 거라고 생각하면서도 이름을 크게 불렀다.

그리고 주변을 둘러보다가 나도 모르게 입이 떡 벌어지고 심장이 두근거렸다. 가까이 다가가 눈앞에 보이는 것들을 하나하나 만져보았다. 모든 벽면마다 수많은 책이 쌓여 있었다. 수백 권은 될 것 같았다.

한쪽 벽에는 이부자리가 깔려 있었고, 다른 쪽 벽에는 조리용 레인지가 있었다. 낡고 칙칙하긴 해도 밖으로 환기구가 연결된 현대식 설비였다. 아래쪽에는 앞으로 문을 당겨 여는 찬장이 있었는데, 그 안에는 쌀을 비롯해 오래된 야채들이 담긴 접시, 식용유가 들어 있는 용기, 갖가지 조리기구 등이 놓여 있었다. 맞은편에는 작은 책상과 의자도 보였다.

방 안 어디에 서 있어도 팔을 뻗으면 책이 손에 닿았다. 나는 몸을 구부려 가까이에 있는 책들의 제목을 훑었다. 영어로 된 책들도 있었지만 대부분은 크메르어로 번역된 책들이었다. 아무거나 한 권을 뽑아 들고 책장을 펼쳤다. 유명한 캄보디아 설화인 '보르봉과 사우르봉'이었고, 아우구스테 파비에가 기록한 것이었다.

옆으로 한 걸음 옮겨 또 한 권을 집어 들었다. 영어로 된 책이었는데, 소피프가 행간마다 크메르어로 번역해 빼곡하게 적어놓았다. 책을 덮고 표지를 살펴봤지만 너무 낡아서 제목이 제대로 보이지 않을 정도였다.

"그건 무슨 책이야?" 기 림이 물었다.

"잘 모르겠어."

나는 신이 나서 책들을 뽑아 펼쳐보았다. 이번에는 크메르어로 인쇄된 책이었는데, 스타인벡이라는 미국 작가 이름보다 번역가의 이름이 더 크게 박혀 있었다.

계속해서 제목들을 살피다 보니 캄보디아와 미국 이야기 외에 러시아와 중국, 아프리카, 심지어 이름도 들어보지 못한 나라의 이야기도 많다는 것을 알 수 있었다.

"이건 절대 문학을 단념한 사람의 집이 아니잖아요, 소피프." 나는 혼자 중얼거렸다.

"이 책들을 모두 당신에게 준다면 가방이 아니라 집이 있어야겠는걸." 기 림이 말했다.

나는 책들에서 시선을 떼고 소피프의 행방을 암시할 만한 물건들로 관심을 돌렸다. 작은 책상으로 고개를 돌리니 연필과 볼펜이 가득 담긴 연필꽂이와 종이 뭉치 외에도 우리를 포함한 열두 가족의 이름이 적힌 메모지가 놓여 있었다.

"거기에 적힌 게 뭐야?" 기 림이 물었다.

"소피프가 집세를 받으러 다니는 사람들을 적어놓은 것 같아. 내 이름도 맨 아래에 적혀 있어."

기 림의 눈이 처음으로 반짝거리며 빛났다. "소피프가

가버리면 누가 우리 집세를 받으러 다닐까?"

"그러게. 누가 할까?"

우리는 집 안 구석구석을 좀 더 샅샅이 살펴봤다. 어느 정도 시간이 흐르자 기 림이 수색을 포기하고 물었다. "이제 어떡하지?"

"이웃 사람들을 만나서 물어보자. 그다음엔 목록에 적힌 사람들을 찾아보는 거야." 조금 전에 마주쳤던 옆집 남자는 별로 도움이 될 것 같지 않았다. 그래서 맞은편에 사는 이웃부터 만나보기로 했다. 밖에서 사람을 부르자 중년 여성이 나와 우리에게 인사했다.

"안녕하세요." 여자가 친한 친구를 만난 것처럼 반갑게 인사했다.

"네, 안녕하세요." 나도 인사했다. "소피프 신을 찾고 있는데요, 앞집에 사는. 혹시 최근에 본 적이 있나요?"

여자는 슬픈 표정으로 고개를 저었다. "그 여잔 아파요. 많이 안 좋아 보였어요. 어딘가 도움을 받으러 간 것 같아요."

"언제요? 언제 떠났나요?"

"며칠 전에요."

"혹시 어디로 갔는지 아세요?"

"아니요… 몰라요. 말을 잘 안 하는 분이었어요." 그러다가 여자의 눈이 밝아지면서 우주의 비밀이라도 알아낸 듯한 얼굴로 덧붙였다. "하지만 최근엔 한결 다정해졌던 것 같아요."

여자의 호의는 감사했지만 사실 난 좀 더 구체적인 정보가 필요했다. 우리는 인근 집들을 몇 군데 더 두드려봤지만 별다른 성과는 없었다. 소피프의 행방이나 심지어 생사에 대해서도 아무런 단서를 얻지 못했다. 그녀의 에세이나 더 읽어보기 위해 우리는 집으로 돌아가기로 했다. 집으로 가던 길에 기 림이 미묘한 질문을 던졌다.

"만약 소피프가 어디론가 멀리 가서 다시 안 돌아온다면…."

"기, 그런 말 하지 마."

"아니, 내 말을 끝까지 들어봐. 만약 정말 떠난 거라면 소유자들이 집세를 받아줄 새로운 사람을 구하지 않을까?"

남편의 말에 불안해진 내가 물었다. "지금 그걸 걱정하는 거야?"

"아직도 내 말이 무슨 말인지 모르겠어?" 기 림이 덧붙였다. "그 소유자들한테 물어보면 소피프가 어디 있는지 알 수 있을지도 몰라."

나는 흥분해서 꽥꽥 소리를 지르고 말았다. 그러려고 한 건 아니었는데, 사람들이 매립장에서 기르던 돼지 울음소리가 나와버렸다. "당신 말이 맞아. 근데 그 사람들을 어떻게 찾지?" 기 림이 대답할 새도 없이 내가 혼자 대답했다. "테바가 알 거야. 빨리 가보자."

27장

토지기록관은 싱가포르 대사관 근처의 노로돔 거리에 있었다. 정확히 테바가 설명해준 위치다. 빨간색 타일 지붕과는 대조적으로 외관은 하얗게 칠한 3층짜리 현대식 건물이었다. 거리의 나무들이 부분적으로 건물을 가리고 있어서 처음엔 잘 몰랐는데, 가까이 다가가 보니 꽤 매력적인 건물이었다. 한 가지 달갑지 않은 점만 빼면. 입구에 제복을 입은 경비가 서 있어서 안으로 들어가려면 그의 검열을 거쳐야만 했다.

나는 기 림에게 용무가 있어 찾아왔다는 말을 정중하게 밝히라고 했다.

"뭘 도와드릴까요?" 경비가 물었다.

"몇몇 부동산에 대한 소유권을 알아보려고 왔는데요."

기 림이 너무 목에 힘을 주고 얘기하는 바람에 달려가서 안아주고 싶은 마음이 굴뚝같았다. 어쨌든 이 관문은 통과한 게 분명해 보인다. 경비가 우리더러 건물 안으로 들어가라고 손짓했기 때문이다.

대리석이 깔린 바닥은 티 하나 없이 깨끗하고 반들반들하다. 자연스럽게 시선이 아래로 내려갔다. 너무도 대조적으로 낡고 더러운 우리의 옷차림이 신경 쓰였다. 안내데스크 뒤편에 두 번째 경비가 기다리고 있었다. 불법 침입자가 아닌지 좀 더 세밀하게 가려내기 위한 것 같았다.

"뭘 도와드릴까요?"

"기록관을 찾아 왔는데요." 기 림이 '토지기록관'이라는 단어에서 '토지'를 빼먹고 말했다. 그래도 제복을 입은 경비가 제대로 알아듣고 고개를 끄덕였다. 하지만 왠지 도움이 돼주겠다는 끄덕거림이 아니라 금방이라도 내쫓을 수 있다는 은근한 암시 같았다. 그때 경비 뒤쪽에 있는 팻말이 눈에 띄었다. 또렷하게 토지기록관이라고 쓰여 있고 저쪽 계단을 가리키고 있었다.

"신경 쓰지 않으셔도 돼요." 내가 팻말을 가리키며 끼어들었다. "2층에 있다는 팻말이 보이네요."

경비가 끄덕거리던 고개를 멈추고 계단을 가리켰다.

우리는 2층에 올라가서 사무실을 찾았다. 다음에 가는 곳은 친절하고 우호적인 부서일 거라고 믿으면서. 사무실 문을 여니 기다란 카운터 뒤편에 한 남자가 서 있었는데, 제복을 입고 있지는 않았다. 안으로 들어서면서 기 림이 이번에는 나더러 말하라고 했다.

"부동산 소유자들을 좀 알아보려고 왔는데요." 내가 말했다. "우리가 사는 집을 포함해서 몇몇 이웃집의 주인들이요."

"그렇다면 제대로 찾아오셨네요." 남자가 편안하게 손짓을 하며 말했다.

나는 안도의 한숨을 내쉬며 말했다. "다행이네요."

"어디 사는지 말씀해주시겠어요?" 그가 물었다.

캄보디아의 궁벽한 지역이나 매립장 같은 곳에는 정식 주소가 거의 없다. 어딘가에는 공인된 좌표 같은 게 기록되어 있겠지만 그런 지역의 집들은 대부분 입주자의 이름이나 지역과 건물의 외형적 특징으로 알려지고 불리는 경우가 많았다.

"우린 스퉁 민체이 매립장에서 살고 있어요." 내가 말했다.

"매립장이요?" 남자가 이해하기 어려운 표정을 지으며 되물었다. "거기에 아직도 거래 중인 게 있나요?"

남자가 무슨 말을 하는지 알 수 없었지만 나는 개의치 않고 하던 말을 계속했다. "그중에서도 우린 지대가 조금 높은 북동쪽에 살고 있어요. 그 아래 남쪽에는 물이 고여 습지로 변한 땅이 있고요. 하늘색 지붕 건물 옆으로 배수관이 지나가는 곳에서 수백 미터 떨어진 곳이죠."

나는 소피프의 집에서 발견한 세입자 목록을 건넸다. "이건 세입자들 이름이에요. 각각의 집에 대해서도 말씀드릴 수 있어요."

남자가 종이를 살펴보더니 갑자기 우리한테 관심을 보이기 시작했다. 처음엔 나를, 그다음엔 기 림을 아래위로 훑어봤다.

"여기서 잠깐 기다려보세요." 남자는 우리가 무슨 잘못이라도 저지른 것처럼 엄격한 목소리로 말한 뒤 방을 나갔다. 옆 사무실을 다녀오는지 멀지 않은 곳에서 두 사람이 얘기하는 소리가 두런두런 들려왔다. 나는 기 림과 눈을 마주치며 지금 당장 도망쳐야 하는 건가 생각했다. 하지만 그럴 이유는 없다. 기 림도 어깨만 으쓱할 뿐이었다.

종이 한 장을 들고 다시 돌아온 남자는 내가 가지고 온 종이 옆에 그것을 세게 내려놓았다. 두 종이는 똑같았는데, 그가 가지고 온 종이에도 소피프의 독특한 필체가 적혀 있었다. "대략 한 달 전에도 그분이 이걸 가지고 오셨죠. 그 후에도 두 번 더 필요한 정보를 들고 오셨고요." 남자가 말했다. "확실히 기억납니다. 많이 아프신 분 같았죠. 바로 여기에 이름이 있습니다."

"아팠다고요?" 내가 물었다.

"네, 제대로 서 있기도 힘들어하셨죠. 여기 있네요… 소피프 신이라고."

"맞아요. 집세를 받으러 다니는 분이에요. 혹시 어디로 갔는지 아시나요?" 내가 다시 물었다.

남자가 어깨를 으쓱하며 말했다. "죄송하지만 그런 말씀은 없었어요. 전 집세 수금 업무는 잘 모르겠고, 단지 소유주로서 처리할 일 때문에 이곳에 오셨다는 것밖에 모릅니다."

이해가 되지 않았다. "지금 소유주라고 하셨나요?"

"네." 남자가 카운터 위에 놓인 목록을 손가락으로 톡톡 두드리며 말했다. "음, 집들을 팔 때까지는 그랬죠. 지금은 더 이상 소유주가 아니니까요."

해답을 찾으러 왔는데 오히려 풀어야 할 숙제가 쌓여갔

다. 소피프는 자신이 소유주라는 사실을 왜 비밀로 했을 까? 더욱 이해가 안 되는 것은 열 채가 넘는 집을 가지고 있으면서 매립장 주변에 사는 이유였다.

"저, 그러면 새로운 소유자들의 이름을 알려주실 수 있을까요?"

"네, 그거야 공식 기록이니까 가능해요. 다만 최근에 이전된 거라 서류 작업이 아직 제대로 이루어지지 않았을 거예요. 어딘가 기록돼 있을 테니 잠깐만 기다려보세요."

남자는 다시 옆방에 갔고 또 두런거리는 소리가 들려왔다. 잠시 후 서류철을 넘기며 돌아왔다. "종이에 나열된 열두 집의 소유는 한 사람한테로 이전되었어요. 이전 작업이 정식으로 완료되려면 보름 정도 걸릴 겁니다." 그러고는 새로운 집세 수금원의 이름과 주소를 쓱쓱 적어서 종이를 건네주었다.

나는 그 이름을 뚫어지게 바라보았다. 종이에는 첸다 라이 신이라고 적혀 있었다.

우리가 막 자리를 뜨려고 할 때 남자가 그제야 생각난 듯 서류철을 뒤적거리며 말했다. "아 참, 목록에서 빠진 집이 하나 있었어요." 그는 찾고자 하는 서류가 보일 때까지 파일을 좀 더 빠르게 휙휙 넘겼다.

"여기 있네요." 남자가 말하면서 지표 하나를 읽어주었다. 내가 무슨 말인지 몰라 어리둥절해 하자 그는 기다란 서랍 쪽으로 걸어가 커다란 도면 하나를 꺼냈다. 매립장 주변의 조감도를 본 적은 한 번도 없었는데, 아주 멋있는 그림처럼 보였다. 처음엔 뭐가 뭔지 몰랐지만 자세히 들여다보니 몇 가지 주요한 지형지물을 알아볼 수 있었다. 남자가 문제의 그 집을 손가락으로 가리켰다. 그건 소피프의 집이었다. 자기 집세를 받으러 갈 필요가 없었을 테니 목록에서 빠진 건 당연했다. 남자는 서류철을 집어 들고 독서용 안경을 걸치더니 다시 한번 기록을 살폈다. 그리고 이렇게 말했다.

"확실히 이 마지막 집은 다르네요. 보름쯤 후에 기록이 정리되면 이 집의 소유자는… 봅시다, 기 림과 상 리가 될 겁니다."

≠ ≠ ≠

새로운 소유주의 집은 차를 타고 가야 할 정도로 먼 변두리에 있었다. 처음엔 나 혼자 그 먼 데를 어떻게 걸어가야 하나 걱정했는데 아무래도 돈을 들여 차를 타야 할 것 같았다. 앞으로는 집세를 내지 않아도 된다는 걸 기 림이 일깨워줬기 때문이다. 그러면서 남편은 소피프를 찾게 되면 심심한 사과와 감사를 전해달라고 내게 부탁했다.

나는 지금 대문 앞에 서서 손가락을 초인종에 댄 채 누를까 말까 망설이고 있다. 이곳에 누가 사는지 대충 짐작이 가지만 확신할 수는 없었다. 뭐라고 말해야 할까? 어떻게 말해야 할까? 결국 아무 대책 없이 심호흡을 한 뒤 초인종을 눌렀다.

벨소리가 울리자 몇 걸음 안쪽의 현관문이 열리며 단정하게 차려입은 중년 여성이 밖을 내다봤다. 나를 대충 훑어보는 모습으로 보아 걸인이 문을 두드린 것으로 여기는 듯했다. 그럼에도 나는 턱을 들어 올리며 여자가 나와 주기를 기다렸다.

"누구세요? 무슨 일이죠?" 여자가 현관문 앞에 서서 큰 소리로 물었다.

이야기에서는 서두가 가장 중요한 법이다.

"안녕하세요." 나는 최대한 자신 있게 말을 꺼냈다. "저는 상 리라고 해요. 아주 오래전에, 크메르루주가 정권을 잡기 전에 도시에서 가정부로 일했던 소녀의 가족을 찾는 중인데요. 이름은…." 그런 다음 말을 끊고 여자의 반응을 주시하면서 제대로 집을 찾아왔는지 살폈다.

여자는 엉거주춤한 자세로 한 걸음 앞으로 다가왔다. 무관심하던 여자의 표정이 반신반의하는 듯한 얼굴로 변하더니 두 눈이 가늘어지며 턱이 살짝 아래로 당겨졌다. 먼 옛날 기억을 더듬는 듯했다. 잠시 후 여자의 입에서 아직 꺼내지도 않은 소녀의 이름이 새어나왔다. 질문을 하기도 전에 이미 답을 얻은 셈이었다.

"소녀의 이름은 소피프 신이에요. 혹시 누군지 아시나요?" 내가 물었다.

여자는 가족 중의 누군가가 함께 듣고 있기라도 한 듯 뒤를 힐끗 돌아봤다. 이윽고 여자가 버튼을 누르자 우리 사이를 가로막고 있던 대문이 열렸고, 애타는 눈빛으로 내게 들어오라고 손을 흔들었다.

"얼른 들어와요." 여자가 말했다.

여자는 현관 안쪽의 거실을 가리켰고 우리는 함께 들어가 자리에 앉았다. 여자는 공손한 태도를 취하면서도 내가 누구인지, 오래전에 잃어버린 가족이 어찌 되었는지 빨리 대답을 듣고 싶은 초조함을 감추지 못했다. 결국 내가 입을 열기도 전에 먼저 얘기를 털어놓기 시작했다. "제겐 소피프라는 언니가 있어요. 그런데 크메르루주 정권이 들어서면서 언니와 연락이 끊겼어요. 제발 말씀해주세요. 언니에 대해 아는 게 있나요? 언니는 아직 살아 있나요?"

"말씀드리기 전에 같은 인물이 맞는지 확인 좀 할게요." 내가 말했다. "크메르루주 정권이 들어설 무렵 언니가 정말 가정부로 일하고 있었던 게 맞나요?"

"네, 맞아요." 여자는 초조한 얼굴로 대답했다.

"그럼 어떤 선생님 집에서 일한 것도?"

"선생님이요? 네, 그래요."

"그리고 그 선생님의 남편이 공무원이었던 것도 아시나요?"

"네, 아마 그랬을 거예요." 대답을 할 때마다 여자의 목소리에서 기대감이 부풀어 오르는 것을 느낄 수 있었다. 갑자기 여자가 눈물이 그렁그렁한 눈을 반짝이며 내 손을 덥석 잡았다.

"그럼 그 선생님 이름이 소리얀이었다는 것도 아시나요?" 내가 다시 물었다.

"네, 그 선생님 이름이 바로 소리얀 송이었죠. 당신이 말하는 아이, 그 소피프 신이라는 가정부가… 바로 제 언니예요."

무너지는 댐을 막을 수 없었는지 여자의 입에서 봇물 터지듯 얘기가 터져 나왔다.

"제 이름은 라타나예요. 처음에 언니는 가고 싶어 하지 않았지만 아빠가 권했어요. 아빠는 가족의 생계를 위해 열심히 일해달라고 언니한테 부탁했어요. 당시 우리 가족은 살림이 매우 어려웠는데, 아빠가 실직 상태였거든요. 우린 돈이 절실했어요.

크메르루주 정권이 나라를 장악했을 때 우리를 포함해 수많은 집들이 혼란 속에서 가족과 헤어졌죠. 아빠는 특히나 상심이 컸어요. 우린 소피프를 찾기 위해 애썼지만 그때는 도시가 아닌 시골에 살고 있어서 쉽지가 않았어요. 게다가 군사정권은 모든 사람들을 농촌으로 내쫓기 바빴죠. 어느 정도 혼란이 가라앉은 뒤에 엄마와 아빠는 도시로 언니를 찾아 나섰어요. 그런데 언니가 일했던 집은 불에 타서 거의 잿더미가 되어 있었다고 해요. 엄마와 아빠는 적당한 곳에 일거리를 얻은 뒤 곧 저희를 데리러 왔지요. 우리는 계속해서 언니를 수소문하며 찾아다녔지만 도저히 행방을 찾을 수가 없었어요. 가족을 찾아달라고 새로운 정부에도 요청해봤지만 가족을 잃은 사람이 한둘이 아니라 수천, 수만에 달한다는 사실을 알게 됐죠. 가끔은 소피프가 아직 살아 있을 거라는 소문도 들리다가 또 이미 죽었을 거라는 얘기도 들었어요. 정말 가슴이 무너져 내리는 것 같더군요. 특히 아빠가 견디기 힘들어하셨죠. 그러던 와중에 소포가 배달되기 시작했어요. 그때부터 아빠는 다시 희망을 가지게 됐어요."

"소포요?" 내가 물었다.

"네, 꽤 오래전부터 시작됐죠. 어느 날 상자 하나가 문간에 놓여 있었어요. 열어보니 놀랍게도 수천 릴에 달하는 돈이 들어 있었죠. 쪽지 하나 없이 가지런하게 묶인 돈뭉치가 전부였어요. 우린 뭔가 착오가 생긴 거라고 생각해서 전부 돌려주려고 했어요. 하지만 어디로 돌려줘야 할지 몰랐죠. 그러다가 다음 달에 또 소포가 도착했어요."

"그럼 그게 계속되었다는 건가요?"

"네, 거의 매달이요. 아주 가끔 빠지는 달도 있었지만 그런 경우엔 다음 달에 두 개를 한꺼번에 받았어요. 아빠는 그게 소피프가 보내는 거라고 확신했죠. 하지만 뭔가 이상했어요. 언니가 살아 있다면 분명히 집으로 돌아왔을 거예요. 아빠는 언니가 전쟁 중에 당한 일 때문에 말 못할 사정이 생긴 건지도 모른다고 주장했지요. 물론 정확한 건 아무도 알 수 없었죠."

"그 돈을 누가 보내고 있었는지 찾아보려 했나요?"

"네, 건장한 형제가 셋이나 있었으니까요. 여러 날을 잠을 설치며 기다려야 했어요. 항상 애매한 시간에 오거나 심지어는 한밤중에 오곤 했거든요."

"누가요?"

"소포를 배달했던 사람은 어린 소년이었어요. 기껏해야 열넷 혹은 열다섯 정도? 마침내 우린 그 애를 붙잡았고, 그 애도 어떤 여자의 심부름으로 배달한 거라고 털어놓았어요. 하지만 여자가 절대 이름을 밝히지 않았다고 하더군요. 난 그 말을 믿을 수가 없었어요. 그래서 혹시 그 돈을 소피프 신이 보내는 거냐고 단도직입적으로 물어봤죠. 그 애는 별로 움츠러들지도 않고 자꾸 자기를 방해하면 더 이상 소포를 배달하지 않겠다고만 했죠. 우리가 자기를 붙잡은 게 내심 기분이 나빴던 모양이에요. 그러면서 여자가 우릴 찾는 일은 절대 없을 거라고 하더군요."

"그다음엔… 어떻게 됐나요?"

"바로 다음 달에 난 그 아이 뒤를 밟았어요. 멀리서 알아채지 못하게요. 언니가 아직 살아 있는지 알아야 했어요. 아빠를 위해서라도. 아빠의 건강이 좋지 못했거든요. 난 소년을 스퉁 민체이 쓰레기 매립장까지 쫓아갔어요. 거기가 어딘지 아시나요?"

"그럼요, 알죠." 내가 말했다.

"도시에서 아이를 뒤쫓는 건 어렵지 않았어요. 하지만 매립장에선 간단치 않았어요. 거긴 아주 위험한 곳이었어요. 게다가 가까이 따라붙지 않으면 아이를 금방이라도 놓치겠더라고요. 그러다가 어느 순간 내가 뒤쫓고 있다는 걸 눈치챈 모양이에요. 그 많은 샛길을 이리저리 종횡으로 움직이더라고요. 결국 아이를 놓쳐버렸죠. 하지만 난 여러 번 다시 찾아갔어요. 멀찌감치 떨어져 서서 혹시나 언니를 보게 되지 않을까 기다렸죠. 가끔 그 아이가 눈에 띄었지만 언니는 한 번도 볼 수 없었어요. 수개월이 지난 후에는 결국 언니가 거기에 없다고 판단하고 찾는 걸 포기했죠. 그때부터는 소포가 일반 우편으로 배달되기 시작했고요."

"그랬군요."

"물건이 배달되는 우체국에도 찾아가봤어요. 거의 한 달 동안 매일 길거리나 카페 등에서 기다렸죠. 언니가 소포를 부치러 오지 않을까 기대하면서요. 하지만 소용없었어요. 거기에서도 언니를 발견할 수 없었어요."

"안타깝군요."

"제발 말씀해주세요." 여자가 애원했다. "이제 제 얘기를 들으셨으니 어서 알려주세요. 소피프에 대해 들으신 게 있나요?"

난 소피프가(내가 아는 소피프가) 그 가슴 아픈 사연, 세월이 흘러도 지워지지 않는 고통에 대해 적어놓은 것을 읽었을 뿐이다. 나는 술을 먹지 않지만 지금 이 순간만큼은 한 모금 삼키고 싶었다.

"이렇게 오랜 시간이 지나서야 말씀드리게 되어서 정말 안타깝네요. 예전에 가정부로 일했던 당신 언니 소피프 신은 정치적 소용돌이가 일기 시작하던 해에 크메르루주 군인들의 손에 죽임을 당했어요."

라타나가 머리를 떨구었다. 나도 따라 고개를 숙였다. 한순간에 희망을 앗아가 버린 것 같아 죄책감이 들었다. "정말인가요?" 여자가 물었다.

나는 확인해주듯 고개를 끄덕였다. "들려드리고 싶은 얘기가 더 있어요." 내가 말을 꺼냈다. "하지만 그 전에, 형제분들이 지금 집에 계신가요? 모두 같이 들으시면 좋을 것 같아요. 용기 있는 언니에 대한 중요한 이야기라서요. 앞으로도 오랫동안 기억해야 할 이야기고요."

"죄송하지만 형제들은 모두 결혼해서 따로 나가 살고 있어요. 여기선 제 남편과 저, 아이들이 엄마를 모시고 살고 있답니다. 아빠는 몇 년 전에 돌아가셨어요." 갑자기 여자의 얼굴이 밝아졌다. "하지만 다시 와주실 수 있다면 내일 모두 모일 수 있어요. 그토록 중요한 의미가 담긴 이야기라면요."

"물론 가능하죠."

그때 현관문이 열리면서 중년 남자가 집 안으로 들어섰다. 남자의 뒤로 나이가 지긋한 여자가 발을 끌며 따라 들어왔다. 라타나와 나도 자리에서 일어섰다. "죄송해요, 손님이 계신지 몰랐네요." 남자가 나를 보고 미안해하며 말했다.

라타나가 내게 남자를 소개했다. "상 리, 이쪽은 제 남편 폰리크예요." 남자가 정중하게 인사한 뒤 한 걸음 물러섰다. 노부인이 남자를 따라가려 하자 라타나가 크게 불렀다. "엄마."

노부인이 발을 끌며 몸을 돌렸다. "엄마, 여기 만나게 해드리고 싶은 분이 계세요. 오늘 새로 만난 친구 상 리예요."

나는 공손하게 머리를 숙인 다음 으스러질 것처럼 마르고 주름진 노부인의 손을 잡았다. 잠시 망설이던 라타나가 드디어 어디까지 말을 해야 할지 마음을 정한 듯했다. '말을 고를 때는 항상 신중해야 한다.' 머뭇거리는 라타나를 보면서 내가 지금 손을 잡고 있는 노부인이 바로 그 가정부 소피프 신의 엄마임을 새삼 깨달았다.

"오늘 이렇게 만나 뵙게 되어 정말 반갑습니다." 나는 진심을 다해 인사했다.

"엄마, 상 리가 우리한테 들려주고 싶은 이야기가 있대요. 소피프에 대한 특별한 이야기래요. 내일 우리 가족이 다 모이면 다시 와서 들려줄 거예요. 엄마도 듣고 싶죠?"

노부인의 머리는 거의 움직이지 않았다. 노부인이 딸의 말을 이해한 건지 모르겠다고 생각한 순간 두 눈이 흔들리는 것이 보였다. 그러더니 슬그머니 몸을 돌리고 작은 발을 질질 끌며 방으로 들어갔다.

"몸이 많이 약해지셨어요. 겉모습만 저러시지 정신은 여전히 명민하고 호기심도 많아요." 라타나가 말했다.

약속 시각을 정한 다음 라타나가 물었다. "근데 언니에 대해 어떻게 그토록 많은 걸 알게 되었는지 물어봐도 될까요?"

"물론이에요." 내가 대답했다. "대신에 제가 먼저 하나 여쭤볼게요. 그 선생님 말이에요, 언니가 일했던 집의 선생님을 만나본 적이 있었나요?"

"선생님을 봤냐고요? 그 선생님을요? 아니요… 전… 언니가 가정부로 일했을 때 시골에 살고 있어서 한 번도 본 적이 없어요. 그리고 틀림없이 크메르루주 군인들에게 살해당했을 거예요. 선생님들은 모두, 교육받은 사람이라면 누구나 숙청을 당했으니까요. 근데 그건 왜 묻는 거죠?"

"그분은 아직 살아 있거든요. 그분을 꼭 찾아야 해서요."

28장

　스퉁 민체이로 돌아오는 길에 나는 병원 세 군데를 더 찾아봤다. 역시 소피프나 소리얀에 대해 들어봤다고 말하는 사람은 없었다. 집으로 돌아온 나는 기 림과 함께 한 번 더 소피프의 집을 찾았다. 혹시나 우리가 놓친 것은 없는지 다시 한번 확인하기 위해서였다. 전에 미처 보지 못한 것이 있다면 의자 위에 펼쳐져 있던 책 한 권이었다. 표지만으로 내용을 추측해보자면 활활 타오르는 불에서 나온 커다란 새에 대한 이야기 같았다. 내가 니사이를 데리고 병원으로 달려가던 날 가져오기로 했던 책이 아닐까. 소피프가 가장 좋아한다던 바로 그 책인 것 같았다.

　기 림이 표지를 힐끗 보더니 밤에 매립장에서 타오르는

거대한 화염 같다면서 이렇게 덧붙였다. "매립장의 불길이라면 저 새도 빠져나오지 못할걸. 새까맣게 타버리고 말거야."

나는 페이지를 휙휙 넘기며 대충 훑어봤지만 소피프가 어디 있는지 짐작할 만한 어떤 것도 발견하지 못했다.

기 림은 마지막으로 한 번 더 방 안을 둘러본 다음 말했다. "아무래도 이곳은 니사이 때문에 남아나지 못할 것 같아." 우스갯소리였지만 내가 생각해도 틀린 말이 아니었다.

니사이를 데리고 오는 길에 행운의 뚱보 집 앞을 지나가자 소년이 우리를 따라왔다. 나는 불을 지펴서 저녁을 짓기 시작했고, 뚱보는 니사이와 장난을 치며 즐겁게 놀았다. 밥이 익는 동안 나는 틈틈이 소피프의 글들을 꼼꼼히 다시 읽었다. 이번에도 혹시 놓친 부분이 있지 않을까 싶어서였다.

열 페이지 넘게 읽었을 때 나는 뭔가 단서를 잡은 듯한 기분에 사로잡혔다. 전에는 대충 훑어보고 넘어간 에세이였다. 얼핏 보면 별다른 실마리를 발견하기 힘든 글이다. 좀 더 깊이 살펴봤어야 했다. 내가 뭔가를 발견한 것 같다고 하자 기 림이 내게 큰 소리로 읽어보라고 했다. 뚱보도 덩달아 아우성을 쳤다. 다만 니사이가 문제였다. 기 림은 니사이의 입에 밥알을 밀어 넣어 조용히 만들었다. 나는 소피프의 글을 읽기 시작했다.

≠ ≠ ≠

노파와 코끼리

– 소피프 신

크메르루주 군인들에게 끌려 쿰 스페우의 집단농장으로 왔을 때 노파는 이미 지칠 대로 지쳐 있었다. 몸도 마음도 회복하기 힘들 정도로 기진맥진한 상태였다.

노파는 오래 살아남을 거라는 기대는 전혀 하지 않았다. 주변 상황을 보면 젊든, 강하든, 현명하든 거의 날마다 사람들이 죽어 나가고 있었기 때문이다. 새 정권의 지도자인 듯한 사람이 말했다. "지식인들은 진정한 노동자들을 오염시키는 무리고, 도시는 악이야. 교육과 학습은 이기적이고 다 소용없는 것들이지. 돈과 상업은 사회가 부패했다는 걸 보여주는 단적인 모습이야. 국가의 힘은 노동자들한테서 나오는 거지, 그들에게 의지해 살아가는 기생충 같은 인간들한테서 나오는 게 아니야! 나라가 번영하기 위해서는 쌀농사를 지어야 해! 들판에서 일하는 사람들만이 배를 채울 수 있어!"

그들은 노파에게 시대에 뒤떨어진 사람이라고 반복해서 말했다. 밥그릇에 남은 밥알 하나만도 못하다고 했다. "저런 쓸모없는 존재들을 없애버려야 우리 밥그릇이 가득 차는 거야." 그들은 끊임없이 노파를 괴롭혔다. "당신 같은 사람을 먹여줘봤자 소용없어. 당신 하나 없어진다고 큰일 나는 게 아니라고." 인명의 대학살인 동시에 상식과 논리가 송두리째 무너지는 대재앙이었다.

어렸을 때 노파는 자주 악몽에 시달렸다. 식은땀으로 옷이 흠뻑 젖은 채 비명을 지르며 깨어날 정도로 기괴하고 섬뜩한 꿈도 있었다. 하지만 그런 악몽이 아무리 끔찍했어도 할머니의 한마디에서 위안을 얻곤 했다. "두려움은 곧 사라지게 돼 있어. 아침이 되면 잠에서 깨어날 테니까."

하지만 집단농장에서는 그렇지 않았다. 공포는 멈추지 않고 계속됐다. 모든 게 거꾸로 돌아갔고 온통 뒤죽박죽이었다. 진실이 통하는 곳은 어디에도 없었다. 이제껏 경험해보지 못한 악몽이 눈을 벌겋게 뜨고 있는 대낮에도 끝나지 않고 펼쳐졌다.

오히려 한밤중이 돼서야 잠시나마 안도할 수 있었다.

때로는 무시무시한 꿈을 꾸기도 했지만 아침마다 기다리고 있는 지독한 생활에 비하면 아무것도 아니었다.

지성과 지혜를 중요하게 여긴 합리적인 노파에게 크메르루주의 군사혁명은 무척이나 당혹스러운 것이었다. 한번은 큰 소리로 말했다고 매를 맞았고 이틀 후에는 조용히 있었다고 두들겨 맞았다. 또한 저녁 식사 시간에 너무 크게 공산주의 찬양 노래를 부르면 지도자를 모욕했다는 비난을 받았고, 작게 흥얼거리면 새 정권을 지지하지 않는다고 추궁을 당했다. 온전한 정신은 무자비하게 궤멸당했고, 희망에 대한 갈증을 해소할 방법은 없었다.

이성이 무너지고 사라져가는 세상에서 쌀 한 톨만도 못한 존재로서 대안 없이 3년 4개월 16일을 버틴 후에 노파는 조용히 생을 마감하기로 결심했다. 곡식의 낟알 하나가 없어졌다 한들 누가 알아볼 수 있겠는가?

크메르루주 군인들에게 사람을 살해하는 만족감을 주고 싶지 않았으므로 노파는 동이 트기 전 새벽에 일어나 아무도 모르게 오두막에서 조용히 빠져나왔다. 그리고 사람들이 자는 동안 소리 없이 깊고 어두운 숲속으로 기어 들어갔다.

들키지 않고 숲속으로 들어가면 제대로 탈출한 거라고 생각할 사람이 있겠지만 캄보디아에서는, 특히 쿰 스페우 지방에서는 그렇지 않았다. 아무런 보호막도 없이 혼자서, 그것도 늙은이가 숲속으로 들어가는 것은 '밀림의 죽음'이라는 룰렛 게임에 몸을 던지는 것이나 다름없었다. 그것은 죽느냐 사느냐의 문제가 아니라 어떻게 죽느냐의 문제였다. 지뢰를 밟느냐 군인의 총에 맞느냐, 말라리아에 걸리느냐 굶어 죽느냐, 거미에 물리느냐 독사에 물리느냐 등 수많은 가능성이 존재했다. 하지만 그날 아침 노파는 그 어느 것도 두렵지 않았다.

풀과 나무로 빽빽한 숲속으로 들어간 지 1~2분도 채 되지 않았을 때였다. 눈앞에 보이는 울창한 나무들 사이에서 바스락거리는 소리가 들려왔다.

"예상보다 올 게 빨리 오는구만." 노파는 중얼거리면서 눈을 감고 죽음을 기다렸다. 하지만 어떤 사람이나 동물도 나타나지 않았다. 그때 다시 바스락거리는 소리가 연이어 들렸고, 노파는 이제 드디어 오겠구나 하고 기다렸다. 하지만 이번에도 역시 아무것도 나타나지 않았다.

주위는 아직도 어둠이 물러가지 않은 상태였다. 솜털 같은 새벽빛 덕분에 그나마 형체와 크기를 가늠할 수 있을 정도였다. 노파는 당황하지 않고 차분하게 서서 아침 햇살이 밝혀줄 정체가 무엇일지 짐작해봤다. 주변이 좀 더 밝아지기 시작할 무렵에는 심지어 호기심이 생기면서 이런 기이한 상황이 흥미롭기까지 했다. 노파는 죽음이 두렵지 않았다. 오히려 죽지 못한다면 곤혹스러울 것이므로 가까이 다가가서 살펴본들 뭐가 무서우랴 싶었다. 바로 그때 노파의 눈앞에 코끼리 한 마리가 보였다.

코끼리는 커다란 반얀 나무 아래 덤불 속에 모로 누워 있었다. 가끔 좀 더 편안한 자세를 찾으려는 듯 머리를 좌우로 흔들기도 했다. 잠시 후 노파는 코끼리의 몸통에 얼룩져 있는 핏자국과 총알이 뚫은 구멍 세 개를 발견했다.

노파는 코끼리에 대해 잘 알았다. 학교에서도 배웠고, 그녀의 학생들이 코끼리에 대해 작성한 에세이도 읽은 적이 있었다. 어릴 때는 가끔 아빠와 함께 운전사가 모는 차를 타고 바탐방주 북부까지 올라간 뒤 셋이서 코끼리 등에 올라타 안내원의 지도 아래 밀림으로 들어가 보기도 했다. 그래서 코끼리가 유순하다고는 해도 부상당한 코끼리는 세상에서 가장 사납고 위험한 동물일 수도 있다는 사실을 잘 알고 있었다. 하지만 오늘은 죽기 위해 밀림으로 들어온 만큼 노파는 그런 위험에 대해 전혀 개의치 않았다. 흥분하고 분노한 아시아 코끼리에게 죽임을 당하는 것은 처음에 구상한 자살 방법 목록에 올라가 있지는 않았으나, 생각해보니 신속하고 효과적일 뿐만 아니라 상당히 독창적인 방법이 될 것 같았다.

노파는 코끼리 옆으로 가까이 다가가 해지고 질긴 가죽을 가볍게 토닥거렸다. 그런데 놀랍게도, 노파로서는 실망스럽게도 코끼리는 날뛰며 달려들지 않았다. 대신에 가만히 고개를 들어 노파를 빤히 쳐다보며 실망에 찬 한숨 소리를 낼 뿐이었다.

"네가 누구를 기대하고 있었는지 모르겠다만." 노파는 이게 꿈이 아니라면 무엇일까 싶은 생각이 들면서도 제발 꿈이 아니기를 간절히 빌었다. 잠에서 깨어 단 하루라도 지금의 현실로 돌아간다면 견디기 힘들 것 같았기 때문이다. 노파는 서 있기가 피곤해서, 게다가 자신을 보고도 코끼리가 별로 신경을 쓰지 않았기 때문에 두껍고 쭈글쭈글한 가죽에 기대어 미끄러지듯 주저앉았다. 그런 다음 커다란 돔처럼 생긴 코끼리 머리 옆에 누워 몸을 쉬었다.

둘이서 한참을 그렇게 가만히 누워 있는 동안 노파는

자신이 코끼리의 거칠고 고통스러운 호흡에 맞춰 숨을 쉬고 있다는 사실을 깨달았다.

'들이마시고 내쉬고. 들이마시고 내쉬고.'

촉촉한 아침 공기가 콧속을 가득 채울 때 노파는 자극적인 향기들, 예를 들면 나무껍질이나 썩어가는 나뭇잎 냄새, 코끼리의 똥이나 피 냄새, 고독의 향기 등을 분리해내려 애썼다.

노파는 이 특별한 상황에 대해 이리저리 궁리하면서 손으로는 연신 코끼리의 얼굴을 더듬으며 질기고 거친 가죽을 어루만졌다. 그러자 어느새 노파와 코끼리의 숨결이 차츰 덜 고통스러워지는 느낌이 들었다.

'들이마시고 내쉬고. 들이마시고 내쉬고.'

"너무 안쓰럽구나, 엄마 코끼리야." 노파가 속삭였다. "내가 뭐라도 해줄 수 있다면 좋으련만."

노파는 코끼리가 무슨 말이라도 해주기를 기다렸다. 이게 정말 꿈이라면 말하는 코끼리야 얼마든지 가능하고 기대해볼 만한 게 아닌가.

'들이마시고 내쉬고. 들이마시고 내쉬고.'

하지만 코끼리는 아무 말이 없다. 이건 꿈이 아니기 때문이다. 눈물이 글썽글썽한 노파의 슬픈 눈을 물끄러미 바라볼 뿐이었다. 뭐라도 대답하고 싶지만 너무 힘들고 지쳐서 시도조차 할 수 없는 것인지도 몰랐다.

'들이마시고 내쉬고. 들이마시고 내쉬고.'

그때 문득 노파는 여러 방면에서, 예를 들어 성장과 수명, 가족관계와 감정의 변화 같은 측면에서 코끼리가 인간과 아주 흡사하다는 것을 배운 기억이 났다. 인간과 유사한 면이 있기 때문에 코끼리는 정서적으로도 다양한 모습을 보여준다고 했다. 역경에 처하면 서로 돕고, 가족과 헤어지면 그리워하고, 행복한 기분을 느끼면 웃고, 슬프면 눈물을 흘린다고 했다. 또한 나이가 들거나 병이 들어서 일어날 수 없게 되면 인간처럼 사랑하는 이들에게 둘러싸여 죽음을 맞이한다고도 했다. 노파는 이런 얘기를 읽은 기억도 났다. 길에서 우연히 동족의 뼈를 발견하면 코끼리는 자신의 코로 그것들을 주워 가까운 나무 아래 안전한 곳에 옮겨둔다고.

"코끼리야, 네게 무슨 일이 있었던 거니?" 노파가 물었다. "군인들이 왜 널 쏜 거니?"

'들이마시고 내쉬고. 들이마시고 내쉬고.'

"만약 군인들이 이곳에 와서 숲속에 쓰러져 있는 네가 노파와 두런두런 얘기하는 모습을 본다면 놀라지 않을까?" 기이한 상상을 하자 노파는 키득키득 웃음이 나왔다.

다음 순간, 노파는 자신의 비밀을 털어놓아도 좋은지 잠시 망설이다가 얘기를 꺼냈다. "한 가지 말하고 싶은 게 있어, 엄마 코끼리야. 실은 나도 너무 힘들고 지쳐서 죽으려고 여기 온 거야."

'들이마시고 내쉬고. 들이마시고 내쉬고.'

코끼리가 거대한 몸을 부르르 떨며 고개를 흔들었다. 내부 장기들이 생명을 다해가며 마지막 전율을 토해내는 듯했다. 그럼에도 노파는 움직이지 않았고 오히려 좀 더 가까이 몸을 밀착시켰다.

"네가 혼자라서 안타깝구나, 엄마 코끼리야." 노파가 속삭였다.

그렇게 말하고 보니 코끼리는 결코 혼자가 아니었다. 위로와 우정이 절실히 필요한 때에 노파가 죽어가는 코끼리 옆에 함께 누워 있었던 것이다.

'들이마시고 내쉬고. 들이마시고 내쉬고.'

그러자 코끼리가 미소를 지었다.

'… 내쉬고.'

이윽고 거대한 동물이 마지막으로 숨을 크게 뱉고 나서

생명을 마쳤다.

거의 한 시간이 지나도록 노파는 죽은 코끼리 옆에 남아 그날의 기이함과 경이로움과 슬픔에 대해 생각했다.

농장으로 돌아가 죽은 코끼리에 대해 말한다면 아마 노파는 영웅으로 추앙받을지도 모른다. 몇 주 동안이나 사람들은 쌀죽밖에 먹지 못했다. 이 정도 크기의 동물이라면 매우 오랫동안 고기를 먹을 수 있을 것이다. 코끼리의 사체를 분할한 다음 여러 조각으로 잘라 살을 끓여 먹고 뼛조각들을 밀림에 내버릴 것이다.

노파는 일어나서 움츠러든 근육을 펴고 마지막으로 한 번 더 코끼리에게 말했다.

"오늘 아침엔 나 자신만 생각하며 이 숲속에 들어왔어. 하지만 이젠 진심으로 네게 감사 인사를 하고 싶어. 나를 필요로 해줘서 정말 고마워, 엄마 코끼리야. 난 너무 오랫동안 아무짝에도 쓸모없는 존재였거든. 오늘 넌 적어도 내겐 아주 큰 영향을 줬어."

노파는 나뭇잎과 나뭇가지를 충분히 모아 코끼리의 시신을 덮어주었다. 아무도 발견하지 못할 정도로 아주 잘 숨겨질 때까지 덮고 또 덮었다. 그런 다음 이른 아침에 들어왔던 길을 되짚어 숲속을 빠져나가 농장의 오두막으로 되돌아갔다. 군인들이 노파에게 어디를 다녀온 건지 실토하라고 윽박질렀다. 노파는 코끼리를 발견한 숲속을 가리켰고, 손으로 배를 문지르며 말했다. "배가 너무 아팠어요. 오두막 근처에서 지저분하게 볼일을 볼 순 없잖아요. 그건 당신도 원치 않는 일이죠? 못 믿겠다면 숲속에 들어가서 직접 확인해보든가요."

노파는 수상쩍으면서도 확신에 찬 미소를 지어 보인 다음 새로운 사회의 이익을 위해 벼를 심으러 농장으로 걸어갔다.

≠ ≠ ≠

"노파가 정말 소피프일까?" 기 림이 물었다. "노파가 숲속에서 코끼리를 발견했다는 게 정말 가능한 일일까?"

"나도 모르겠어." 그러면서도 나는 뭔가 특이하고 문제가 될 만한 점을 꼭 집어 말할 수가 없어 답답하고 짜증이 났다. 혹시나 의심스러운 구석이 보일까 해서 다시 페이지를 넘겨봤다.

"노파 이름이 뭔지도 나오지 않아." 내가 말했다. "그게 좀 이상하지 않아?"

행운의 뚱보가 어깨를 으쓱하며 말했다. "여기선 아줌마가 제일 잘 알잖아요."

나는 머릿속에서 하나씩 하나씩 조각들을 맞춰보려 애썼다. '이야기 속의 모든 것은 어떤 의미를 가지게 마련이다.'

"근데 노파가 소피프라고 하기엔 나이가 너무 많지 않나?" 내가 덧붙였다. "크메르루주 군사혁명은 1970년대 중반에 일어났잖아. 그러면 소피프는… 몇 살이지? 기껏해야 30대 중반인데."

그 순간 소피프가 자주 자신을 일컬어 말했던 구절이 생각났다. 갑자기 전체적인 그림이 그려지는 듯했다.

"노파는 소피프가 아니야!" 나는 확신에 차서 소리쳤다.

"소피프가 아니라고?"

"맞아. 코끼리가 소피프야."

"코끼리가?"

"그래, 이야기 속의 코끼리는 사람들 눈에 잘 띄는 곳에서 죽었어. 상처를 입고 숨어 있긴 했어도 찾으려고만 하면 누구라도 볼 수 있는 가까운 곳이었어."

"도대체 무슨 소릴 하는 거야?"

"소피프가 어디에 있는지 알 것 같아!"

29장

　우리는 길가에 서서 차를 향해 손을 흔들었다. 운전사가 속도를 줄이며 멈춰 서는 동안 기 림이 말을 꺼냈다.

　"난 정말 모르겠어. 소피프는 왜 다시 집을 떠난 걸까? 내 말은, 스퉁 민체이에서 꽤 오랫동안 살아왔는데 말이야."

　"100년을 살았다 해도 다르지 않을 거야." 내가 말했다. "매립장은 결코 소피프의 집이 아니었으니까. 자기가 아무리 열심히 집이라고 주장해도 말이야."

　"근데 당신도 아직 소피프가 정확히 어디 있는지 모르잖아?"

　"응, 아직은 정확히 몰라."

"가방 속에 있는 책이 도움이 되긴 하는 거야?"

"조금은. 그곳에 도착하면 중요한 단서가 될 수도 있어."

"정확하게 모른다면서 어딜 어떻게 간다는 거야? 그러니까 어떻게 소피프를 찾을 거냐는 말이지."

내 대답은 간단했다. "길을 안내해줄 엄마 코끼리를 알고 있어."

☆☆☆

프놈펜에서 다운펜이라는 고급 주택 단지는 비록 오래되긴 했어도 정원과 분수, 다양한 조각상을 갖춘 웅장하고 아름다운 집들이 모여 있는 곳이다. 또한 대부분 재건축되어 군사혁명 이전의 위엄 있는 모습을 회복하고 있었다. 주로 이 나라의 부유하고 중요한 인물들이 이곳에 살았다. 우리는 우뚝 솟은 돌벽으로 둘러싸이고 두 개의 철문이 달린 입구에 다다랐다. 고맙게도 라타나와 가족들이 우리가 타고 갈 차를 마련해주었다.

그곳에는 경비실이 입구와 출구에 각각 하나씩 두 군데 있었다. 육중한 철문은 아무나 함부로 들어갈 수 없도록 철저한 보안을 담당했다. 우리가 탄 차가 속도를 늦추기 시작하자 뒤를 따르던 차들도 속도를 줄이며 멈춰 섰다. 제복을 입은 경비가 충실하게 임무를 수행하며 우리 차를 향해 걸어왔다.

나는 조수석에 앉아 고개를 돌린 채 뒷좌석에 앉아 있는 할머니 신에게 물었다. "이곳이 거긴가요?"

고개를 든 할머니 신이 철문 뒤편의 집들을 바라보더니 구부러지고 뼈만 앙상한 손가락을 들어 오른쪽에서 두 번째 집을 가리켰다. 주변 집들과 마찬가지로 그 집도 기품 있고 아름다운 외관을 갖추고 있었다. 언뜻 봐도 단아한 지붕과 우아한 베란다가 눈에 띄는 3층짜리 건물이었다. 돌난간으로 연결된 커다란 기둥들 안쪽에 각종 식물과 꽃들이 피어 있는 모습도 보였다.

운전사의 말을 기다리던 경비가 나를 가리키더니 상체를 굽히고 안을 들여다봤다. 내가 고위관리나 신분이 높은 방문객이라도 되는 줄 알았던 모양이다. 나도 창문 쪽으로 몸을 기울여 경비의 얼굴을 쳐다봤다. 그는 아무 말도 없이 숱 많은 눈썹을 추켜세웠다. 그 눈썹이 이렇게 말하는 듯했다. '음, 당신은 누구죠? 이곳에 누구를 만나러 온 거죠?'

"우린 저 집 주인분과 얘기 좀 나누려고 왔어요." 노부인이 확인해준 집을 가리키며 내가 말했다.

"무슨 용무로 오셨나요?" 경비가 다시 물었다. 제복을 입은 모습을 보니 군인이 떠올랐다. 그와 동시에 소피프가 이곳에 들어설 때 과거의 기억이 밀려들었을 것을 생각하니 가슴이 저렸다. 그러다가 갑자기 걱정이 되기 시작했다. 내 짐작이 틀리면 어쩌지? 짐작이 맞더라도 그 사람이 날 들이지 않으면 어쩌지? 그 사람이 수긍할 수 있게 하려면 어떻게 말해야 할까? 하는 수 없이 나는 사소한 거짓말을 했다.

"그분이 저흴 기다리고 계실 거예요. 그분께 전화해서 노부인을 만나러 왔다고 전해주시면 감사하겠습니다."

"어떤 노부인을 말씀하시는 건가요?" 경비가 물었다.

"일단 전화부터 해주세요. 그렇게 말하면 아실 거예요."

할머니 옆에 앉아 있던 기 림이 걱정되는지 고개를 쭉 빼고 물었다. "집주인이 당신 말을 못 알아들으면 어쩌지?"

"알아들을 거야."

"어떻게?"

"소피프가 여기 있을 테니 알겠지."

경비가 잠시 주저하는 듯하더니 어쩔 수 없이 전화기를 집어 들고 버튼을 눌렀다. 경비가 전화로 나누는 대화는 처음과 마지막 부분 정도밖에 들리지 않았다.

"랑세이 씨? 경비실인데요. 여기 랑세이 씨를 찾는 분들이 오셔서요. 노부인을 만나러 왔다고 하는데요."

한참 동안 침묵이 흐르는 가운데 경비가 나를 힐끗 한번 본 다음 문제의 집 쪽을 바라보며 대답했다.

"네, 알겠습니다. 그렇게 말씀 전하죠."

경비가 전화기를 내려놓은 다음 창문을 향해 고개를 숙이고 말했다. "곧 내려오신답니다. 안으로 들어가서 오른쪽 빈자리에 주차하시면 됩니다."

지평선 위로 폭풍우를 몰고 올 것 같은 구름이 점점 짙어지고 있었다. 왠지 저 구름이 무언가를 예고하는 것 같다. 그 사람의 말은 결국 소피프가 여기 있다는 걸 의미하는 게 아닐까? 그렇지 않다면 왜 우리를 만나러 내려온다고 하겠는가? 하지만 만약 우리가 너무 늦게 온 거라면? 그저 인사를 하러 내려오는 것이라면 어쩌지?

우리는 차에서 내려 하릴없이 기다렸다. 시간이 멈춰버린 것 같았다. 드디어 현관문이 열리며 옷을 잘 차려입은 40세가량의 남자가 나왔다. 내가 초조함을 감추지 못하고 앞쪽에 서 있으니 남자도 내게 손을 내밀었다.

"안녕하세요. 저는 헹 랑세이라고 합니다."

"저는 상 리입니다."

"노부인을 만나러 오셨다고요?"

"네, 그렇습니다."

"노부인은 제게 아무도 없다고 하셨는데요. 혈혈단신이라고."

"그건 노부인이 잘못 아신 거예요. 다만 부인을 찾기까지 시간이 좀 걸렸을 뿐이에요." 내가 설명했다.

"그렇다면 군사혁명 전에 노부인께서 이 집에 살았다는 건 사실인가요?"

"네, 맞아요."

"저도 그렇게 생각하긴 했습니다."

"부인을 만나볼 수 있을까요?"

"물론이죠. 다만 한 가지 알려드릴 게 있습니다. 부인께선 몸이 좋지 않습니다. 여기 오신 후로 제대로 드시지 못했거든요. 말하기도 힘들어하시고요. 하지만 마음은 편하신 것 같습니다. 가정부한테 잘 지켜보라고 일러두긴 했습니다."

남자가 문을 가리키며 안으로 들어가라고 권했다. 나는 집 안으로 들어가며 제일 궁금했던 것부터 물었다. "부인을 알고 계셨나요? 제 말은, 부인이 여기 오기 전에요."

"아니요. 몇 주 전에 처음 만난 겁니다. 그때만 해도 괜찮아 보이셨죠. 자신이 여기서, 이 특별한 집에서 죽어야 한다고 설명했을 때 전 당연히 받아들일 수 없었고, 부인께도 그럴 순 없다고 말씀드렸어요."

"그럼 부인이 돈을 드렸나요?"

"네, 그러긴 했지만 제가 거절했습니다. 부인의 돈을 받을 이유가 전혀 없으니까요. 제가 마음을 바꾸게 된 건 그것 때문이 아닙니다."

"그럼 뭐죠?"

"노부인이 선생님이라고 밝혔기 때문입니다. 제 아버지도 선생님이었지요. 다만 아버지는 운이 좋지 못했죠."

"무슨 말씀이신지?"

"크메르루주 군인들의 손에 죽임을 당하셨거든요. 제 형님도 마찬가지였고요. 이제 계단을 올라가서 베란다를 지나 옥상정원으로 가시면 됩니다."

남자가 잠시 말을 끊고 침을 꿀꺽 삼킨 다음 말을 이었다. "우리가 옥상정원을 다시 지은 걸 보고 노부인이 아이처럼 우셨어요. 솔직히 말씀드리면 부인을 안에 모실 수가 없었습니다."

나는 계단을 오르고 아름다운 식물이 줄지어 늘어선 발

코니를 지나 지붕이 반쯤 덮인 멋진 정원으로 걸어갔다.

나는 눈앞의 광경을 맞이할 준비가 되어 있지 않았다.

소피프의 눈은 감겨 있었다. 스퉁 민체이의 햇살에 오랫동안 노출되었던 그녀의 가죽 같은 피부는 거의 잿빛에 가까웠다. 소피프는 숨을 천천히, 깊이 들이마시는 중이었다.

나는 그녀를 깨우고 싶지 않아서 가까이에 있는 의자 하나를 끌어당겼다. 그 소리에 소피프가 눈을 뜨고 위를 올려다봤다. 아주 잠깐, 자신이 어디에 있는지 혼란스러워하는 것 같았다. 그러고는 몇 번 기침을 한 뒤 다리를 반쯤 덮고 있던 담요를 끌어당기며 속삭였다. 하지만 소리가 너무 약해서 무슨 말을 하는지 알아들을 수가 없었다. 나는 몸을 가까이 기울여 다시 말해달라는 시늉을 했다.

"날 혼자 남겨두고 간 건 아니지?" 소피프가 물었다.

"아니에요. 그렇지 않아요." 내가 말했다. "그렇게 오해하고 있는 줄은 몰랐어요."

혼란스러운 질문 탓인지 소피프의 파리한 얼굴이 더욱 굳어졌다. "걱정하지 말아요." 내가 다시 말했다. "만나게 해주고 싶은 분들하고 같이 왔어요."

나는 가정부 소피프 신의 엄마를 가리켰다. 할머니 신은 조금 떨어진 곳에서 기다리고 서 있다가 발을 질질 끌며 소피프의 침대 옆으로 다가왔다. 그러고는 다정한 엄마처럼 아무 말 없이 소피프의 손을 꼭 움켜잡았다. 소개를 하려고 했지만 순간 소피프의 눈에 맺힌 눈물이 모든 걸 말해줬다. 손을 잡아준 사람이 누구인지 이미 알고 있었던 것이다. '당연하지. 소포를 보냈으니까.' 소포가 배달될 때 멀리서 지켜본 적이 있을 것이다.

할머니 신이 가까이 다가오자 소피프는 뼈만 앙상한 손으로 자신의 가슴을 두드렸다.

"구멍이 세 개나 났어요." 소피프가 속삭였다.

"…당신 잘못이 아니에요. 내 딸은 당신을 좋아했어요." 할머니 신이 탁하고 거친 목소리로 대답했다. 그러고 보니 처음으로 그녀가 말하는 소리를 들었다.

나는 눈물을 삼키며 뒤로 물러나 두 엄마 코끼리가 서로 코를 비비며 회상에 잠기는 모습을 지켜봤다. 잠시 후 할머니 신이 발을 끌며 옆으로 비켜섰고, 내 손짓을 받은 라타나가 침대 옆으로 다가왔다.

"이모님." 라타나가 작은 소리로 불렀다. 존경을 받거나 자신과 관련된 사람을 부를 때 캄보디아에서 흔히 사용하는 호칭이었다. "저는 소피프의 동생 라타나예요. 만나 뵙진 못 했지만 이모님은 저희 가족에게 아주 큰 은혜를 베

풀어주셨어요." 라타나가 손짓하자 남편이 옆으로 다가왔
다.

"이모님, 저는 라타나의 남편 폰리크입니다. 화학공학자
로 프놈펜에 있는 정유회사에서 일하고 있습니다. 이모님
덕분에 부모님께서 제가 공부를 더 하도록 도와주실 수 있
었어요. 감사한 마음 오래도록 잊지 않겠습니다." 그는 머
리 숙여 인사한 다음 십대 소년과 소녀에게 앞으로 오라고
손짓했다. "얘들은 제 두 아이입니다. 출가해서 세임 레아
프에 살고 있는 딸이 하나 더 있죠. 오늘 저희 모두가 이곳
에 온 것은 이모님께 감사와 존경의 마음을 전하기 위해서
입니다."

이어서 두 아이가 큰삼촌한테 달려갔다. 오늘 아침에 처
음 만난 분이었다. 그는 자기 가족에게 손짓해서 함께 소
피프의 침대 곁으로 다가갔다.

"이모님, 저는 기리이고 여긴 제 가족입니다. 제 아이들
역시 덕분에 좋은 교육을 받고 있습니다. 같이 오지 못한
아들이 하나 더 있는데, 농학 학위를 받고 지금은 농사일
에 전념하고 있습니다. 훌륭한 며느리에 손주도 얻었죠."
이름이 기억나지 않는 젊은 엄마가 두세 살가량의 아이를
안고 인사했다. "앞으로 이모님을 더 잘 알 수 있는 시간이

있다면 좋을 텐데요. 아무튼 저희 가족도 이모님이 베풀어 주신 은혜로 많은 복을 누리고 있습니다."

다음으로 남은 두 가족도 가까이 다가와서 감사의 인사를 전했다. 소피프는 너무 약해져 있어서 일일이 대답할 수 없었지만 그것을 탓하는 사람은 아무도 없었다. 나는 꽉 차버린 사람들 사이를 비집고 들어가 소피프에게 말했다.

"오늘이야말로 어느 때보다 감동적인 수업이네요."

감사의 뜻과 마지막 인사를 전한 가족들이 차례차례 조용히, 공손하게 그곳을 빠져나갔다. 나는 거친 숨소리를 내는 소피프 옆에 남아 손을 꼭 쥔 채 앉아 있었다.

'들이마시고 내쉬고. 들이마시고 내쉬고.'

우리를 포위하고 있던 먹구름이 비로 변해 한두 방울 떨어지기 시작했다. 코끼리 눈물 같은 커다란 빗방울이 후두두 떨어져 작은 구슬 모양으로 부서지며 타일 바닥 위에서 신나게 춤을 췄다. 집주인 랑세이 씨가 올라왔고, 우리 둘은 비를 피하기 위해 침대를 맞들어 테라스 쪽으로 옮겼다. 소피프가 간신히 손을 들어 올려서 자신을 그대로 놔두도록 부탁했다. 랑세이 씨가 조용히 방을 나갔고, 나는 소피프와 함께 물끄러미 비를 바라보며 앉아 있었다.

매립장에 내리는 비는 땅 위의 물을 탁하게 만든다. 반면에 지금 정원에 내리는 비는 모든 상처를 씻어주는 듯했다.

'들이마시고 내쉬고. 들이마시고 내쉬고.'

그때 발을 덮고 있던 담요가 스르르 떨어져내렸다. 소피프는 더 이상 신경 쓰지 않는 것 같았다. 나는 그제야 한 번도 벗은 적이 없는 헐렁한 갈색 양말 한 짝이 벗겨진 것을 알아챘고 몹시 부어 있는 발목을 처음으로 보았다. 하지만 내 눈을 사로잡은 것은 그게 아니었다. 두 눈을 부릅뜨게 만든 건 그녀의 발에 있는 십자 모양의 오래된 상처들이었다. 한밤중에 화염 가까이에서 쓰레기를 줍는 사람들한테서 흔히 볼 수 있는 상처였다.

'들이마시고 내쉬고. 들이마시고 내쉬고.'

소피프가 울고 있는 동안 나는 아무 말도 할 수가 없었다. 상처를 씻어주는 빗방울들이 주름진 얼굴 위로 흘렀다. 나는 소피프가 죽어가고 있다는 사실을 안다. 집주인이나 가정부한테 달려가 의사를 불러 달라고 해야 한다는 것도 안다. 하지만 그럴 경우 구원의 빗물이 들이치는 이 옥상정원에서, 잿더미 위에 새로 지은 이 집에서 그들은 소피프를 급히 병원으로 이송하려 할 것이다.

'들이마시고 내쉬고. 들이마시고 내쉬고.'

불안한 마음을 달래고 위로하기 위해 나는 소피프가 가장 좋아한다던 이야기를 꺼내 들었다. 한스 안데르센이라는 작가의 작품이었다. 그 작가를 잘 알지는 못했지만 지금 이 순간을 위한 최선의 선택이라는 생각이 들었다.

나는 한 손으로는 소피프의 뒤틀린 손가락을 잡고 다른 한 손으로는 책장을 넘겼다. 종이가 눈물과 빗물에 조금씩 젖어갔지만 상관하지 않았다.

'들이마시고 내쉬고. 들이마시고 내쉬고.'

나는 아주 천천히, 느긋하게 책을 읽어 내려갔다. 소피프가 모든 단어 하나하나를 잘 듣고 이해할 수 있게.

낙원의 뜰 지혜의 나무 아래 장미 한 그루가 있었어요.
맨 처음 핀 장미에서 새 한 마리가 태어났어요.

내 목소리가 소피프의 귀에 닿자 긴장된 근육이 풀리면서 손아귀의 힘도 느슨해졌다. 그녀의 가슴을 짓누르던 두려움도 서서히 빗속으로 흘러가 버리는 듯했다.

나는 계속 읽어나갔다.

새는 빛이 번쩍이는 것처럼 날았고 깃털의 빛깔은 더없이 고왔으며 노랫소리는 사람을 홀릴 듯 매혹적이었어요. 그런데 어느 날 새의 둥지로 불똥이 날아들어 둥지는 삽시간에 불이 붙고 말았답니다.

'들이마시고 내쉬고. 들이마시고 내쉬고.'

새는 불에 타 죽었지만 둥지 속에 있던 새빨간 알에서 새로운 새 한 마리가 하늘 높이 날아올랐어요. 바로 이 새가 세상에서 하나밖에 없다는 불사조랍니다. 전설에 따르면 불사조는 아라비아에 둥지를 틀고 살다가 백 년에 한 번씩 그 둥지에서 자신을 불태워 죽는다고 해요. 하지만 그때마다 새빨간 알을 깨고 세상에서 하나뿐인 새로운 불사조가 날아오른다고 합니다.

그 새는 빛처럼 빠른 속도로 날아다니며 천상의 빛깔을 뽐냈고 아름다운 노래를 불렀어요. 엄마가 아기 요람 옆에 앉아 있으면 새가 날개를 접고 베개 위에 내려앉아 아기 머리 주위에 빛을 뿌렸어요. 또 그 새가 누군가의 방을 지나치면 방 안으로 찬란한 햇살이 쏟아졌고 초라한 탁자 위의 제비꽃도 두 배로 강한 향기를 풍겼답니다.

'들이마시고 내쉬고. 들이마시고 내쉬고.'

하지만 불사조는 아라비아에만 있지는 않았어요. 라플란드(유럽 최북부 지역_옮긴이)의 하늘에 걸린 오로라 속을 날아다니기도 했고, 그린란드의 짧은 여름철에 노란 꽃밭 위에서 날개를 퍼덕이기도 했지요. 스웨덴 팔룬의 구리 광산과 영국의 탄광에서는 독실한 광부의 무릎에 놓인 성가집 위를 가루투성이 나방의 모습으로 날아다녔고, 성스러운 갠지스강 위를 연잎을 타고 흘러가다가 인도 처녀의 눈에 띄기도 했지요.

여러분은 불사조를 모르나요? 낙원의 새, 성스러운 백조의 노래를! 때로는 수다쟁이 까마귀로 변장해 테스피스(고대 그리스의 비극 시인으로, 수레를 타고 떠돌아다녔다고 함_옮긴이)의 수레 위에 앉아 검댕이 묻은 날개를 퍼덕였고, 아이슬란드 시인의 하프 위를 백조의 붉은 부리를 뽐내며 미끄러지듯 날아다녔지요. 오딘(북유럽 신화에 나오는 최고의 신_옮긴이)의 까마귀처럼 셰익스피어의 어깨 위에 앉아 시인의 귀에 '불멸'이라고 속삭였고,

바르트부르크 경연대회(13세기 초 독일 바르트부르크성
에서 음유시인들이 노래 대회를 열었다는 전설이 있음_옮
긴이)가 벌어지면 연회장 안을 자유롭게 날아다니기도
했지요.

'들이마시고 내쉬고. 들이마시고 내쉬고.'

여러분은 불사조를 모르나요? 한때는 라 마르세예즈(프
랑스 국가_옮긴이)를 불러줬고, 여러분은 불사조의 날개
에서 떨어진 깃털에 입을 맞추기도 했잖아요. 불사조는
천국의 찬란한 빛에 둘러싸여 있어요. 여러분은 혹시 불
사조 대신 날개에 금박을 입힌 참새를 바라보고 있지는
않나요?
낙원의 새여, 백 년에 한 번씩 불꽃 속에서 태어나 불꽃
속으로 사라지는 새여! 네 모습이 금테를 두른 액자에
갇혀 부자들의 집 거실에 걸려 있구나. 때로는 외롭게
홀로 날아다니는구나. 신비한 '아라비아의 불사조'여.

'들이마시고 내쉬고. 들이마시고 내쉬고.'
낙원의 뜰 지혜의 나무 아래 맨 처음 핀 장미에서 태어

낳을 때 하느님은 네게 입 맞추시고 어울리는 이름을 지어주셨네. '시'라는 이름을.

'…내쉬고.'

소피프는 마지막 숨을 놓고, 그날 밤 공중을 부유하던 불사조 이야기와 함께 가족이 기다리는 영광의 장소로 날아갔다. 그렇게 끝이 났다.

나는 눈물로 젖은 책을 덮어 소피프의 가슴에 살며시 내려놓았다. 사랑하는 스승이자 친구인 소피프의 죽음을 애도하며 큰 소리로 통곡하고 싶었지만 그러지 않았다. 이제껏 느끼지 못한 사랑과 평화의 감정을 방해받고 싶지 않았기 때문인지도 모른다. 대신에 나는 조용히 빗속으로 물러나 앉아 빗물이 다른 불순한 것들을 씻어가 버리도록 했다. 소피프의 손을 잡고 '신성하고 경이로운 죽음'을 묵상하며 한 시간을 더 그대로 앉아 있었다.

적절한 시간이 되었다고 느꼈을 때 나는 자리에서 일어나 더 이상 말이 없는 소피프의 몸 위로 담요를 끌어당겨 덮어주었다. 그곳을 떠나며 소피프의 죽음을 알리고 감사를 전하기 위해 집주인이나 가정부를 찾았으나 그들은 어디에도 보이지 않았다. 아마도 잠자리에 든 모양이었다. 내일 아침 일찍 다시 와서 소피프의 시신 화장에 필요한 준비를 해야겠다고 생각했다.

계단을 거의 다 내려와 현관에 가까워졌을 때 기 림이 의자에 앉아 기다리고 있는 모습이 보였다. 역시 기 림은 나의 영원한 영웅인 게 분명하다. 나는 남편의 얼굴을 어루만졌다. 기 림은 잠시 어리둥절한 표정으로 나를 올려다보더니 곧바로 무슨 일이 일어났는지 알아차렸다. 자리에서 일어난 그는 내 어깨에 두 팔을 두르고 아주 오랫동안 나를 꼭 끌어안아 주었다.

"랑세이 씨가 우리더러 오늘 밤은 여기서 머물러도 좋다고 하셨어. 어느 방인지도 알려주셨고."

"스퉁 민체이로 돌아가서 소피프의 집에 갔다 올 시간이 될까?"

"너무 늦긴 했지만 안 될 건 없지." 기 림이 말했다.

우리는 프놈펜의 지저분한 거리를 함께 걸었다. 많이 어둡긴 했지만 상관없었다. 그렇게 소피프의 집을 향해 빗속을 걸으며 우리는 조금씩 회복하고 안정을 찾고 새롭게 마음을 다졌다.

30장

많은 사람들이 언덕 위의 우리 집 주위에 모여 있었다. 대부분은 낯이 익은 이웃들이었으나 가끔은 누군지 모를 얼굴들도 섞여 있었다. 그들이 여기 모여 있는 이유는 행운의 뚱보가 중요한 소식을 듣게 될 거라고 떠들고 다녔기 때문이다.

모두가 들을 준비가 되었을 때 나는 우리 집 주변에서도 제일 높은 지점에 올라섰다. 높이 올라서 있었으므로 조금 떨어져 있는 사람들도 내 말을 듣는 데 지장이 없을 것이다. 지난 몇 주 동안 나는 내 인생에 벌어진 이런저런 일들 때문에 롤러코스터를 타듯 아슬아슬한 감정의 시소를 타야 했다. 하지만 오늘은 아니다. 나는 마음속으로 조용히 아빠에게 빌었다. 목소리가 힘 있게 나오게 해달라고. 그런 다음 입을 열었다.

"오늘 이 자리에서 여러분께 한 가지 우화를 들려드릴까 해요.

내 얘기를 듣고 나서 어떤 분들은 사실이 아니라고 수군댈지도 몰라요. 꾸며낸 이야기이고 근거 없는 소리라고 할지도 몰라요. 그 말이 맞을 수도 있어요. 하지만 현명하고 훌륭한 한 교사는 이렇게 말했어요. 정말 좋은 이야기에는, 우리의 영혼을 울리고 우리의 본성을 깨우치고 우리를 더 나은 사람으로 이끌어주는 위대한 이야기에는 항상 진실이 담겨 있다고요.

소피프에 대한 이야기가 거짓이라고 주장하는 분들에게 말하고 싶습니다. 제가 지금 이 자리에 선 것은 지금까지의 오해를 풀어주고 진실에 눈을 뜰 수 있게 하기 위해서예요.

제 이야기를 귀로만 듣지 말고 가슴으로 들어주기를 간절히 부탁드려요. 가슴만이 진실을 이해할 수 있다고 소피프는 늘 말했거든요.

이제 한 우화를 소개해드릴게요.

아주 오래전에 바다바무카라는 위대한 하늘의 신이 있

었어요. 어느 날 그는 지구의 스퉁 민체이에 사는 사람들이 길을 잃었다는 소식을 듣게 되었죠. 사람들은 생계를 위해 어쩔 수 없이 남들이 버린 쓰레기 더미를 뒤져 쓸 만한 물건들을 줍기 시작했어요. 더럽고 냄새나는 곳에서 오랜 시간 일을 해도 벌이는 얼마 되지 않았기에 사람들은 점점 더 희망을 잃었고, 급기야 자신의 본성마저 까맣게 잊어버리는 불행한 사태가 이어졌죠.

'저들이 자신의 더럽고 추악한 모습을 되돌아볼 수 있게 우리가 도와줘야 할 것 같소.' 바다바무카가 말했어요. 그는 부인 레아크 크사크사르 데비 왕비와 의논을 했지요. 많은 방법을 강구했지만 걸림돌이 되는 문제가 한둘이 아니었죠. 여러 날을 고민한 끝에 드디어 왕과 왕비는 그들의 아름다운 딸이자 하늘의 훌륭한 교사인 소리얀 공주를 스퉁 민체이에 보내기로 결정했지요. 그곳 사람들을 도와주도록 말이에요.

왕과 왕비는 즉시 소리얀 공주를 불렀답니다. 그런데 거대한 궁궐로 공주가 들어오자 왕비가 이렇게 소리를 질렀어요. '이 계획은 성공하지 못할 게 뻔해요. 공주가 너무 아름답잖아요. 이런 공주가 스퉁 민체이 같은 더러운 곳으로 내려간다면 그 아름다움과 광채에 모두가 눈이 멀고 말

거예요.'

바다바무카도 부인의 말이 옳다고 생각했어요. 하늘은
다시 슬픔에 잠기고 말았지요. 그때 소리얀 공주가 앞으로
걸어 나와 외쳤어요. '너무 슬퍼하지 마세요. 이 계획이 잘
이루어지도록 할 수 있어요. 내가 넝마 같은 옷들로 위장
하고 내려갈게요. 그렇게 하면 저 사람들을 가르치고 저들
의 희망을 회복시킬 수 있을 거예요. 희망보다 더 큰 선물
은 없을 테니까요.'

그러자 왕과 왕비도 동의했어요. 딸을 지구로 내려보내
는 일이 몹시 가슴 아프긴 했지만 바다바무카와 데비 왕비
는 소리얀 공주에게 아름다움을 위장하는 낡고 지저분한
옷을 입히고 커다란 재활용 통에 들어가도록 했지요. 그런
다음 바다바무카는 그 통을 하늘에서 던져 스퉁 민체이에
내려앉도록 했답니다.

그런데 통이 내려앉을 때 소리얀 공주가 머리를 쾅 부딪
치는 바람에 모든 기억을 잃어버리고 말았어요. 자신이 스
퉁 민체이에 오게 된 이유까지도요. 공주를 포함해 어느
누구도 그녀의 진짜 신분을 알지 못했으므로 오랫동안 소
리얀은 소피프 신이라고 불리며 살았지요.

지구에서 벌어진 일을 내려다보던 왕비가 바다바무카에

게 말했어요. '뭔가 조치를 취해야 해요. 우리 계획에 차질이 생겼어요. 우리가 내려가서 소리얀을 구해오는 수밖에 없겠어요. 스퉁 민체이에 희망을 되찾아주는 일 따윈 잊어버려요.' 하지만 왕은 현명하게 대답했답니다. '우리 딸에게 시간을 좀 더 줍시다. 곧 다시 기억을 되찾을 거요. 그렇게 되면 그곳 사람들과 함께 부대끼며 살아온 날들이 있으니 훨씬 더 훌륭한 선생이 될 수 있을 거요.' 그래서 왕과 왕비는 기다렸지요.

다행히 소리얀 공주는, 사람들이 알고 있는 소피프 신은 하늘의 훌륭한 교사였다는 자신의 신분에 대해 조금씩 기억하기 시작했어요. 그렇지만 세월이 흘러 나이를 많이 먹었으므로 스퉁 민체이에서 사람들을 가르칠 날이 얼마 남지 않았다는 것도 깨달았죠. 하늘로 다시 돌아가야 할 테니까요. 누구보다 현명했던 소리얀은 사람들이 이해하기 쉽게 중요한 가르침들을 이야기 형태로 적어놓았고, 소중한 진리를 담은 그 이야기들을 몇몇 사람에게 널리 전해달라고 부탁했답니다. 그래서 사람들을 올바른 방향으로 이끌어줄 수 있기를 간절히 바라면서요.

지금 이 순간에도 스퉁 민체이 주변을 세심하게 둘러보면 진실과 선의가 담긴 이야기, 우리의 가슴을 훈훈하게 해주는 이야기들을 얼마든지 찾을 수 있답니다. 그렇게 희망은 늘 우리 주변을 맴돌고 있었던 거죠."

≠ ≠ ≠

고요하고 평온한 순간이 찾아오자 그때의 감정이 고스란히 되살아났다. 소피프가 눈을 감던 날 밤에, 기 림과 나란히 빗속을 걸으며 스툰 민체이로 돌아오던 날 밤에 엄습했던 벅찬 감정이 되살아났다.

그동안 많은 단어와 문장을 배웠음에도 이런 감정을 어떻게 멋지게 표현해야 할지 막막했다. 더럽고 오염된 곳인 줄 알았는데, 깨어보니 주변이 온통 하얗고 깨끗한 담요로 뒤덮여 있는 걸 발견한 기분이랄까. 불결하고 불확실하고 두려웠던 모든 감정이 온데간데없이 사라지고 순수하고 강렬한 사랑에 에워싸인 안도감이랄까.

폭풍우가 몰아치듯 정신없이 바쁘고 고된 일상에서 이런 순간은 자주 오지 않을 것이다. 또한 이런 기억은 앞으로도 삶이 고달파질 때마다 위안이 되어주고 거짓에 물들어가는 나를 올바른 방향으로 인도해줄 것이다. 나는 지금도 여전히 연기가 매캐한 매립장에서 아침을 맞는다. 하지만 그 매캐한 연기 사이로 아름다운 노을 같은 찬란한 빛이 비쳐드는 것을 놓치지 않는다.

한 가지만은 분명하다. 할아버지 말씀이 옳았다. 기림이 소피프의 책을 발견한 날, 기림이 강도를 당한 날, 그토록 비참하고 끔찍하고 절망적인 기분이 들었던 그날… 그날은 정말 '아주 운이 좋은 날'이었다.

나는 이제 어린 소년에게 자기 이름 쓰는 법을 가르치러 간다.

작가 후기

이 책은 소설이지만 소설의 무대인 스퉁 민체이는 실제로 존재하는 곳이다.

2009년에 캄보디아 정부는 프놈펜의 거대한 시립 쓰레기 매립장을 영구적으로 폐쇄했고, 프놈펜 서쪽으로 수 킬로미터 떨어진 곳에 대체 매립장을 신설한 뒤 새로운 매립장에는 어떤 집도 거주할 수 없게 만들었다. 그 결과 스퉁 민체이에서 살며 일했던 수많은 사람들은 도시의 쓰레기를 주우며 살아갈 수밖에 없었고, 가족의 생계를 이어나가는 데 많은 어려움을 겪었다.

나는 아들의 다큐멘터리 영화 〈승리의 강〉을 통해 스퉁 민체이와 그곳에서 생활하는 사람들을 알게 됐다. 영화는 매립장에서 일하며 살아가는 상 리 가족의 힘겨운 하루하루와 아들의 병을 치료하기 위해 치유자를 찾아가는 험난한 여정을 쫓고 있다.

나는 이 영화를 소재로 그 배경과 조건, 등장인물들의 성격적 특징, 무엇보다 가장 중요한 역사적 사실 등을 정확히 반영하는 소설을 쓰고 싶었다. 더 나아가 혹독한 환경에서 살아가는 가족에게 글을 읽고 쓸 줄 아는 선물이 주어진다면 어떤 일들이 벌어질까 하는 상상을 덧붙이고자 했다. 바로 이런 사실과 상상이 결합해 이 소설이 탄생할 수 있었다.

책 말미에 사진 자료들을 추가한 이유는 스퉁 민체이와 그곳 사람들에 대한 시각적 이해를 돕고자 한 것이지 소설의 등장인물들과 일부 사건이 실제 사실을 토대로 했다는 점을 강조하기 위한 것은 아니다.

문득 어니스트 헤밍웨이의 말이 떠오른다. "모든 훌륭한 소설들에는 한 가지 공통점이 있다. 그 소설들이 그리는 세상은 어떤 현실보다 진실하다는 점이다." 나는 헤밍웨이의 말이 틀리지 않다고 생각한다.

감사의 말

헌신적인 노력과 지원에 대해 진심으로 감사를 드리고
싶은 분들이 있다.

먼저 이 책을 쓸 때 참고하고 인용한 여러 고전의 위대
한 작가들에게 감사를 드린다. 몇몇 경우에는 책의 내용과
분위기를 맞추기 위해 원래의 작품을 일부 수정하기도 했
음을 밝힌다. 이 점에 대해 비난을 받을 수도 있겠지만 모
두 저작권 시효가 만료된 영역이라는 점을 들어 변명을 대
신하고자 한다. 언젠가 때가 되어 그분들을 만난다면 정중
하게 용서를 구할 생각이고, 그분들도 너그러이 이해해주
실 것이라 믿는다.

이 책에 훌륭한 시 '영원한 사랑'을 인용해도 좋다고 허

락해준 조니 부헤너에게도 감사를 전한다.

나의 첫 번째 작품인『에밀리에게 부치는 편지(Letters for Emily)』의 성공에 중요한 역할을 담당해준 얼 매드슨에게 감사한다. 안타깝게도 그는 2009년 크리스마스 직전에 예상치 못한 일로 홀연히 우리 곁을 떠났다. 그의 풍자적 유머가 지금도 그립다. 바로 그날 그의 장례식장에서 나는 꾸물거리지 말고 다음 책을 쓰자고 결심했다.

나의 실수를 바로잡아주고 작품의 질을 높여준 여러 편집자와 독자들, 에밀리 와츠, 켄 네프, 리처드 피터슨, 로즈메리 린드, 웬디 울리치 등에게도 감사를 전한다.

조안 크리들의 저서인『자신을 파괴하라(To Destroy You Is No Loss)』는 소피프가 크메르루주에게 당한 경험을 정확히 묘사하는 데 많은 도움을 주었다.

내 아들 트레버가 만든 다큐멘터리 영화와 캄보디아에 대한 아들의 사랑은 이 작품의 배경과 전반적인 내용, 여러 등장인물을 구성하는 기본 토대가 되었다.

상 리와 기 림, 그들의 아이들에게 진심으로 감사를 드린다. 그들은 전혀 예상치 못한 방식으로 우리 인생에 영향을 미쳤다.

늘 변함없이 기다려주고 아낌없는 사랑과 격려를 보내준

부모님께도 감사를 드린다. 그리고 사랑하는 내 아이들에게도.

마지막으로 아내 앨리신에게 고마운 마음을 전한다. 회의적이고 비관적인 생각이 들 때마다 아내는 전폭적인 믿음과 신뢰를 내게 보내주었다.

이 책이 나올 수 있게 여러 방면에서 도움을 주신 모든 분께 다시 한번 감사드린다.

• 왼쪽부터 기 림, 상 리, 니사이

• 쓰레기를 줍는 스퉁 민체이 사람들

• 쓰레기 수거용 트럭들

• 매립장에서 발생하는 화재

• 상 리의 집

• 니사이의 목욕 시간

• 니사이

• 코아 콜

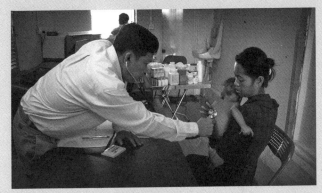

• 외국인 의사

• 혼자 쓰레기를 줍는 상 리

• 행운의 뚱보

• 테바 마오

• 달팽이 잡는 사람들

• 거머리에게 물린 상 리

• 시골에 도착한 상 리와 니사이

• 상 리 삼촌의 집

• 삼촌의 장모

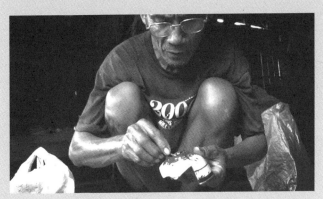

• 치유자

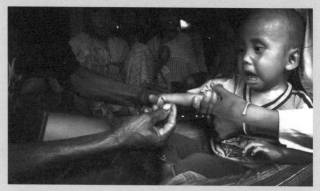

• 치유자의 치료

• 치료를 돕는 상 리

• 행복한 니사이

• 병이 다 나은 니사이와 활짝 웃는 상 리

옮긴이 이정민

고려대학교 국어국문학과를 졸업하고 출판사에서 편집기획자로 일했다. 옮긴 책으로 『샌드맨』『쿠조』(전자책) 『나는 왜 이슬람 개혁을 말하는가』『당신의 삶을 결정하는 것들』『대체 불가능한 존재가 돼라』『폭스바겐은 왜 고장난 자동차를 광고했을까?』 등이 있다.

렌트 콜렉터

초판 1쇄 발행 2019년 11월 20일

지은이 캠론 라이트
옮긴이 이정민
펴낸이 도승철
펴낸곳 카멜레온북스
등록 2005년 5월 2일 (제105-14-87935호)
주소 경기도 파주시 회동길 455-2, 4층
전화 031-955-9550~3
팩스 031-955-9555
홈페이지 http://www.bmirae.com
편집 송재우 고지숙
디자인 문고은 강소리
마케팅 김경훈
경영지원 강정희
편집진행 정유민 본문조판 강준선
표지 및 본문 디자인 이경란

ISBN 978-89-6546-347-4 03840